카이사르의 여자들
3

카이사르의 여자들

Caesar's Women

COLLEEN
McCULLOUGH

3

콜린
매컬로
지음

강선재 · 신봉아
이은주 · 홍정인
옮김

교유서가

MASTERS OF ROME

CAESAR'S WOMEN 3

CONTENTS

위대한 폼페이우스

6장

CHAPTER SIX
May. 60 B.C. ~ Mar. 58 B.C.

기원전 60년 5월부터
기원전 58년 3월까지

율리아

먼 히스파니아의 집정관급 총독 가이우스 율리우스 카이사르에게, 개선장군 나이우스 폼페이우스 마그누스가. 퀸투스 카이킬리우스 메텔루스 켈레르와 루키우스 아프라니우스 집정기의 5월 이두스에 로마에서 작성.

카이사르, 이 편지를 신들과 바람에게 맡기네. 신들이 강한 바람을 일으켜 자네한테 기회를 주기를 바라네. 다른 사람들도 편지를 쓰고 있지만, 편지 한 통을 보내기 위해 최대한 빠른 배를 빌리는 데 돈을 쓸 수 있는 사람은 나밖에 없지.

보니파가 실권을 쥐었고, 로마는 와해되고 있어. 그들이 실제로 하는 일이 있다면 나도 보니 정부를 견디며 살아가겠지만, 보니 정부의 목표는 딱 하나야. 아무것도 하지 않기, 그리고 그런 그들을 바꾸려 하는 다른 모든 파벌을 막기.

그들은 내 개선식을 9월의 마지막 이틀로 미루는 데 성공했네. 그것도 구렁이 담 넘어가듯이 말이야. 나는 로마를 위해 한 일이 많으니 생일날 개선식을 할 자격이 있다나! 덕분에 난 마르스 평원에서 아홉 달이나 지치도록 기다렸다네. 나로서는 그들이 날 적대적으로 대하는 게 어리둥절하지만, 그들이 나를 반대하는 가장 큰 이유는 평생 동안 지나치게 자주 특별 지휘권을 행사한 내가 필연적으로 국가를 위협하는 존재라고 판단하기 때문이겠지. 그들은 내가 로마의 왕이 되려 한다고 말한다네. 완전 헛소리야! 그들도 그것이 완전 헛소리라는 걸 알고 있지만 그래도 계속 헛소리를 한다네.

카이사르, 나는 곤혹스럽다네. 당최 보니파를 이해할 수가 없어서 말이야. 로마 체제의 기둥이라는 것이 존재한다면 그건 당연히 마르쿠스 크라수스라네. 그들이 나를 피케눔 출신의 벼락출세자이며 로마와 온 세상의 왕이 되려는 자라고 하는 건 이해하네만, 마르쿠스 크라수스는 나와 전혀 달라. 어째서 그들은 그를 표적으로 삼는 거지? 마르쿠스 크라수스는 보니파한테 전혀 위험한 존재가 아니야. 오히려 여차하면 스스로 보니가 될 사람이지. 고귀한 태생에 엄청난 부자인데다 선동 정치가와는 거리가 멀다고. 크라수스는 무해한 인물이야! 그를 좋아하지 않고 과거에도 좋아한 적이 없으며 앞으로도 좋아할 일 없는 나지만 그렇게 생각해. 그와 함께 집정관 일을 하던 때는 한니발, 유구르타, 미트리다테스와 한 침대에 누워 있는 것 같았어. 그가 한 일이라고는 나의 대외적 이미지를 망가뜨리려 애쓰는 것뿐이었지. 그럼에도 불구하고, 나는 마르쿠스 크라수스가 결코 국가에 위협적인 존재가 아니라고 생각해.

보니파가 마르쿠스 크라수스한테 뭘 어쨌기에 다른 사람도 아닌 내가 그를 편들게 되었냐고? 그들이 진짜 위협적인 사태를 일으켰거든. 감찰관들이 내 동방 속주 네 곳의 세금 징수 계약들을 내주면서 일이 시작되었네. 아, 잘못은 대부분 징세청부업자들한테 있어! 그들은 내가 동방에서 가져온 막대한 전리품을 보고 계산 끝에 동방이 금광보다 낫다는 결론을 내린 거야. 그래서 그 계약에 아주 비현실적인 조건으로 입찰을 한 게지. 그들은 국고에 수백만을 채워주겠다고 약속하면서, 그러고도 자신들이 짭짤한 수익을 낼 수 있을 거라 생각했다네. 감찰관들은 당연히 최고 액수를 써낸 입찰자들을 택했지. 그게 그들의 의무니까. 하지만 얼마 지나지 않아 아티쿠스를 비롯한 부유한 징세청부업자들은 자기네가 국고에 약속한 액수가 비현실적이라는 걸 깨달았다네. 내 동방 속주 네 곳은 업자들이 아무리 혹독하게 쥐어짠다 해도 그들이 요구하는 만큼 지불할 수 없었어.

어쨌거나 아티쿠스와 오피우스 등은 마르쿠스 크라수스를 찾아가 원로원에 청원해달라고 부탁했네. 동방의 세금 징수 계약들을 취소하고, 원래 합의된 액수의 3분의 2를 요구하는 새 계약을 감찰관들이 내놓도록 지시해달라는 청원이었지. 크라수스는 그렇게 했어. 보니파가 원로원 전체를 설득해서 의사당에 반대하는 소리가 울려퍼질—또는 울려퍼지게 할 수 있을—거라고는 꿈에도 생각하지 못했지. 하지만 그렇게 되었어. 온 의사당에 반대하는 소리가 울려퍼졌네.

고백하건대 나는 그때 킬킬 웃었다네. 크라수스가 납작하게 눌리는 게 어찌나 고소하던지 말이야. 오, 정말이지 납작 눌렸어! 양쪽 뿔에 건초가 감긴 황소, 천하의 크라수스가 충격을 받고 패배감에 젖어 가만히 서 있었지. 하지만 나는 곧 웃기를 멈췄네. 보니파가 얼마나 어리석은 짓을 저질렀는지 깨달았기 때문이야. 그들은 기사들에게 원로원이 최고임을, 로마를 운영하는 건 원로원이며 기사들이 원로원에 이래라저래라 할 수 없음을 최종적으로 보여줄 절호의 기회라고 판단한 것 같아. 뭐, 원로원은 자기네가 로마를 운영한다고 스스로 자랑스러워할 수도 있지. 하지만 자네와 나는 그게 사실이 아니라는 걸 알아. 로마의 사업가들이 수익성 좋은 사업을 하지 못하게 된다면 로마는 끝장이네.

원로원이 마르쿠스 크라수스의 요청을 거절하자 징세청부업자들은 보복으로 국고에 땡전 한 푼도 내지 않기로 했다네. 그 후폭풍이 얼마나 거셌던지! 아마도 기사들은 원로원이 감찰관들에게 그 계약들은 실현 불가능하니 취소하라고 울며 겨자 먹기로 지시하기를 바랐던 것 같아. 그리고 물론 새 계약이 나왔다면 입찰서에는 훨씬 더 낮은 총액이 적혔겠지. 하지만 보니파가 원로원을 지배하고 있으니 원로원은 그 계약들을 취소하지 않을 거야. 교착상태라네.

크라수스는 원로원에서도, 기사들 사이에서도 입지에 엄청난 타격을 입었다네. 아주 오랫동안 기사들의 대변인으로서 큰 성공을 거둬온 마르쿠스 크라수스의 요구가 거절당할 거라는 생각은 그 자신도 기사들도 전혀 하지 못했지. 더군다나 그 아시아 속주 계약을 수정해달라는 청원은 극히 합리적이었으니 말이네.

보니파가 누구를 원로원에서 자기네의 수석 대변인으로 삼은 줄 아는가? 참나, 다름아닌 나의 전 처남 메텔루스 켈레르라네! 켈레르와 그의 아우 네포스는 오랫동안 나의 가장 충직한 추종자였어. 하지만 내가 무키아와 이혼한 후부터 최악의 적이 되었지. 솔직히 말해, 카이사르, 누가 들으면 무키아가 로마 역사상 유일하게 이혼당한 여자인 줄 알겠네! 나는 무키아와 백 번 천 번 이혼할 권리가 있었어, 그렇지 않나? 무키아는 간통녀야. 내가 집을 떠나 있는 동안 티투스 라비에누스와 정을 통했다고! 심지어 그자는 내 피호민이야! 내가 어떻게 했어야 했나? 눈을 감고 그 일에 대해 들은 적도 없는 척했어야 하나? 무키아의 어머니가 켈레르와 네포스의 어머니이기도 하다는 이유로? 난 눈감을 생각이 없었어. 하지만 켈레르와 네포스가 줄곧 나를 괴롭히는 모양을 누가 보면 내가 간통을 저지른 줄 알겠어! 그들의 이혼당한 귀한 누이? 맙소사, 정말이지 참을 수 없는 모욕이야!

그 형제는 그때부터 줄곧 나한테 문제를 일으키고 있다네. 무슨 수로 그랬는지는 모르지만, 심지어 무키아한테 그럴싸한 태생과 신분의 새 남편까지 찾아줬어. 내가 아니라 그녀가 부당한 취급을 받은 쪽이라는 듯이! 자네는 분명 궁금해할 테니 말해주지, 내 재무관 스카우루스야. 무키아는 그의 어머니라고 해도 좋을 만큼 늙었는데. 거의 그렇지 않나. 그는 서른넷이고 무키아는 마흔일곱이니까. 어찌나 잘 어울리시는지. 물론 두 사람은 지성에 있어서는 서로에게 딱 맞아. 둘 다 지성이라고는 눈곱만치도 없으니까. 라비에누스가 무키아와 결혼하려 했다는데, 그 메텔루스 형제가 격렬히 반대했다네. 그래서 마르쿠스 아이밀리우스 스카우루스가 된 거야, 유대인들과의 그 온갖 일에 나를 휘말리게 만든 자 말이네. 풍문에 따르면 무키아가 임신했다더군. 내겐 또하나의 치욕이지. 그녀가 그 애새끼를 낳다가 죽었으면 좋겠어.

보니파가 갑자기 이토록 믿을 수 없이 우둔하고 파괴적으로 변한 이유에 대해 나는 이렇게 생각하네. 카툴루스의 죽음 때문이야. 그가 죽은 후 원로원 내 그의 잔당은 비불루스와 카토의 손아귀에 떨어졌어. 원로원 회의중에 전직 집정관들 가운데 맨 처음이나 두번째로 발언 요청을 받지 못했다고 거꾸러져 죽는 게 상상이 되나? 하지만 카툴루스는 실제로 그랬다네. 그러면서 자기 파벌을 비불루스와 카토에게 넘겨줬지. 그 두 사람은 카툴루스의 유일한 장점을 갖고 있지 않아. 이름하야 단순히 부정적인 성향과 정치적 자살을 구별하는 능력 말이네.

비불루스와 카토가 크라수스를 공격하는 이유에 대해서는 이렇게 생각해. 카툴루스가 죽으면서 신관 직이 하나 비었는데 카토의 매부 루키우스 아헤노바르부스가 그 자릴 원했다네. 그런데 크라수스가 얼른 뛰어들어 아들 마르쿠스한테 줘버렸거든. 아헤노바르부스한테는 치명적인 모욕이었지. 신관단에 도미티우스 아헤노바르부스 집안사람이 없으니까. 별 시답잖은 이유가 다 있지? 그건 그렇고 나는 지금 조점관이네. 솔직히 말해 기분이 좋아. 하지만 조점관으로 선출되는 과정에서 카토나 비불루스, 아헤노바르부스의 호감을 산 건 아니야! 아주 짧은 시간 안에 아헤노바르부스는 연이어 선거에 패배한 기록을 갖게 되었으니까.

나의 관심사들—내 퇴역병들을 위한 토지, 내가 동방에서 맺은 조약들의 비준, 기타 등등—은 좌초되었네. 아프라니우스를 차석 집정관 자리에 앉히느라 뇌물로 수백만이 들었건만, 솔직히 말해 돈 낭비였어! 아프라니우스는 정치인보다는 군인으로서 더 낫더군. 하지만 키케로는 그가 정치인보다는 춤꾼으로서 더 낫다고 온갖 사람들한테 말하고 다닌다네. 아프라니우스가 새해 첫날 취임 연회에서 추하게 취해서 온 유피테르 옵티무스 막시무스 신전을 까치발로 빙빙 돌며 다녔거든. 나로서는 당황스럽게도, 다들 알다시피 나는 메텔루스 켈레르를 통제하기 위해 아프라니우스한테 차석 집정관 자리를 사줬는데, 수석 집정관 켈레르는 아프라니우스가 마치 존재하지도 않는 것처럼 무시하고 있어.

2월에 아프라니우스가 애를 써서 원로원에서 내 관심사들을 논의하게 되니까 켈레르, 카토, 비불루스를 비롯한 보니파가 일을 망쳤어. 뒷전으로 밀려나 버섯 따위에 취해 인사불성인 루쿨루스를 끌고 나와 나를 저지했다네. 아, 놈들을 죽여버렸어야 하는데! 나는 매일 내가 옳은 일을 하지 않았기를, 내 군대를 해산하지 않았기를 바란다네. 아시아에서 귀국하기 전에 병사들한테 전리품을 분배하지 않았기를 바라는 건 말할 것도 없고. 이 일 역시 당연히 비난받고 있어. 카토는 내가 국고—다시 말해 원로원—의 동의 없이 전리품을 분배하는 건 월권행위라고 말했네. 내게는 로마의 이름으로 원하는 건 뭐든 할 수 있는 임페리움 마이우스가 있었음을 상기시키자 그는 내 임페리움 마이우스가 평민회에서 불법적으로 얻은 거라고, 인민이 준 게 아니라고 대꾸하더군. 그 터무니없는 헛소리에 원로원은 갈채를 보냈어!

그후 3월에 내 관심사들에 대한 논의는 끝이 났네. 카토는 징세 문제가 해결될 때까지 다른 어떤 일도 논의해서는 안 된다고 하면서 표결을 제의했네. 그리고 그 멍청이들은 찬성표를 던졌어! 카토가 그러면서 징세 문제의 모든 해법을 막고 있다는 걸 알면서도 말이야! 그 결과 지금껏 아무런 일도 논의되지 않았지. 크라수스가 징세 문제를 꺼내면 곧바로 카토는 의사진행 방해에 돌입한다네. 그리고 의원들은 카토가 굉장하다고 생각해!

이해할 수가 없네, 카이사르, 도무지 이해가 안 돼. 대체 카토가 한 게 뭔가? 그는 서른네 살에 불과하고 고위 정무관 경력도 없는데다, 웅변도 형편없고 융통성이라고는 눈을 씻고 찾아봐도 없어. 하지만 언젠가부터 의원들은 카토가 절대 매수할 수 없는 사람이라고 확신하게 되었고, 이로 인해 그는 훌륭한 인물로 간주되고 있네. 매수 불가성이 카토와 같은 정신 상태와 결합하면 끔찍한 결과를 낳는다는 걸 그들은 어째서 모르는 걸까? 비불루스에 관해 말하자면, 그들은 비불루스도 매수할 수 없는 사람이라고 말하지. 그리고 그 두 사람 다 자기네가 동료들보다 한 치라도 높은 곳에 선 모든 자들의 적이라고 대놓고 지껄이기를 멈추질 않네. 장하기도 하지. 어떤 사람들은 동료들보다 낫기 때문에 더 높은 곳에 설 수밖에 없는 법인데. 우리가 모두 동등해야 한다면 다들 정확히 똑같은 상태로 태어났겠지. 하지만 그렇지 않아. 싫든 좋든 엄연한 사실이라고.

카이사르, 나는 어느 방향으로 몸을 틀어도 으르렁거리는 적의 무리를 만난다네. 내가 군대를 해산했을지는 모르나 군인들이 바로 이곳 이탈리아에 있다는 걸 이 바보들은 모르는 건가? 내가 발만 구르면 병사들은 벌떡 일어나서 내 분부만 기다릴 거네. 솔직히 말해 그러고 싶어서 몸이 근질근질하다네. 나는 동방을 정복했고 로마의 수입을 거의 배로 늘려줬어. 그리고 그 모든 일을 옳은 방식에 따라 했지. 그런데 대관절 왜 저들은 나를 반대하는 거지?

어쨌거나 나와 내 문제에 대해서는 이쯤 해두지. 사실 이 편지의 목적은 자네 역시 곧 문제에 직면하게 되리라고 경고하는 거니까.

이 일은 모두 자네가 원로원에 꾸준히 보내오는 굉장한 보고서들 때문에 시작되었네. 루시타니족과 칼라이키족과의 완벽한 전쟁, 쌓여가는 금과 보물들, 속주 자원과 직무의 적절한 배치, 반세기 동안 최고의 채굴량을 자랑하는 은과 납과 철광산, 메텔루스 피우스가 벌한 도시들을 위한 구제책 등등. 보니파는 자네를 곤경에 빠트리기 위해 먼 히스파니아에 첩자들을 보내느라 거금을 쓴 게 분명해. 하지만 그들은 목표를 이루지 못했고, 풍문에 따르면 앞으로도 그럴 일은 절대로 없을 거라더군. 자네가 있는 곳에서는 부당취득이나 횡령은 눈 씻고 찾아봐도 없지, 먼 히스파니아 주민들한테서는 감사의 편지가 끝도 없이 날아오지, 죄인들은 벌을 받고 결백한 이들은 무죄방면되고 있으니 말이야. 원로원 최고참 의원 늙은 마메르쿠스는—그는 몹시 쇠약해지고 있다네—의사당에서 총독으로서 자네의 처신은 총독들의 교범 감이라고 말했는데, 보니파도 전혀 반박을 못하더군. 놈들 속이 아주 쓰렸을 거야!

온 로마가 자네는 수석 집정관이 될 거라고 생각해. 자네가 언제나 최고 득표자가 된다는 사실을 제쳐놓더라도, 자네의 인기는 수직 상승중이야. 마르쿠스 크라수스는 18개 백인조의 상급 기사들 모두에게, 자네가 수석 집정관이 되면 세금 징수 문제는 금방 해결될 거라고 말하면서 돌아다니고 있어. 그걸 보면 그는 자기한테 자네의 도움이 필요하게 될 거라고—그리고 그 도움을 받게 될 거라고—생각하는 것 같아.

카이사르, 나도 자네의 도움이 필요하다네. 마르쿠스 크라수스보다 훨씬 더 간절히! 그에게 걸려 있는 건 손상된 영향력뿐이지만 나는 내 퇴역병들을 위한 땅, 그리고 내가 동방에서 체결한 조약을 비준시킬 법안이 필요해.

물론 자네가 이미 귀국길에 올랐을 가능성도 크지만—키케로는 분명 그렇게 생각하는 것 같아—내 직감에 자네는 나와 비슷해서 최후의 순간까지, 모든 실들이 짜이고 모든 엉킴이 가지런히 풀릴 때까지 제자리에 있을 것 같아.

카이사르, 보니는 지금 막 일격을 가했네. 극도로 교활한 공격이야. 집정관 선거는 7월 이두스의 닷새 전까지는 열리지 않을 것임에도 불구하고, 모든 후보자들은 늦어도 6월의 노나이까지는 출마 선언을 해야 하게 되었다네. 켈레르, 가이우스 피소, 비불루스(물론 이자도 후보지만 로마에 있으니 피해가 없지. 키케로가 그랬듯 이자도 속주 총독 자리는 원하지 않거든)를 비롯한 보니파의 꼬임에 넘어간 카토는 6월 노나이를 출마 선언 마감일로 정하는 결의안을 통과시키는 데 성공했어. 출마 선언 기간이 관습과 전통대로 장이 다섯 번 서는 동안이 아니라 세 번 서는 동안이 된 거지.

누군가 자네는 바람처럼 빠르게 여행한다고 귀띔해준 게 분명해. 그들은 자네를 좌절시킬 또하나의 계책을 내놓았거든. 이번 계책은 자네가 6월 노나이 전에 로마에 도착할 때를 대비한 거야. 켈레르는 자네의 개선식 날짜를 정해달라고 원로원에 요청했네. 그는 자네가 총독으로서 쌓은 뛰어난 업적을 크게 칭찬하며 아주 상냥하게 굴었지. 그러더니 자네의 개선식 날짜를 6월 이두스로 하자고 제안하더군! 다들 좋은 생각이라고 여겼고, 그 제안은 통과되었네. 맞아, 자네의 개선식 날짜는 집정관 후보 등록 사무소 폐쇄일의 여드레 후가 될 거야. 참 대단한 놈들이지 않나?

따라서 6월 노나이까지 로마에 도착하는 데 성공할 경우, 자네는 집정관 선거에 부재중 출마를 하겠다고 원로원에 청원해야 할 걸세. 신성경계선을 넘어 로마로 들어와 직접 후보 등록을 하려면 임페리움과 개선식을 할 권리를 포기해야 하니까. 덧붙이자면, 켈레르는 원로원에서 집정관 후보들은 부재중 출마를 할 수 없다는 법을 키케로가 통과시켰다고 지적할 만큼 신중하게 굴었지. 그들은 자네의 불알을 쥐었어. 그들이 내 불알을 쥐었다고—분명한 사실이었지!—자네가 말한 것처럼 말이야. 나는 자네의 부재중 출마를 허락하자고 원로원의 양떼를 설득하고 있겠네. 어째서 그들은, 심지어 전혀 특출하지도 않은 소수의 사람들이 그들을 이끌게 내버려두는 건지! 크라수스와 최고참 의원 마메르쿠스를 비롯해 여러 다른 사람들이 나와 함께할 것으로 알고 있네.

중요한 건 6월 노나이 전에 로마에 도착하는 거야. 맙소사, 그게 가능하겠나? 바람이 내가 빌린 배를 기록적으로 빨리 가데스에 도착시킨다 해도? 자네가 이미 도미티우스 가도를 달려오는 중이기를 바라네. 만에 하나 자네가 도미티우스 가도에서 시간을 지체하고 있을 경우를 위해 전령을 보내놓았네.

반드시 성공하게, 카이사르! 내겐 자네가 절실하게 필요하다네. 나는 이렇게 말하는 게 부끄럽지 않아. 자넨 법에 저촉되지 않는 방법으로 나를 끓는 물에서 건져냈었지. 내가 할 수 있는 말이라고는, 만약 이번에 자네가 날 구해줄 수 없다면 난 발을 구를 수밖에 없다는 거야. 그러고 싶진 않네. 그렇게 하면 난 역사서에서 술라보다 나을 게 없는 존재로 추락하겠지. 다들 술라를 얼마나 싫어하는지 보게. 증오의 대상이 되는 건 정말이지 불편한 일이야. 술라는 전혀 신경쓰지 않은 것 같지만.

폼페이우스의 편지는 5월의 스물한번째 날 가데스에 도착했다. 놀랄 만큼 빨리 도착한 것이었다. 그리고 마침 가데스에 있던 카이사르는 그 편지를 받았다.

"가데스에서 로마까지는 2천400킬로미터쯤 되네." 카이사르는 큰 루키우스 코르넬리우스 발부스에게 말했다. "내가 하루 평균 160킬로미터를 간다고 해도 6월 노나이까지는 로마에 도착할 수 없다는 뜻이지. 썩을 보니 놈들!"

"아무도 하루에 160킬로미터씩 갈 수는 없습니다." 자그마한 가데스의 은행가는 걱정스러운 표정으로 말했다.

"튼튼한 노새 네 마리가 끄는 이륜마차라면 가능해, 자주자주 노새들을 교체한다면." 카이사르는 차분하게 말했다. "하지만 육로로는 가능성이 없어. 바닷길로 로마까지 가야 할 걸세."

"시기가 좋지 않습니다. 마그누스의 편지가 그 증거입니다. 강한 북동풍을 업고 닷새 만에 왔죠."

"아, 발부스, 하지만 내게는 행운이 있다네!"

발부스가 돌이켜보건대, 카이사르에게는 정말로 행운이 함께했다. 사태가 얼마나 심각하게 잘못되어가는 것처럼 보이든 간에, 어떻게든 그 마법의—정말이지 마법 같은—행운이 카이사르를 구해주었다. 그가 순전히 자신의 의지력으로 행운을 만드는 것처럼 보이긴 했지만 말이다. 마치 마음만 먹으면 자연적·비자연적 힘을 굴복시킬 수 있다는 듯이. 작년부터 발부스는 카이사르를 따라 히스파니아를 숨가쁘게 종횡무진하면서 평생 가장 자극적인 경험을 하고 있는 중이었다. 그가 스스로 로마의 손아귀에서 벗어났다고 오판한 적들을 쫓아 대서양의 바람을 타고 항해하게 되리라는 걸 누가 상상이라도 했을까? 올리시포에서 배들이 나오고 군대가 내려갔다. 이어 외딴 브리간티움으로의 항해들, 막대한 보물, 처음으로 변화의 바람을 느끼는 사람들, 다시는 사라지지 않을 지중해로부터의 영향력. 카이사르는 뭐라고 했던가? 중요한 건 금이 아니라 로마의 영향력 확대라고. 이탈리아 소금길 위의 작은 도시에서 온 저 작은 민족에게는 과연 무엇이 있는가? 어째서 그들은 그들 앞의 모든 것을 휩쓸어버리는가? 거대한 파도처럼 그리하는 것이 아니다. 끈기 있게, 끈기 있게, 어떤 곡물을 부어도 갈아내는 맷돌처럼. 그들은, 로마인들은 결코 포기하지 않았다.

"그럼 이번 카이사르의 행운에 필요한 건 뭡니까?"

"일단은 미오파로 한 척. 가데스 최고의 노잡이들 2개 조. 짐도 짐승도 없이 가야 해. 배에 탈 건 자네와 나, 부르군두스, 그리고 강한 남서풍뿐이네." 카이사르가 싱긋 웃으며 말했다.

"쉬운 주문이군요." 발부스는 화답의 미소 없이 대답했다. 그는 거의 웃지 않았다. 흠잡을 데 없는 페니키아 혈통의 가데스 은행가들은 기질상 삶이나 주어진 상황을 가볍게 받아들이지 않았다. 발부스는 보이는 그대로였다. 비범한 지성과 능력을 갖춘 섬세하고 차분한 남자.

카이사르는 이미 문을 향해 가고 있었다. "나는 원하는 미오파로를 찾으러 가네. 자네의 임무는 땅이 보이지 않아도 항해할 수 있는 조타수를 찾아오는 거야. 우리는 직선 경로로 갈 거라네—헤라클레스의 기둥을 통과한 후 새 카르타고에 들러 음식과 물을 구한 다음 발레아레스 제도의 미노르 섬으로 가. 거기서부터 사르디니아와 코르시카 사이의 해협으로 곧장 향할 거야. 우린 1천600킬로미터를 항해해야 하고, 마그누스의 편지를 닷새 만에 이곳에 보내준 바람 같은 건 기대할 수 없네. 우리에게 주어진 시간은 열이틀이야."

"하루에 130킬로미터 넘게 가야 하는군요. 쉽지 않겠습니다." 발부스가 일어서면서 말했다.

"하지만 역풍이 없다면 가능하네. 나의 행운과 신들을 믿게, 발부스! 나는 라레스 페르마리니와 포르투나 여신께 멋진 제물을 바칠 걸세. 신들은 내 말을 들으실 거야."

신들은 들었다. 그러나 카이사르가 가데스 출항까지 고작 다섯 시간 안에 그 많은 일을 어떻게 해냈는지는 발부스로선 상상도 할 수가 없었다. 카이사르의 재무관은 매우 유능한 젊은 남자로, 히스파니아에서 로마까지 도미티우스 가도를 통해 총독의 물건을 보내는 일에 대단히 열정적으로 몰두했다. 전리품은 물론, 카이사르가 개선식 행진을 함께 하기로 선택한 1개 군단도 이미 오래전에 가데스를 떠났다. 카이사르는 원로원이 보니파의 군소리 하나 없이 자신의 개선식 요청을 받아들였을 때 놀랐었지만, 그 수수께끼는 폼페이우스의 편지 덕분에 말끔하게 풀렸다. 자기들이 암울한 행사로 만들기로 작정한 일을 거부할 이유가 없었던 것이다. 실제로 암울할 터였다. 카이사르의 군대는 6월 이두스까지 마르스 평원에 도착할 터였고, 이는 켈레르가 그날을 개선식 날로 잡았음을 감안할 때 얄궂은 상황이었다. 카이사르가 부재중 집정관 출마를 허락받고 거행되는 개선식은 정말이지 형편없는 개선식이 될 것이었다. 병사들은 지쳐 있을 것이고, 화려한 장식수레와 전시품을 만들 시간도 없을 것이며, 전리품은 짐수레에 뒤죽박죽으로 던져질 터였다. 이는 카이사르가 기대한 개선식이 아니었다. 그러나 6월 노나이까지 로마에 도착하는 것이 가장 큰 문제였다. 강한 남서풍을 위해 기도하는 수밖에!

비록 강하지는 않았지만 정말로 남서풍이 불어왔다. 극히 약한 뒤쪽의 파도는 약하게 밀리는 돛과 함께 노잡이들을 도와주었지만, 그럼에도 거의 하루종일 등골이 휘도록 힘든 일이었다. 카이사르와 부르군두스는 일출부터 다음 일출까지 세 시간씩 네 번 노를 저었는데, 이는 카이사르의 쾌활하고 상냥한 성격만큼이나 전문 노잡이들의 마음을 움직였다. 특별 수당도 두둑할 터였다. 그리하여 그들은 전심전력을 다해 노를 저었고, 발부스와 조타수는 좋은 히스파니아산 강화 포도주를 조금 탄 물이 든 암포라를 들고 그것을 원하는 사람들 사이를 분주히 오갔다.

조타수가 이탈리아 해안이 보이는 곳으로 미오파로를 이끌어 티베리스 강어귀가 눈앞에 나타나자, 선원들은 쉰 목소리로 고함을 지르고 노 하나에 두 명씩 달라붙어 그 잘 정비된 작은 1단 노선을 오스티아 항으로 전력질주시켰다. 총 항해 기간은 열이틀로, 항구에 도착한 시간은 6월 3일 일출 두 시간 후였다.

발부스와 부르군두스에게 미오파로 조타수와 노잡이들에 대한 보상을 맡기고, 카이사르는 튼튼한 말을 빌려서 타고 로마로 질주했다. 목적지는 마르스 평원이었지만 거기서 멈출 수는 없었다. 그는 서둘러 로마로 들어가 폼페이우스의 소재를 파악할 누군가를 찾아야 할 터였다. 이는 크라수스를 섭섭하게 할 터였지만 옳은 결정이었다. 폼페이우스의 말이 옳았기 때문이다. 카이사르의 도움이 더 절실한 사람은 크라수스가 아니라 폼페이우스였다. 카이사르의 오랜 벗인 크라수스는 사정을 듣고 나면 마음을 풀 것이다.

카이사르가 로마 밖에 도착했다는 소식은 폼페이우스와 카토, 비불루스의 귀에 거의 동시에 들어갔다. 세 사람 모두 원로원 의사당에서 아시아 징세청부업자들의 운명을 논의하는 또 한번의 회의를 견뎌내고 있었기 때문이다. 전언을 들은 폼페이우스는, 뒷자리에서 졸고 있던 평의원들이 의자에서 떨어질 뻔할 만큼 크게 환성을 지르며 자리에서 벌떡 일어났다.

"부디 실례를 용서해주시오, 루키우스 아프라니우스." 기분좋게 웃으며 말하는 폼페이우스는 이미 출구 쪽으로 가고 있었다. "가이우스 카이사르가 마르스 평원에 와 있소. 나는 제일 먼저 그를 환영하러 가야 하오!"

이 일은 회의의 몇 안 되던 참석 의원들과 아시아의 징세청부업자를 어쩐지 맥 빠지게 만들었고, 6월의 파스케스 주인인 아프라니우스는 회의 종료를 선언했다.

"내일 일출 한 시간 후에 모입니다." 아프라니우스는 말했다. 내일이 선거 관리관 켈레르가 사무소를 닫는 6월의 노나이 전날임을, 카이사르의 부재중 출마 요청이 있을 것임을 잘 알고 있었기 때문이다.

"내가 말한 대로 되었군요." 메텔루스 스키피오가 말했다. "카이사르는 아무리 밀어넣으려 해도 젖지도 않고 다시 튀어나오는 코르크 마개 같은 잡니다."

"카이사르가 나타날 수 있다는 건 충분히 예상하고 있었소." 비불루스가 굳은 표정으로 말했다. "어쨌거나 우리는 그자가 히스파니아를 언제 떠났는지조차 모르니까 말이오. 그자가 5월 말까지 가데스에 남을 예정이라고 들었다고 해서 실제로 그랬다고 확신할 수는 없지. 그자는 자기한테 곧 어떤 일이 닥칠지 모를 거요."

"폼페이우스가 마르스 평원에 도착하자마자 알게 될 겁니다." 카토가 쏘아붙였다. "그 춤꾼이 내일 또 회의를 소집한 이유가 뭐겠습니까? 카이사르는 부재중 출마를 요청할 겁니다, 뻔하죠."

"카툴루스가 그립군." 비불루스가 말했다. "내일 같은 날 카툴루스의 영향력이 절실한데, 카이사르는 우리 모두의 예상보다 히스파니아에서 잘해냈소. 그러니 양떼들은 그 배은망덕한 놈에게 부재중 출마를 허락하려 할 거요. 폼페이우스랑 크라수스가 들들 볶아댈 거고. 거기에 마메르쿠스까지! 그자가 죽어버렸으면 좋겠어!"

카토는 수수께끼 같은 표정으로 웃음을 지을 뿐이었다.

마르스 평원에 도착한 폼페이우스는 웃음을 짓거나 수수께끼를 풀 필요가 없었다. 폼페이우스는 술라 무덤의 모서리가 둥근 대리석 벽에 기대어 한 팔에 말고삐를 걸고 있는 카이사르를 발견했다. 머리 위에는 그 유명한 묘비명이 있었다. '최고의 친구·최악의 적.' 폼페이우스는 생각했다. 술라만큼 카이사르한테도 해당하는 문구로군. 또는 나 자신한테도.

"대체 여기서 뭘 하고 있나?" 폼페이우스가 다그쳤다.

"기다리기에 가장 좋은 장소처럼 보였습니다."

"핑키우스 언덕에 있는 빌라에 대해 못 들어봤나?"

"여기 오래 있을 생각은 없습니다."

"가세, 라타 가도를 따라가면 멀지 않은 곳에 여관이 있네. 주인장 미니키우스는 좋은 사람이지. 단 며칠 동안만이라고 해도 지붕 있는 곳에 머물러야 하네, 카이사르."

"묵을 곳을 찾는 것보다 당신을 찾는 게 먼저라고 생각했습니다."

이 말에 폼페이우스의 마음이 녹았다. 말에서 내린 그는(원로원에 복귀한 후로 로마에 작은 마구간을 두고 있었다) 몸을 돌려 널따랗고 완벽한 직선인 도로를 따라 걸었다. 플라미니우스 가도의 시작 지점이었다.

"마르스 평원에서 아홉 달이나 기다리느라 여관들의 위치를 파악하게 됐나보군요." 카이사르가 말했다.

"이 여관은 내가 집정관이 되기 전부터 알던 곳이라네."

여관은 꽤 널찍하고 그럴듯한 건물이었으며 주인장은 유명한 로마 군인들을 보는 데 익숙한 듯했다. 여관 주인은 폼페이우스를 오래전에 잃어버린 친구처럼 맞이하고, 그가 카이사르를 알아보았다는 것을 제법 멋지게 암시했다. 두 사람은 화로 두 개가 연기로 뿌연 공기를 덥히는 아늑한 객실로 안내되었고, 곧바로 물과 포도주가 나왔다. 구운 양고기와 소시지, 갓 구운 바삭한 빵과 기름 뿌린 샐러드 등 진수성찬과 함께였다.

"배고파서 죽는 줄 알았습니다!" 카이사르가 놀란 표정으로 외쳤다.

"어서 들게. 나도 실컷 먹을 거야. 미니키우스의 음식 솜씨는 자랑할 만하거든."

카이사르는 입안 가득 음식을 채워넣는 사이사이 자신의 항해에 대해 폼페이우스에게 대략적으로 말해주었다.

"이 시기에 남서풍이라!" 위인이 말했다.

"그렇게 대단한 바람은 아니었습니다. 하지만 가는 방향으로 밀어주는 정도는 했지요. 보니파는 내가 이렇게 일찍 나타날 줄 몰랐겠죠?"

"카토와 비불루스는 당연히 충격을 받았네. 반면 키케로를 비롯해 다른 사람들은 자네가 당연히 로마로 오고 있는 중이었으리라고 추측했던 것 같아. 하지만 그들은 먼 히스파니아에 자네의 행보를 알려줄 첩자들을 보내지 않았어." 폼페이우스의 표정이 험악해졌다. "키케로는 어찌나 허풍이 센지! 그자가 뻔뻔스럽게도 원로원에서 자신이 카틸리나를 추방한 걸 두고 '불멸의 영광'이라고 한 걸 아나? 그자는 연설할 때마다 자기가 어떻게 조국을 구했는지 설교한다네."

"키케로는 당신과 사이가 좋다고 들었는데요." 카이사르가 빵조각으로 샐러드의 기름을 빨아들이며 말했다.

"그는 그렇게 말하고 다니겠지. 두려우니까."

"뭐가요?" 카이사르는 만족스럽게 한숨 쉬며 뒤로 기대앉았다.

"푸블리우스 클로디우스의 지위 변화 때문이지. 호민관 헤렌니우스는 평민회를 통해 파트리키인 클로디우스를 평민으로 만들었거든. 이제 클로디우스는 호민관 선거에 출마해서, 로마 시민들을 재판 없이 처형한 키케로를 영구 추방하겠다고 말하고 있네. 클로디우스의 새로운 인생 목표랄까. 그래서 키케로는 두려움에 얼굴이 하얗게 질려 있다네."

"뭐, 키케로 같은 자는 클로디우스를 두려워할 만하죠. 클로디우스는 인력으로 어쩔 수 없는 자연계의 힘이에요. 아주 미친 것도 아니지만 아주 제정신도 아니잖아요. 하지만 헤렌니우스가 평민회를 이용한 건 틀렸어요. 파트리키는 입양을 통해서만 평민이 되니까요."

미니키우스가 기운차게 들어와 접시들을 치우는 바람에 카이사르가 즐겨 하는 종류의 대화는 중단되었다. 본론으로 들어갈 시간이었다.

"원로원은 아직도 징세청부업자들 사이에서 멈춰 있습니까?" 카이사르가 물었다.

"카토 때문에 계속 그러고 있지. 하지만 나는 켈레르가 선거 사무소를 닫자마자 호민관 플라비우스를 내 토지법안과 함께 평민회로 돌려보낼 걸세. 그 바보 참견꾼 키케로가 거세시킨 법안 말이야! 키케로는 티베리우스 그라쿠스가 호민관을 지내기 이전의 모든 공유지를 내 법안에서 빼버리고 술라의 퇴역병들—카틸리나와 제휴한 바로 그자들 말이야!—은 토지 분배를 확정받아야 하며, 볼라테라이와 아레티움은 공유지를 유지할 수 있게 해야 한다고 말했어. 그래서 내 퇴역병들에게 줄 토지는 대부분 매입해야 할 것이네. 돈은 늘어난 동방의 공세에서 나올 거야. 이 때문에 나의 전 처남 네포스는 굉장한 생각을 떠올렸어. 네포스는 이탈리아 모든 항구의 관세와 세금을 철폐해야 한다고 제안했는데 원로원이 호의적인 반응을 보였다네. 그래서 그는 원로원 결의를 얻었고 자신의 법을 트리부스회에서 통과시켰네."

"영리한데요!" 카이사르가 감탄하며 말했다. "이제 원로원이 이탈리아에서 얻는 수입은 노예 해방시의 5퍼센트 세금과 공유지 임대료, 이 두 가지로 정리되겠군요."

"내 모양새가 좋아지겠지? 국고위원회는 항구 수입이 없어지고 내 퇴역병들에게 줄 공유지가 사라진데다 추가로 토지를 매입하느라 내 업적의 덕을 단 1세스테르티우스도 보지 못할걸."

카이사르가 찌푸린 표정으로 말했다. "아시겠지만, 마그누스, 나는 저 똑똑한 자들이 적들에 대한 복수보다 조국을 더 생각하는 날이 오기를 늘 바라고 있습니다. 그들의 정치적 행보는 모두 로마와 로마가 지배하는 땅을 위하는 것이 아니라 특정 동료를 겨냥하거나 극소수의 특권을 보호하는 것이 목적입니다. 당신은 로마의 영향력을 확대하고 나라의 지갑을 두둑하게 하기 위해 전력을 다하고 있지만, 그들은 당신의 콧대를 꺾는 데 온 힘을 쏟고 있습니다. 그 와중에 피해를 보는 건 로마고요. 당신은 내가 필요하다고 편지에 썼습니다. 그래서 이렇게 당신을 돕기 위해 왔습니다."

"미니키우스!" 폼페이우스가 크게 외쳤다.

"부르셨습니까, 나이우스 폼페이우스?" 여관 주인이 얼른 나타나 물었다.

"필기구 좀 갖다주게."

카이사르는 짧은 편지를 완성한 후 말했다. "그런데 내 생각엔 마르쿠스 크라수스가 내 부재중 집정관 요청서를 읽는 게 나을 것 같습니다. 전령을 시켜 이걸 그에게 보낼 겁니다."

"내가 읽으면 안 되는 이유는 뭔가?" 폼페이우스는 카이사르가 자신이 아닌 크라수스에게 부탁하는 데 성이 나서 물었다.

"우리가 모종의 합의를 했단 걸 보니파가 알아차리지 않길 바라서입니다." 카이사르가 참을성 있게 대답했다. "당신은 나를 만나러 마르스 평원에 가겠다고 의사당에서 뛰쳐나오면서 이미 그들의 호기심을 자극했습니다. 그들을 과소평가하지 마십시오, 마그누스. 그들은 루비와 순무도 분간 못하는 자들이 아닙니다. 당신과 나의 연대는 당분간 비밀로 해야 합니다."

"그래, 알겠네." 기분이 조금 풀린 폼페이우스가 말했다. "그냥 자네가 나보다 크라수스에게 더 신경을 쓸까봐 그랬어. 자네가 징세청부업자들 문제와 기사계급을 노린 뇌물법과 관련해서 그를 돕는 건 상관없지만, 내 퇴역병들을 위한 토지 분배와 동방 조약 비준이 훨씬 더 중요해."

"그렇죠." 카이사르가 침착하게 말했다. "플라비우스를 평민회로 보내십시오, 마그누스. 많은 사람들의 눈을 속일 수 있을 겁니다."

그때 발부스와 부르군두스가 도착했다. 폼페이우스는 기뻐하며 가데스의 은행가를 환대했고 카이사르는 몹시 지쳐 보이는 부르군두스에게 집중했다. 카이사르의 어머니는 부르군두스처럼 늙은 사람에게 열이틀간 하루 열두 시간씩 노를 젓게 한 그가 야멸스럽다고 말할 터였다.

"난 가겠네." 폼페이우스가 말했다.

카이사르는 여관 문까지 위인을 배웅했다. "조용히 지내면서 계속 혼자만의 싸움을 하고 있는 척하십시오."

"크라수스는 자네가 나를 불러냈다는 걸 좋아하지 않을 거야."

"그는 아마 알지도 못할 겁니다. 오늘 의사당에서 봤습니까?"

"아니." 폼페이우스가 씩 웃으며 대답했다. "크라수스는 의사당에 있는 게 건강에 매우 해롭다고 하더군. 카토가 말하는 것만 들으면 두통이 도진다나."

6월 4일 일출 한 시간 후에 원로원이 소집되었을 때 크라수스는 발언 요청을 했다. 아프라니우스는 우아하게 동의하며 카이사르의 부재중 집정관 출마 요청을 허락했다.

크라수스는 멋진 웅변을 마무리하며 말했다. "우리 원로원이 마땅히 들어줘야 하는 매우 합당한 요구입니다. 여러분 모두가 잘 알고 있듯이, 카이사르는 자신의 속주에서 전직 집정관 마르쿠스 키케로의 법이 탄생하게 된 이유였던 부적절한 행위라고는 전혀 하지 않았습니다. 카이사르는 모든 일을 제대로 했습니다. 먼 히스파니아가 수년간 골머리를 앓던 어려운 문제도 해결했지요. 가이우스 카이사르는 제가 본 중에 최고인데다 가장 공정한 부채법을 도입했으며, 그 어떤 채무자도 채권자도 불평하지 않았습니다."

"물론 그렇겠지요, 마르쿠스 크라수스." 비불루스가 느릿느릿 말했다. "빚 문제에 대해 가이우스 카이사르만큼 잘 아는 사람이 있겠습니까? 그는 아마 히스파니아에도 빚이 있을 겁니다."

"그럼 당신도 그에게 비결을 물어봐야 할 거요, 마르쿠스 비불루스." 크라수스가 언제나처럼 침착하게 말했다. "당신이 용케 집정관에 당선된다면 유권자들을 매수하느라 빚이 턱밑까지 쌓여 있을 거니까." 크라수스는 목을 가다듬고 반론을 기다렸고, 반론이 없자 이어서 말했다.

"다시 한번 말하지만, 이것은 원로원이 들어줘야 하는 매우 합당한 요구입니다."

아프라니우스는 다른 전직 집정관들의 발언을 요청했고, 그들은 모두 크라수스에게 동의한다는 의사를 표시했다. 현직 법무관들은 대부분 보탤 말이 없다고 했지만 메텔루스 네포스가 자리에서 일어섰다.

그는 물었다. "원로원이 왜 그 악명 높은 동성애자에게 호의를 베풀어야 합니까? 여러분 모두 우리 잘생긴 가이우스 카이사르가 어떻게 동정을 잃었는지 잊은 겁니까? 니코메데스 왕의 궁전에서 긴 의자에 엎드려 항문에 왕의 음경을 넣고서였지요! 여러분 마음대로 하십시오. 하지만 가이우스 카이사르 같은 호모한테 그 예쁘장한 얼굴로 로마에서 돌아다니지 않고도 집정관이 될 수 있는 특권을 주시겠다면, 저는 빠지겠습니다! 저는 항문 성교에 빠진 남자한테 아무런 특혜도 줄 생각이 없으니 말입니다!"

완벽한 침묵이 내려앉았다. 숨쉬는 사람 하나 없었다.

"그 말 취소하시오, 퀸투스 네포스!" 아프라니우스가 매섭게 말했다.

"엿이나 먹어, 아울루스의 아들놈아!" 네포스가 고함을 지르고는 성큼성큼 걸어서 의사당을 나가버렸다.

"서기들은 퀸투스 네포스의 발언을 삭제하시오." 자신을 겨냥한 모욕적인 언사에 얼굴이 벌게진 아프라니우스가 지시했다. "내가 이 엄숙하고 존경받는 집단에 속해온 수년 동안 의원들의 예절과 행실이 현저히 악화되었다는 생각을 버릴 수가 없군요. 앞으로 내가 파스케스를 보유하는 기간에는 퀸투스 네포스가 원로원 회의에 참석하는 것을 금하겠습니다. 또 발언하실 분 있습니까?"

"발언하겠습니다, 루키우스 아프라니우스." 카토가 말했다.

"발언하십시오, 마르쿠스 포르키우스 카토."

카토의 발언 준비는 영원히 끝나지 않을 것처럼 보였다. 그는 움직거리고 만지작거리고 심호흡 몇 번으로 기도를 맑게 하고 머리카락을 매만지고 토가의 매무새를 고쳤다. 그러고는 마침내 입을 열어 부르짖었다.

"원로원 의원 여러분, 지금 로마의 도덕성은 비극적인 수준입니다. 우리, 로마 최고의 통치 집단 구성원이기에 모든 사람들의 위에 있는 우리는 로마 도덕의 관리인으로서 의무를 다하지 못하고 있습니다. 여러분 중 얼마나 많은 사람들이 불륜을 저질렀습니까? 여러분의 부인들은 얼마나 많은 불륜을 저질렀습니까? 여러분의 부모는 얼마나 많은 불륜을 저질렀습니까? 로마가 낳은 최고의 인물, 감찰관을 지내신 제 증조부께서는 매사에 그러셨듯이 도덕에 관해서도 확고한 생각을 갖고 계셨습니다. 그분은 5천 세스테르티우스가 넘는 노예는 절대 사지 않았습니다. 로마인 여성의 애정을 도둑질하지도, 그들과 함께 눕지도 않았습니다. 그분은 아내 리키니아가 세상을 떠나자 칠십대 남성의 적절한 처신대로 노예 한 명의 봉사에 만족했습니다. 하지만 그 노예가 집안에서 여왕 행세를 한다고 아들과 며느리가 불평하자 그분은 그 노예를 처분하고 재혼했습니다. 그분은 로마인 귀족 여성을 아내로 맞으려고 하지 않았습니다. 그러기에는 당신의 나이가 너무 많다고 생각했기 때문입니다. 그래서 그분은 당신의 해방노예였던 살로니우스의 딸과 결혼했습니다. 저는 그 가계의 자손임을 자랑스럽게 밝힙니다. 감찰관 카토는 도덕적이고 고결한, 이 나라의 장식과 같은 인물이었습니다. 그분은 폭풍우가 몰아치는 날을 좋아했는데, 겁에 질려 당신한테 매달리던 부인을 하인과 가족 앞에서도 안아줄 수 있었기 때문입니다. 우리 모두 알고 있듯이, 점잖고 도덕적인 로마인 남편은 사적인 행위에 부적절한 때와 장소에서 감각에 탐닉해서는 안 되는 법이니까요. 저는 제 삶과 처신에 있어 증조부님을 귀감으로 삼고 있습니다. 그분은 돌아가실 때가 되자 당신의 장례식에 거금을 쓰지 말라고 하셨습니다. 비싸지 않은 화장용 장작이 사용되었으며, 그분의 유골은 유약을 칠한 수수한 단지에 담겼습니다. 아피우스 가도 옆에 있는 그분의 묘소는 훨씬 더 수수하지만, 그분을 존경하는 시민이 가져온 꽃으로 늘 장식되어 있지요. 하지만 감찰관 카토가 오늘날 로마 거리를 걷는다면 뭐라고 하겠습니까? 그분의 맑은 눈이 무엇을 보겠습니까? 그분의 기민한 두 귀가 무엇을 듣겠습니까? 그분의 명석한 머리가 무엇을 생각하겠습니까? 그 답을 말하자니 몸서리를 칠 것 같지만, 말해야겠습니다. 그분은 우리가 로마라고 부르는 이 구정물 속에서의 삶을 견디지 못할 겁니다. 여자들은 술에 취해 하수구에 앉아 토악질을 하고, 남자들은 골목에 숨어 강도짓을 하고 살인을 저지릅니다. 아이들은 남녀 가릴 것 없이 베누스 에루키나 신전 앞에서 몸을 팝니다. 저는 고귀한 신분으로 보이는 남자들이 길가에서 튜닉을 올리고 쪼그려 앉아 변을 보는 장면을 종종 목격합니다. 저 앞에 공중변소가 뻔히 보이는데도 말입니다! 생리 현상을 은밀히 처리하고 몸가짐을 단정히 하는 것이 구식에 터무니없고 웃긴 일로 간주되고 있습니다. 감찰관 카토는 울 것입니다. 그리고 집으로 가서 목을 맬 것입니다. 아, 저 역시 그렇게 하고 싶은 걸 참아야 했던 게 한두 번이 아닙니다!"

"참지 마시오, 카토, 한순간도 더 참지 마시오!" 크라수스가 외쳤다.

카토는 못 들은 척 말을 이었다. "지금 로마는 매음굴입니다. 달리 무엇을 기대할 수 있겠습니까? 여기 앉아 있는 사람들이 남의 아내를 탐하고, 차마 말로 할 수 없는 구멍을 말할 수 없는 행위에 내맡길 정도로 육체의 신성함을 무시하고 있는데 말입니다. 감찰관 카토는 울 겁니다. 보십시오, 여러분! 저도 울고 있는 게 보이십니까? 통치 집단이 타락하고 너절하며 더러운 고름이 흐르는 종기 같은 나라가 어떻게 부강할 수 있겠습니까? 어떻게 세상을 지배할 생각을 하겠습니까? 우리는 아시아 징세청부업체 같은 우리와 무관한 바깥일에 신경쓰지 말고, 로마의 도덕이라는 정원에서 잡초를 제거하는 일에—품위를 되찾는 것을 우리의 최우선 과제로 삼는 데—일 년 내내 매진해야 합니다! 남자가 남자를 범하고, 무도한 파트리키가 근친상간을 공공연하게 자랑하고, 속주 총독이 어린아이를 성적으로 착취하는 것을 금하는 법을 만들어야 합니다! 옛날에 그랬듯이, 불륜을 저지른 여자들을 처형해야 합니다. 옛날에 그랬듯이, 포도주를 마시는 여자들을 처형해야 합니다. 포룸 로마눔의 공공 회의장에 나타나 야유하고 욕을 퍼붓는 여자들을 처형해야 합니다—옛날에는 그러지 않았지만 말입니다. 왜냐고요? 옛날에는 그 어떤 여자도 그런 짓은 꿈에도 하지 않았기 때문이죠! 아이를 낳고 기르는 것, 여자의 쓸모는 그게 답니다! 그런데 마땅한 도덕규범을 실시하는 데 필요한 법들은 어디에 있습니까? 없습니다, 의원 여러분! 하지만 로마가 살아남기 위해서는 반드시 그런 법들을 만들어야 합니다!"

키케로가 폼페이우스에게 속삭였다. "누가 들으면 카토가 로물루스의 똥밭에서 뒹굴어야 하는 사람들이 아니라 플라톤의 이상적 공화국 주민들한테 얘기하고 있는 줄 알겠어."

"그는 일몰 때까지 의사진행 방해를 할 거야." 폼페이우스가 침울하게 말했다. "무슨 헛소리를 씨부렁거리고 있는지! 남자는 남자고 여자는 여자지. 초대 집정관 때부터 지금까지 의사진행 방해의 인기는 사그라질 줄을 모르는군."

"명심하십시오." 카토가 포효했다. "작금의 수치스러운 상황은 동방의 방종에 지나치게 많이 노출되었기 때문입니다! 우리가 지중해를 따라 아나톨리아와 시리아 같은 지역들까지 영향력을 확대한 후부터 로마인들은 역겹도록 더러운 습관들에 빠졌습니다! 우리의 소중한 로마에 체리 한 알, 오렌지 한 개가 들어올 때마다 만 가지 악이 함께 들어왔지요. 세계 정복은 잘못입니다, 저는 거리낌없이 이렇게 말하겠습니다. 로마를 예전의 로마로, 자족적이고 도덕적인 곳으로 되돌립시다. 근면한 시민들이 자신들의 일에 신경쓰고, 아나톨리아나 시리아는 물론 캄파니아나 에트루리아에서 벌어지는 일에도 전혀 신경쓰지 않던 때로 말입니다! 당시 모든 로마인들은 행복하고 만족스럽게 살았습니다. 그런데 탐욕스럽고 야심에 찬 자들이 정해진 수준 이상으로 높은 자리에 오르면서 변화가 시작되었습니다. 그들은 우리가 캄파니아를 통제해야 한다고, 에트루리아를 다스려야 한다고, 모든 이탈리아인이 로마인이 되어야 한다고, 모든 길은 로마로 통해야 한다고 말했습니다! 벌레가 갉아먹기 시작했죠. 충분하던 돈이 더는 충분하지 않고, 권력은 포도주보다 더 달콤한 것이 되었습니다. 오늘날 우리는 국가가 비용을 대는 장례식을 얼마나 많이 참아내고 있습니까? 옛날의 로마가 자기 장례식을 치를 여력이 충분한 사람들을 묻기 위해 지금처럼 자주 귀한 돈을 썼습니까? 요즘은 가끔 국장(國葬)이 장날만큼이나 자주 돌아오는 것처럼 느껴질 지경입니다! 저는 수도 담당 재무관을 지냈기에, 장례식과 연회 같은 쓸데없는 일에 얼마나 많은 공금이 낭비되는지 알고 있습니다! 국가가 왜 최하층민들이 뱀장어와 굴을 실컷 먹고 남은 걸 자루에 싸서 집으로 가는 공공 연회에 돈을 대야 할까요? 제가 그 이유를 말씀드리죠! 어느 야심가가 집정관 자리를 매수할 수 있게 하기 위해섭니다! 그가 외치는 소리가 들리는군요. '오, 하지만 최하층민은 투표권이 없소! 나는 애국자로서, 그저 즐길 형편이 못 되는 사람들이 즐길 수 있게 하는 걸 좋아할 뿐이오!' 네, 최하층민은 투표권이 없습니다! 하지만 그 음식과 술을 제공하는 상인들은 모두 투표권이 있지요! 가이우스 카이사르가 고등 조영관을 지낼 때의 그 꽃들을 떠올려보십시오! 자격 없는 자들 20만 명의 배를 채운 푸짐한 음식은 말할 것도 없고요! 가능하다면 합계를 내보십시오, 가이우스 카이사르에게 첫 표를 빚지고 있는 생선장수와 꽃장수의 숫자를 말입니다! 그러나 그것은 합법입니다. 로마의 뇌물수수 관련법들로는 그를 건드릴 수 없습니다……."

그때 폼페이우스가 일어나서 의사당을 나갔고, 의원들의 집단 탈출이 시작되었다. 해가 졌을 때 남아서 카토 생애 최고의 의사진행 방해를 들은 사람은 단 네 명, 비불루스와 가이우스 피소, 아헤노바르부스, 그리고 박복하게도 파스케스를 보유한 집정관 아프라니우스뿐이었다.

폼페이우스와 크라수스 모두 마르스 평원에 있는 카이사르에게 편지를 보냈다. 카이사르는 미니키우스의 여관에서 지내고 있었다. 몹시 지친 부르군두스는—덩치와 힘에도 불구하고, 그는 이제 열흘 넘게 노를 젓고도 무탈할 만큼 젊지 않았다—카이사르의 객실 구석에 말없이 앉아, 사랑하는 주인이 발부스와 조용히 대화하는 모습을 지켜보았다. 발부스는 혼자서 로마로 들어가지 않고 카이사르와 함께 있기를 택했다.

두 편지 모두 같은 전령이 전해주었다. 카이사르는 편지들을 금방 다 읽고 발부스를 쳐다보았다.

"집정관 선거에 부재중 출마를 못할 것 같군." 카이사르는 차분하게 말했다. "원로원은 내게 호의를 베풀 것 같은 분위기였는데, 카토가 표결을 못하도록 끝없이 얘기를 했다고 하네. 크라수스가 지금 이리로 오는 중이야. 폼페이우스는 안 와. 자기가 주시당하고 있는 것 같다고 하는군. 아마 실제로도 그럴 거야."

"아, 카이사르!" 발부스의 눈에 눈물이 고였다. 그는 뭔가 말하려고 했지만, 그때 크라수스가 욕을 하면서 방으로 들어왔다.

"가식 떨고 뻐기고 난체하는 놈! 나는 폼페이우스 마그누스를 혐오하고 키케로 같은 멍청이들을 경멸하지만, 카토는 죽여버리고 싶네! 그 패거리는 참 대단한 두번째 지도자를 맞이했어! 카툴루스가 이 사실을 안다면 자기 아버지처럼 갓 칠한 회반죽 연기에 질식해서 목숨을 끊을 거야! 누가 청렴과 정직이 제일 중요한 미덕이라고 했나? 카토의 방침에 동조하느니 차라리 세상에서 제일 간사하고 저질스런 고리대금업자를 상대하겠네! 카토는 짚을 빨며 플라미니우스 가도를 걷는 모든 신진 세력 중에 최악의 벼락출세자야! 망할 놈! 썩을 놈! 잡놈! 하!"

카이사르는 입이 귀밑까지 찢어지게 함박웃음을 지은 채 홀린 듯이 크라수스의 말을 끝까지 들었다. "친애하는 마르쿠스, 당신한테 이런 말을 하리라고는 꿈에도 몰랐지만, 진정하세요! 뭐하러 카토 같은 놈 때문에 뇌졸중에 걸립니까? 그는 이기지 못할 겁니다, 그의 청렴함이 아무리 극찬을 받아도 말이죠."

"카이사르, 그는 이미 이겼어! 이제 자네는 내년에 집정관이 될 수 없고, 그러면 로마는 어떻게 되는 건가? 카토와 비불루스 같은 민달팽

이들을 납작하게 밟아버릴 만큼 강력한 집정관이 뽑히지 않으면 희망이 없네! 로마 자체가 사라져버릴 거라고! 게다가 자네가 수석 집정관이 되지 않으면 내가 상급 기사들 사이에서 어떻게 지위를 보전하겠나?"

"괜찮아요, 마르쿠스, 정말이에요. 저는 새해에 수석 집정관이 될 겁니다. 설사 비불루스를 동료 집정관으로 짊어진다 하더라도."

분노는 사라졌다. 크라수스는 입을 딱 벌리고 카이사르를 응시했다. "자네, 개선식을 포기하겠다는 뜻인가?"

"물론이죠." 카이사르는 의자에 앉은 채 고개를 돌렸다. "부르군두스, 카르딕사와 아들들을 보러 갈 때가 왔어. 관저로 가서 거기서 지내도록 해. 어머니께 두 가지를 말씀드려줘. 내일 저녁에 내가 집에 갈 거라고, 그리고 내 토가 칸디다를 오늘밤 이곳으로 보내달라고 말이야. 나는 내일 새벽에 신성경계선을 넘어 로마로 들어갈 거야."

"카이사르, 지나치게 큰 희생을 하는 거야!" 크라수스가 금방이라도 눈물을 터뜨릴 것 같은 표정으로 신음하듯 말했다.

"말도 안 됩니다! 희생이라뇨? 전 앞으로 숱하게 개선식을 하게 될 겁니다. 확실히 말씀드리지만, 저는 집정관을 지낸 후에 편안한 속주로 갈 생각이 없거든요. 이제는 저를 알 때도 된 것 같은데요, 마르쿠스. 제가 이대로 이두스에 개선식을 하면 그 개선식이 어떨 것 같습니까? 결코 제게 걸맞은 개선식이 아닐 겁니다. 이틀 동안 개선행진을 한 마그누스에 비해 너무 초라해 보일 겁니다. 그럴 수는 없죠. 저는 여건이 좋을 때, 누구도 필적할 수 없을 개선식을 할 겁니다. 저는 작은 염소 메텔루스 크레티쿠스가 아니라 가이우스 율리우스 카이사르니까요. 로마는 다른 누구도 아닌 저의 행진을 대대손손 기억해야 합니다. 저는 절대 그저 그런 사람이 되지 않을 겁니다."

"도무지 믿을 수가 없군! 개선식을 포기하겠다고? 가이우스, 가이우스, 개선식은 남자 최고의 영광이야! 나를 보게! 개선식은 평생 동안 나를 피해 다녔지. 내가 죽기 전에 딱 하나 원하는 게 있다면 개선식이라네!"

"그렇다면 우린 당신이 꼭 개선식을 하도록 만들어야겠군요. 기운 내세요, 마르쿠스. 앉아서 이곳 주인장 최고의 포도주 한잔 마신 다음에 저녁을 먹읍시다. 열이틀 동안 하루 열두 시간씩 노를 저었더니 식욕이 왕성해지더군요."

"카토를 죽여버리고 싶어!" 크라수스가 앉으면서 말했다.

"계속 벽에 대고 말하고 있는 것 같은데, 죽음은 절대로 적절한 벌이 될 수 없습니다. 심지어 카토한테도요. 죽음은 최고의 승리, 즉 적이 패배를 목도하게 하는 것을 불가능하게 만드니까요. 저는 카토나 비불루스 같은 놈들과 대적하는 것이 너무 좋아요. 그들은 결코 이기지 못할 거니까요."

"어떻게 그렇게 확신하는가?"

"간단하죠." 카이사르가 놀란 표정으로 말했다. "그들은 저만큼 절실하게 이기고 싶어하지 않거든요."

분노는 가셨지만, 크라수스는 평소의 무표정한 얼굴을 되찾지 못한 채 조금 불편한 기색으로 말했다. "덜 중요한 얘기를 하나 해야 하는데, 자네는 어쩌면 덜 중요한 게 아니라고 할지도 모르겠어."

"그래요?"

크라수스는 움찔했다. "나중에 하겠네. 그나저나 우리는 저기 있는 자네 친구가 방안에 없는 것처럼 얘기하고 있었구먼."

"맙소사! 발부스, 용서하게!" 카이사르가 외쳤다. "이리 오게. 자네보다 훨씬 더 배가 빵빵한 금권가를 소개하지. 큰 루키우스 코르넬리우스 발부스, 이쪽은 마르쿠스 리키니우스 크라수스."

전형적인 동류들의 악수군. 카이사르는 생각했다. 두 사람이 돈을 버는 데서 어떤 즐거움을 얻는지는 모르지만, 이들이라면 이베리아 반도도 통째로 사고팔 수 있을 거야. 두 사람은 마침내 서로를 만나서 정말 기뻐하는군. 두 사람이 지금껏 만난 적이 없는 건 이해할 만해. 크라수스는 발부스가 유명해지기 전에 히스파니아를 떠났고, 발부스는 지금 로마에 처음 온 거니까. 발부스가 로마에 거처를 마련하면 정말 좋겠는데.

세 사람은 쾌활하게 식사를 했다. 늘 침착한 사람은 일단 침착한 상태를 벗어나면 다시 침착해지기 어려운 모양이었다. 접시들이 치워지고 등불의 밝기를 조절한 후에야 크라수스는 카이사르에게 전할 두번째 소식을 다시 꺼냈다.

"가이우스, 자네한테 말을 하긴 해야겠는데, 자네는 좋아하지 않을 거네." 크라수스가 말했다.

"뭔데요?"

"네포스가 자네의 요청과 관련하여 원로원에서 짧게 발언을 했어."

"제게 호의적인 발언은 아닐 테죠."

"전혀." 크라수스가 말을 멈췄다.

"뭐라고 했는데요? 괜찮아요, 마르쿠스, 나빠봤자 얼마나 나쁘겠어요!"

"나빠."

"그럴수록 말씀해주셔야죠."

"그는 자네처럼 악명 높은 동성애자한테 호의를 베풀지 않겠다고 했네. 그나마 이건 점잖은 부분이야. 알잖나, 네포스는 상스러운 놈이야. 그런 다음엔 극히 노골적으로 비티니아의 니코메데스 왕과 관련된 얘기를 했어." 크라수스는 다시 한번 말을 멈췄지만, 카이사르가 아무 말도 하지 않자 얼른 말을 이었다. "아프라니우스는 서기들에게 네포스의 말을 기록에서 지우라고 명령했고, 자기가 파스케스를 들고 있을 때는 네포스가 원로원 회의에 참석하지 못하도록 했다네. 아프라니우스가 상황을 정말이지 아주 잘 처리했어."

물론 카이사르는 크라수스도 발부스도 보고 있지 않았고, 방안은 어두웠다. 카이사르는 미동도 하지 않았고 불안하게 느껴지는 표정도 전혀 짓지 않았다. 그럼에도 어째서 방의 온도가 갑자기 뚝 떨어진 것 같은지?

정적이라고 할 수 있을 만큼 침묵이 길어지기 전에 카이사르가 말했다. "네포스가 어리석었군요. 그가 의사당에 계속 나오는 것이 보니파한테는 이득일 텐데. 그는 분명 보니파의 회의마다 참석하고 있을 것이고, 비불루스와도 아주 가까운 사이죠. 저는 그 헛소문이 다시 떠오르기를 수년간 기다려왔어요. 비불루스는 그의 거의 반생 전에 그 일을 마구 들먹였었죠. 그후에는 소문이 잠잠해진 것 같았는데." 카이사르가 싱긋 웃었다. 하지만 즐거움이라고는 전혀 느껴지지 않는 웃음이었다. "이번 선거는 진흙탕 싸움이 될 겁니다."

"의원들의 반응은 좋지 않았어." 크라수스가 말했다. "의사당이 어찌나 고요해졌던지 토가에 나방 앉는 소리라도 들렸을걸? 네포스도 자네보다 자기한테 불리한 짓을 했다고 깨달은 게 분명해. 기록 삭제와 회의참석 금지를 선언한 아프라니우스한테 무례한 말을 하고는—케케묵은 '아울루스의 아들' 어쩌고 하는 말 있잖나—의사당에서 나가버렸거든."

"네포스한테 실망인데요. 그 정도로 수가 얕은 줄은 몰랐는데."

"어쩌면 네포스 본인에게 동성애 성향이 있는지도 몰라." 크라수스가 말했다. "그 당시에는 몹시 우스웠을 뿐인데, 호민관일 때 네포스는 평민회 회의마다 테르무스 같은 덩치 큰 땅딸보들을 향해 눈짓하고 입맞추는 시늉을 했어."

크라수스와 함께 자리에서 일어서며 카이사르가 말했다. "중요한 건 단 하나, 네포스가 제 존엄을 손상시켰다는 겁니다. 이 말은 제가 네포스의 존엄을 손상시켜야 한다는 뜻이고요."

크라수스를 여관 밖까지 배웅하고 객실로 돌아온 카이사르는 발부스가 눈물을 훔치는 것을 보았다.

"네포스 같은 닳아빠진 놈 때문에 우는 건가?" 카이사르가 물었다.

"나는 당신의 자긍심이 얼마나 강한지 압니다. 그래서 그것이 지금 얼마나 손상됐을지도 알고요."

"그래." 카이사르가 말하고 한숨을 쉬었다. "그래, 손상됐네, 발부스. 나는 같은 신분의 어떤 로마인한테도 그 소문이 사실이라고 인정하지 않을 테지만. 설사 그것이 사실이라 해도 말이지. 하지만 사실이 아닐세. 로마에서 동성애자라는 낙인은 아주 파괴적이라네. 존엄이 손상될 정도로."

"내 생각엔 로마가 잘못된 것 같습니다." 발부스가 부드럽게 말했다.

"솔직히 나도 그렇게 생각해. 하지만 그건 중요하지 않네. 중요한 건 수세기 동안 내려온 우리의 전통과 관습인 모스 마이오룸이야. 이유가 뭐건 간에—난 그 이유를 모르겠어—동성애는 용납되지 않아. 용납된 적도 없고. 200년 전 그리스 문물에 대한 로마인들의 저항이 왜 그렇게 거셨겠나?"

"하지만 로마에도 분명 동성애가 존재할 텐데요."

"아주 흔해, 발부스, 게다가 원로원 바깥에만 있는 것도 아냐. 감찰관 카토는 스키피오 아프리카누스가 동성애자였다고 말했고, 술라는 확실히 동성애자였지. 괜찮아, 신경쓰지 말게! 우리의 인생이 쉬운 거라면 얼마나 지루하겠나!"

수석 집정관이자 선거 관리관인 퀸투스 카이킬리우스 메텔루스 켈레르는 포룸 로마눔 낮은 구역의 수도 담당 법무관 재판소와 가까운 곳에 사무소를 설치하고, 법무관이나 집정관 선거 출마를 원하는 수많은 사람들의 신청서를 검토했다. 이후 7월에 있을 다른 두 선거도 그가 담당해야 했는데, 이는 카토가 고등 정무관 출마 신청 마감일을 앞으로 당길 구실을 제공했다. 카토는 그렇게 하면 선거 관리관이 트리부스회와 평민회 선거를 치르기 전에 고등 정무관 후보들을 제대로 신경써서 검토할 수 있다고 말했다.

고등 정무관 직에 입후보한 사람은 오랫동안 햇볕에 표백한 후 백묵으로 문질러 눈부시게 하얀 토가 칸디다를 입었다. 그는 자신의 피호민과 친구 모두를 데리고 다녔는데, 그들이 주요 인사일수록 도움이 되었다. 기억력이 나쁜 후보자는 노멘클라토르를 고용했다. 노멘클라토르의 임무는 후보자가 만나는 모든 사람의 이름을 줄곧 쫑긋 세우고 있는 후보자의 귀에 대고 속삭여주는 것이었다. 근래에는 그 모습이 더 어색해졌는데, 노멘클라토르라는 직업이 공식적으로는 불법화되었기 때문이었다.

영리한 후보자는 마지막 인내심까지 짜내서, 자기한테 얘기하고 싶어하는 모든 사람들의 이야기를 아무리 장황하고 지루한 내용이라도 들어줄 태세를 갖췄다. 그는 어머니와 아기를 발견하면 어머니에게 웃음 짓고 아기에게 입맞췄다. 물론 어머니도 아기도 투표권은 없었지만, 아이 엄마가 그를 뽑으라고 남편을 설득할 수도 있으니까. 영리한 후보자는 웃어야 할 때면 호탕하게 웃고, 슬픈 이야기를 들으면 엉엉 울었으며, 엄숙하고 진지한 주제가 거론되면 엄숙하고 진지한 표정을 지었다. 그러나 지루하거나 무심한 표정은 절대 짓지 않았고, 엉뚱한 사람에게 엉뚱한 얘기를 하지 않도록 조심했다. 그는 어찌나 많은 사람들과 악수를 했던지 밤마다 차가운 물에 오른손을 담가야만 했다. 또한 웅변으로 유명한 벗들을 설득해 로스트라 연단이나 카스토르 신전 연단에 올라가 포룸 로마눔 단골들에게 그가 얼마나 훌륭한 사람이며 체제의 기둥인지, 그의 아트리움이 대대손손 얼마나 많은 이마고들로 가득한지 연설하게 했다. 물론 그의 경쟁자들이 아주 형편없고 괘씸하고 부정직하고 부패하고 매국노이며, 비열하고 남색을 즐기고 대변을 먹고 아이들을 성추행하고 근친상간을 저지르고 짐승 같고 탐욕스러우며 알코올중독자라는 내용도 빼먹지 않았다. 그는 모두에게 모든 것을 약속했으며, 그 약속들이 얼마나 지키기 어려운 것으로 밝혀지게 될지는 신경쓰지 않았다.

로마에는 후보자를 제약하는 법들이 많았다. 그는 무척이나 필요한 노멘클라토르를 고용할 수도, 검투사 경기를 열 수도 없었다. 가장 가까운 친구와 친척 외에는 누구에게도 향응을 베풀 수 없었으며, 선물을 나눠줄 수도 없었다. 물론 뇌물로 돈을 줄 수도 없었다. 그 결과 (노멘클라토르 등) 일부 금지사항들은 눈감아주게 되었으며, 검투사 경기와 연회가 불가능해지자 거기 쓰였을 돈은 현금 뇌물로 흘러들었다.

로마인의 재미있는 점 하나는 일단 매수되기로 결정한 로마인은 계속 충성한다는 것이었다. 그것은 명예가 걸린 문제로, 뇌물을 받고 약속을 지키지 않는 사람은 기피 대상이 되었다. 18개 백인조의 상급 기사보다 낮은 계급은 거의 다 뇌물에 흔들렸다. 뇌물은 긴요한 약간의 현금을 쉽게 손에 넣을 수 있게 해주었기 때문이다. 주요 수혜층은 앞서 말한 상급 기사들을 제외한 1계급 사람들이었고, 다음은 2계급 사람들이었다. 3, 4, 5계급은 돈을 들일 가치가 없었다. 백인조회 투표 요청을 받는 일이 거의 없었기 때문이다. 모든 백인조를 등에 업은 사람은 굳이 2계급에 뇌물을 뿌릴 필요가 없었고, 따라서 1계급 백인조의 유권자들에게 돈이 몰렸다. 백인조는 경제 계급이었으므로 1계급 사람들이 가장 부유하기도 했다.

트리부스 선거는 뇌물로 영향을 미치기가 더 어려웠지만, 불가능하지는 않았다. 네 개의 큰 수도 트리부스 사람들에게 굳이 뇌물을 쓰려 하는 조영관이나 호민관 후보자는 아무도 없었다. 선거 때 소수의 사람들만 로마로 오는 지방 트리부스들이 집중 공략 대상이었다.

한 명당 얼마나 줄지는 후보자에게 달려 있었다. 2천 명의 유권자들에게 1인당 천 세스테르티우스를 줄 수도 있었고, 수많은 사람들에게 영향력을 행사할 수 있는 40명의 유권자들에게 5만 세스테르티우스를 줄 수도 있었다. 피호민은 의무적으로 자기 보호자에게 표를 던질 의무가 있었지만, 피호민에게도 현금 공세가 유효했다. 아주 부유한 후보자가 지출을 고려할 수 있는 액수라 해도 많아봤자 총 200만 세스테르티우스였다. 때때로 후보자들이 인색하기로 유명한 선거들도 있었고, 그런 경우 뇌물을 받은 사람들은 그들을 마구 험담했다.

뇌물은 대부분 선거일 전에 뿌려졌지만, 대부분의 후보자들은 투표

참관인들로 하여금 투표자가 작은 서판에 뭐라고 새기는지 확인할 수 있을 만큼 서판 바구니들에 가까이 있도록 했다. 그리고 엉뚱한 사람에게 뇌물을 쓰는 것에는 위험이 존재했다. 카토는 상당한 수의 사람들을 뇌물을 받았다며 잡아들여 뇌물수수 법정에서 증언시키는 데 이용하기로 유명했다. 그것은 불명예가 아니었다. 뇌물을 받은 사람은 실제로 투표를 제대로 할 테지만 그런 다음 기소시 증거를 제출해도 죄의식은 전혀 느끼지 않을 터였다. 그렇게 하도록 고용된 후에 뇌물을 받았기 때문이다. 이런 연유로, 선거 때 뇌물을 준 혐의로 기소된 사람들은 푸블리우스 술라와 아우트로니우스부터 무레나까지 대다수가 당선자들이었다. 낙선한 사람한테 재판 시간을 낭비하는 경우는 드물었다.

통상적으로 집정관 후보는 최대 열 명이었고 대개 예닐곱 명이었는데, 개중 적어도 절반은 명문가 출신이었다. 유권자에게는 보통 상당히 다양한 선택지가 주어졌다. 그러나 카이사르가 집정관에 출마한 해 운명의 여신은 비불루스와 보니의 편을 들었다. 그해에 카이사르의 동기 법무관들은 그들이 있던 속주에서 임기를 연장받아 로마에 없었기에, 한 후보의 당선이 거의 확실시되는 선거의 경쟁을 치열하게 만들지 못했다. 정치에 관심 있는 로마인들은 모두 카이사르가 지는 건 불가능하다는 사실을 알았다. 그리고 그 사실은 나머지 후보들의 가능성을 줄였다. 카이사르를 제외하면 단 한 사람만 집정관이 될 수 있었고, 그것도 고작 차석 집정관일 것이었다. 최다 득표가 확실해 보이는 카이사르가 수석 집정관이 될 터였다. 따라서 집정관이 되려는 야심이 있는 사람들은 대부분 카이사르가 출마한 해에 입후보하지 않기로 결심했다. 패배는 치명적이었기 때문이다.

그 결과 보니파는 마르쿠스 칼푸르니우스 비불루스 한 사람에게 모든 것을 걸기로 했고, 유서 깊은 또는 신생 귀족 가문의 모든 잠정적 후보들에게 출마하여 비불루스와 겨루지 말라고 설득하며 돌아다녔다. 비불루스는 반드시 차석 집정관이 되어야 했다! 비불루스가 차석 집정관이 되면 카이사르의 수석 집정관 재임기를 매우 어렵고 절망적으로 만들 수 있을 터였다.

그 결과 그해에는 집정관 후보자들이 네 명뿐이었고, 그중에 귀족 가문 출신은 카이사르와 비불루스 단 두 명밖에 없었다. 나머지 후보 두 명은 모두 신진 세력이었는데, 이들 가운데 조금이라도 가능성이 있는 사람은 유명한 법정 변호인이자 폼페이우스의 충성스러운 추종자인 루키우스 루케이우스뿐이었다. 물론 루케이우스는 폼페이우스의 후원에 자기 사재까지 털어 뇌물을 쓸 터였다. 루케이우스가 푼 뇌물의 액수가 그에게 가능성을 주기는 했지만 극히 희박한 가능성이었다. 비불루스는 칼푸르니우스 집안사람이었고 보니파의 후원을 받았으며, 그 역시 뇌물을 쓸 것이 분명했기 때문이다.

카이사르는 동이 틀 때 신성경계선을 넘어 로마로 들어왔다.

발부스를 대동한 카이사르는 라타 가도를 따라 은행가 언덕까지 갔고, 폰티날리스 성문을 통해 도시로 들어갔다. 오른쪽에 라우투미아이 감옥을, 왼쪽에 포르키우스 회당을 두고 걸어 포룸 로마눔에 도착했다. 그는 요행히 메텔루스 켈레르를 붙들 수 있었다. 그 고등 선거 관리관은 자기 사무소에 앉아서 넋을 잃고 카스토르 신전 지붕에 앉은 독수리를 쳐다보고 있었기 때문이다.

"흥미로운 징조군." 카이사르가 말했다.

켈레르는 헉 숨을 들이마시더니 허둥지둥 서류를 한곳에 쌓아올리고 벌떡 일어서서 소리쳤다. "너무 늦게 왔소. 난 근무가 끝났소!"

"왜 그러시오, 켈레르, 감히 그런 불법행위를 하려 들다니. 나는 6월 노나이 이전에 집정관 출마 선언을 하러 여기 왔소. 오늘은 당신의 근무일이오, 원로원이 그렇게 정했소. 따라서 나를 후보로 받아줘야 하오. 아무런 문제도 없으니까."

갑자기 포룸 로마눔의 낮은 구역이 북적거렸다. 카이사르의 피호민들이 모두 그곳에 있었다. 그중 한 사람은 너무나 중요한 인물이라 켈레르는 자신이 감히 사무소를 닫을 수 없음을 깨달았다. 마르쿠스 크라수스가 성큼성큼 걸어서 카이사르에게 다가와 그의 희디흰 왼쪽 어깨 옆에 나란히 선 것이다.

"무슨 문제라도 있나, 카이사르?" 크라수스가 으르렁거렸다.

"제가 알기론 없습니다. 있소, 퀸투스 켈레르?"

"당신 속주의 장부를 제출하지 않았소."

"제출했소, 퀸투스 켈레르. 어제 아침에 즉시 검토해달라는 편지와 함께 국고위원회에 도착했다오. 지금 나랑 같이 사투르누스 신전까지 가서 내 말이 사실인지 확인해보겠소?"

"집정관 출마 신청을 받아들이겠소." 켈레르는 이렇게 말한 뒤 몸을 앞으로 기울이고 내뱉었다. "당신은 바보군! 뭘 위해 개선식을 포기한 거요? 비불루스가 당신 손발을 묶어버릴 거요, 이것만큼은 내 맹세하지! 당신은 내년까지 기다렸어야 했소."

"비불루스가 마음대로 활개를 치게 내버려둔다면 내년쯤엔 로마가 아예 존재하지 않을 거요. 아니, 이건 정확한 표현이 아니지. 비불루스가 아무것도 안 하고 모든 것을 금지하게 된다면. 이쪽이 낫겠군."

"그는 수석 집정관인 당신과 관련한 모든 것을 금지할 거요!"

"벼룩이 뛰어봤자지."

카이사르는 돌아서서 한 팔을 크라수스의 어깨에 올리고, 열광하며 동시에 흐느끼는 인파 속으로 걸어들어갔다. 사람들은 카이사르가 로마에 나타난 것에 매우 기뻐하면서도 그가 개선식을 놓친 것에 분개하고 있었다.

켈레르는 그 열성적인 환영 장면을 잠시 지켜보다가 수행원들에게 퉁명스럽게 손짓을 했다. "사무소를 폐쇄한다." 그는 이렇게 말하고 일어섰다. "릭토르단, 마르쿠스 칼푸르니우스 비불루스의 집으로—이번만큼은 좀 서두르게!"

노나이인데다가 원로원 회의도 없었기에, 켈레르가 도착했을 때 비불루스는 집에 있었다.

"누가 후보 등록을 하러 온 줄 아시오?" 켈레르는 비불루스의 서재로 황급히 들어가며 앙다문 잇새로 뱉었다.

켈레르를 쳐다보는 비불루스의 깡마르고 매력 없는 얼굴은 평소보다도 더 창백해졌다—혹자는 불가능하다고 말할 법한 현상이었다. "농담이겠지!"

"농담이 아니오." 켈레르는 의자에 풀썩 주저앉으며 말했다. 그러면서 귀빈용 의자를 차지하고 있는 메텔루스 스키피오에게 불만스러운 눈길을 던졌다. 하필 왜 지금 저 음침한 잡놈이 여기 있는 거지? "카이사르가 임페리움을 포기하고 신성경계선을 넘어왔소."

"개선식은 어쩌고!"

"제가 말했잖습니까." 메텔루스 스키피오가 말했다. "카이사르가 이길 거라고. 왜 그가 항상 이기는지 아십니까? 잃을 걸 계산하느라 머뭇거리지 않기 때문입니다. 그는 우리처럼 생각하지 않습니다. 매년 있는 집정관 선거 때문에 개선식을 포기할 사람이 우리 중엔 아무도 없을 걸요."

"그자는 미쳤네." 켈레르가 쏘아보며 말했다.

"아주 미쳤거나 아주 제정신이거나, 어느 쪽인지 난 도무지 확신을 못하겠소." 비불루스가 말하고 손뼉을 쳤다. 하인이 나타나자 그는 지시했다. "마르쿠스 카토와 가이우스 피소, 루키우스 아헤노바르부스를 부르러 사람을 보내라."

"작전 회의입니까?" 메텔루스가 물었다. 그는 또 한번의 실패를 예감하듯 한숨을 쉬었다.

"그래, 맞아! 경고하는데, 스키피오, 카이사르가 항상 이긴다느니 하는 소리는 절대로 하지 말게! 우리 중에 파멸의 예언자는 필요 없어. 파멸의 예언에 대해서라면 자네는 카산드라와 동급이야."

"고맙지만 전 테이레시아스입니다!" 메텔루스 스키피오가 퉁명스럽게 말했다. "전 여자가 아니니까요!"

"테이레시아스도 한동안은 여자였지." 켈레르가 킥킥거렸다. "장님이기도 했고! 요즘 짝짓기하는 뱀들 좀 봤나, 스키피오?"

카이사르가 관저에 들어섰을 때는 오후였다. 주변 모든 것들이 그의 전진을 막았다. 수많은 사람들이 포룸 로마눔으로 몰려들어 카이사르를 붙든데다, 발부스도 배려해줘야 했다. 온갖 유명인사들이 발부스에게 관심을 보이게 하고, 카이사르가 마주치는 모든 저명인사들에게 소개시켜줘야 했다.

그런 뒤 발부스를 위층의 손님용 방에 들여보내고 어머니와 딸, 베스타 신녀들과 인사하는 시간도 필요했다. 저녁식사 시간 조금 전에 마침내 카이사르는 세상을 향해 자기 서재의 문을 닫아버리고 혼자만의 생각에 빠질 수 있었다.

개선식은 이미 지나간 일이었기에, 카이사르는 그것에 관해 어떤 생각이건 하느라고 시간을 낭비하지 않았다. 다음 행보를 정하는 것이 훨씬 더 중요했다. 보니파의 다음 행보를 예측하는 것도. 켈레르가 서둘러 포룸 로마눔을 떠나던 모습이 카이사르의 머릿속을 떠나지 않았다. 보니파가 심지어 지금도 작전 회의를 하고 있다는 뜻이 분명했다.

켈레르와 네포스에 대해서는 실로 유감이었다. 그들은 훌륭한 협력자였다. 그런데 왜 구태여 카이사르를 그토록 격렬히 적대시하게 된 것인가? 폼페이우스는 그들의 공공연한 표적이었지만, 그들은 카이사르가 집정관이 되면 폼페이우스의 꼭두각시가 되리라는 어떤 실질적인 증거도 갖고 있지 않았다. 카이사르가 원로원에서 늘 폼페이우스를 옹호한 건 사실이지만, 두 사람은 친했던 적도 없고 혈연관계도 없었다. 폼페이우스는 동방 정복 시절에 카이사르에게 보좌관 직을 주지 않았고, 그들 사이에 동맹 같은 것은 존재하지 않았다. 메텔루스 형제는 보니파에 합류하는 대가로 그들의 적을 모두 떠맡게 된 것인가? 메텔루스 형제가 보유한 영향력으로 볼 때 그럴 가능성은 희박했다. 그들은 보니파에게 구애할 필요가 없다. 보니파 쪽이 기었으면 기었지.

가장 당혹스러운 건 네포스가 원로원에서 감행한 지극히 악의적인 공격이었다. 그것은 엄청난 적의, 매우 사적인 앙심의 표시였다. 무엇 때문에? 2년 전 나와 그토록 훌륭하게 협력했을 때 그들이 나를 싫어했던가? 전혀 그렇지 않았다. 나는 폼페이우스가 아니다. 나는 폼페이우스로 하여금 사람들이 자기를 존경하는지 혐오하는지를 두고 전전긍긍하게 만드는 종류의 불안을 느끼지 않는다. 나의 상식은 2년 전에는 지금과 같은 양심이 존재하지 않았다고 말한다. 그렇다면 메텔루스 형제는 왜 나를 찢어발기려 드는가? 도대체 왜? 무키아 테르티아? 그래, 모든 신들을 걸고 분명히 무키아 테르티아다! 그녀는 이부형제들에게 뭐라고 말하여 폼페이우스가 없을 때 자신이 한 행위를 정당화했을까? 귀족인 그녀의 육체를 티투스 라비에누스 같은 자에게 허락했다고 했다면, 카이킬리우스 메텔루스 가문에 생존한 가장 영향력 있는 두 남자는 그녀를 좋게 보지 않았을 것이다. 하지만 그들은 누이를 용서했을 뿐 아니라 폼페이우스에 맞서 그녀를 옹호하기까지 했다. 그녀가 나를, 26년 전 마리우스 2세와 결혼할 때부터 알고 지낸 나를 탓했다면? 사실 그녀를 유혹한 자는 나라고 그들에게 말했다면? 유언비어란 어딘가에 시작점이 있기 마련이다. 무키아 테르티아보다 더 그럴듯한 출발점이 있을까?

좋아, 그렇다면 이제 메텔루스 형제는 확고한 적이다. 비불루스, 카토, 가이우스 피소, 아헤노바르부스, 그리고 마르쿠스 파보니우스와 무나티우스 루푸스 같은 다수의 덜 중요한 보니파는 나를 쓰러뜨리기 위해 살인 말고는 뭐든 할 것이다. 남은 건 키케로다. 세상에는 결코 마음을 정하지 못하고 이 무리 저 무리에 추파를 던지다가 동지는 한 명도 없고 친구도 거의 없게 되는 사람들이 차고 넘친다. 지금 현재 키케로가 향한 곳은 아무도 모른다. 키케로 자신도 모를 가능성이 높다. 그는 폼페이우스를 애지중지하다가도 금세 폼페이우스와 그가 지지하는 모든 것을 혐오한다. 그렇다면 크라수스와 친한 나는 어떨까? 그래, 카이사르, 키케로에 대해서는 희망을 버리자…….

루키우스 루케이우스와 정치적 동맹을 형성하는 쪽이 현명했다. 카이사르는 그를 잘 알았다. 법정 일을 여러 번 함께했기 때문이다. 카이사르가 대부분 재판관을 맡았었다. 훌륭한 변호인이자 뛰어난 웅변가, 자신과 가문을 고귀하게 할 자격이 있는 영리한 남자. 루케이우스와 폼페이우스는 뇌물을 쓸 여력이 있고 당연히 뇌물을 쓸 터였다. 하지만 당선 가능성은? 카이사르는 이 문제에 대해 생각할수록 확신이 줄어들었다. 폼페이우스에게 원로원과 상급 기사 지지자들이 더 많기만 하다면! 문제는 그렇지 않다는 것이었다. 특히 원로원에서 그랬는데, 이는 로마의 법과 불문율에 대한 폼페이우스의 오랜 경멸이 직접적인 원인일지도 몰랐다. 폼페이우스는 원로원 경력 없이 집정관에 출마하기 위해 원로원의 코를 그 똥 속에 박고 문질렀으며, 원로원은 그것을 잊지 않았다. 현재 원로원에 소속된 의원들 전부 다. 그리 오래된 일이 아니라 겨우 10년 전의 일이었기 때문이다. 폼페이우스에게 충성하는 원로원 내 추종자들은 같은 피케눔 사람인 페트레이우스, 아프라니우스, 가비니우스, 롤리우스, 라비에누스, 헤렌니우스밖에 없었는데, 그들은 유력인사가 아니었다. 그들은 피케눔 출신 평의원 말고는 평의원들의 표도 모으지 못했다. 돈으로 얼마간 표를 매수할 수는 있지만, 충분한 액수의 돈을 충분한 수의 투표자들에게 배포하는 일에 더 능한 보니파도 뇌물을 쓰기로 결정한다면 폼페이우스와 루케이우스는 패배할 터였다.

그러므로 보니파는 뇌물을 쓸 터였다. 불을 보듯 뻔했다. 카토가 그 뇌물에 대해 묵인한다면 그것이 발각되는 일은 없을 것이다. 카이사르 쪽에서도 카토의 책략을 채택하지 않는 한. 카이사르는 그럴 생각이 없었다. 원칙 때문이 아니라 그저 시간 부족과, 정보원으로서 접근할 만한 사람을 알지 못한다는 점 때문에. 반면 그 일을 수년간 해온 카토에게 그것은 완성된 기술이었다. 그러니 각오를 단단히 하자, 카이사르.

싫든 좋든 비불루스를 차석 집정관으로 얻게 될 테니까…….

그 외에 저들이 무엇을 할 수 있을까? 차후에 내년 집정관들에게 속주를 주지 않기. 충분히 가능한 일이었다. 현재 두 갈리아는 전직 집정관들이 담당하고 있었다. 먼 갈리아의 알로브로게스족과 아이두이족, 세콰니족 간의 반목 때문이었다. 일반적으로 두 갈리아는 협력 통치 대상이었다. 이탈리아 갈리아는 알프스 너머 갈리아의 모병 및 보급 기지 역할을 했다. 한 총독은 전투를 하고 다른 총독은 전력을 유지시켰다. 올해 집정관들인 켈레르와 아프라니우스가 내년에 두 갈리아를 받게 되어 있었다. 켈레르는 알프스 너머에서 전투를 하고 아프라니우스는 로마 쪽 알프스에서 그를 지원하게 될 것이다. 그들에게 1년이나 2년 정도 임기를 연장해주기란 얼마나 쉽겠는가. 전례도 이미 확립되어 있었다. 현재 속주 총독들 대다수는 두번째나 심지어 세번째로 임기를 연장받은 상태였다.

알로브로게스족이 정말로 잠잠해졌다면—다들 그렇게 생각하는 것 같았다—먼 갈리아에서의 갈등은 로마를 겨냥한 것이 아니라 부족 간의 문제였다. 1년도 더 전에 아이두이족은 세콰니족과 아르베르니족이 자기네 영토를 잠식하고 있다고 원로원에서 심하게 불평했지만 원로원은 귀를 기울이지 않았다. 이제는 세콰니족이 불평할 차례였다. 그들은 레누스 강 건너편의 한 게르만 부족인 수에비족과 동맹을 맺고 수에비족의 아리오비스투스 왕에게 그들의 땅 3분의 1을 주었다. 유감스럽게도 아리오비스투스에게는 그걸로 부족했다. 그는 3분의 2를 원했다. 그후로는 헬베티족이 로다누스 강 유역에 새로운 거처를 찾아 알프스 밖으로 나오기 시작했다. 이 가운데 카이사르의 흥미를 끄는 일은 아무것도 없었다. 그는 두 갈리아의 몇몇 강력하고 호전적인 부족들이야기할 수 있는 난장판을 정리하는 임무가 켈레르의 소관이라는 데 만족했다.

카이사르는 아프라니우스의 속주인 이탈리아 갈리아를 원했다. 그는 자신이 어디로 가야 할지 알고 있었다. 노리쿰, 모이시아, 다키아, 다누비우스 강 유역으로, 저멀리 흑해까지. 그의 정복지들은 이탈리아를 폼페이우스의 정복지들까지 이어줄 것이고, 거대한 강이 낳는 굉장한 부가 로마의 것이 될 터이며, 로마와 카우카소스 산맥을 이어주는 육로가 생길 것이었다. 죽은 미트리다테스 왕이 이 일을 동쪽에서부터 서쪽으로 할 수 있다고 생각했다면, 카이사르가 서쪽에서 동쪽으로 그렇게 하지 못할 이유가 있으랴?

집정관 속주는 여전히 가이우스 그라쿠스가 도입한 법에 따라 원로원이 배분하고 있었다. 다음해 집정관들의 담당 속주는 그들이 선출되기 전에 결정되어야 한다는 내용의 법이었다. 그렇게 하면 다음해 집정관 후보자들은 그들이 어느 속주로 가게 될지 미리 알 수 있었다.

집정관이 되고 나서 권력을 잡은 후에 원하는 속주를 얻으려고 책략을 쓰지 못하게 하는 그 법을 카이사르는 아주 좋다고 생각했다. 현상황에서 최선은 어떤 속주가 기다리고 있는지 최대한 빨리 아는 것이었다. 카이사르가 원하는 대로 일이 진행되지 않는다면—예를 들어 내년 집정관들에게 속주가 주어지지 않는다면—가이우스 그라쿠스의 법에 따라서 카이사르는 원하는 속주를 얻어내기 위해 생각하고 계획할 시간을 최소 17개월 얻게 되는 것이다. 이탈리아 갈리아, 이탈리아 갈리아를 반드시 손에 넣어야 한다! 메텔루스 켈레르보다 아프라니우스가 더 큰 장애물이 될 수도 있다는 것이 흥미롭군. 폼페이우스는 집정관 카이사르의 도움에 사례하기 위해 아프라니우스에게 약속된 상을 빼앗아줄 것인가?

먼 히스파니아를 통치하면서 카이사르의 생각은 조금 바뀌었다. 그는 실제 통치 경험에서 많은 것을 배웠다. 또한 로마로부터 먼 곳에서 지낸 경험에서도. 그 먼 곳에서는 그때까지 그가 이해할 수 없었던 많은 것들이 선명해졌고, 이런저런 생각들이 바뀌기도 했다. 그의 목표는 변하지 않았다. 그는 로마의 일인자는 물론, 로마의 일인자 가운데서도 가장 위대한 사람이 될 터였다.

그러나 카이사르는 이제 그 목표가 낡고 단순한 방법으로는 실현 불가능하다는 것을 깨달았다. 스키피오 아프리카누스와 가이우스 마리우스 같은 사람들은 놀랍고 거대한 한걸음으로 집정관에서 군사령관으로 도약했다. 그들에게 칭호와 영향력, 불멸의 명성을 준 대단한 군사령관 직이었다. 감찰관 카토는 스키피오가 부인할 수 없는 로마의 일인자가 된 후 그를 부서뜨렸고, 마리우스는 뇌졸중으로 머리가 이상해진 후에 스스로를 부서뜨렸다. 둘 중 누구도 보니같이 조직적이고 거대한 반대세력의 방해는 처리할 필요가 없었다. 보니의 존재는 상황을 급격하게 변화시켰다.

카이사르는 혼자 그곳에 도달할 순 없다는 걸, 그가 자신을 위해 만든 파벌의 구성원들보다 더 강력한 협력자들이 필요하다는 걸 이제 이해했다. 순항중인 카이사르의 파벌에는 발부스, 푸블리우스 바티니우스(그의 부와 재치는 그를 몹시 가치 있게 만들었다), 위대한 로마 은행가 가이우스 오피우스, 루키우스 피소(채권자들로부터 카이사르를 구해준 후부터), 아울루스 가비니우스, 가이우스 옥타비우스(카이사르의 조카사위이자 매우 부유한 법무관) 같은 사람들이 있었다.

카이사르에게는 우선 마르쿠스 크라수스가 필요했다. 카이사르의 행운이 그의 벌린 두 팔에 크라수스를 던져준 것은 참으로 이례적인 일이었다. 징세청부 계약 건은 아무도 예측하지 못한 방향으로 일을 전개시켰다. 카이사르는 수석 집정관이 되어 크라수스 문제를 해결한다면 그의 모든 인맥이 앞으로 쭉 자기 것이 되리란 점을 알았다.

그러나 카이사르에게는 위대한 폼페이우스도 필요했다. 나는 그 사람이 필요하다, 폼페이우스 마그누스가 필요하다. 하지만 그가 원하는 땅을 확보하고 동방에서 맺은 조약들을 비준한 후에는 어떻게 그를 내게 묶어놓을 것인가? 그는 진정한 로마인도 아니고 천성적으로 감사할 줄 모르는 사람이다. 어떻게든 그의 규칙에 나를 속박시키지 않으면서 그를 계속 내 편으로 만들어야 한다!

그때 어머니가 혼자만의 시간을 방해했다.

"딱 좋을 때 오셨네요." 카이사르는 웃음 지으며 말하고 일어나서 어머니가 의자에 앉는 것을 도왔다. 평소에 잘 하지 않는 친절한 행동이었다. "어머니, 제가 어디로 가야 할지 알았어요."

"놀랍지 않구나, 카이사르. 별들을 향해 가겠지."

"또는, 물론 세상의 끝으로겠죠."

아우렐리아는 얼굴을 찌푸렸다. "메텔루스 네포스가 원로원에서 뭐라고 했는지는 물론 전해 들었겠지?"

"네, 크라수스한테서요. 화가 잔뜩 났더군요."

"조만간 그 문제가 다시 수면 위로 떠오를 거다. 어떻게 처리할 거니?"

이번에는 카이사르가 얼굴을 찌푸렸다. "잘 모르겠어요. 제가 현장에서 그의 말을 듣지 않은 게 무척 다행이지만요—그랬다면 나는 그를 죽여버렸을 거고, 그건 내 경력에 전혀 이롭지 않겠죠. 그에게 입맞춤을 보내는 몸짓을 실컷 해서 내 어깨에서 그의 어깨로 의혹을 떠넘기기라도 해야 할까요? 크라수스는 네포스에게 동성애 성향이 있다고 생각해요."

"아니." 아우렐리아는 단호하게 말했다. "그자도, 그의 말도 무시하거라. 앞으로는 더 많은 여자들의 송장이—은유적으로 말한 거다!—네 뒤에 널려 있게 될 거야, 아도니스의 뒤보다도 더 많이. 넌 이제껏 어떤 남자한테도 흥미를 보이지 않았고, 네 적들 역시 온갖 노력에도 불구하고 걸고넘어질 엄한 이름 하나 건지지 못했어. 그들이 고작 말할 수 있는 건 불쌍한 니코메데스 왕뿐이지. 그것조차 25년간 유일하게 존재하는 의혹이야. 내버려만 둬도 시간이 의혹을 희미하게 만들 거야, 카이사르 네가 냉정하게 대처한다면 말이야. 네 불같은 성질이 약해지고 있다고 생각하지만, 그래도 부탁하마. 그 문제가 등장할 때마다 노여움을 억누르거라. 무시하고 또 무시해."

"네, 어머니 말씀이 맞아요." 카이사르는 한숨을 쉬었다. "술라가 마침내 집정관이 되었을 때, 아무도 자기보다 힘들게 집정관이 되고 힘들게 집정관을 지낸 사람이 없다고 말하곤 했죠. 그런데 유감스럽게도 제가 그를 능가할 것 같아요."

"잘됐구나! 그는 다른 모든 사람들 위에 서 있었어, 지금도 마찬가지고."

"폼페이우스는 사람들이 술라를 싫어하던 식으로 미움받는 걸 싫어할 거예요. 하지만 어머니, 생각해보니 저는 미움받는 것보다 잊히는 게 더 싫어요. 미래가 어떻게 될지 아는 사람은 아무도 없어요. 최악에 대비하는 것 외에는 할 수 있는 게 없죠."

"그리고 행동하는 것." 아우렐리아가 말했다.

"네, 늘 그렇듯이. 저녁식사가 준비됐나요? 전 노를 저으면서 다 써버린 뭔가를 아직도 채우는 중이에요."

"사실은 저녁 준비가 끝났다고 말하러 왔던 거란다." 아우렐리아는 자리에서 일어섰다. "네가 데려온 발부스라는 사람 마음에 들어. 멋진 귀족 같아, 어떠니?"

"저처럼 발부스도 까마득히 옛날부터 존재한 가문 출신이에요. 페니키아계죠. 그의 진짜 이름은 놀라운데, 키나후 하다슈트 비블로스랍니다."

"이름이 세 개니? 귀족이 맞구나."

두 사람은 복도로 들어서서 식당 문 쪽으로 향했다.

"베스타 신녀들은 문제가 없나요?" 카이사르가 물었다.

"전혀."

"제 꼬마 검은 새는요?"

"아주 잘 지내지."

바로 그때 율리아가 계단 쪽에서 나타나자 카이사르는 딸을 제대로 보기 위해 마음을 가라앉혔다. 아, 내가 없는 동안 정말 많이 컸구나! 정말 아름다워! 혹시 내 딸이라서 그렇게 보이는 건가?

그렇지 않았다. 율리아는 카이사르의 골격을 물려받았다. 그가 어머니한테서 물려받은 골격이었다. 여전히 피부가 어찌나 흰지 투명하게 반짝일 정도였고 풍성한 머리카락도 색이 매우 옅었다. 이러한 특징은 이국적인 연약함을 자아냈는데, 희미하게 자줏빛이 도는 커다란 파란 눈동자에도 그것이 어려 있었다. 보통의 남자만큼 키가 큰 율리아의 몸은 어쩌면 지나치게 말랐고 가슴은 남자들이 보기에 지나치게 작을 수도 있었지만, 아버지가 가까이에서 보기에 그녀는 자기만의 매력을 갖고 있었고 앞으로 많은 남자들을 매혹시킬 터였다. 내가 율리아의 아버지가 아니라면 이 아이를 원했을까? 원했을지는 확신할 수 없지만 분명 사랑했을 것이다. 딸애는 진정한 율리아다, 남자들에게 행복을 선사하는.

"1월이면 열일곱 살이지." 카이사르는 말했다. 그는 딸의 의자를 자기 맞은편에, 어머니의 의자는 발부스 맞은편에 놓게 했다. 발부스에게는 긴 의자의 귀빈석이 주어졌다. "브루투스는 어떻게 지내니?"

율리아는 극히 침착하게 대답했지만, 그녀의 얼굴이 약혼자의 이름을 듣고도 밝아지지 않는다는 것을 카이사르는 눈치챘다. "브루투스는 잘 지내요, 아빠."

"포룸 로마눔에서 명성은 얻었고?"

"출판 쪽에서 반응이 더 좋아요. 그의 요약본은 높이 평가받고 있어요." 율리아는 웃음을 지었다. "사실 저는 그가 사업을 가장 좋아한다고 생각해요, 그래서 그가 원로원 의원이 될 거라는 사실이 유감이에요."

"마르쿠스 크라수스를 본보기로 삼으면 어떠냐? 기민한 사람은 원로원 때문에 제약을 받지는 않을 거다."

"브루투스는 기민한 사람이에요." 율리아는 숨을 깊이 들이마셨다. "그의 어머니가 내버려두기만 한다면 공직 생활을 훨씬 잘할 거예요."

카이사르의 미소에는 노여움의 흔적이 없었다. "전적으로 동의한다, 딸아. 세르빌리아한테 아들 좀 그만 잡으라고 늘 말하지만, 어쩌겠니, 세르빌리아는 세르빌리아인걸."

세르빌리아라는 이름이 아우렐리아의 주의를 끌었다. "너한테 할 말이 있었는데 깜빡했구나, 카이사르. 세르빌리아가 너를 만나고 싶어해."

그러나 카이사르는 브루투스를 먼저 보았다. 네 사람은 식당에서 나오다가 율리아를 보러 온 브루투스를 맞닥뜨렸다.

아, 저런! 시간은 가련한 브루투스를 발전시키지 못한 게 분명했다. 예전처럼 쭈뼛쭈뼛한 브루투스는 카이사르의 손을 힘없이 잡고 악수하며 카이사르의 눈만 빼고 모든 곳을 쳐다보았다. 이는 늘 카이사르를 짜증나게 하는 특징이었다. 카이사르는 그런 사람은 간사하다고 생각했기 때문이다. 스물셋이면 여드름은 사라지기 시작할 나이가 분명한데도, 그 흉측하던 여드름은 오히려 악화된 것 같았다. 브루투스의 피부가 그토록 거무스름하지 않았다면, 뺨과 턱과 턱 언저리에 마구잡이로 난 짧은 수염이 이렇게까지 비열해 보이진 않았을지도 몰랐다. 그가 연설보다 글쓰기를 더 좋아한다는 건 놀랍지 않았다. 막대한 재산과 완벽한 족보가 아니었다면 누가 그를 진지하게 대해줄 수 있겠는가?

하지만 브루투스는 수년 전과 마찬가지로 율리아를 깊이 사랑하는 것이 분명했다. 그는 친절하고 정중하고 믿음직하고 다정했다. 율리아를 보는 그의 눈은 온기로 가득했으며, 그녀의 손은 부서지기라도 할 듯 조심스럽게 잡혀 있었다. 딸애가 혼전순결을 잃을지도 모른다는 걱정은 할 필요 없겠군! 브루투스는 결혼할 때까지 기다릴 터였다. 사실, 이에 생각이 미치자 카이사르는 브루투스가 성 경험이 전혀 없으리라고 직감했다. 그런 경우 결혼은 모든 방식으로, 몸과 정신 모두에 있어 브루투스에게 큰 도움이 될 수도 있었다. 불쌍하기 그지없는 브루투스. 운명의 여신은 불친절하게도 하르피이아 같은 세르빌리아를 그의 어머니로 주었다. 이어서 카이사르는 율리아가 시어머니 세르빌리아에 어떻게 대처할지 궁금해졌다. 딸애는 그 하르피이아가 찢어발겨 영원히 복종시킬 또 한 명의 사람이 될 것인가?

카이사르는 다음날 저녁 무렵 파트리키 구에 있는 거처에서 자신의 하르피이아를 만났다. 그녀는 마흔다섯 살이었지만 그 나이로 보이지 않았다. 육감적인 몸매는 퍼지지 않았고 멋진 젖가슴도 처지지 않았다. 실제로 그녀는 굉장히 아름다웠다.

그녀는 광란을 기대하면서도 그에게는 께느른하고 에로틱한 모습을 보여주었으며, 카이사르는 이에 저항할 수 없음을 느꼈다. 그녀가 배배 꼬아낸 감각의 복잡한 거미줄은 카이사르를 무력한 황홀경으로 몰아넣었다. 카이사르가 그녀를 처음 알게 되었을 때는 오르가슴에 굴복하지 않고 몇 시간 동안 발기 상태를 유지할 수 있었지만, 그가 인정하듯 결국엔 그녀가 이겼다. 그녀를 오래 알수록 그녀의 성적인 마력에 저항하기가 힘들었다. 다시 말해 그 사실을 그녀에게 숨기는 것만이 유일한 방어책이라는 뜻이었다. 절대로 핵심 정보를 세르빌리아에게 넘겨주면 안 돼! 그녀는 그걸 단물이 다 빠질 때까지 잘근잘근 씹을 거야.

"당신이 신성경계선을 넘어와서 집정관 출마를 선언한 이후 보니파가 전면전을 선포했다고 들었어요." 카이사르와 함께 욕조 안에 누웠을 때 세르빌리아가 말했다.

"다른 전개를 기대한 건 아니겠지?"

"물론 아니죠. 하지만 카툴루스가 죽으면서 제동장치가 풀렸어요. 비불루스와 카토가 끔찍한 조합인 건 그들에게 이제 비판이나 반대의 두려움 없이 쓸 수 있는 두 가지 자산이 있기 때문이에요. 하나는 그 어떤 극악무도한 행위도 미덕으로 합리화하는 능력이고, 다른 하나는 선견지명이라곤 눈을 씻고 찾아봐도 없다는 점이죠. 카툴루스가 악당이었던 건 그의 아버지에게는 결코 없었던 천성적인 옹졸함 때문이었어요.

어머니 도미티아한테서 물려받은 거죠. 카툴루스의 할머니는 포필리아니까 훨씬 나은 집안의 사람이었어요. 하지만 카툴루스는 로마 귀족의 본질에 대한 생각이 어느 정도 있었고, 때때로 보니파의 특정한 전략 결과를 예측할 수 있었죠. 그래서 경고하는데, 카이사르, 그의 죽음은 당신한테 재앙이에요."

"마그누스도 카툴루스에 대해 비슷한 말을 했소. 난 당신의 지도가 필요 없소, 세르빌리아. 하지만 당신의 의견에는 관심이 있지. 보니파를 상대하기 위해 나한테 필요한 게 뭐라고 생각하오?"

"당신이 아주 강력한 협력자들 없이는 이길 수 없다는 걸 인정할 때가 왔다고 생각해요, 카이사르. 지금까지는 혼자만의 싸움이었죠. 이제부터는 다른 세력들과 연합해서 싸워야만 해요. 당신 진영은 너무 작아요. 진영을 키워요."

"무엇으로? 혹은 누구로?"

"마르쿠스 크라수스는 징세청부업자들에 대한 영향력을 유지하기 위해 당신이 필요해요. 그리고 아티쿠스는 맹목적으로 키케로에게 붙을 만큼 바보가 아니죠. 그는 키케로에게 약하지만 자신의 사업 활동을 훨씬 더 중시하니까요. 그는 돈은 필요 없지만 권력을 갈망하죠. 그가 한 번도 정치권력에는 흥미가 없었다는 게 다행일지도 몰라요. 그렇지 않았다면 당신의 경쟁자가 되었을 거니까요. 가이우스 오피우스는 최고의 로마인 은행가예요. 당신한텐 이미 최고의 은행가 발부스가 있지만, 오피우스도 당신 편으로 끌어들여요. 브루투스는 물론 당신 편이죠, 율리아 덕분에."

누워 있는 세르빌리아의 멋진 젖가슴이 수면 위로 살짝 드러나 있었다. 검은 머리카락은 물에 젖지 않도록 아무렇게나 올려 묶었으며, 크고 검은 눈동자는 그녀 자신의 생각들을 겹겹이 뚫고서 온전히 내면을 응시하고 있었다.

"폼페이우스 마그누스는?" 카이사르는 무심하게 물었다.

그녀는 표정이 굳어지며 갑자기 카이사르를 쏘아보았다. "절대 안 돼요, 카이사르! 그 피케눔 도살자는 안 된다고요! 그는 로마가 어떻게 작동하는지 이해 못해요. 예전에도 그랬고 앞으로도 절대 이해하지 못할 거예요. 그에겐 대단한 선천적 능력이, 좋거나 혹은 나쁜 거대한 힘이 있어요. 하지만 그는 로마인이 아니에요! 만약 그가 로마인이었다면 집정관이 되기 전에 원로원에 했던 짓을 절대로 하지 않았을 거예요. 그에게는 섬세한 측면도, 지지 않을 거라는 내면적 확신도 없어요. 폼페이우스는 규칙과 법이 자신의 이익을 위해 깨뜨릴 수 있는 거라고 생각하죠. 그러면서도 인정에 목말라하고, 그 상충하는 욕망들 때문에 늘 고뇌해요. 그는 평생토록 로마의 일인자이기를 원해왔지만, 그렇게 되기 위한 옳은 방식을 전혀 몰라요."

"그가 무키아 테르티아와의 이혼을 현명하게 처리하지 못한 건 사실이오."

"그건 무키아 테르티아 때문이라고 생각해요. 사람들은 그녀가 누군지 잊곤 하죠. 그녀는 스카이볼라의 딸이자 크라수스 오라토르가 사랑했던 조카딸이에요. 오직 폼페이우스 같은 미련퉁이만 그녀를 로마에서 300킬로미터나 떨어진 요새에 수년간 가둬놓을 거예요. 그래서 그녀가 라비에누스 같은 촌뜨기랑 바람이 난 거예요. 선택권이 있었다면 당신을 훨씬 더 원했을 걸요."

"그건 나도 늘 알고 있었소."

"그녀의 형제들도 알죠."

“아! 맞소.”

“하지만 스카우루스는 그녀와 썩 잘 어울려요.”

“그러니까 당신은 내가 폼페이우스와 거리를 둬야 한다고 생각하는군.”

“당연하죠! 그는 정당한 게임을 할 수 없어요, 규칙을 모르니까요.”

“술라는 그를 통제했소.”

“그리고 그는 술라를 통제했죠. 절대로 그걸 잊어서는 안 돼요, 카이사르.”

“그래, 그랬지. 그럼에도 불구하고 술라에게는 폼페이우스가 필요했소.”

“술라도 참 어리석었죠.” 세르빌리아가 비아냥거렸다.

루키우스 플라비우스가 폼페이우스의 토지법안을 평민회로 다시 가져갔을 때, 통과 가능성은 사라져버렸다. 켈레르가 그곳 민회장에서 고문하듯 장광설을 늘어놓았기 때문이다. 불쌍한 플라비우스와의 대립이 어찌나 격렬했던지, 플라비우스는 결국 방해 없이 일할 권리를 행사하여 켈레르를 라우투미아이 감옥으로 급히 보내버렸다. 켈레르는 감방에서 원로원 회의를 소집했다. 그러자 플라비우스는 그곳의 문앞을 몸으로 막아섰고, 켈레르는 벽을 무너뜨리라 명령하고서 그 작업을 몸소 감독했다. 라우투미아이 감옥답게 그가 감방을 떠나지 못하게 막는 건 아무것도 없었지만, 수석 집정관은 여봐란듯이 감방에서 집정관 및 의원 업무를 수행하여 루키우스 플라비우스를 당황시키는 편을 택했다. 좌절하고 격노한 폼페이우스는 그의 호민관에게 정숙을 명할 수밖에 없었다. 그 결과 플라비우스는 켈레르의 석방을 승인했고, 더는 평민회 회의에 나가지 않았다. 토지법안 공포는 불가능했다.

고등 정무관 선거유세가 숨가쁘게 진행되는 동안, 카이사르의 귀국은 대중의 관심을 무척 고조시켰다. 왜 그런지 카이사르가 로마에 없을 때는 모든 것이 지루했지만, 카이사르가 나타나자 대격전이 약속되었다. 젊은 쿠리오는 로스트라 연단이나 카스토르 신전의 연단이 비었을 때마다 올라갔는데, 메텔루스 네포스를 밀어내고(네포스는 먼 히스파니아로 떠났다) 카이사르 인신공격의 일인자가 되려고 작심한 것처럼 보였다. 니코메데스 왕 이야기는 여러 재치 있는 윤색과 함께 되풀이되었다. 하지만 격노한 키케로는 폼페이우스에게 이렇게 말했다. "내가 보기엔 젊은 쿠리오야말로 여자 같은 남자네. 그는 분명히 카틸리나의 계집이었을 거야, 그 이상의 뭔가가 아니었다면 말이지."

"그자는 푸블리우스 클로디우스의 편인 줄 알았는데?" 폼페이우스가 물었다. 그는 정치적·사회적 협력과 관련한 복잡한 내용을 추적하기가 늘 어렵다고 느꼈다.

키케로는 그 이름을 듣고 몸을 떨지 않을 수 없었다. "그자는 무엇보다도 자기 자신의 편이야."

"루케이우스의 당선을 돕기 위해 최선을 다하고 있나?"

"당연하지!" 키케로가 도도하게 대답했다.

실제로 키케로는 최선을 다하는 중이었다. 비록 포룸 로마눔에서의 호위 임무를 수행하는 동안 끊임없이 어색한 만남을 겪어야 하기는 했지만.

테렌티아 탓에 푸블리우스 클로디우스는 매우 격하고 위험한 적이 되었다. 어째서 여자들은 인생을 그토록 힘들게 만드는 걸까? 그녀가 키케로를 내버려뒀더라면, 키케로는 일 년 전에 마침내 클로디우스의 신성모독 재판이 시작되었을 때 그에게 불리한 증언을 하지 않고 넘어갈 수 있었을지도 모른다. 클로디우스는 자기가 보나 데아 기간에 인테람나에 있었다고 말했고, 몇몇 존경받는 증인들도 그의 말이 맞다고 했기 때문이다. 그러나 테렌티아는 더 잘 알고 있었다.

"그가 당신을 보러 온 건 보나 데아 축일이었어요." 테렌티아는 단호하게 말했다. "재무관으로서 시칠리아 서부로 갈 거라고, 잘하고 싶다고 당신한테 전하려고 말이죠. 그날은 보나 데아의 날이었어요, 확실해요! 당신은 그가 몇 가지 조언을 구하러 왔다고 나한테 말했죠."

"여보, 당신이 착각한 거요!" 키케로가 헐떡이며 말했다. "그때로부터 석 달이나 지난 후에야 속주들이 분배되었소!"

"거짓말 말아요, 키케로! 부임지가 정해져 있다는 건 당신도 나만큼이나 잘 알잖아요! 클로디아 그 더러운 년 때문이죠? 당신은 그 여자 때문에 증언하지 않으려는 거예요."

"내가 증언하지 않으려는 건 이번 일이 절대 깨워서는 안 되는 괴물 같은 거라는 직감 때문이오, 테렌티아. 클로디우스는 13년 전 내가 파비아를 변호한 이후로 내게 별로 신경쓰지 않았소! 그때 난 그를 싫어했소. 이제는 그를 혐오하오. 하지만 그는 원로원에 들어갈 만큼 나이를 먹었고 파트리키인 클라우디우스 집안사람이오. 그의 형 아피우스는 나와 니기디우스 피굴루스의 가까운 벗이고. 우애는 지켜야만 하오."

"당신은 그의 누이 클로디아와 정을 통하고 있어요. 그래서 당신의 의무를 다하기를 거부하는 거예요." 테렌티아가 고집스러운 표정으로 대꾸했다.

"나는 클로디아와 정을 통하고 있지 않소! 그 여자는 그 시인 친구

카툴루스와 부끄러운 짓을 하고 있다고."

테렌티아가 말도 안 되는 논리를 펼쳤다. "여자들은 남자들과 달라요. 여자들은 화살통에 화살을 그렇게 많이 갖고 있지 않다고요. 등을 대고 누워 무기를 받아들이기만 하면 되니까."

키케로는 항복하고 증언을 하여 클로디우스의 알리바이를 깨뜨렸다. 풀비아의 돈으로 배심원들을 매수하기는 했지만(그리하여 31 대 25로 풀려났지만), 클로디우스는 잊지도 용서하지도 않았다. 설상가상으로 그 직후 클로디우스가 원로원 의석을 얻고 키케로를 조롱하며 재담을 하려 했을 때, 제멋대로인 키케로의 혀가 오히려 그 자신을 높이고 클로디우스를 우스꽝스럽게 만들어버리면서 클로디우스의 원한은 하나 더 늘었다.

올해 초 호민관 가이우스 헤렌니우스—피케눔 출신이니 폼페이우스의 명령대로 움직이고 있었을까?—는 평민회 특별법이라는 수단으로 클로디우스의 신분을 파트리키에서 평민으로 바꾸기 위해 움직이기 시작했다. 클로디아의 남편 메텔루스 켈레르는 왠지 유쾌한 태도로 관망했고, 그를 막기 위해 아무것도 하지 않았다. 이제 클로디우스는 켈레르가 평민회장에서 선거 사무소를 열자마자 호민관 후보 등록을 할 거라고 여기저기 말하고 다녔으며, 호민관에 당선되자마자 로마 시민들을 재판 없이 처형한 혐의로 키케로를 고발하겠다고 말했다.

키케로는 겁에 질렸고, 이를 부끄러워하지 않고서 아티쿠스에게 자신이 겁에 질렸다고 말했다. 그리고 아티쿠스에게 클로디아를 설득해 동생을 말리도록 해달라고 애원했다. 아티쿠스는 클로디우스가 복수심에 불타고 있을 때면 아무도 말릴 수 없다면서 거절했다. 이번 복수 상대는 키케로였다.

이 모든 사정에도 불구하고 키케로와 클로디우스는 여러 차례 어색하게 마주쳤다. 집정관 후보자는 자신의 명의와 돈으로 검투사 경기를 열 수 없었지만, 다른 사람이 포룸 로마눔에서 후보자의 아버지나 할아버지를 기려 화려한 경기를 개최하는 것을 막을 방법은 없었다. 단 후보자의 부친이나 조부가 경기 개최자의 조상이나 친척이어야 했다. 따라서 다름아닌 수석 집정관 메텔루스 켈레르가 자신과 비불루스의 공통된 조상을 기려 검투사 경기를 열고 있었다.

클로디우스와 키케로 두 사람은 포룸 로마눔의 낮은 구역을 통과하며 열심히 유세하는 루케이우스와 동행하고 있었는데, 근처에서 유세중이던 카이사르를 갑자기 에워싸는 사람들에 휩쓸려 서로 만나게 되었다. 그리고 그때부터 계속 상냥한 표정을 지은 채 서로를 다정하게 대할 수밖에 없었다.

"시칠리아에서 돌아온 후에 검투사 경기를 열었다고 들었습니다." 클로디우스가 키케로에게 물었다. 그의 매혹적인 거무스름한 얼굴은 함박웃음을 띠자 확 달라 보였다. "정말입니까, 마르쿠스 툴리우스?"

"맞아, 그랬네." 키케로가 상냥하게 대답했다.

"그러면 당신의 시칠리아 피호민들을 위해 특별석을 마련했었나요?"

"어……. 아니." 키케로가 얼굴을 붉히며 대답했다. 그 경기는 극히 수수한 것이어서 관람석이 그의 로마 피호민들에게도 걸맞지 않았다는 걸 어떻게 설명하겠는가?

"나는 내 시칠리아 피호민들을 위한 자리를 만들 생각입니다. 유일한 문제는 매형 켈레르가 협조를 하지 않는다는 거죠."

"그럼 자네 누님인 클로디아에게 부탁해보는 게 어떤가? 클로디아는 분명 마음대로 할 수 있는 자리를 여럿 갖고 있을 거네, 집정관의 부인이니까."

"클로디아?" 클로디우스가 고개를 쳐들었다. 그가 언성을 높이자, 서로 아주 친절하게 대하고 있는 공공연한 두 앙숙의 대화를 아까부터 듣고 있지 않았던 사람들마저 그들에게 주의를 집중했다. "클로디아라고 했습니까? 클로디아는 저한테 손톱만큼도 곁을 주지 않아요!"

키케로는 키득거렸다. "클로디아가 뭐하러 손톱만한 걸 주겠나? 듣자 하니 자네가 클로디아한테 손가락보다 긴 걸 자주 들이미는 마당에?"

아, 최악이다! 내 혀는 어째서 이렇게 제멋대로인지! 포룸 로마눔 낮은 구역에 있던 사람들 모두가 발작적으로 웃으면서 땅에 나뒹굴었다. 카이사르가 제일 크게 웃었다. 클로디우스는 돌처럼 굳었고, 키케로는 설사가 날 듯 두려우면서도 자신의 재치가 무척 흡족했다.

"대가를 치르게 될 거다!" 클로디우스는 이렇게 속삭이더니 최대한 존엄을 그러모아 그의 팔을 잡고 있는 풀비아와 함께 성큼성큼 걸어가 버렸다. 풀비아의 표정은 분노의 표본과도 같았다.

"맞아!" 그녀가 새된 소리를 질렀다. "당신은 대가를 치르게 될 거야, 키케로! 언젠가는 내가 당신 혀로 딸랑이를 만들겠어!"

클로디우스로서는 견딜 수 없는 모욕이었다. 그는 6월에 자신의 운이 영 좋지 않다는 걸 알게 되었다. 그의 매부 켈레르가 평민 후보자들을 위해 사무소를 열자 클로디우스는 호민관 후보 등록을 하러 갔지만, 켈레르는 등록을 거부했다.

"자네는 파트리키야, 푸블리우스 클로디우스."

"나는 파트리키가 아닙니다!" 클로디우스가 주먹을 꽉 쥐며 말했다. "가이우스 헤렌니우스가 평민회에서 나의 파트리키 신분을 박탈하는 특별법을 통과시켰어요."

"가이우스 헤렌니우스는 법 위에 넘어져도 법을 모를 사람이군." 켈레르가 냉정하게 말했다. "평민회가 어떻게 자네의 파트리키 신분을 박탈할 수 있단 말인가? 파트리키에 대해 왈가왈부하는 건 평민회의 권한이 아니네. 그만 가게, 클로디우스, 자네 때문에 내 시간이 낭비되고 있어. 평민이 되고 싶으면 제대로 되게. 평민의 양자로 들어가란 말이야."

클로디우스는 잔뜩 성이 나서 그곳을 떠났다. 아, 복수 대상 목록이 길어지고 있었다! 이제 켈레르도 목록에서 중요한 자리를 차지하게 되었다.

하지만 급한 건 복수가 아니었다. 클로디우스는 자기를 입양해줄 평민을 찾아야 했다. 그것이 유일한 방법이라면.

그는 마르쿠스 안토니우스에게 아버지가 되어달라고 부탁했지만 안토니우스는 껄껄 웃을 뿐이었다. "당신이 대가로 주려고 할 100만이 이제는 필요 없습니다. 나는 파디아와 결혼했고, 장인은 안토니우스 집안 사람의 조부가 될 거니까요."

쿠리오는 화가 난 것 같았다. "헛소리 마십시오, 클로디우스! 내가 당신을 내 아들이라고 부르며 돌아다닐 거라는 생각은 버리는 게 좋아요! 그랬다가는 내 꼴이 지금 내가 우스워 보이게 만들고 있는 카이사르보다 더 우스워 보일 테니까요."

"왜 카이사르를 우스워 보이게 하려는 건가?" 호기심이 발동한 클로디우스가 물었다. "내 생각엔 클로디우스 클럽의 마지막 한 명까지 모두 카이사르를 지지하는 게 나을 텐데."

"심심해서 그럽니다." 쿠리오가 퉁명스럽게 말했다. "난 그가 이성을 잃는 모습이 정말 보고 싶거든요. 아주 가관이라 하더군요."

데키무스 브루투스도 응할 기미가 보이지 않았다. "어머니가 날 죽이려고 할 거예요, 아니면 아버지가 그러겠죠. 미안해요, 클로디우스."

포플리콜라마저 흠칫했다. "자네가 날 아버지라고 부른다고? 안 되네, 클로디우스, 안 돼!"

물론 바로 그것이 클로디우스가 풀비아의 마르지 않는 돈 일부를 헤렌니우스에게 주어 그 법을 만들게 하기로 택한 이유였다. 클로디우스는 입양되고 싶지 않았다. 우스꽝스러운 일이었기 때문이다.

풀비아가 좋은 생각을 해냈다. "친구들한테 도움을 구하는 건 그만둬요. 포룸 로마눔에서의 기억은 오래가요, 그들도 다 그 사실을 알고요. 나중에 비웃음을 살 행동은 하지 않을 거예요. 그러니 바보를 찾아야 해요."

뭐, 그런 자들이라면 널렸지! 클로디우스는 생각하기 시작했고, 눈앞에 이상적인 얼굴을 떠올렸다. 푸블리우스 폰테이우스! 클로디우스 클럽에 들어오고 싶어 안달이지만 늘 퇴짜를 맞는 놈. 부유하지만 자격이 부족한 사람. 열아홉 살에, 그를 저지할 가장도 없고, 지능은 나무 조각 정도밖에 안 돼.

"오, 푸블리우스 클로디우스, 정말 영광입니다!" 폰테이우스의 대답이었다. "그렇게 하십시오!"

"자네를 나의 가장으로 인정할 수 없다는 건 물론 이해하겠지. 입양이 끝나는 즉시 나를 자네의 권위에서 풀어줘야 한다는 뜻이야. 알겠지만, 내 이름을 지키는 건 나한테 아주 중요한 일이거든."

"그럼요, 물론이죠! 뭐든 원하시는 대로 하겠습니다."

클로디우스는 그길로 최고신관 카이사르를 찾아갔다.

"저를 입양하겠다는 평민을 찾았습니다." 클로디우스는 단도직입적으로 말했다. "쿠리아법을 마련하도록 신관단과 조점관단의 허락이 필요합니다. 도와주시겠습니까?"

클로디우스의 얼굴보다 한참 높은 곳에 있는 잘생긴 얼굴에는 살짝 의아한 표정이 가시지 않았고, 옅은 색에 테두리가 짙으며 꿰뚫어보는 듯한 두 눈동자에는 의심이나 반대의 기미가 없었다. 익살스러운 입도 씰룩이지 않았다. 하지만 카이사르는 한참 아무 말도 하지 않다가 마침내 입을 열었다. "그래, 푸블리우스 클로디우스, 도와주지. 하지만 유감스럽게도 올해 선거 전에는 안 될 거네."

클로디우스의 얼굴이 하얗게 질렸다. "어째서요? 어렵지 않은 일이잖습니까!"

"자네 매부 켈레르가 조점관이라는 걸 잊었나? 그는 자네의 호민관 후보 등록을 거절했지."

"아."

"기운 내게, 결국에는 원하는 대로 될 거야. 켈레르가 속주로 떠날 때까지 기다리면 될 일이네."

"하지만 저는 올해 호민관이 되고 싶습니다!"

"알고 있네. 하지만 불가능해." 카이사르는 잠시 말을 멈췄다. "조건이 하나 있네, 클로디우스." 카이사르가 상냥한 말투로 덧붙였다.

"뭡니까?" 클로디우스가 조심스럽게 물었다.

"쿠리오가 더는 나에 대해 나불대지 않도록 설득하게."

클로디우스는 즉시 손을 내밀며 말했다. "알겠습니다!"

"좋아!"

"다른 조건은 정말 없습니까, 카이사르?"

"감사하는 마음만 갖고 있게, 클로디우스. 난 자네가 훌륭한 호민관이 될 거라고 생각해. 법의 힘을 알 만큼 악당이니까." 카이사르는 이렇게 말하고 미소를 지으며 돌아섰다.

물론 풀비아는 근처에서 기다리고 있었다.

"켈레르가 속주로 갈 때까지는 안 된다는군." 클로디우스가 아내에게 말했다.

풀비아는 두 팔로 남편의 허리를 감고, 여러 구경꾼들을 아연케 할 만큼 도발적으로 입을 맞췄다. "카이사르가 옳아요. 난 그가 정말 좋아요, 푸블리우스 클로디우스! 그를 보면 언제나 길든 척하는 야수가 떠오르거든요. 그는 아주 대단한 선동 정치가가 될 거예요!"

클로디우스는 찌릿한 통증 같은 질투를 느꼈다. "카이사르는 잊어버려, 여편네야!" 그가 딱딱거렸다. "나를 잊었어? 당신이 결혼한 남자 말이야. 위대한 선동 정치가가 될 사람은 나라고!"

고등 정무관 선거 아흐레 전인 7월의 칼렌다이에 메텔루스 켈레르는 집정관 속주 할당을 논의하기 위해 원로원을 소집했다.

"마르쿠스 칼푸르니우스 비불루스가 할 얘기가 있다고 합니다." 켈레르는 의사당을 가득 메운 의원들에게 말했다. "그에게 발언권을 주겠습니다."

비불루스는 보니파에게 둘러싸인 채 그의 자그마한 체구가 허락하는 한 가장 당당하고 고상한 모습으로 일어섰다. "감사합니다, 수석 집정관님. 존경하는 로마 원로원 동료 의원 여러분, 오늘 저는 제 좋은 친구인 기사 푸블리우스 세르빌리우스에 관한 이야기를 들려드리고 싶습니다. 그는 위대한 파트리키 가문의 일원은 아니지만, 고귀한 푸블리우스 세르빌리우스 바티아 이사우리쿠스와 같은 조상의 후손입니다. 현재 푸블리우스 세르빌리우스의 인구조사 등급은 40만 세스테르티우스인데, 이 수입은 팔레르누스 땅에 있는 작은 포도원에서 나오는 것입니다. 이곳의 포도주 품질은 아주 유명해서, 푸블리우스 세르빌리우스는 수년간 저장한 포도주를 전 세계의 구매자들에게 비싼 값으로 판매하지요. 티그라네스 왕과 미트리다테스 왕도 그의 포도주를 샀다고 하며, 파르티아의 프라아테스 왕은 지금도 구매한다고 합니다. 어쩌면 티그라네스 왕도 여전히 구매자일 겁니다. 당치않게도 마그누스라고 불리는 나이우스 폼페이우스가 그 왕족의 죄들을—로마의 이름으로!—멋대로 사면하고 왕이 세수의 대부분을 차지하게 한 걸 보면 말이죠."

비불루스는 말을 멈추고 사방을 둘러보았다. 의사당은 고요했고, 뒷자리 의원들도 모두 졸지 않고 있었다. 카툴루스가 옳았다. 카툴루스는 원로원에서 이야기를 들려주면 의원들이 유모의 이야기를 듣는 아이들처럼 집중해서 들을 거라고 했었다. 카이사르는 언제나처럼 몸을 꼿꼿하게 세운 채 흥미롭게 탐색하는 듯한 표정으로 앉아 있었다. 그것은 카이사르가 어느 누구보다도 잘하는 속임수로, 그를 보는 사람들에게 그가 속으로는 지겨워죽을 지경이지만 그런 티를 내기에는 지나치게 예의가 바르다는 사실을 알려주는 표정이었다.

"좋습니다, 작지만 가치 높은 포도원 하나를 가진 존경받는 푸블리우스 세르빌리우스 이야기를 하고 있습니다. 어제 완전한 기사로서 인구조사 등급 40만 세스테르티우스의 자격이 있던 그는 오늘 가난뱅이가 되었습니다. 어떻게 그럴 수가 있냐고요? 사람이 어떻게 그리 갑작스럽게 수입이 사라질 수 있냐고요? 푸블리우스 세르빌리우스가 빚을 져서? 아닙니다. 그가 죽어서? 아닙니다. 캄파니아에 우리가 모르는 전쟁이 나서? 아닙니다. 불이 나서? 아닙니다. 노예 반란 때문에? 아닙니다. 포도 재배자의 게으름 때문에? 아닙니다."

비불루스는 이제 청중을 장악했다—카이사르만 제외하고. 그는 몸을 쭉 펴고 목소리를 높였다.

"내 친구 푸블리우스 세르빌리우스가 그의 유일한 수입원을 어떻게 잃었는지 말씀드리겠습니다, 동료 의원 여러분! 대규모 소떼 때문입니다. 그 소들은 루카니아를 떠나—오, 플라미니우스 가도 꼭대기에 있는 아드리아 해 연안의 그 불쾌한 지역이 어디죠? 리케눔? 히케눔? 피…… 피…… 기억나려고 합니다, 기억나려고 해요! 피케눔! 네, 그렇습니다, 피케눔으로 가고 있었습니다! 그 소떼는 당치않게도 마그누스라고 불리는 나이우스 폼페이우스가 루킬리우스 가문한테서 물려받은 드넓은 사유지를 떠나, 그가 도살자 부친한테서 물려받은 훨씬 더 광대한 피케눔의 사유지로 이동중이었습니다. 이 시대에 소는 정말이지 쓸데없는 짐승입니다. 무기 제작자나 구두와 책을 담는 들통 제조자가 아닌 이상은요. 아무도 소를 먹지 않습니다! 아무도 소의 젖을 마시거나 그걸로 치즈를 만들지 않습니다! 물론 갈리아와 게르마니아의 북쪽 야만인들은 우유로 버터라는 것을 만들어서 그들의 거칠고 거무스름한 빵과 끽끽대는 수레 차축에 거리낌없이 처바른다고 하지만 말입니다. 그들은 그보다 나은 걸 알지 못하고, 그들이 사는 곳은 혹독하게 추워서 우리의 아름다운 올리브를 재배할 수가 없죠. 그러나 이 따뜻하고 비옥한 반도에 사는 우리는 신들이 인간에게 준 두 가지 최고의 선물, 올리브와 포도를 재배합니다. 소떼를 한 초원에서 머나먼 다른 초원으로 이끌고 가는 건 고사하고, 애당초 이탈리아에서 소를 길러야 할 이유가 뭡니까? 무기 거물 아니면 구두장이나 그러겠지요! 당치않게도 마그누스라고 불리는 나이우스 폼페이우스는 어느 쪽이라고 보십니까? 그가 만드는 것은 전쟁입니까, 신발입니까? 아니, 어쩌면 군인들의 장화를 만들지도 모르죠! 그렇다면 그는 무기 왕과 구두장이 둘 다 될 수 있겠군요!"

대단한데? 카이사르는 흥미롭게 탐색하는 표정을 유지한 채 생각했다. 비불루스가 잡으려는 건 나일까, 마그누스일까? 아니면 일석이조를 노리는 건가? 폼페이우스가 어찌나 비참해 보이는지! 남들 눈에 띄지 않고 나갈 수만 있다면 당장 일어나서 나갔겠는데. 그런데 왠지 이건 비불루스의 연설 같지가 않군. 요즘 누가 비불루스의 연설문을 써주는지 궁금한걸?

"그 엄청난 소떼는 몇몇 말썽쟁이 양치기들이, 그들을 양치기들이라고 할 수 있다면 말이지만, 이끄는 대로 더듬더듬 캄파니아로 들어갔습니다." 비불루스는 이야기꾼처럼 말했다. "의원 여러분, 우리 모두가 알고 있듯이 이탈리아의 모든 자치 지역에는 가축들을 한 곳에서 다른 곳으로 이동시키기 위한 각각의 특수한 경로와 길이 있습니다. 심지어 숲에도 가축용 길의 경계가 표시되어 있죠. 겨울에 돼지들을 도토리가 있는 떡갈나무 숲으로 이동시키고, 계절이 바뀔 때마다 양떼를 고지대에서 저지대 목초지로 이동시키며, 가장 흔하게는 탈것을 끄는 짐승들을 이탈리아의 최대 시장인 로마 세르비우스 성벽 바깥의 카메나이 골짜기 뜰로 이동시키기 위한 것입니다. 이 경로와 길과 오솔길은 공유지이며, 이 길들을 지나가는 가축은 사유지로 이탈하여 개인 소유의 풀이나 작물을 파괴해서는 안 됩니다…… 포도밭도 마찬가지죠."

그는 아주 오래 말을 끊었다가 구슬픈 한숨을 내쉬며 이어나갔다. "유감스럽게도, 그 소떼를 몰던 말썽쟁이 양치기들은 적당한 길의 행방을 잘 알 수가 없었습니다—그런 길들은 항상 아주 폭이 넓은데도 말이죠! 그 소떼는 즙 많은 포도를 발견했습니다. 네, 동료 여러분, 나이우스 폼페이우스 소유의 그 더럽고 쓸모없는 짐승들은 푸블리우스 세르빌리우스 소유의 그 귀한 포도밭에 침입한 것입니다. 소떼는 먹을 수 있는 건 다 먹고 나머지는 짓밟아버렸습니다. 그리고 여러분이 소의 습성과 특징을 모르실 수 있으니 제가 소들에 대해 한 가지 더 알려드리자면, 소의 침은 나뭇잎을 말려 죽이거나 식물이 어린 경우엔 2년 동안 성장하지 못하게 만듭니다. 하지만 푸블리우스 세르빌리우스의 포도나무들은 아주 오래된 것들이었기 때문에 죽어버렸지요. 그리하여 제 친구인 기사 푸블리우스 세르빌리우스는 이제 파산자입니다. 심지어 저는 파르티아의 프라아테스 왕을 위해서도 울고 싶군요, 그 훌륭한 포도주를 다시는 마실 수 없게 되었으니 말입니다."

오, 비불루스, 설마 당신의 목적이 내가 생각하는 바로 그것은 아니겠지? 카이사르는 표정과 자세를 그대로 유지한 채 속으로 물었다.

"당연하게도 푸블리우스 세르빌리우스는, 당치않게도 마그누스라고 불리는 나이우스 폼페이우스의 막대한 자산 관리인들에게 항의했습니다." 비불루스는 훌쩍이면서 말을 이었다. "하지만 세계 최고의 포도원을 상실한 데 대한 보상은 불가능하다는 답변만 들었습니다. 왜냐하면 그 소떼가 지나간 경로는 측량한 지 어찌나 오래되었던지 경계 표시가 사라져버렸기 때문입니다! 말썽쟁이 양치기들은 잘못이 없다는 겁니다. 자기들이 어디로 가야 하는지도 몰랐으니까요! 포도밭에서는 알았을 텐데, 하고 여러분이 말하는 소리가 들리는군요. 그랬을 겁니다. 하지만 이런 것들이 법무관 재판소에서 얼마나 쉽게 증명되겠습니까? 무니키피움 주민들 중에 이동중인 가축을 위한 경로와 길과 오솔길을 보여주는 지도들이 어디에 있는지 알기라도 하는 사람이 있을까요? 30여 년 전에 로마가 완전한 시민권을 확대하면서 이탈리아 반도 전체를 영토로 편입했다는 사실은요? 그러면 이탈리아 끝에서 끝까지 가축 경로와 길과 오솔길의 경계를 구분하는 것은 로마의 의무일까요? 저는 그렇다고 생각합니다!"

카토는 줄에 묶인 사냥개처럼 몸을 앞으로 내밀었고, 가이우스 피소는 참지 못하고 숨죽여 웃었으며, 아헤노바르부스는 으르렁거리고 있었다. 보니파는 분명 승리를 예감하고 있었다.

"수석 집정관님, 원로원 의원 여러분, 저는 군역의 의무를 다했으며 평화를 사랑하는 사람입니다. 제게는 한창때 속주로 행군하여 불운한 야만인들과 전쟁을 벌이고 저의 재산을 로마의 국부보다도 많이 불리겠다는 욕망이 없습니다. 하지만 저는 애국자입니다. 로마 원로원과 인민이 제게 집정관 임기가 끝난 후—저는 반드시 집정관이 될 테니까요!—속주에서의 임무를 완수해야 한다고 말한다면 복종할 것입니다. 다만 진정으로 유용한 임무를 주십시오! 조용하고 남들 눈에 띄지 않는 임무를 주십시오! 개선행렬에서 굴러가는 장식 수레의 개수 때문이 아니라, 절박하게 필요했던 일이 마침내 완수되었기에 기념할 만한 임무를 주십시오! 저는 본 의사당이 내년 집정관들에게 임기 후 정확히 일 년간 집정관급 총독의 임무를 할당할 것을 요청합니다. 그 임무란 앞서 말한 이탈리아의 가축 이동용 국유 경로와 길과 오솔길을 조사하고 제대로 표시하는 것입니다. 저는 푸블리우스 세르빌리우스의 죽어버린 포도나무들을 살려낼 수도, 그의 분노를 가라앉힐 수도 없습니다. 그러나 저는 여러분 모두에게 집정관급 총독의 임무가 이탈리아 밖에서 전쟁을 하는 것 이상임을 설득할 수 있고, 그러면 제 기사 친구 푸블리우스 세르빌리우스에게 작게나마 일종의 보상을 하게 될 것입니다."

비불루스는 말을 멈췄지만 앉지는 않았다. 덧붙일 말을 생각하는 것 같았다. "저는 원로원에 들어온 이후 단 한 번도 여러분께 큰 부탁을 드린 적이 없습니다. 저의 이 한 가지 소원만 들어주신다면 다시는 어떤 부탁도 드리지 않겠습니다. 저 칼푸르니우스 비불루스가 여러분께 약속하겠습니다."

온 청중이 박수갈채를 보냈다. 카이사르도 열렬히 갈채를 보냈지만, 비불루스의 제안이 마음에 드는 것은 아니었다. 비불루스는 영리하게 해냈다. 속주를 미리 거절하는 것보다 훨씬 효과적인 방법으로. 우울하고 감사받지 못하는 일을 자발적으로 떠안고 반대자들을 옹졸해 보이게 만들었다.

폼페이우스는 상심한 채 가만히 앉아 있을 뿐이었고, 그동안 많은 사람들은 그를 뚫어져라 쳐다보며 어떻게 저렇게 부유하고 강력한 사람이 불쌍한 기사 푸블리우스 세르빌리우스를 그토록 악랄하게 대할 수 있는지 궁금해했다. 따라서 감찰관들이 위탁하는 전문 측량사들에게 더 어울릴 그같이 우스꽝스러운 임무에 크고 강한 목소리로 반대한 사람은 루키우스 루케이우스였다. 다른 사람들도 발언을 했지만, 모두 다 비불루스의 제안을 칭송했다.

"가이우스 율리우스 카이사르, 당신은 이번 선거의 당선 유력 후보죠." 켈레르가 상냥하게 말했다. "표결에 부치기 전에 덧붙일 말이 있습니까?"

"전혀 없습니다, 퀸투스 카이킬리우스." 카이사르가 웃음을 지으며 대답했다.

그 말에 보니파 쪽은 오히려 김이 샌 듯 보였다. 하지만 내년 집정관들에게 이탈리아 삼림 지대와 초원의 길들을 할당하자는 안은 압도적 인 표차로 통과되었다. 카이사르도 완벽하게 흡족한 표정으로 찬성을 표했다. 그는 무슨 생각을 하고 있는가? 어째서 포효하며 우리 밖으로 뛰쳐나오지 않는 것인가?

"마그누스, 그렇게 풀죽은 표정 하지 마십시오." 카이사르는 의원들이 썰물처럼 빠져나간 의사당에 남아 있던 폼페이우스에게 말했다.

"그 푸블리우스 세르빌리우스에 대해 아무도 내게 말해주지 않았어!" 폼페이우스가 소리쳤다. "집사 놈들을 가만두지 않을 거야!"

"아, 마그누스, 정신 차리세요! 푸블리우스 세르빌리우스라는 사람은 없어요! 비불루스가 만들어낸 인물이란 말입니다."

폼페이우스가 무춤하며 눈을 크게 치떴다. "만들어냈다고?" 그는 새된 소리를 질렀다. "그럼 그렇지! 그 잡놈을 죽여버리겠어!"

"그런 짓은 하면 안 됩니다." 카이사르가 말했다. "우리집에 가서 의문의 푸블리우스 세르빌리우스가 만든 포도주보다 맛좋은 포도주나 한잔하시죠. 나중에 나한테 파르티아의 프라아테스 왕에게 소책자를 보내라고 말 좀 해주시겠습니까? 그는 아마 내가 만든 포도주를 무척 좋아할 겁니다. 그렇게 돈을 버는 게 로마의 속주를 통치하는 것보다 덜 힘들 것 같은데요…… 로마의 가축 이동용 길을 측량하는 것보다도요."

카이사르의 쾌활한 태도에 폼페이우스의 마음은 한결 가벼워졌다. 폼페이우스는 소리내어 웃고 카이사르의 팔을 가볍게 친 후 그가 시킨 대로 걸어갔다.

"진작에 이렇게 대화를 했어야 하는데 말이죠." 카이사르가 다과를 내놓으며 말했다.

"고백하자면, 우리가 언제 만날 건지 궁금해하고 있었다네."

"이 관저는 호화로운 저택입니다, 마그누스. 하지만 단점도 몇 개 있지요. 모두가 이곳을, 그리고 이곳에 드나드는 사람들을 봅니다. 당신의 집도 마찬가지예요. 당신은 너무 유명해서 언제나 여행객들과 첩자들이 엿보고 있죠." 장난기 어린 미소가 카이사르의 눈에 어렸다. "당신이 어찌나 유명한지, 사실 요전날 내가 마르쿠스 크라수스를 만나러 갈 때 시장에서 당신의 작은 흉상을 파는 노점을 여럿 봤어요. 사용료는 두둑이 받고 있습니까? 그 소형 폼페이우스들은 상인들이 진열하기가 무섭게 팔리고 있던데요."

"정말인가?" 폼페이우스가 눈을 빛내며 물었다. "허, 참! 알아봐야겠어. 기분좋은데! 나의 작은 흉상이라고?"

"그렇습니다."

"그걸 누가 사던가?"

"대부분 젊은 처녀들이었습니다." 카이사르가 진지하게 대답했다. "물론 나이가 좀더 많은 남녀 손님들도 사가긴 했지만 대부분은 젊은 처자들이었어요."

"나처럼 늙은 남자를?"

"마그누스, 당신은 영웅입니다. 당신의 이름만 들어도 모든 여인네들의 심장박동이 빨라진다고요. 게다가," 카이사르는 싱긋 웃으며 덧붙였다. "그 흉상들은 대단한 예술작품도 아닙니다. 누군가 거푸집을 만들어서 암캐가 강아지를 낳듯이 빠르게 석고 폼페이우스를 만들어내는 거죠. 그자는 그림쟁이들을 시켜서 피부색을 칠하고 머리카락은 야한 노란색 염료에 담근 다음 커다란 파란 눈을 끼워넣게 할 걸요—흉상이 당신의 실제 모습과는 조금 다릅니다."

다른 건 몰라도 폼페이우스 역시 악의가 없다는 확신만 들면 자신에 관한 농담에 웃을 줄 아는 사람이었다. 그래서 그는 의자에 몸을 파묻고 우는 것처럼 보일 정도로 크게 웃었다. 카이사르는 거짓말을 하지 않는다. 따라서 그 흉상들은 정말로 팔리고 있는 것이다. 내가 영웅이고, 로마의 사춘기 소녀들 절반 정도가 나를 흠모하고 있다니.

"당신이 마르쿠스 크라수스를 방문하지 않아서 잃은 게 뭔지 아십니까?"

그 말에 폼페이우스는 정신이 들었다. 슬며시 자세를 고쳐 앉는 그의 표정이 침울했다. "난 그자를 견딜 수가 없네!"

"누가 당신들이 서로를 좋아해야 한다고 하던가요?"

"누가 내가 그와 협력해야 한다고 하나?"

"내가요."

"아!" 카이사르가 건넨 아름다운 술잔이 아래로 내려가고, 빈틈없어 보이는 푸른 눈동자 두 개가 올라와 카이사르의 더 옅고 덜 온화한 눈동자를 응시했다. "자네랑 나 둘이서만은 안 되나?"

"안 될 건 없지만, 가능성이 적습니다. 이 도시, 혹은 나라, 장소, 사상이—뭐든 원하는 대로 부르세요—무너지고 있는 건, 누구든 남들보다 높이 서기를 원하는 자의 목표와 야망을 억누르는 데 전념하는 명예지상 정치가 지배하고 있기 때문입니다. 그건 어떤 면에서 훌륭하지만, 다른 면에서는 치명적이에요. 뭔가 조치를 취하지 않으면 로마에 대해서도 그럴 겁니다. 뛰어난 사람들로 하여금 그들이 가장 잘하는 일을 할 수 있는 여지를 주어야 합니다. 타고난 능력은 그들보다 덜하지만 나랏일에 도움을 줄 수 있는 사람들을 위해서도 그래야 하고요. 평범한 자들에겐 통치 능력이 없고, 바로 그것이 문제지요. 만일 그들에게 그런 능력이 있다면 오늘 원로원에서 켈레르와 비불루스가 한 것 같은 우스꽝스러운 일에 전력을 쏟아봤자 아무것도 이룰 수 없음을 알았겠지요. 마그누스, 뛰어난 능력과 자질을 갖춘 저라는 사람은 오늘 로마를 지금보다 발전시킬 수 있는 기회를 박탈당했습니다. 저는 측량사가 되어 이탈리아 반도를 이곳저곳 떠돌며, 가축이 합법적으로 먹고 쌀 수 있는 이동 경로를 실무자들이 측량기구로 이용해 표시하는 걸 지켜보게 될 겁니다. 어째서 내가, 루케이우스의 말마따나 감찰관들의 위탁을 받은 자들이 더 잘해낼 일을 하는 하급 관리가 되어야 할까요? 왜냐하면 당신처럼 나도 더 위대한 것들을 꿈꾸며, 내게 그것들을 실현시킬 능력이 있기 때문이죠."

"질투, 시기심 때문이겠지."

"그럴까요? 질투하는 자들도 일부 있겠지만 그보다 더 복잡한 문제입니다. 사람들은 압도당하는 것을 싫어하고, 출생과 지위로 봐서는 그런 것에 영향을 받지 않을 것 같은 사람들도 예외가 아닙니다. 비불루스와 카토가 누구이며 무엇입니까? 한 명은 운명의 여신이 모든 면에서 작게 만든 귀족이고, 다른 한 명은 선거중 뇌물수수 혐의로 사람들을 기소하면서도 그런 뇌물이 자신의 필요에 부합할 경우 묵인하는 완고하고 옹졸한 위선잡니다. 아헤노바르부스는 멧돼지에, 가이우스 피소는 썩을 대로 썩은 멍청이죠. 켈레르는 상대적으로 우월한 능력을 갖고 있지만 나머지 사람들과 같은 부류예요—그는 개인적인 차이점들은 잊어버리고 로마를 생각하는 대신에 당신을 눌러버리는 데 자기 힘을 쏟을 겁니다."

"그들이 자기네의 결점을 정말로 모른다는 건가? 자기네가 우리만큼 유능하다고 실제로 믿는다고? 그들이 그 정도로 자만할 리는 없네!"

"어째서요? 마그누스, 사람에게는 지성을 측정하는 수단이 딱 한 가지, 자신의 사고력밖에 없습니다. 그러니 자기가 아는 최고의 지력, 즉 자신의 지력으로 모든 인간을 평가하지요. 당신이 여름 한철이라는 짧은 기간에 지중해에서 해적들을 쓸어버릴 때, 당신이 실제로 해낸 일은 그런 사람에게 그런 일이 가능함을 보여주는 것입니다. 따라서 그는 자기도 그렇게 할 수 있었을 거라고 생각하죠. 하지만 당신은 그가 그렇게 하도록 내버려두지 않았습니다. 그럴 기회를 주지 않았죠. 당신은 특별법을 제정함으로써 그가 가만히 서서 당신이 하는 일을 지켜볼 수밖에 없게 만들었죠. 그가 수년간 한 일이라고는 말밖에 없다는 사실은 중요하지 않습니다. 당신이 그에게 그런 일이 가능함을 보여줬으니까요. 만일 그가 자기는 당신이 한 것처럼 할 수 없음을 인정한다면 자기가 쓸모없다고 생각하겠지만, 그런 일은 없죠. 순수하게 자만심 때문이 아니라는 얘깁니다. 그가 인정할 생각이 없는 불안과 타고난 맹목성이 결합한 결과예요. 나는 그런 사람을, 진정으로 우월한 인간들에 대한 신들의 복수라고 부릅니다."

그러나 폼페이우스는 갈수록 동요하고 있었다. 그는 추상개념을 이해하는 데 상당히 능했지만, 그것이 유용하다고는 생각하지 않았다.

"다 좋네, 카이사르, 하지만 자네 이야기는 우리가 추측하는 데 아무런 도움을 주지 않아. 우리가 왜 크라수스를 끌어들여야 하나?"

논리적이고 실용적인 질문이었다. 폼페이우스가 그런 질문을 함으로써 깊고 질긴 우정이 될 수도 있었던 제안을 거절한 건 안타까운 일이었다. 카이사르가 하고 있던 것은 카이사르가, 한 우월한 자가 다른 우월한 자에게 손을 내미는 행위였다. 그렇다면 폼페이우스는 적합한 우월한 자가 아니라는 것인데, 안타까운 일이었다. 그의 재능과 관심은 다른 곳들에 있었다. 카이사르의 충동이 잦아들었다.

“우리가 크라수스를 끌어들여야 하는 이유는, 당신도 나도 상급 기사계급에의 영향력에 있어서 크라수스의 발끝에도 미치지 못하기 때문입니다.” 카이사르가 참을성 있게 대답했다. “나머지 기사계급 사람들도 크라수스의 천분의 일밖에 모르고요. 네, 우리 둘 다 상급 하급 할 것 없이 기사들을 많이 알고 있죠, 굳이 말하지 않으셔도 됩니다. 하지만 크라수스와는 비교가 안 돼요! 크라수스는 무시할 수 없는 세력가입니다, 마그누스. 당신이 크라수스보다 훨씬 더 부유하다는 건 알지만, 당신은 그가 지금까지 돈을 번 방식과는 다른 방식으로 돈을 벌었습니다. 크라수스는 철저하게 상업적인 인간입니다, 그건 그도 어쩔 수 없어요. 모든 사람이 크라수스에게 신세를 졌죠. 그래서 우리는 그가 필요한 겁니다! 본질적으로 모든 로마인들은 사업가예요. 그렇지 않다면 왜 로마가 세계를 제패했겠습니까?”

“로마의 군인들과 장군들 때문이지.” 폼페이우스가 곧바로—그리고 방어적으로—말했다.

“네, 그것도 이유죠. 당신과 내가 참여하는 경로이기도 하고요. 하지만 전쟁은 일시적인 상황입니다. 또한 전쟁은 아무리 많은 나쁜 사업보다도 국가에 무의미하고 그 대가가 클 수 있지요. 지난 30년간 연속으로 내전을 하지 않았다면 로마가 지금 얼마나 더 부강했을지 생각해보십시오. 당신이 동방을 정복하고 나서야 로마의 재정은 다시 정상화되었습니다. 하지만 정복은 끝났습니다. 지금부터는 늘 그랬던 것처럼 상업이죠. 당신이 동방을 통해 로마에 기여한 것은 끝난 일입니다. 반면에 크라수스의 기여는 이제 막 시작했을 뿐이죠. 거기서 크라수스의 권력이 나오는 겁니다. 정복이 얻어온 것을 상업이 유지시키는 거죠. 당신이 얻어준 제국을 크라수스가 보존하고 로마화할 겁니다."

"알았네, 자네는 날 설득하는 데 성공했어." 폼페이우스가 술잔을 들어올리며 말했다. "우리 셋이 뭉쳐서 삼두연합이 된다고 치세. 그러면 정확히 무엇을 할 수 있나?"

"셋이 뭉치면 민회에서 법을 제정할 수 있는 머릿수가 확보되기 때문에, 보니를 물리칠 영향력이 생깁니다. 우리는 원로원의 승인을 받지 못할 겁니다. 원로원은 기본적으로 극보수파가 우세한 집단이니까요. 변화의 도구는 민회입니다. 가비니우스와 마닐리우스가 당신의 특별 지휘권들을 법으로 통과시킨 때부터 보니파가 교훈을 얻었다는 걸 아셔야 합니다, 마그누스. 마닐리우스를 보세요. 우리는 결코 그를 귀국시킬 수 없을 겁니다. 그래서 그는 보니파를 지나치게 무시한 호민관이 어떤 일을 당할 수 있는지 호민관 후보자들에게 보여주는 예시가 되어 있지요. 켈레르는 루키우스 플라비우스를 꺾어버렸습니다. 그래서 당신의 토지법안이 죽은 거고요—표결에서 부결된 게 아니라, 표결까지도 못 갔죠. 그 법안이 죽은 건 켈레르가 당신과 플라비우스를 꺾어버렸기 때문입니다. 당신은 옛날 방식으로 시도했습니다. 그러나 요즘 보니는 허세를 부려서 속일 수 없어요. 마그누스, 지금부터는 완력이 가장 중요합니다. 우리가 둘인 것보다는 셋인 것이 분명 낫습니다, 셋이 둘보다 강한 건 당연하니까요. 우리가 힘을 합하면 서로를 위해 여러 가지를 할 수 있고, 내가 수석 집정관이 되면 우리는 공화국에서 가장 강력한 법률제정 집단이 될 겁니다. 집정관이 통상적으로 법률을 제정하지 않는다는 이유만으로 집정관의 힘을 과소평가해서는 안 됩니다. 나는 법률을 제정하는 집정관이 될 생각이고, 나를 위해 애써줄 아주 유능한 호민관—푸블리우스 바티니우스도 있습니다."

카이사르는 폼페이우스의 얼굴에 시선을 고정한 채 자기 주장의 효과를 가늠해보았다. 그래, 먹혀들고 있다. 폼페이우스는 호감을 사고 싶어 안달인 자이기는 해도 바보는 아니다.

"당신과 크라수스가 얼마나 오랫동안 결실 없는 노력을 해왔는지 생각해보십시오. 크라수스가 일 년 가까이 노력했지만, 아시아의 징세청부 계약이 수정되었습니까? 아니죠. 당신은 일 년 반을 애썼지만, 당신의 동방 조약들을 비준받고 퇴역병들을 위한 토지를 얻었습니까? 아닙니다. 당신들 모두 각자 총력을 다해 보니라는 산을 옮기려고 애썼지만 실패했습니다. 두 사람이 힘을 합한다면 성공 가능성이 생깁니다. 하지만 폼페이우스 마그누스와 마르쿠스 크라수스, 그리고 가이우스 카이사르가 힘을 합치면 세상의 모든 산을 옮길 수 있습니다."

"자네 말이 맞네." 폼페이우스가 무뚝뚝하게 말했다. "자네가 상황을 매우 명확하게 보는 것에 나는 늘 놀랐지. 심지어 내가 원하는 걸 이뤄줄 사람이 필리푸스라고 생각했던 시절에도 말이야. 그는 그러지 못했어. 자네가 그렇게 했지. 자네는 정치인인가, 수학자인가, 아니면 마법사인가?"

"내 최고의 자질은 상식입니다." 카이사르가 소리내 웃었다.

"그렇다면 함께 크라수스에게 접근하세."

"아뇨, 접근은 내가 합니다." 카이사르가 부드럽게 말했다. "오늘 의사당에서 우리 둘 다 어이없는 패배를 겪은 후라, 지금 우리가 함께 모여 실의에 빠져 있다 한들 아무도 놀라지 않을 겁니다. 우리는 당연한 협력자들로 알려져 있지 않으니, 계속 그렇게 생각하도록 두자고요. 마르쿠스 크라수스와 나는 오랜 친구이니 내가 그와 협력 관계를 맺는 것은 이상해 보이지 않을 겁니다. 보니도 크게 경계하지 않을 거고요.

우리 셋이라면 이길 수 있어요. 지금부터 연말까지 우리 삼두연합—마음에 드는 표현이군요!—에 당신도 있다는 건 우리 셋만의 비밀입니다. 보니가 자기들이 이겼다고 생각하게 두자고요."

"크라수스와 늘 어울려야 할 텐데, 내가 성질을 잘 다스리면 좋겠군." 폼페이우스가 한숨을 쉬었다.

"사실 당신은 그와 어울릴 필요가 없습니다, 마그누스. 그게 셋의 장점이죠. 두 분 사이에 내가 있잖습니까. 나는 당신과 크라수스가 만나야 하는 필요를 줄여주는 연결고리지요. 이제 두 분은 동료 집정관도 아니고 일반 시민이니까요."

"좋아, 우린 내가 뭘 원하는지 아네. 크라수스가 뭘 원하는지도 알고. 그런데 자네는 이 삼두연합에서 원하는 게 뭔가, 카이사르?"

"이탈리아 갈리아와 일리리쿰을 원합니다."

"아프라니우스는 오늘 임기 연장 통보를 받은 줄 알던데."

"그는 임기를 연장받지 않을 겁니다, 마그누스. 이건 반드시 아셔야 합니다."

"그는 내 피호민이네."

"켈레르의 조연이죠."

폼페이우스는 얼굴을 찌푸렸다. "일 년 동안 갈리아와 일리리쿰에 가 있겠다?"

"그럴 리가요. 오 년입니다."

선명한 파란색 눈동자들이 갑자기 다른 곳을 향했다. 햇볕을 쬐던 사자가 태양이 구름 뒤로 가려졌음을 느낀 것처럼. "뭘 노리고 있나?"

"위대한 지휘관이지요, 마그누스. 나를 시기하실 겁니까?"

폼페이우스는 카이사르에 대해 아는 것들을 전광석화처럼 되짚어보았다. 오래전 트랄레스 근처에서 승리한 전투에 대한 이야기—용맹함을 기리는 시민관—양호하고 평화로운 재무관 직—얼마 전에 끝난 이베리아 북서부에서의 훌륭한 작전. 하지만 아무것도 통례를 벗어나지 않았다. 그는 어디로 가려는 것인가? 아마 다누비우스 강 유역이겠지. 다키아? 모이시아? 록솔라니족의 땅? 그래, 대단한 작전이 될 거야. 하지만 동방 정복 같은 것은 아니다. 나이우스 폼페이우스 마그누스는 만만치 않은 왕들과 싸웠다. 전투용 물감을 칠하고 문신을 한 야만인들이 아니라. 나이우스 폼페이우스 마그누스는 스물두 살부터 군대를 이끌고 행군했다. 위험할 게 뭔가? 전혀 없다.

사자의 살갗에서 한기가 가셨다. 폼페이우스는 함박웃음을 지었다. "아니, 카이사르, 전혀 시기하지 않아. 행운을 비네."

가이우스 율리우스 카이사르는 위대한 폼페이우스의 조악한 흉상들을 진열하고 있는 노점들을 지났다. 쿠페데니스 시장으로 들어선 뒤, 좁은 계단을 다섯 개 오른 끝에 마르쿠스 크라수스가 있는 곳에 도착했다. 크라수스는 오늘 원로원 의사당에 없었다. 굳이 출석하려고 하지도 않았다. 그는 자존심에 상처를 입었고 그의 문제도 풀지 못했다. 재정 파탄은 전혀 걱정하지 않아도 되었지만, 그의 영향력을 고려하면 사소한 그 문제를 해결하지 못하고 있었다. 로마의 상업이라는 하늘에서 가장 밝고 큰 별이라는 입지가 위태로워졌고 평판도 엉망이 되었다. 날마다 중요한 기사들이 크라수스에게 찾아와 어째서 징세청부 계약을 수정하지 못했냐고 물었고, 그는 어떤 소집단이 코뚜레를 채운 황소처럼 로마 원로원을 끌고 가고 있다고 설명하기 위해 애써야 했다. 맙소사, 그 황소는 나여야 했는데! 손상되고 있는 건 존엄만이 아니었다. 기사들 대다수는 이제 크라수스에게 뭔가 꿍꿍이가 있다고, 그 넨장맞을 계약의 재검토를 일부러 지연시키고 있다고 의심했다. 크라수스의 머리카락마저 봄날의 고양이 털처럼 빠지고 있었다!

"가까이 오지 말게!" 크라수스가 카이사르에게 으르렁거렸다.

"왜 그러세요?" 카이사르는 크라수스의 책상 귀퉁이에 앉으며 물었다.

"난 옴이 붙었어."

"그냥 우울한 겁니다. 기운 내세요, 좋은 소식이 있습니다."

"여기 사람들이 너무 많은데, 난 너무 피곤해서 움직이지도 못하겠어." 크라수스는 붐비는 방을 향해 고함을 쳤다. "집에 가, 너희들 말이야! 어서 집에 가! 봉급에서 빼지도 않을 거니까 가, 가라고!"

사람들은 기뻐하며 떠났다. 크라수스는 모두가 해가 떠 있는 내내 자리를 지켜야 한다고 했는데, 여름이 다가오면서 그 시간은 점점 길어지고 있었다. 따라서 퇴근 시간이 한참 남아 있던 터였다. 물론 모든 여덟번째 날은 휴일이었고 사투르누스 축제와 교차로 축제, 주요 경기대회 기간도 마찬가지였다. 하지만 휴일은 무급이었다. 일하지 않으면 크라수스는 돈을 주지 않았다.

카이사르가 말했다. "당신과 제가 힘을 합해야 합니다."

"소용없을 거야." 크라수스가 고개를 저으며 말했다.

"삼두연합이라면 얘기가 달라지죠."

무표정한 얼굴은 그대로였으나 큼직한 양어깨가 긴장하는 것이 보였다. "마그누스는 아니겠지!"

"아니, 마그누스입니다."

"난 싫네, 얘기 끝났어."

"그럼 당신이 수년간 해온 일에 작별을 고하십시오, 마르쿠스. 당신과 저, 폼페이우스 마그누스가 동맹을 맺지 않으면 1계급의 보호자라는 당신의 명성은 끝장이니까요."

"말도 안 돼! 자네가 집정관이 되면 아시아 계약 수정에 성공할 거잖나."

"오늘 속주를 할당받았습니다. 비불루스와 저는 이탈리아의 가축 이동용 길을 측량하고 표시하게 될 거예요."

크라수스가 입을 딱 벌렸다. "속주를 안 받는 것보다 못한 일 아닌가! 웃음거리가 될 일이야! 율리우스 가문사람이 하급 관리의 일을 떠안게 되다니! 칼푸르니우스 가문사람도 마찬가지고!"

"방금 칼푸르니우스라고 했습니까? 당신도 저와 비불루스가 당선되리라고 생각한다는 거군요. 하지만, 네, 그자는 저를 저지할 수만 있다면 자신의 존엄마저 다치게 할 의향이 있습니다. 그건 그자의 제안이었거든요, 마르쿠스, 지금 상황이 얼마나 심각한지 이제 알겠습니까? 보니는 저도 같이 죽는다면 기꺼이 함께 드러누워 도살당할 겁니다. 당신과 마그누스는 말할 것도 없고요. 우린 양귀비밭에서 삐죽 튀어나온 존재니까요. 타르퀴니우스 수페르부스 때로 돌아갔단 말입니다."

"그렇다면 자네가 옳아. 우리는 마그누스와 동맹을 맺어야 해."

대화는 그렇게 간단히 끝났다. 크라수스를 대할 때면 철학을 깊이 팔 필요가 없었다. 그저 면전에 사실을 들이대면 크라수스는 정신을 차렸기 때문이다. 심지어 크라수스는 이제 삼두연합을 생각하며 행복한 표정마저 짓기 시작했다. 그와 폼페이우스 둘 다 일반 시민이기에, 그가 로마에서 가장 싫어하는 인물과 공적인 자리에서 친한 척을 할 일도 전혀 없을 것임을 깨달았기 때문이다. 카이사르가 중재자로 있으니 얼굴 붉힐 일 없이 삼자 협력이 가능할 터였다.

"나는 루케이우스를 위해 선거운동을 시작하는 게 낫겠군." 크라수스는 카이사르가 책상에서 내려설 때 말했다.

"돈을 너무 많이 쓰지는 마십시오, 마르쿠스. 그 말은 달리지 못할 테니까요. 마그누스가 두 달 동안 뇌물을 엄청 썼지만, 아프라니우스 이후로는 아무도 마그누스가 미는 사람을 거들떠보지 않습니다. 마그누스는 정치인이 아니라서 적당한 때에 적당한 행보를 보여주는 법이 없어요. 그가 플라비우스를 심은 자리에 라비에누스가 있어야 하고, 말 잘 듣는 집정관을 확보하기 위한 첫번째 시도는 루케이우스여야 했는데." 카이사르는 크라수스의 민머리를 쾌활하게 살짝 두드린 후 떠났다. "저와 비불루스가 당선될 겁니다, 확실해요."

그 예측은 7월 이두스 닷새 전에 현실이 되었다. 카이사르는 말 그대로 모든 백인조 투표에서 승리하여 압도적인 표차로 수석 집정관이 되었고, 비불루스는 훨씬 더 오래 기다린 끝에 당선되었다. 차석 집정관 투표는 접전이 벌어졌기 때문이다. 법무관 당선자들은 삼두연합에게 실망스러웠지만, 라비리우스의 재판 이후 사투르니누스 조카의 지지는 확신할 수 있었다. 거기다 다름아닌 퀸투스 푸피우스 칼레누스가 접근해오고 있었는데, 그의 빚이 그를 매우 당황시킬 만큼 늘어나고 있었기 때문이다. 새 호민관단은 까다로웠다. 메텔루스 스키피오가 후보로 나섰기 때문인데, 이로써 보니는 자그마치 넷이나 되는 충실한 아군—메텔루스 스키피오, 퀸투스 앙카리우스, 나이우스 도미티우스 칼비누스, 가이우스 판니우스—을 얻었다. 다행히 삼두연합에게는 푸블리우스 바티니우스와 가이우스 알피우스 플라부스가 있었다. 두 명의 유능하고 강력한 호민관들이면 충분했다.

그 다음은 새해를 향한 길고 분통 터지는 기다림이었다. 폼페이우스가 조용히 지내는 동안 카토와 비불루스는 으스대고 돌아다니면서, 들을 준비가 되어 있는 모든 사람들에게 카이사르는 아무것도 하지 못할 거라고 장담했다. 그들의 대립은 모든 계급 시민들에게 공공연한 사실이 되었지만, 1계급 아래로는 정확히 무슨 일이 벌어지고 있는지 이해하는 사람들이 거의 없었다. 멀리서 정치의 천둥이 우르르 울린다고만 생각했을 뿐이다.

태연한 모습의 수석 집정관 당선자 카이사르는 회의가 있을 때마다 원로원에 참석했지만, 의견을 피력하는 경우는 극히 드물었다. 나머지 시간은 폼페이우스의 퇴역병들을 위한 새로운 토지법안을 구상하는 데 전념했다. 11월이 되자 카이사르는 그것을 더 비밀로 해야 할 이유가 없다고 생각했다. 그는 보니파가 그와 폼페이우스가 무슨 사이인지 궁금해하게 만들어주기로 했다. 약간의 압력을 넣을 시기였던 것이다. 그래서 12월에 카이사르는 토지법안에 대해 키케로의 지지를 얻는다는 명목으로 발부스를 키케로에게 보냈다. 널리 퍼뜨리고 싶은 소문을 말해줘야 할 사람이 있다면 그건 바로 키케로였다.

인척 마메르쿠스가 죽었다. 카이사르에게는 개인적인 슬픔이자, 대신관단에 공석이 하나 생기게 된 원인이었다.

장례식이 끝난 후 카이사르는 크라수스에게 말했다. "우리한테 유용할 수 있겠습니다. 렌툴루스 스핀테르가 대신관 자리를 절박하게 원한다고 들었거든요."

"그가 얌전하게 굴 준비가 되어 있다면 그 자리를 차지할 수도 있다는 건가?"

"그렇죠. 그는 영향력이 있고 조만간 집정관이 될 텐데, 가까운 히스파니아에 현재 총독이 없잖습니까. 그가 법무관 직을 마친 후에 속주를 받지 못했다고 불평하는 걸 들었습니다. 그러니 우리는 새해 첫날에 그가 가까운 히스파니아를 얻도록 도와주면 좋을 것 같아요. 특히 그때 그가 대신관이라면 말이죠."

"어떻게 그리할 건가, 카이사르? 그곳을 원하는 사람들이 아주 많을 텐데."

"당연히 추첨을 조작하는 거죠. 그런 걸 묻다니 놀라운데요. 이럴 때 삼두연합이 아주 편리한 거예요. 코르넬리우스, 파비우스, 벨리나, 크루스투메리움, 테렌티우스—이렇게 다섯 개 트리부스가 이미 확보되니까요. 물론 스핀테르는 토지법안이 통과되고 나서야 자기 속주로 갈 수 있을 테지만, 그가 이 일에 반대할 거라고는 생각하지 않습니다. 그 가엾은 친구는 아직도 조연이고, 보니는 조롱하며 콧방귀를 뀌고 있죠. 보니는 무모한 짓을 하고 있어요. 필요해질 수 있고 중요한 사람을 무시하는 건 이익이 되지 않는데. 하지만 그들은 스핀테르를 무시하고 있습니다. 생각보다 멍청한 놈들이에요."

"어제 포룸 로마눔에서 켈레르를 봤네." 크라수스가 만족스럽게 씨근거리며 말했다. "너무 아파 보여서 놀랐어."

그 말에 카이사르는 소리내어 웃었다. "몸이 아픈 게 아닙니다, 마르쿠스. 놀라의 성벽처럼 난공불락인 그의 귀여운 아내가 카툴루스에게 모든 성문을 활짝 열었거든요. 베로나에서 온 시인 말입니다. 참, 시인 카툴루스는 보니와 그렇고 그런 사이 같아요. 충분한 증거가 있는 얘기지만, 바로 그자가 비불루스를 위해 푸블리우스 세르빌리우스의 포도원 이야기를 지어냈을 겁니다. 그래야 말이 돼요. 비불루스는 평생 로마 시의 자갈길에 붙어 지냈으니까요. 소떼와 포도나무에 대해 잘 아는 건 시골 사람이죠."

"클로디아가 마침내 사랑에 빠졌군."

"켈레르가 걱정할 만큼 푹 빠졌죠."

"그는 폼프티누스를 해임하기 위해 할 수 있는 걸 다 하고 자기 속주로 일찌감치 떠나겠지. 군인으로서 폼프티누스는 먼 갈리아에서 잘해내지 못했어."

"불행히도 켈레르는 아내를 사랑해요, 마르쿠스. 그래서 속주로 갈 마음이 아예 없죠."

"둘이 천생연분이구먼." 크라수스의 판결이었다.

카이사르가 새해가 밝기 전 카피톨리누스 언덕 위의 아우구라쿨룸에서 철야를 함께할 조점관으로 폼페이우스를 선택했다는 데 주목한 사람이 있었는지는 모르지만, 아무도 그것에 대해 공개적으로 언급하지 않았다. 캄캄한 한밤중부터 첫 빛이 동쪽 하늘을 진줏빛으로 물들일 때까지, 카이사르와 폼페이우스는 심홍색과 자주색 줄무늬 토가를 입고 함께, 하지만 서로를 등지고 서서 밤하늘을 쳐다보고 있었다. 새해가 계절을 넉 달 앞섰다는 사실이 카이사르에게는 행운이었다. 여전히 페르세우스자리의 별똥별들이 밤하늘을 따라 불꽃을 잘금거리며 지나가고 있다는 의미였기 때문이다. 왼쪽 구름에서 반짝하는 빛과 같은 길조들이 많았다. 비불루스와 그를 돕는 조점관도 그 자리에 함께할 권리가 있었지만, 이번에도 비불루스는 자신이 카이사르와 협력할 뜻이 없음을 보여주기로 했다. 비불루스는 자기 집에서 길흉을 점쳤다—부적절하다고까지는 못해도 흔한 행동은 아니었다.

그후 수석 집정관과 그의 벗은 각자 집으로 돌아가 그날의 의상을 입었다. 폼페이우스는 개선식 복장을 했는데, 이제 그는 이 의복을 경기대회뿐만이 아니라 모든 축제 행사에 입을 수 있었다. 카이사르는 새로 짠 희디흰 토가 프라이텍스타를 입었는데, 토가의 단은 티로스 자주색이 아니라 율리우스 가문이 500년이 지난 지금 다시 그리되었듯 유망했던 공화정 초기처럼 평범한 자주색이었다. 폼페이우스는 원로원 의원의 금반지를 꼈지만, 카이사르는 역시 옛날에 율리우스 집안사람들이 끼던 쇠반지를 꼈다. 또한 카이사르는 떡갈잎관을 쓰고 심홍색과 자주색 줄무늬가 있는 최고신관용 튜닉을 입었다.

비불루스와 나란히 카피톨리누스 언덕길을 걸어올라가는 것은 기분좋은 일이 아니었다. 비불루스가 카이사르는 아무 일도 할 수 없을 거라고, 카이사르의 집정기가 무기력과 평범함의 표석이 되게 만들 수 있다면 목숨이라도 내놓겠다고 끊임없이 혼잣말로 중얼거렸기 때문이다. 가득 모인 원로원 의원들과 기사들, 가족 및 친구들의 환호와 칭송을 받으며 비불루스와 나란히 상아 대좌에 앉아 있는 것 역시 기분좋은 일은 아니었다. 다행히 카이사르의 흠 없는 황소는 순순히 희생제물이 된 반면, 비불루스의 황소는 모양 없게 쓰러지며 일어서려고 애쓰는 바람에 차석 집정관의 토가에 피가 튀었다. 불길한 징조였다.

그후 유피테르 옵티무스 막시무스 신전에서 카이사르는 수석 집정관으로서 원로원을 소집하고, 라티움 축제일을 정하고, 법무관들의 속주를 추첨했다. 따라서 렌툴루스 스핀테르가 가까운 히스파니아를 받게 된 건 놀라운 일이 아니었다.

"다른 변화들도 있습니다." 수석 집정관은 평소처럼 굵고 낮은 목소리로 말했다. 유피테르 옵티무스 막시무스의 신상이 (동쪽을 향해) 서 있는 신상 안치실은 어떤 목소리라도 멀리까지 들릴 정도로 울림이 좋았기 때문이다. "올해 저는 공화정 초기의 관습으로 돌아가, 제가 파스케스를 보유하지 않는 달에는 릭토르단이 제 앞에서 가지 않고 제 뒤에서 오도록 할 것입니다."

찬성의 웅성거림이 들려왔지만, 그것은 곧 비불루스의 날 선 대꾸에 놀라고 비난하는 웅성거림으로 바뀌었다. "마음대로 하십시오, 카이사르, 나는 관심 없으니까! 다만 내가 화답하리라는 기대는 마세요!"

"기대하지 않습니다, 마르쿠스 칼푸르니우스!" 카이사르는 비불루스가 자기를 코그노멘으로 부른 무례함을 돋보이게 만들면서 웃으며 대꾸했다.

"할말이 남았습니까?" 비불루스가 물었다. 그는 자신의 키가 작다는 사실이 싫었다.

"당신과 직접적으로 관계된 건 아니지만 있습니다, 마르쿠스 칼푸르니우스. 저는 원로원에서 아주 오랫동안 일해왔습니다. 의원으로서, 그리고 지금 원로원 회의를 하고 있는 이 집의 주인이신 유피테르 옵티무스 막시무스를 모시는 신관으로서 말입니다. 저는 열여섯 살에 유피테르 대제관이 되어 원로원에 들어왔고, 2년이 안 되는 공백기간 후에 시민관을 받아 돌아왔습니다. 미틸레네 성벽 앞에서 보낸 몇 달을 기억합니까, 마르쿠스 칼푸르니우스? 시민관을 받지는 못했지만 당신도 그곳에 있었는데. 이제 마흔이 되어 저는 수석 집정관이 되었고, 제가 로마 원로원의 일원이 된 지는 23년이 넘었습니다."

카이사르의 어조가 약간 올라가며 사무적으로 변했다. "의원 여러분, 이 23년 동안 저는 원로원의 의사진행에 있어 긍정적인 변화들을 얼마간 목격했습니다. 대표적인 예가 축어적 영구 회의록의 작성입니다. 모든 의원들이 그 회의록을 활용하는 것은 아니지만, 저는 분명 활용을 하고 다른 진지한 정치가들도 그리하지요. 그러나 그 회의록들은 기록

보관소로 들어가버립니다. 또한 기록 내용이 실제 발언 내용과 크게 다른 경우들도 보았습니다."

카이사르는 말을 멈추고 청중석에 꽉 들어찬 얼굴들을 바라보았다. 아무도 새해 첫날 유피테르 옵티무스 막시무스를 위한 특별 목조 계단 좌석에 대해 불평하지 않았다. 이 회의는 언제나 곧 끝나고, 발언자는 수석 집정관 한 명뿐이기 때문이었다.

"인민들도 생각해주십시오. 원로원 회의는 대부분의 경우 문을 활짝 열고 진행됩니다. 이런 공개회의는 회의 내용에 관심이 있는 소수의 사람들이 바깥에 모여 들을 수 있습니다. 결과는 자명합니다. 가장 잘 들리는 곳에 있는 사람이 자신이 들은 것을 들리지 않는 곳에 있는 사람들에게 전달하는데, 이 물결이 포룸 로마눔이라는 바다까지 퍼져나갔을 때는 전달 내용의 정확성이 떨어집니다. 이는 인민들로서도 우리로서도 달가운 일이 아닙니다.

따라서 저는 원로원 회의록과 관련하여 두 가지를 변경하자고 여러분께 요청합니다. 첫번째는 공개회의와 비공개회의 모두에 해당됩니다. 요컨대 서기들이 종이에 적은 내용을 집정관들과 법무관들 전원이—물론 회의에 출석한 사람들에 한합니다—읽어본 후 이상이 없으면 서명을 하는 것입니다. 두번째는 공개회의에만 해당됩니다. 기록된 회의 내용을 악천후에서 안전한 포룸 로마눔의 특별 게시 공간에 게재하는 것입니다. 저의 제안은 정치나 파벌의 경계를 막론하고 우리 모두를 위한 것입니다. 마르쿠스 칼푸르니우스와 가이우스 율리우스 모두에게 필요한 일이며, 마르쿠스 포르키우스와 나이우스 폼페이우스 모두에게 필요한 일입니다."

놀랍게도 메텔루스 켈레르가 말했다. "사실 그것은 매우 좋은 생각입니다, 수석 집정관. 나는 당신의 법은 지지할 것 같지 않지만 그 제안은 지지하겠습니다. 그리고 우리 원로원이 수석 집정관의 이 제안을 긍정적으로 검토할 것을 제안하는 바입니다."

그리하여 비불루스와 카토를 제외한 모든 참석 의원들은 표결에서 오른쪽에 섰다. 사소한 것이기는 했지만 최초이자 성공적인 행보였다.

"이어진 연회도 성공적이었어요." 기나긴 하루를 마치고 돌아온 카이사르는 어머니에게 말했다.

당연히 아우렐리아는 아들이 자랑스러워서 가슴이 터질 것 같았다. 다사다난했던 지난 세월이 헛되지 않았다. 여기 그녀의 아들이 마흔한 살 생일을 일곱 달 앞두고 원로원과 인민의, 공화정의 수석 집정관이 되어 있었다. 빚의 망령도 사라졌다. 그가 먼 히스파니아에서 가져온 제 몫의 돈은 채권자들을 정리하기에 충분했고 미래의 파멸로부터 그를 구해주었다. 작지만 듬직한 남자 발부스는 서류가 담긴 들통들로 무장한 채 종종걸음으로 이 사무실에서 저 사무실로 들어가 카이사르의 빚을 해결했다. 기가 막힌 솜씨였다. 아우렐리아는 카이사르가 그동안 쌓인 복리 이자를 전부 다 내야만 할 거라고 생각했었지만, 발부스는 뛰어난 협상가였다. 카이사르의 헤픈 씀씀이가 재발하는 것을 막아줄 남은 돈은 없었지만, 적어도 과거의 부채는 모두 해결했다. 그리고 이제 카이사르는 나라에서 괜찮은 급여를 받고 훌륭한 집도 제공받지 않는가.

아우렐리아는 25년 전에 죽은 남편을 떠올리는 일이 거의 없었다. 법무관은 되었지만 집정관은 되지 못한 그. 남편 세대에서 집정관의 영예는 그의 형에게로, 다른 분가로 넘어갔다. 군화 끈을 묶으려고 몸을 굽히는 일이 위험할 수 있음을 그 누가 알았겠는가? 문간에 전령이 나타나 그녀에게 끔찍한 작은 단지를—남편의 유골을 내밀었을 때의 충격도. 남편이 죽었다는 사실도 모르고 있던 그녀에게. 하지만 아마도 남편이 죽지 않았다면, 그는 카이사르에게 제동장치를 갖추도록 했을 것이다. 비록 아들에겐 천성적으로 그런 것이 없음을 그녀는 늘 알고 있었지만. 사랑했던 내 남편, 가이우스 율리우스, 우리 아들이 오늘 수석 집정관이 되었어요. 이 아인 앞으로 율리우스 카이사르 가문의 이름을 드높일 거예요, 그 어떤 율리우스 카이사르도 하지 못한 일이죠. 그리고 술라, 술라가 죽지 않았다면 무슨 생각을 했을까? 포도가 담긴 접시 위로 나눈 입맞춤 외에는 선을 넘지 않았지만, 내 인생의 또 다른 남자. 그 때문에 나는 얼마나 마음이 아팠던가, 가련하게 고통받던 사람! 나는 두 사람이 모두 그리워. 하지만 내 인생은 참 괜찮았어. 두 딸 모두 결혼을 잘했고, 손주들도 있고, 그리고 여기 이렇게 신과 같은 아들이 있잖아.

카이사르는 얼마나 외로울까. 한때 나는 내 인술라 1층의 다른 아파트에 사는 가이우스 마티우스가 카이사르에게 없는 친구이자 상담 상대가 되기를 바랐었지. 하지만 카이사르는 지나치게 멀리, 지나치게 빠르게 나아갔어. 앞으로도 늘 그럴까? 카이사르가 동등한 존재로서 의지할 수 있는 사람은 아무도 없는 걸까? 언젠가 이애가 진정한 친구를 찾기를 나는 얼마나 간절히 바라는지. 아아, 아내가 그런 존재가 될 수는 없어. 우리 여자들에겐 카이사르가 진정한 친구한테 필요로 하는 폭넓은 시야도 공직 경험도 없으니까. 하지만 니코메데스 왕과 관련해 모함을 받고 있는 카이사르는 어떤 남자도 가까운 친구로 인정하지 않을 거야, 사람들이 뭐라고 할지 너무 잘 알고 있으니까. 그 긴 세월 동안 다른 뜬소문은 전혀 없었지. 이 정도면 니코메데스 왕에 대한 소문이

거짓이라고 판명될 법도 하지만, 포룸 로마눔에는 언제나 비불루스 같은 자가 있지. 그리고 술라라는 반면교사가 있어. 카이사르는 술라처럼 말년을 보내서는 안 돼!

카이사르가 세르빌리아와 절대로 결혼하지 않으리라는 게 마침내 이해돼. 언제가 되었든 절대로 그러지 않으리라는 것이. 세르빌리아는 고통스러워하지만, 그 사람에겐 자신의 좌절감을 쏟아낼 브루투스가 있지. 불쌍한 브루투스. 나는 율리아가 그 청년을 사랑하기를 바라지만, 현실은 그렇지 않아. 둘의 결혼은 어떻게 될까? 아우렐리아의 머릿속에 있는 주판의 알 하나를 튕기게 하는 생각이었다.

그러나 그녀는 이렇게만 말했다. "비불루스가 연회에 참석했니?"

"네, 참석했어요. 카토와 가이우스 피소, 나머지 보니파도요. 하지만 유피테르 옵티무스 막시무스 신전은 넓고, 그들은 최대한 저와 멀리 떨어진 긴 의자에 모여 있었죠. 카토의 절친한 벗 마르쿠스 파보니우스가 그쪽의 주인공이었죠, 마침내 법무관이 되었거든요." 카이사르가 빙긋 웃었다. "키케로가 가르쳐줬는데, 파보니우스는 요즘 포룸 로마눔에서 카토의 원숭이라고 불린대요. 두 가지 뜻이 있는 절묘한 말장난이죠. 그는 토가 밑에 아무것도 안 입는 걸 포함해 모든 면에서 카토를 원숭이처럼 흉내내고, 덜떨어져서 원숭이처럼 어기적거리고 다니거든요. 재밌죠?"

"딱 들어맞는 별명이네. 키케로가 지은 거니?"

"그런 것 같아요. 하지만 키케로는 오늘 점잖게 처신하려고 애쓰더군요. 폼페이우스가 키케로로 하여금 내게 정중하고 상냥하게 굴겠다는 맹세를 강요해서 그런 것 같아요. 비록 키케로는 라비리우스 재판 이후로 그 맹세에 대해 불만이 가득하지만."

"쓸쓸하게 들리는 얘기로구나." 그녀는 약간 반어적으로 말했다.

"정말이지 키케로가 제 편이 되면 좋겠지만, 왠지 그럴 것 같지가 않아요, 어머니. 그래서 준비를 하고 있어요."

"무슨 준비?"

"키케로가 그의 작은 파벌을 데리고 보니에 가담하기로 할 날에 대한 준비요."

"그가 그렇게까지 할까? 폼페이우스 마그누스가 좋아하지 않을 텐데."

"키케로가 진정한 보니의 일원이 되는 일은 없을 거예요. 그들은 제 자부심만큼이나 키케로의 자부심도 싫어하니까요. 하지만 키케로를 아시잖아요. 그는 통제 불능의 혀가 달린 메뚜기예요. 여기저기 사방으로 돌아다니며 입을 잘못 놀려 스스로를 궁지에 몰아넣죠. 푸블리우스 클로디우스한테 손톱이니 손가락이니 운운한 거 보세요. 엄청나게 웃기지만, 클로디우스나 풀비아는 그렇게 생각하지 않죠."

"키케로가 적이 되면 어떻게 대처할 거니?"

"푸블리우스 클로디우스한테는 아직 말하지 않았지만, 저는 그가 평민이 되도록 허락한다는 신관단의 허가를 받았어요."

"켈레르가 반대하지 않았니? 클로디우스가 호민관 선거에 입후보하지 못하게 했잖아."

"그랬죠. 켈레르는 훌륭한 변호인이에요. 하지만 그가 클로디우스의 지위를 신경쓰는 건 아니에요. 뭐하러 그러겠어요? 클로디우스의 고약한 성질이 지금 겨냥하고 있는 건 켈레르한테도 신관단들한테도 아무런 영향력이 없는 키케로뿐인걸요. 파트리키가 평민이 되고 싶어하는 걸 나쁘게 보는 사람은 없어요. 클로디우스처럼 선동 정치가 기질이 있는 사람한테 호민관은 매력적인 자리니까요."

“왜 클로디우스한테 신관단의 허락을 받았다고 말하지 않았니?”

“말해줄 일이 있을지 모르겠어요. 그에 대해 확신이 서지 않거든요. 하지만 내가 키케로를 처리해야만 하게 되면 클로디우스의 목줄을 풀어줄 거예요.” 카이사르는 하품을 하며 기지개를 켰다. “아이고, 피곤해! 율리아는 집에 있나요?”

“아니, 세르빌리아 집에서 열린 여자들만의 만찬에 갔다. 자고 와도 좋다고 했어. 그 나이 여자애들은 수다를 떨고 킥킥대면서 며칠이라도 보낼 수 있거든.”

“그앤 노나이에 열일곱 살이 돼요. 아, 어머니, 시간이 어쩜 이렇게도 빠를까요! 그애 엄마가 죽은 지도 십 년이 지났군요.”

“하지만 잊힌 적은 없어.” 아우렐리아가 무뚝뚝하게 말했다.

“네, 절대로요.”

평화롭고 따스한 침묵이 내려앉았다. 돈 걱정이 사라지니 어머니가 유쾌한 사람이 되었다고 카이사르는 생각했다.

갑자기 그녀가 헛기침을 하더니 눈을 빛내며 아들을 쳐다보았다. “카이사르, 일전에 율리아의 옷들을 보러 그애 방에 갔었단다. 열일곱 살 여자애의 생일 선물은 옷이 제격이지. 너는 장신구를 선물하렴. 금귀걸이와 목걸이가 괜찮을 것 같구나. 하지만 난 옷을 줄 거야. 그애가 직접 천을 짜서 옷을 만들어야 한다는 건 알지만—난 그애 나이 때 그랬어—안타깝게도 율리아는 책벌레라 천짜기보다 독서를 좋아하거든. 수년 전에 그애가 천을 짜게 하려고 애쓴 적이 있는데, 애를 쓸 가치가 없더구나. 그애가 만들어낸 건 부끄러운 수준이었어.”

“어머니, 무슨 말씀을 하고 싶으신 거예요? 전 율리우스 가문의 여자로서 해서는 안 될 일이 아니라면 율리아가 뭘 하든 별로 개의치 않아요."

아우렐리아는 대답 대신 일어섰다. "여기서 기다리렴." 그녀는 그렇게 명령한 뒤 카이사르의 서재에서 나갔다.

카이사르는 어머니가 계단으로 위층에 올라가는 소리를 들었다. 이어 아무 소리도 들리지 않다가, 그녀가 다시 내려오는 소리가 들렸다. 다시 들어온 어머니는 양손을 등뒤에 숨기고 있었다. 몹시 흥미를 느낀 카이사르는 마음과는 다르게 냉정을 잃고 어머니를 쳐다보았다. 그러자 그녀는 재빨리 손을 돌려 뭔가를 책상에 올려놓았다.

카이사르는 다름아닌 폼페이우스의 작은 흉상을 홀린 듯이 쳐다보았다. 시장에서 본 흉상들보다 훨씬 나았지만 거푸집에서 떼어낸 석고상인 것은 마찬가지였다. 그래도 실물과 꼭 닮았고 채색도 꽤 섬세하게 되어 있었다.

"그애가 어릴 때 입던 옷들이 든 상자 안에 감춰져 있더구나. 누군가 거길 보리라고는 생각지도 못했겠지. 율리아한테는 작아진 그 많은 옷들을 입을 수 있는 소녀들이 수부라에 많다는 데 생각이 미치지 못했다면 나도 그 상자 안을 들여다보는 일은 없었을 거야. 우린 언제나 율리아가 웅석받이가 되지 않게 오래된 옷들을 활용하도록 했지. 날마다 새 옷을 입고 뽐내며 다니는 유니아 같은 여자애들과는 다르게 말이야. 하지만 우린 절대로 율리아가 초라한 차림은 하지 못하게 했어. 나는 그 상자를 비우고 적당한 옷을 넣어 카르딕사를 시켜 수부라에 보내려고 했단다. 하지만 저걸 발견한 이후 전부 그대로 내버려뒀지."

"율리아가 용돈을 얼마나 받죠, 어머니?" 카이사르가 물었다. 그는 입가에 미소를 띤 채 폼페이우스의 흉상을 들어올려 두 손으로 이리저리 돌려보았다. 그는 시장 노점들 근처에 모여서 폼페이우스 때문에 한

숨짓고 목구멍을 울리며 킥킥대던 수많은 소녀들을 떠올렸다.

"아주 적어. 우리 둘 다 그애가 성년이 되어야 자기 돈이 필요할 거라는 데 동의했으니까."

"이게 얼마나 할 거라고 생각하세요?"

"적어도 100세스테르티우스는 될 거다."

"네, 그런 것 같아요. 그러니까 율리아는 이걸 사기 위해 소중한 용돈을 모았다는 거네요."

"분명 그랬을 거야."

"이게 무슨 뜻일까요?"

"율리아가 폼페이우스를 흠모한다는 거지, 그애의 여자 친구들이 거의 다 그런 것처럼. 지금 이 순간에도 율리아를 비롯해 열 명이 넘는 여자애들이 저것만큼 실물과 똑 닮은 흉상 주위에 모여 끙끙대고 푸념하고 있을 걸. 세르빌리아는 잠들려 애쓰고, 브루투스는 작업중인 요약본 때문에 골머리를 앓는 동안 말이다."

"평생 한 번도 무분별한 행동을 한 적 없는 분치고는 인간 행동에 대한 식견이 놀라운데요, 어머니."

"내가 어리석은 행동을 하기에는 지나치게 합리적이라는 이유만으로 다른 사람들의 어리석음을 보지 못할 일은 없단다, 카이사르." 아우렐리아는 근엄하게 말했다.

"이걸 왜 굳이 저한테 보여주시는 거죠?"

아우렐리아가 다시 앉으며 말했다. "종합적으로 볼 때 율리아는 어리석은 아이가 아니라고 해야겠구나. 어쨌거나 난 그애의 할머니니까! 저걸 발견하고서—그녀는 폼페이우스를 가리켰다—나는 율리아에 대해 그때까지와는 다른 방식으로 생각해보기 시작했단다. 우리는 그애들이 거의 다 자랐다는 걸 잊어버리는 경향이 있어, 카이사르. 그건 사실이야. 내년 이맘때쯤 율리아는 열여덟 살이 될 거고 브루투스와 결혼하겠지. 하지만 율리아가 나이를 먹고 혼인할 날이 다가올수록 나는 걱정이 되는구나."

"어째서요?"

"율리아는 브루투스를 사랑하지 않아."

"사랑은 그 계약에 포함되어 있지 않아요, 어머니." 카이사르가 상냥하게 말했다.

"나도 안다, 내가 쉽게 감정에 치우치는 사람도 아니고. 지금도 감정적으로 하는 말은 아니야. 너는 율리아를 피상적으로만 알고 있어. 그럴 수밖에. 넌 그앨 자주 보긴 하지만 그앤 너한테는 내 앞에서와는 다른 얼굴을 보여줘. 그앤 너를 사랑해, 정말로 그렇단다. 만일 네가 그애한테 가슴을 칼로 찌르라고 하면 그앤 아마 그리할 거다."

카이사르는 불편한 듯 몸을 움직였다. "어머니도 참!"

"아니, 정말이야. 만약 네가 그런 부탁을 한다면 율리아는 그것이 네 앞날의 안녕에 필요하다고 추측할 거다. 그앤 아울리스의 이피게이아야. 자기가 죽어서 바람이 불고 돛에 바람이 실릴 수만 있다면, 그애는 자기 이익은 따져보지 않고 그리할 거야. 그리고 바로 그런 태도로," 아우렐리아는 조심스럽게 말했다. "율리아는 브루투스와 결혼하는 거야. 나는 그렇게 확신해. 그앤 널 기쁘게 하기 위해 그 결혼을 할 테고, 한 50년 동안 브루투스에게 완벽한 아내가 되어주겠지. 하지만 브루투스와 결혼하면 율리아는 단 한 순간도 행복하지는 않을 거야."

"아, 그렇다면 난 견딜 수 없을 거예요!" 카이사르는 소리치고 흉상을 내려놓았다.

"그럴 거라고 생각했다."

"율리아는 나한테 일언반구도 하지 않았는데요."

"앞으로도 하지 않을 거야. 브루투스는 막대한 부와 족보를 자랑하는 가문의 수장이다. 그와 결혼하면 그 가문이 너의 배경이 되어주리라는 걸 율리아는 잘 알고 있어."

"내일 율리아랑 얘기를 해봐야겠어요." 카이사르가 마음을 먹고 말했다.

"아니, 카이사르, 그러지 말거라. 그앤 자기가 주저한다는 걸 너한테 들켰다고 생각하고 네가 오해하는 거라고 우길 테니까."

"그럼 대체 어떻게 해야 하죠?"

아우렐리아의 얼굴에 흡족해하는 고양이 같은 표정이 번졌다. 그녀는 웃음을 띠며 목구멍 뒤쪽에서 가르릉거리는 소리를 냈다. "내가 너라면, 아들아, 가엾고 외로운 폼페이우스 마그누스를 우리집의 조촐한 저녁식사 자리에 초대하겠다."

카이사르는 입이 떡 벌어지더니, 그것을 다물기 위해 애써 미소를 지으려 했다. 마치 소년 시절로 돌아간 것 같은 모습이었다. 그는 마침내 미소를 띠더니 발작적으로 웃기 시작했다. "어머니, 어머니." 말을 할 수 있을 만큼 진정된 후 그는 말했다. "어머니가 없었다면 저는 어떻게 됐을까요? 율리아와 마그누스? 가능할까요? 지금껏 그를 내게 묶어둘 방법을 찾느라 골머리를 앓으면서도 그런 생각은 한 번도 떠올리지 못했어요! 맞아요, 우린 율리아와 브루투스를 성인으로 보지 않죠. 저는 집에 왔을 때 그애들을 성인으로 대했다고 생각했어요. 하지만 브루투스가 거기 있었으니, 그애들이 함께인 걸 당연하게 생각했죠."

아우렐리아가 말했다. "연애결혼이어야 될 일이니까, 서두르지 말거

라. 그리고 그 만남에 어떤 의미가 있는지 폼페이우스와 율리아 둘 중 누구한테도 말이나 표정에 티를 내선 안 돼."

"그럴게요, 물론 그래야죠. 언제가 좋을까요?"

"토지법안이 어떤 식으로든 마무리될 때까지 기다리렴. 그리고 두 사람이 만난 후에도 폼페이우스를 압박해서는 안 돼."

"율리아는 아름답고 젊은 율리우스 가문의 여식이에요. 마그누스는 저녁식사가 끝나자마자 청혼할 겁니다."

하지만 아우렐리아는 고개를 저었다. "마그누스는 절대 그러지 않을 거다."

"어째서요?"

"예전에 술라한테 들은 이야기가 있어. 폼페이우스는 공주에게 청혼하기를 늘 두려워한다고 하더구나. 율리아는 공주야. 로마에서 가장 고귀한 태생의 공주. 폼페이우스의 눈에는 외국의 여왕조차 율리아의 적수가 되지 못해. 그러니 그는 청혼하지 않을 거다. 거절당하는 게 너무 두려우니까. 술라는 폼페이우스가 거절당해 자기 존엄을 다치느니 독신으로 남는 편을 택할 거라고 말했어. 즉 폼페이우스는 공주의 아버지가 자기한테 청혼하기를 기다리고 있는 거지. 그러니 제안을 해야 할 사람은 폼페이우스가 아니라 네가 될 거다, 카이사르. 일단 그를 아주 굶주리게 하렴. 그는 율리아가 브루투스와 약혼했다는 걸 알고 있어. 폼페이우스와 율리아가 만났을 때 어떤 일이 벌어지는지 보자꾸나, 하지만 두 사람이 너무 자주 만나게 해서는 안 돼." 그녀는 일어나서 책상 위에 있던 폼페이우스 흉상을 홱 잡아챘다. "원래 있던 데 갖다놓겠다."

"아뇨, 그건 그애 침대 옆에 있는 선반에 올려두고 원래 하시려던 대로 그애의 옷을 치우세요." 카이사르가 뒤로 기대어 만족스러운 듯 두 눈을 감으며 말했다.

"내가 자기 비밀을 알게 됐다는 걸 알면 율리아는 무척 당황할 텐데."

"부자 친구 유니아한테 선물 좀 그만 받으라고 호통을 치면 되죠. 그렇게 하면 율리아는 자존심을 다치지 않고 폼페이우스도 계속 볼 수 있잖아요."

"그만 자거라." 아우렐리아가 문간에서 말했다.

"그러려고요. 어머니 덕분에 세이렌한테 사로잡힌 선원처럼 숙면할(sleep as soundly as a siren-struck sailor—옮긴이) 것 같아요."

"두운(頭韻)이 너무 많구나."

1월의 두번째 날에 카이사르는 토지법안을 발표하여 원로원의 검토를 받고자 했다. 의원들은 수석 집정관의 발치에 흩어져 있는, 서른 개에 육박하는 커다란 책 들통을 보고 몸서리를 쳤다. 카이사르의 법안과 비교하니 통상적인 법안의 길이는 아무것도 아닌 것처럼 보일 지경이었다. 율리우스 토지법은 족히 100장(章)은 넘었다.

원로원 의사당은 소리가 잘 퍼지지 않는 곳이어서, 수석 집정관은 목소리를 높여 그 방대한 법안을 감탄할 만큼 간명하면서도 포괄적으로 설명했다. 법안에는 그의 이름만 올라가 있었다. 비불루스가 협조하지 않은 것은 안된 일이었다. 그가 협조했더라면 율리우스·칼푸르니우스 토지법이 되었을 것이기 때문이다.

카이사르는 말했다. "필경사들을 시켜서 본 법안의 필사본을 300부 준비했습니다. 더 준비하고 싶었지만 시간이 허락지 않았습니다. 하지만 의원 두 분당 한 부씩 드리고 인민들에게 50부 나눠주기에는 충분합니다. 저는 아이밀리우스 회당 밖에 가설 사무소를 세워서 법률 비서와 조수와 함께 그곳에서 인민들이 법안을 열람하고 질문할 수 있도록 할 것입니다. 일부 조항에 특히 더 관심이 있는 열람자나 질문자를 위해 필사본마다 조항별 유용한 참고자료가 있는 요약문을 첨부해놓았습니다."

"농담이 지나치군요!" 비불루스가 냉소했다. "저 법안의 절반 길이 문서라 해도 아무도 읽으려 하지 않을 겁니다!"

"부디 모두가 제 법안을 읽어주시기를 간청합니다." 카이사르가 눈썹을 추켜세우며 말했다. "저는 비판을 원합니다, 유익한 제안을 원합니다. 법안의 어디가 잘못되었는지도 알고 싶습니다." 카이사르의 표정은 단호했다. "간결함은 재치의 핵심이지만, 길어야 하는 법이 간결하다는 건 그것이 나쁜 법이라는 뜻입니다. 모든 만일의 사태가 파악되고, 연구되고, 설명되어야 하기 때문입니다. 빈틈없는 법이란 긴 법입니다. 앞으로 제가 짧으면서 쓸 만한 법안을 내놓는 일은 거의 없을 겁니다. 그러나 제가 여러분께 보여드리고자 하는 법안은 모두 일체의 예측 가능한 가능성을 처리하기 위해 고안된 공식에 따라 직접 작성한 결과물일 것입니다."

카이사르는 반응을 듣기 위해 잠시 말을 멈췄지만, 아무도 발언하려 하지 않았다. "이탈리아는 로마입니다, 이 점은 분명히 해야 합니다. 이탈리아의 도시와 소도시, 자치지역은 로마의 것이며, 전쟁과 이주로 인해 이탈리아 반도 곳곳의 많은 지역들이 오늘날 그리스의 여느 지역보다도 충분히 활용되지 않고 인구도 부족하게 되었습니다. 반면 로마 시는 인구과잉에 시달리고 있지요. 분배 곡물은 국고가 부담하기 버거운 부담이 되었지만, 지금 저는 마르쿠스 포르키우스 카토의 법을 비난하는 것은 아닙니다. 저는 그의 법이 훌륭한 조치라고 생각합니다. 그 법이 없었다면 지금 로마에는 폭동과 불안이 만연하겠지요. 그렇지만 우리는 날로 늘어나는 분배 곡물의 자금을 대는 대신, 로마 빈민에게 군입대 말고도 다른 기회를 제공하여 로마 시의 인구과잉을 해결해야 한다는 것도 사실입니다.

또한—로마 시를 포함하여—우리나라 방방곡곡을 방황중인 퇴역군인 50만여 명도 있습니다. 지금 그들에게는 중년에 정착하여 평화롭고 생산적인 시민이 되고, 궁핍한 여자들의 치맛자락에 매달린 아비 없는 소년들이 아니라 적법한 가정에서 자란 미래의 로마 병사들을 낳을 수단이 없습니다. 우리가 승리한 전쟁들이 다른 것은 가르쳐주지 못했다 하더라도 로마인들은 최고의 전사라는 것, 로마인들은 장군에게 승리를 안겨준다는 것, 로마인들은 10년간 포위당하는 사태를 예상해도 침착해 보일 수 있다는 것, 로마인들은 패배 후에 더 강해져서 처음부터 다시 싸우기 시작한다는 것을 우리에게 분명히 가르쳐주었습니다.

제가 제안하는 것은 이탈리아 반도의 모든 공유지를 분배하기 위한 법입니다. 단, 캄파니아 공유지 약 520평방킬로미터와, 로마 군단의 주요 훈련 장소인 카푸아 근처의 공유지 약 130평방킬로미터는 예외입니다. 따라서 볼라테라이와 아레티움 같은 곳들의 공유지는 포함됩니다. 저는 나중에 이탈리아의 가축 이동용 길 경계석들을 손보러 떠날 때, 그런 길들이 이탈리아 반도에 남은 캄파니아 바깥의 공유지 대부분을 차지하도록 하고 싶습니다. 캄파니아 공유지는 왜 제외냐고요? 캄파니아 공유지는 임대 토지가 된 지 오래이며, 그 임차인들한테서 땅을 빼앗는 것은 매우 혐오스러운 일이 될 것이기 때문입니다. 물론 그들 가운데에는 원통한 일을 당한 기사 푸블리우스 세르빌리우스도 있습니다. 저는 그가 지금쯤 포도나무들을 다시 심고 거름을 듬뿍 주었기를 바랍니다."

그 말에도 반응은 전혀 없었다! 비불루스의 상아 대좌는 카이사르의 상아 대좌 약간 뒤에 있었기에 카이사르는 비불루스의 얼굴을 볼 수 없었지만, 비불루스가 계속 잠자코 있다는 게 흥미로웠다. 카토도 아무 말이 없었다. 카토는 그의 원숭이 파보니우스가 원로원에 들어와 그를 따라 하기 시작한 이후 다시 토가 밑에 튜닉을 입지 않고 있었다. 수도 담당 재무관이 된 원숭이는 모든 원로원 회기에 참석할 수 있었다.

"이전의 토지법에 따라 우리의 공유지를 점유하고 있는 사람들한테서 땅을 빼앗지 않는다면, 활용 가능한 공유지로는 약 3만 명의 자격 있는 시민들에게 10유게룸씩 분배할 수 있을 거라고 추정됩니다. 이는 우리가 5만 명의 추가 수혜자들을 위해 현재 개인들이 소유하고 있는 토지를 충분히 확보해야 한다는 뜻입니다. 저는 퇴역병 5만 명에 로마 시의 빈민 3만 명을 대상자로 추정하고 있습니다. 몇 명이 됐든 로마 시 안에 있는 퇴역병들을 제외하면, 3만 명의 도시 빈민이 시골의 비옥한 분배 토지로 이동할 경우 우리 국고는 연간 720탈렌툼의 분배 곡물 비용을 절감할 수 있게 됩니다. 로마 안에 있는 퇴역군인 2만 명까지 더하면, 절감액은 마르쿠스 포르키우스 카토의 법 때문에 늘어난 공공 자금 부담을 거의 상쇄할 정도입니다.

하지만 사유지를 대량 매입해야 한다고 해도 국고는 필요한 자금을 대기에 충분합니다. 동방 속주들에서 얻는 세수가 크게 늘었기 때문입니다. 예컨대, 심지어 동방의 징세청부 계약액을 이를테면 3분의 2로 줄여도 될 정도로 늘었지요. 다만 나이우스 폼페이우스 마그누스가 국고에 더해준 총이익이 토지 매입을 가능케 하는 2만 탈렌툼이 되지는 못할 것 같습니다. 퀸투스 메텔루스 네포스가 세금과 관세를 인하했기 때문입니다. 후한 행위이기는 했지만, 로마는 절실하게 필요한 세수를 박탈당했지요."

이 말에는 반응이 있었느냐 하면, 그렇지 않았다. 네포스는 아직도 먼 히스파니아를 다스리고 있었다. 하지만 켈레르는 전직 집정관석에 앉아 있었다. 그의 속주인 먼 갈리아를 다스리러 가야 할 때였다.

"제 토지법안을 검토해보시면 그 내용이 오만하지 않음을 발견하게 되실 겁니다. 현재의 토지 소유주에게 국가에 토지를 팔라는 그 어떤 압력도 가하지 않으며, 땅값을 낮추려고도 하지 않습니다. 국가는 우리의 존경받는 감찰관 가이우스 스크리보니우스 쿠리오와 가이우스 카시우스 롱기누스께서 책정한 가격에 토지를 매입합니다. 토지 소유주의 기존 행위들은 완벽하게 적법한 것으로 수용되며, 그것들에 도전하는 법 조항도 없습니다. 다시 말해 토지 소유주가 경계석을 옮겼는데 그에 대해 아무도 이의를 제기하지 않은 경우, 그 경계가 판매할 부동산의 경계가 됩니다.

국가로부터 분배 토지를 받은 자는 20년 동안 그 땅을 팔거나 떠날 수 없습니다.

마지막으로, 저의 법은 토지 매입과 분배를 스무 명의 상급 기사와 원로원 의원으로 구성된 판무관단에게 맡기자고 제안합니다. 원로원이 제게 트리부스회에 가져갈 결의를 주신다면 그 기사와 의원 스무 명을 선정하는 특권은 원로원이 갖게 될 것입니다. 반대로 제게 원로원 결의를 주시지 않는다면 그 특권은 트리부스회가 차지하게 됩니다. 또한 전직 집정관 다섯 명으로 구성된 위원회가 판무관단의 업무를 감독하게 될 것입니다. 그러나 저는 판무관단에도 위원회에도 들어가지 않을 것입니다. 가이우스 율리우스 카이사르가 사익을 취하려고 한다거나, 율리우스 토지법 덕분에 재정착한 사람들의 보호자가 되려 한다는 의혹을 받고 싶진 않기 때문입니다."

카이사르는 한숨을 쉬더니 웃음 지으며 두 손을 들어올렸다. "오늘은 여기까집니다, 명예로운 원로원 의원 여러분. 앞으로 열이틀 동안 제 법안을 읽어보시고 논의를 준비해주십시오. 따라서 율리우스 토지법을 다룰 다음 회의는 2월 칼렌다이의 16일 전이 될 것입니다. 그러나 원로원 회의는 닷새 후, 1월 이두스의 17일 전에 다시 열릴 것입니다." 그는 개구쟁이 같은 표정을 지었다. "여러분의 부담이 너무 크다고 생각하고 싶진 않기에, 제 법안의 사본 250부가 가장 고귀한 원로원 의원 250분께 배달되도록 준비해두었습니다. 이분들은 부디 다른 의원분들을 잊지 말아주십시오! 얼른 읽으신 다음 사본을 못 보신 의원께 보내주십시오. 아니면 못 보신 하급 의원께서 상급 의원을 찾아가 청하는 편이 나을까요?"

그 말을 끝으로 카이사르는 원로원을 해산시킨 후 크라수스 무리에게로 갔다. 그는 폼페이우스 곁을 지나칠 때 고개를 정중히 숙이며 위인에게 경의를 표했지만, 그 이상은 없었다.

카토는 비불루스와 함께 걸어가는 동안에 회의 때보다 더 할말이 많았다.

"그 기나긴 두루마리들을 전부 한 줄 한 줄 읽으면서 함정을 찾아낼 생각입니다." 카토가 선언했다. "동참해주십시오, 비불루스. 법안을 읽기 싫어하시는 건 알지만요. 사실 우리 모두가 반드시 읽어야 합니다."

"그 법이 카이사르 말대로 훌륭하다면 비판할 여지가 별로 없을 것이네. 함정은 없을 거라고."

"그 법에 찬성하신다는 겁니까?" 카토가 으르렁댔다.

"그럴 리가 있나!" 비불루스가 딱딱거렸다. "내가 하고 싶은 말은, 우리가 그 법을 막는 건 생산적인 행위가 아니라 악의적인 행위로 보일 거라는 얘기야."

카토는 영문을 모르겠다는 표정을 지었다. "그런 걸 신경쓰십니까?"

"별로. 하지만 나는 술피키우스법이나 룰루스법을 고쳐서 들고 나오기를 바라고 있었어—우리가 흠을 잡을 수 있도록 말이지. 인민들한테 필요 이상으로 미움을 받아봐야 우리한테 득 될 게 없네."

"카이사르는 우리한테 버거운 상대예요." 메텔루스 스키피오가 침울하게 말했다.

"아니, 그렇지 않아!" 비불루스가 소리쳤다. "그는 질 거야, 질 거라고!"

닷새 후 원로원 회의가 다시 열렸을 때 주제는 아시아 징세청부업자들이었다. 이번에는 장(章)들로 가득찬 들통들의 바다는 없었다. 카이사르가 손에 쥔 두루마리 하나뿐이었다.

"이 문제를 일 년 넘게 끄는 동안, 안달 난 징세청부업자들은 동방 속주 네 곳—아시아, 킬리키아, 시리아, 비티니아·폰토스—의 훌륭한 통치를 망쳐놓고 있습니다." 카이사르는 목소리를 높여 말했다. "그럼에도 감찰관들이 국고를 대신하여 책정한 금액은 걷히지 않았습니다. 이 개탄스러운 상황이 하루하루 이어지는 동안, 우리의 벗인 동방 속주의 동맹시민들은 하루하루 가혹한 압박을 당하고 있습니다. 우리의 벗인 동방 속주의 동맹시민들은 날마다 로마를 저주하고 있습니다. 동방의 총독들은 한편으론 성난 동맹시민 대표단들을 달래면서 시간을 보내는 동시에, 그들을 압박하는 징세청부업자를 보조하기 위한 릭토르단과 군대를 제공하고 있습니다.

의원 여러분, 우리는 손실을 줄여야 합니다. 이것이 요점입니다. 제가 지금 들고 있는 법안은 트리부스회에 발표하여 동방 속주들의 세수를 3분의 1만큼 줄이도록 요청하기 위한 것입니다. 오늘 제게 원로원 결의를 주십시오. 나머지 3분의 2를 받는 것이 원래 금액을 전혀 받지 못하는 것보다 분명 낫기 때문입니다."

그러나 물론 카이사르는 원로원 결의를 얻지 못했다. 카토가 제논의 철학과 그것이 로마에서 각색된 내용에 대해 회의가 끝날 때까지 지껄였기 때문이다.

다음날 동이 튼 직후 카이사르는 트리부스회를 소집하고 크라수스의 기사들도 참석시켰다. 그리고 사안을 표결에 부쳤다.

"이 문제로 17개월 동안 집회를 열어도 해결되지 않았다면, 17년간 집회를 열어도 똑같을 것입니다! 오늘 우리가 투표를 하면, 아시아 징세청부업자들은 앞으로 17일도 지나기 전에 부담을 덜게 될 겁니다!"

민회장 바닥을 가득 채운 사람들의 얼굴을 단 한 번 보는 것만으로도, 보니파는 반대하는 것이 무익할 뿐 아니라 위험하리라는 사실을 깨달았다. 카토는 발언하려다가 야유를 받았고, 비불루스가 발언하려 하자 주먹들이 위로 올라왔다. 기록적으로 신속하게 진행된 투표 결과 국고가 동방 속주들에서 얻는 세수는 3분의 1만큼 줄게 되었고, 민회장을 가득 채운 기사들은 목이 쉴 때까지 카이사르와 마르쿠스 크라수스에게 환호했다.

"아, 정말 마음이 놓이는군!" 크라수스가 그야말로 환한 표정으로 말했다.

"다른 일들도 다 이렇게 쉽게 풀렸으면 좋겠는데." 카이사르가 한숨을 쉬며 말했다. "토지법 관련해서도 이만큼 빨리 처리할 수 있다면 보니가 준비 태세를 갖추기도 전에 끝날 텐데요. 당신의 문제는 제가 집회를 소집할 필요가 없었던 유일한 사안입니다. 바보 같은 보니는 제가 그냥 해치워버릴 거라고는 생각하지 못했죠!"

"한 가지 이해되지 않는 게 있네, 카이사르."

"뭡니까?"

"호민관들이 취임한 지도 한 달이 되었잖나. 그런데 자네는 바티니우스를 전혀 활용하지 않고 있어. 지금 여기서 법을 공포하고 있으면서도. 난 바티니우스를 알아. 좋은 피호민이라는 건 확신하네만, 도움을 받을 때마다 자네는 돈을 내야 할 거야."

"우리가 돈을 내는 겁니다, 마르쿠스." 카이사르가 부드럽게 말했다.

"포룸 로마눔 전체가 혼란스러워하고 있어. 호민관들이 한 달 동안 단 한 개의 법도 만들지 않고 소동도 벌이지 않고 있으니."

"바티니우스와 알피우스에게 맡길 일이 아주 많지만, 아직은 때가 아닙니다. 저는 진짜 법률가이고 그 사실에 자부심을 갖고 있습니다. 법을 제정하는 집정관은 드물어요. 제가 왜 키케로가 영광을 독차지하도록 내버려둬야 합니까? 그럴 순 없죠, 전 토지법이 심각한 문제에 부딪힐 때까지 기다릴 겁니다. 그때가 오면 바티니우스와 알피우스의 목줄을 풀어줄 거예요. 그저 쟁점을 흐리기 위해서죠."

"내가 저 서류를 정말로 다 읽어야 하나?" 크라수스가 물었다.

"그러면 좋죠. 뭔가 기발한 생각을 떠올리실 수도 있으니까요. 물론 법안에 당신 관점에서 잘못된 내용은 없지만 말입니다."

"날 속일 순 없네, 가이우스. 캄파니아 공유지와 카푸아 공유지 둘 다 활용하지 않으면서 8만 명에게 10유게룸씩 줄 수 있는 방법은 세상 어디에도 없어."

"당신을 속이겠다는 생각은 한 적이 없습니다. 하지만 야수의 우리에서 장막을 걷어낼 생각은 아직 없답니다."

"그렇다면 나는 라티푼디움 농장을 처분하길 잘했군."

"왜 처분하셨습니까?"

"말썽은 너무 많고 수익은 별로라서 말이야. 너르디너른 땅에 양이랑 목동은 조금 있고, 일꾼들과의 갈등은 많지. 라티푼디움 농장을 하는 사람들은 낭비가들이네, 가이우스. 아티쿠스를 보게. 나는 그를 끔찍이 혐오하지만, 그는 이탈리아에서 반백만 유게룸의 목초지를 소유할 만큼 멍청하지는 않아. 사람들은 자기가 반백만 유게룸의 목장을 갖고 있다고 말하기를 좋아하지, 실제 면적도 그 정도고. 루쿨루스가 딱 들어맞는 예야. 돈은 많지만 지각이나 취향은 뒤떨어져. 그자는 이의를 제기하겠지만. 자네의 법안은 나나 기사들의 반대를 겪지 않을 걸세. 공유지를 임대해 목장을 운영하는 건 원로원 의원들의 여가활동이지, 기사들의 사업활동이 아니라네. 그 일은 의원이 인구조사에서 100만 세스테르티우스 요건을 충족하게 해줄지 모르지만, 100만 세스테르티우스가 얼만가, 카이사르? 고작 40탈렌툼일세! 난 그 돈을 하루 안에 벌 수 있다고."—그는 싱긋 웃으며 어깨를 으쓱했다—"이 말은 하지 말걸. 자네가 감찰관들한테 일러바칠지도 모르는데."

카이사르는 토가 자락을 잡아들더니 포룸 로마눔 낮은 구역을 가로질러 벨라브룸 쪽으로 뛰기 시작했다. "가이우스 쿠리오! 가이우스 카시우스! 퇴근하지 마십시오, 감찰관 사무소로 가세요! 신고할 게 있습니다!"

크라수스는 수백 명의 기사와 포룸 단골들이 홀린 듯 쳐다보는 가운데 토가를 대충 접어들고 쫓아가며 소리쳤다. "안 돼! 거기 서!"

그러자 카이사르는 멈춰 서서 크라수스가 자기를 따라잡을 때까지 기다렸다. 두 사람은 함께 박장대소한 다음 관저 쪽으로 뛰어가기 시작했다. 참 별난 일이네! 로마에서 제일 유명한 두 사람이 포룸 로마눔을 사방팔방 뛰어다니다니? 보름달은커녕 달이 차지도 않았는데!

토지법안을 둘러싼 카이사르와 보니파의 대결은 1월 내내 팽팽하게 계속되었다. 카토는 그 법안을 논의하기 위한 모든 회의에서 의사진행 방해를 했다. 카이사르는 그 기술이 아직도 먹힐 여지가 있는지 흥미로워했지만, 결국엔 릭토르단에게 카토를 의사당에서 끌어내 라우투미아이 감옥으로 데려가라고 명령했다. 고개를 빳빳이 들고 특유의 말 같은 얼굴에 순교자의 표정을 띤 카토를 보니파가 뒤따르며 박수갈채를 보냈다. 아니, 이 방법은 먹히지 않겠어. 카이사르는 릭토르단을 불러 세웠고, 카토는 자기 자리로 돌아와 다시 의사진행 방해를 계속했다.

그렇다면 요원한 원로원 결의 없이 안건을 트리부스회로 가져가는 수밖에 없었다. 이제 카이사르는 법안을 2월 내내 집회에서 다뤄야 할 터였다. 2월은 파스케스의 주인인 비불루스에게 법안에 반대할 법적 수단이 더 많았기 때문이다. 그래서 표결은 2월에 있을 것인가, 3월에 있을 것인가? 아무도 정확히 알 수 없었다.

카이사르는 트리부스회의 첫 집회에서 외쳤다. "마르쿠스 비불루스, 이 법에 그토록 반대한다면 이유라도 말해주십시오! 그냥 거기 서서 반대를 부르짖는 것으로는 부족합니다. 당신은 이 로마 인민의 적법한 모임 앞에서 그 법에 무슨 문제가 있는지 말해야 해요! 나는 지금 기회 없는 사람들에게 기회를 주려고 합니다. 국고에 부담을 주지도, 이미 토지가 있는 사람들을 속이거나 강제하지도 않으면서 말이죠! 그런데 당신은 계속 반대만 부르짖고 있습니다!"

"내가 반대하는 이유는 법안 공포자가 당신이기 때문입니다, 카이사르, 다른 이유는 없습니다! 당신이 하는 모든 일은 저주받고 부정하고 사악합니다!"

"말도 안 되는 소리를 하는군요, 마르쿠스 비불루스! 감정적이 아니라 구체적으로 말해보십시오. 어째서 이 절실하게 필요한 법안에 반대하는지! 부디 제대로 비판해보십시오!"

"비판할 생각 없습니다, 그냥 반대합니다!"

수천 명이 들어찬 민회장치고는 군중의 소음이 작았다. 못 보던 얼굴들도 있었는데, 개중에는 기사와 클로디우스에게 속한 젊은 사람들, 포룸 로마눔 단골들만 있는 것은 아니었다. 폼페이우스는 거부권이나 싸움—둘 중 어느 쪽이 될지는 아무도 몰랐다—에 대비해 자신의 퇴역병들을 로마로 데려오고 있었다. 폼페이우스가 신중하게 선별한 사람들로, 서른한 개 지방 트리부스들에 골고루 분포되어 있어서 매우 가치 있는 유권자 집단이었다. 물론 싸움에도 능했다.

카이사르는 비불루스를 향해 두 손을 내밀고 간청했다. "마르쿠스 비불루스, 이 훌륭하고 절실한 법을 왜 반대합니까? 인민의 앞을 가로막는 것이 아니라 인민을 돕겠다는 마음은 들지 않습니까? 저 모든 사람들의 얼굴에서 이 법을 거부하지 않겠다는 표정이 보이지 않는 것입니까? 이것은 온 로마가 원하는 법입니다! 당신은 나, 가이우스 율리우스 카이사르라는 단 한 사람 때문에 로마를 벌할 작정입니까? 그것이 집정관이 할 일입니까? 칼푸르니우스 비불루스 집안사람이 할 일입니까?"

"그렇습니다, 칼푸르니우스 비불루스 집안사람이 할 일입니다!" 차석 집정관은 로스트라 연단에서 소리쳤다. "나는 조점관이기에 악을 보면 그것이 악인 줄 압니다! 당신은 악이고, 당신이 하는 모든 일도 악입니다! 당신이 통과시키는 어떤 법도 선할 수는 없습니다! 이에 나는 올해의 나머지 민회일을 모두 종교 휴일로 선언하며, 따라서 트리부스회든 평민회든 올해는 더이상 회의가 없습니다!" 비불루스는 까치발을 하고 두 주먹을 꽉 쥐었다. 그가 팔꿈치를 펴는 바람에 왼팔에 걸려 있던 토가 자락이 흐트러지기 시작했다. "내가 이러는 건 종교적 금지에 의지하는 게 옳다고 생각하기 때문입니다! 분명히 말하지만, 가이우스 율리우스 카이사르, 이탈리아 전체의 무지몽매한 자들 모두가 이 법을 원하든 말든 나는 관심 없습니다! 내가 집정관으로 있는 해에는 이 법이 통과되지 않을 거니까!"

그의 분노가 어찌나 생생한지, 두 집정관 중 누구와도 정치적 관련이 없는 사람들조차 몸을 떨었고 중지와 약지 밑에 엄지를 슬그머니 끼워넣고서 검지와 새끼손가락을 두 개의 뿔처럼 세웠다. 악마의 눈을 쫓는 상징이었다.

"비굴한 짐승처럼 그에게 몸을 비벼보십시오!" 비불루스는 군중을 향해 소리를 질렀다. "그에게 입을 맞추고, 그를 타락시키고, 그에게 몸을 바쳐보십시오! 그 정도로 이 법을 원한다면 어디 그렇게 해보십시오! 그러나 여러분은 내가 집정관인 해에는 이 법을 얻지 못할 겁니다! 절대, 절대, 절대로!"

조롱과 야유가, 고함과 저주가, 일렁이는 파도 같은 목소리의 폭력이 너무나 크고 무시무시해서 비불루스는 왼쪽 팔 위의 토가 자락을 되는 대로 추슬러 잡고 몸을 돌려 로스트라 연단을 떠났지만, 안전할 정도의 거리를 두고는 멈춰 섰다. 그와 그의 릭토르들은 원로원 의사당 계단

위에 선 채로 귀를 기울였다.

그때 마치 마법처럼, 야유 소리가 저멀리 포룸 홀리토리움에서도 들릴 만큼 큰 환호성으로 바뀌었다. 카이사르가 위대한 폼페이우스를 로스트라 연단으로 데리고 온 것이다.

위인은 화가 나 있었다. 분노는 그에게 말뿐만 아니라 그 말을 전달하는 힘까지 주었다. 폼페이우스의 말은 비불루스와, 이제 그 옆에 서 있는 카토를 기쁘게 하지 않았다.

"나이우스 폼페이우스 마그누스, 저를 지지하여 이 법의 반대자들을 물리쳐주시겠습니까?" 카이사르가 외쳤다.

"누구든 감히 당신의 법에 칼을 들이댄다면, 가이우스 율리우스 카이사르, 내가 방패로 막겠소!" 폼페이우스가 호령했다.

그러더니 크라수스까지 연단에 올라왔다. "나, 마르쿠스 리키니우스 크라수스는 이것이 로마가 지금껏 보아온 최고의 법이라고 선언하는 바입니다!" 그는 외쳤다. "여기 모이신 분들 가운데 재산이 안전할까 걱정하시는 분들이 있다면, 제가 약속드립니다. 그 누구의 재산도 위태롭지 않으며, 관련된 분들 모두 이익을 기대하셔도 좋습니다!"

충격을 받은 카토는 비불루스에게 말했다. "맙소사, 마르쿠스 비불루스, 제가 보고 있는 게 보이십니까?" 그는 숨을 들이쉬었다.

"저 세 사람이 함께 서 있군!"

"카이사르가 아닙니다, 폼페이우스예요! 우린 엉뚱한 자를 공격하고 있었습니다!"

"아니, 카토, 그렇지 않네. 카이사르는 악의 화신이야. 하지만 나도 자네가 보는 게 보여. 폼페이우스가 주모자야. 당연하지! 카이사르가 돈 말고 바랄 게 뭐가 있나? 그는 폼페이우스를 위해 일하고 있어, 늘 그래왔지. 크라수스도 마찬가지고. 저들 중 주동자는 폼페이우스네. 자네도 알다시피 수혜자들은 폼페이우스의 퇴역병들이고. 하지만 카이사르는 도시 빈민을 이용해 우리 눈에 모래를 던졌네—그라쿠스 형제와 술피키우스가 생각나는군!"

귀가 멀 것 같은 환호성이었다. 비불루스는 카토를 데리고 의사당 계단을 내려가 아르길레툼 구역으로 갔다.

"전략을 조금 바꾸세, 카토." 그는 말이 들릴 만큼 간 후에 말했다. "지금부터 우리의 첫번째 목표는 폼페이우스야."

"그는 카이사르보다 무너뜨리기 쉽죠." 카토가 작게 말했다.

"누구든 카이사르보단 무너뜨리기 쉽네. 하지만 걱정 말게, 카토. 폼페이우스를 무너뜨린다면 저들의 동맹이 깨지는 거야. 카이사르가 혼자 싸우게 되면 그자도 잡을 거야."

"올해 남은 민회일을 종교 휴일로 선언한 건 현명했습니다, 마르쿠스 비불루스."

"술라한테서 영감을 받았지. 하지만 장담컨대 난 술라보다 훨씬 더 멀리 갈 생각이네. 저들이 법을 통과시키는 걸 막지 못한다면 그 법을 불법으로 만들 거야." 비불루스가 말했다.

"비불루스가 약간 실성을 했나 싶소." 카이사르는 그날 늦게 세르빌리아에게 말했다. "그렇게 갑자기 악을 운운하니 꽤 소름 끼치더군. 증오는 흔한 것이지만 그건 증오 이상이었소. 이성도 논리도 없었지." 그의 옅은 눈동자가 색이 바랜 것처럼—술라의 눈동자처럼—보였다. "인민도 그걸 느꼈고, 좋아하지 않았소. 정치적 비방은 흔한 것이고 누구든 그것에 대처해나가야 하오. 하지만 오늘 비불루스가 보인 행동은 우리 둘 사이의 의견 차를 인간을 넘어선 차원으로 보내버렸소. 마치 우리가 두 개의 힘인 듯이, 나는 악의 힘이고 그는 선의 힘인 것처럼 말이오. 일이 어쩌다 그런 식으로 풀렸는지는 모르겠소. 다만 이성과 논리의 완전한 결여가 구경꾼에게는 선의 발현으로 보였을 수 있지. 사람들은 악은 합리적이고 논리적일 필요가 있다고 생각하니까. 그래서 비불루스는 자기가 무엇을 했는지 깨닫지 못하면서도 나를 불리한 지점에 놓았소. 광신자는 선을 위한 힘인 것이 분명하고, 무심한 태도를 취하고 생각하는 사람은 상대적으로 악으로 보이오. 그저 터무니없는 생각일까?"

"아뇨." 세르빌리아가 대답했다. 그녀는 침대에 누운 카이사르 옆에서서 두 손으로 그의 등을 강하고 리드미컬하게 문지르고 있었다. "무슨 뜻인지 알겠어요, 카이사르. 감정은 매우 강력하고 논리라고는 전혀 없죠. 마치 이성과 별도의 공간에 존재하는 것처럼요. 모든 행동 규범이 비불루스를 당황시키고 불리하게 하고 모욕하고 굽히도록 강요해도, 그는 굽히지 않았어요. 당신의 법안을 반대하는 이유도 대지 못했고요. 그럼에도 그는 계속 법안을 그토록 열성적이고 강력하게 반대했죠! 상황이 당신에게 불리하게 돌아갈 것 같아요."

"그리 말해주니 고맙군." 그는 고개를 돌려 웃는 얼굴로 그녀를 쳐다보며 말했다.

"진실에 관해서라면 당신은 나한테서 위안을 얻지 못할 거예요." 세르빌리아는 말을 멈추고 침대 가장자리에 앉았다가, 카이사르가 몸을 움직여 공간을 만들어주자 그의 옆에 누웠다. 그런 다음 말을 이었다. "카이사르, 당신 토지법안의 일부는 우리의 친애하는 폼페이우스를 기쁘게 하겠더군요—그건 장님한테도 보일 거예요. 하지만 오늘 당신들

세 명이 나란히 서 있는 걸 보니, 로마의 가장 끈질긴 딜레마—해산된 퇴역병들을 어떻게 할 것이냐—를 해결하기 위한 사심 없는 시도를 넘어서는 뭔가가 있는 것 같았어요."

카이사르가 고개를 들었다. "당신 거기 왔었군."

"그래요. 난 원로원 의사당과 포르키우스 회당 사이에 숨기 좋은 장소를 알고 있어요. 그래서 풀비아를 따라 하지는 않아요."

"그래서 무슨 일이 벌어지고 있다고 생각했소? 그러니까, 우리 세 사람 사이에 말이오."

그녀는 턱에 털이 나기 시작한 걸 느꼈다. 뽑아야겠어, 이렇게 생각을 한 뒤 그녀는 카이사르의 질문에 집중했다. "어쩌면 당신이 폼페이우스를 데려온 건 그저 영리한 정치적 행보에 지나지 않았죠. 하지만 크라수스를 보고 나는 정말이지 몸을 꼿꼿이 세웠어요. 크라수스와 폼페이우스가 함께 집정관을 지냈던 때가 생각나더군요. 다만 오늘 그들은 당신을 사이에 두고 서 있었죠. 그래서 서로를 노려보지도, 불편한 기색을 보이지도 않았어요. 당신 셋은 하나의 산을 세 조각으로 나눈 것처럼 보였어요. 참 인상적이었죠! 군중은 즉시 비불루스를 잊었어요, 다행하게도. 솔직히 말하면 난 궁금했어요. 카이사르, 설마 폼페이우스 마그누스와 협약을 맺은 건 아니죠?"

"당연히 아니지." 카이사르는 단호하게 대답했다. "협약은 크라수스와 몇몇 은행가들과 맺었소. 하지만 마그누스는 바보가 아니오, 당신이라도 이건 인정할걸. 마그누스는 내가 그의 퇴역병들한테 나눠줄 땅을 얻어내고 그의 동방 조약들을 비준해주기를 원하오. 반면 나의 주요 관심사는 그의 동방 정복이 야기한 재정 파탄을 해결하는 것이고. 여러 면에서 마그누스는 로마를 도운 게 아니라 로마의 발목을 잡았소. 다들 지나치게 돈을 쓰고 유권자들한테 지나치게 많은 혜택을 주고 있소. 올해 나의 정책은 충분한 수의 빈민을 로마와 곡물 분배 줄에서 벗어나게 하여 국고의 곡물 부담을 줄이고 동방의 징세청부 계약을 둘러싼 교착상태를 끝내는 것이오. 둘 다 순수하게 재정적인 문제지. 또한 술라보다 훨씬 더 멀리 나아가 총독들이 속주를 로마의 것이 아닌 자신의 영역으로 만들기 어렵게 할 작정이오. 이 모든 것들이 나를 기사들의 영웅으로 만들겠지."

세르빌리아는 불안이 다소 누그러졌다. 일리 있는 대답이었기 때문이다. 그러나 집으로 걸어가면서 그녀는 여전히 남아 있는 불안을 느꼈다. 카이사르, 그는 교활했다. 또한 무자비했다. 정치적으로 필요하다고 생각하면 그는 그녀에게 거짓말을 할 것이다. 그는 어쩌면 로마가 이제껏 배출한 모든 사람들 가운데 가장 똑똑한 자였다. 그녀는 그가 토지법을 구상하는 여러 달 동안 그를 지켜보면서 그의 명료한 사고력에 크게 놀랐다. 그는 관저 위층에 필경사 100명을 앉혀놓고, 그가 막힘없이 술술 말하는 내용을 방을 가득 채운 그들이 밀랍 서판에 쉴새없이 받아 적도록 했다. 길고 긴 법률이었다. 지극히 정연하고 결연하기까지 했다.

세르빌리아는 카이사르를 사랑했다. 거절이라는 끔찍한 모욕에도 그를 떠날 수 없었다. 달리 어쩌겠는가? 그래서 그녀는 그가 로마 역사상 어떤 사람보다 똑똑하고 재능 있고 유능하다고 생각해야 했다. 그렇게 생각하면 자존심을 덜 다칠 수 있었다. 세르빌리우스 카이피오 집안사람인 그녀가 로마 최고의 남자가 아닌 누군가에게 목을 맨다고? 말도 안 돼! 그래, 카이사르 집안사람이 피케눔 출신의 벼락출세자 폼페이우스와 동맹을 맺을 리가 없어! 더군다나 카이사르의 딸이 폼페이우스가 살해한 남자의 아들과 약혼한 상태에서는.

브루투스는 세르빌리아를 기다리고 있었다.

예전에 세르빌리아는 아들을 상대할 기분이 아닐 때면 퉁명스럽게 물러가라고 말했지만, 요즘은 아들에게 좀더 인내심을 발휘했다. 카이사르가 그녀더러 아들에게 너무 엄격하다고 해서가 아니라, 카이사르에게 거절당한 일이 미묘하게 상황을 변화시켰기 때문이었다. 그날만큼은 그녀의 이성(악?)이 감정(선?)을 지배하지 못했고, 그 끔찍한 대화 끝에 집으로 돌아온 그녀는 슬픔과 분노와 고통을 마음껏 내뿜었다. 집안 가장 깊은 곳까지 요동쳤고, 하인들은 꽁무니를 뺐으며, 브루투스는 귀를 쫑긋 세운 채 자기 방에 틀어박혀 있었다. 이어서 그녀는 폭풍처럼 브루투스의 서재에 들이닥쳐서, 그녀가 부정한 아내였다는 이유로 결혼할 수 없다고 한 가이우스 율리우스 카이사르에 대한 생각을 말했다.

"부정하다고!" 그녀는 머리카락을 움켜쥐고 소리를 질렀다. 얼굴과 옷 위로 드러난 가슴팍은 그 무시무시한 손톱에 마구 긁혀 있었다. "부정하다니! 자기하고만, 오직 자기하고만 그랬는데! 그런데도 율리우스 카이사르 집안사람한테는 부족하대, 그의 아내에겐 한 점의 의혹도 없어야 한다나! 믿어지니? 내가 부족하대!"

그녀는 곧 그런 감정의 격발은 실수였음을 깨달았다. 우선 그 일은 브루투스와 율리아의 약혼을 더 안정적으로 만들어주었다. 약혼한 한 쌍의 부모가 교제한다고—혈연관계가 수반되진 않았어도 근친상간에 해당했다—세상이 눈살을 찌푸릴 위험이 없어진 것이다. 로마의 법률은 부부의 혈연관계 정도에 대해 모호했으며—자주 그렇듯이—서판에 새겨진 구체적인 법보다는 모스 마이오룸에 의지했다. 그래서 남매

끼리의 결혼은 불가능했지만, 아이가 숙모나 삼촌과 결혼하지 않는 건 오직 관습과 전통과 사회적 불용 때문이었다. 사촌끼리 결혼하는 일은 흔했다. 따라서 카이사르와 세르빌리아가, 그리고 브루투스와 율리아가 동시에 결혼한다고 해서 아무도 법적으로나 종교적으로 비난할 수는 없었다. 그러나 어찌됐든 세간의 비난을 피할 수는 없을 터였다! 그리고 브루투스는 세르빌리아의 아들다웠다. 그는 자기가 하는 일을 사회적으로 용인받고 싶어했다. 그의 어머니와 율리아 아버지의 비공식적인 결합은 훨씬 덜 수치스러운 일이었다. 로마인들은 현실적으로 일어날 수 있는 일들에 대해서는 실용적인 사고를 갖고 있었기 때문이다.

또한 그 감정의 격발은 브루투스로 하여금 어머니를 힘의 화신이 아니라 평범한 여자로 보게 만들었다. 그리고 어머니에 대한 작은 경멸의 씨앗을 품게 하였다. 그는 자신의 두려움을 털어놓을 수는 없었지만, 그 두려움을 더 침착하게 견딜 수 있게 되었다.

그래서 지금 그녀는 아들에게 웃음을 지으며 앉아서 이야기하려고 했다. 아, 아들애 얼굴만 조금 깨끗해지면 얼마나 좋을까! 까칠하게 자란 보기 흉한 수염 밑의 흉터는 분명 끔찍할 테고, 심지어 결국엔 농포가 사라진다 해도 흉터는 절대로 없어지지 않겠지.

"무슨 일이니, 브루투스?" 세르빌리아가 상냥하게 물었다.

"율리아와 다음달에 결혼시켜달라고 카이사르께 부탁해도 될까요?"

세르빌리아는 눈을 깜빡였다. "이유가 뭐지?"

"없어요. 그저 우린 여러 해 동안 약혼 상태고, 율리아는 열일곱 살이잖아요. 많은 여자들이 열일곱 살에 결혼하고요."

"그렇지. 키케로는 툴리아를 열여섯 살에 혼인시켰어. 그가 훌륭한 본보기라는 건 결코 아냐. 하지만 열일곱 살에 결혼하는 건 진정한 귀족들에게도 적당해. 너희 둘 다 마음이 변하지도 않았고." 그녀는 웃음을 짓고 아들에게 입맞춤을 보냈다. "안 될 게 뭐야?"

오랜 권력 관계가 작동하기 시작했다. "엄마가 부탁하고 싶으세요, 아니면 제가 할까요?"

"물론 네가 해야지. 참 좋구나! 다음달에 결혼식이라. 누가 아니? 카이사르와 내가 곧 손주를 보게 될지."

브루투스는 율리아를 보러 갔다.

"어머니께 우리가 다음달에 결혼해도 괜찮은지 물었어." 브루투스는 그렇게 말하고 율리아에게 부드럽게 입을 맞춘 다음 그녀를 긴 의자로 데려가 나란히 앉았다. "어머니는 그렇게 하면 참 좋겠다고 하시더라. 그래서 우선은 네 아버지께 여쭤보려고 해."

율리아는 침을 삼켰다. 아, 일 년 더 자유의 몸이라고 확신하고 있었는데! 그렇게는 안 되려나봐. 하지만 생각해보면 그의 말대로 하는 게 낫지 않을까? 시간이 가면 갈수록 그와의 결혼이 더 싫어질 테니까. 마음을 굳게 먹고 해치우자! 그래서 율리아는 상냥한 목소리로 이렇게 말했다. "정말 좋은 생각이에요, 브루투스."

"네 아버지께서 지금 우릴 만나주실 수 있을까?" 브루투스는 들떠서 물었다.

"글쎄요, 밤이 되었지만 아버지는 주무시는 법이 없으니까요. 토지 분배법은 완성되었지만 지금은 또다른 큰일에 매달리고 계세요. 필경사 백 명이 아직도 상주하고 있죠. 폼페이아가 예전 자기 방이 사무실로 변했다는 걸 알면 뭐라고 할지 궁금하네요."

"네 아버지께서는 절대 재혼하지 않으실 작정이셔?"

"그런 것 같아요. 아버지는 애초에 폼페이아와의 재혼을 원하지 않으셨던 것 같아요. 날 낳아주신 어머니를 사랑하셨거든요."

여드름으로 지저분한 이마에 주름이 잡혔다. "내가 보기엔 아주 행복한 상태 같은데. 나로선 그분이 우리 어머니와 결혼하지 않아서 기쁘지만. 네 친어머니는 무척 사랑스러운 분이셨나봐?"

"어머니에 대한 기억이 남아 있는 건 분명하지만 그 기억이 생생하지는 않아요. 그렇게 예쁜 분은 아니었고, 아버지는 집을 떠나 계실 때가 더 많았죠. 하지만 내 생각에 아버지는 대다수 남자들이 자기 아내를 생각하는 방식과는 다른 방식으로 어머니를 생각했던 것 같아요. 어머니는 아버지의 누이에 더 가까웠죠. 두 분은 함께 성장했고, 거기서 오는 유대감이 있었어요." 율리아는 자리에서 일어났다. "가요, 같이 할머니를 찾아봐요. 난 늘 일단 할머니를 아버지한테 보내죠. 할머니는 두려움 없이 아버지를 대하시거든요."

"넌 아버지가 두려워?"

"아, 아버지는 절대 나를 거칠게 대하지 않으세요, 심지어 퉁명스럽게 대하실 때도 없고요. 하지만 아버진 엄청나게 바쁜 분이고, 난 그분을 무척 사랑해요, 브루투스! 내 사소한 고민거리는 그분을 성가시게 할 것만 같다고 항상 느끼거든요."

남의 기분을 살피는 상냥하고 현명한 감수성은 브루투스가 율리아를 그토록 사랑하는 한 가지 이유였다. 브루투스는 어머니를 상대할 수 있게 되었고, 율리아와 결혼하고 나면 갈수록 더 쉽게 어머니를 상대할 수 있으리라는 걸 알았다.

그러나 아우렐리아는 감기에 걸려 일찍 잠자리에 든 후였다. 결국 율리아는 아버지의 서재 문을 두드렸다.

"아빠, 잠깐 뵐 수 있을까요?" 율리아가 닫힌 문앞에서 물었다.

카이사르는 직접 문을 열고 미소를 지으며 딸의 뺨에 입을 맞춘 다음 손을 내밀어 브루투스와 악수했다. 그들은 등잔불이 깜빡거리는 서재로 들어갔다. 그 방은 셀 수 없이 많은 작은 불꽃들로 가득했지만, 카이사르는 최상급 기름과 적당한 아마포 심지를 썼기에 연기도 없고 타는 뱃밥의 독한 냄새도 나지 않았다.

"예기치 못한 방문이구나." 카이사르가 말했다. "포도주 좀 들겠나?"

브루투스는 고개를 저었고, 율리아는 소리내어 웃었다.

"아빠, 바쁘신 거 알아요. 오래 있지 않을게요. 저희는 다음달에 결혼하고 싶어요."

카이사르는 어떻게 저럴 수 있는 것일까? 분명 심중에 변화가 일어났음에도 그의 표정에는 아무런 변화도 없었다. 두 사람을 보는 카이사르의 눈에는 아까와 전혀 달라진 게 없었다.

"이유가 뭔가?" 카이사르는 브루투스에게 물었다.

브루투스는 자기도 모르게 우물거리고 있었다. "음, 카이사르, 우리 두 사람이 약혼한 지도 9년이 다 되어가고, 율리아는 열일곱 살이 되었습니다. 우리의 마음은 한결같고 서로를 무척 사랑합니다. 열일곱 살에 결혼하는 여자들도 많고요. 유니아도 그럴 거라고 어머니께서 말씀하셨습니다. 유닐라도요. 율리아처럼 그애들도 소년이 아니라 성인 남자와 약혼한 상태거든요."

"경솔한 짓을 한 건가?" 카이사르가 침착하게 물었다.

율리아의 뺨이 붉은 등불 아래서도 보일 정도로 빨개졌다. "오, 아빠, 아니에요, 그럴 리가요!" 율리아가 외쳤다.

"그럼 결혼시켜주지 않으면 경솔한 일을 벌이게 될 거라는 말이냐?" 카이사르가 변호인답게 압박했다.

"아뇨, 아빠, 아니에요!" 양손을 맞잡고 비트는 율리아의 눈에는 눈물이 그렁그렁했다. "그런 게 아니에요!"

"그런 게 아닙니다." 브루투스는 조금 화가 난 채 말했다. "제 명예는 조금도 손상된 적이 없습니다, 카이사르. 어째서 불명예 탓을 하십니까?"

"그런 게 아니야." 카이사르가 태연하게 말했다. "아버지라면 마땅히 하는 질문이네, 브루투스. 나는 아주 오랫동안 남자로 살아왔고, 그런 이유로 대다수 남자들은 딸들에 대해 보호적인 동시에 방어적이지. 자네의 심기를 불편하게 했다면 미안하네. 모욕을 주려는 건 아니었어. 하지만 그걸 묻지 않는 아버지는 바보라네."

"네, 이해합니다." 브루투스가 웅얼거렸다.

"그럼 결혼을 허락해주실 건가요?" 율리아가 집요하게 물었다. 그녀는 상황을 말끔히 정리하기를, 자신의 운명이 결정되기를 원했다.

"아니." 카이사르가 대답했다.

침묵이 내려앉았고, 율리아는 마치 어깨에서 무거운 짐을 벗은 것처럼 보였다. 카이사르는 브루투스를 쳐다보느라 시간을 낭비하지 않았다. 그는 자신의 딸만 주의깊게 지켜보았다.

"왜 안 됩니까?" 브루투스가 물었다.

"난 열여덟 살이라고 했네, 브루투스, 그냥 한 말이 아니야. 내 가엾은 첫 아내는 일곱 살에 나와 결혼했지. 우리는 부부가 되었을 때 기뻐했지만, 그건 중요하지 않아. 내 딸은 어린이로서 어린 시절을 지내게 해주겠다고 맹세했다네. 열여덟 살이어야 해, 브루투스. 열여덟이다, 율리아."

"노력은 해봤잖아요." 율리아는 서재 밖으로 나와 문이 닫힌 후에 말했다. "너무 섭섭해하지 마요, 브루투스."

"하지만 섭섭해!" 브루투스는 그렇게 대꾸하고는 감정을 주체하지 못해 울었다.

브루투스는 절망에 빠져 계속 신음하며 집으로 돌아갔고, 율리아는 위층의 자기 처소로 돌아갔다. 그녀는 작은 침실—이라고 하기엔 지나치게 넓었지만—로 들어가 침대 옆 선반에 놓인 위대한 폼페이우스의 흉상을 집어들었다. 그리고 흉상과 뺨을 맞대고 춤을 추듯 응접실로 걸어나갔다. 주체할 수 없을 정도로 기뻤다. 그녀는 여전히 그의 것이었기에.

팔라티누스 언덕의 데키무스 실라누스 저택에 다다랐을 즈음 브루투스는 평정을 되찾았다.

"생각해보니 넌 내년이 아니라 올해 결혼하는 게 낫겠어." 브루투스가 세르빌리아의 응접실을 발끝으로 걸어 슬쩍 지나치려고 하는데 그녀가 안쪽에서 말을 건넸다.

브루투스는 응접실로 들어가 물었다. "왜요?"

"내년에 하면 유니아와 바티아 이사우리쿠스가 흥이 좀 깨질 테니까."

"그럼 실망할 준비를 하세요, 어머니. 카이사르가 안 된다고 했어요. 열여덟 살이 되어야만 한대요."

세르빌리아가 브루투스를 뚫어져라 쳐다보았다. "뭐라고?"

"카이사르가 거절했다고요."

세르빌리아는 입술을 앙다물고 얼굴을 찌푸렸다. "이상하구나! 이제 와서 왜?"

"그분의 첫 부인이랑 관계있대요. 고작 일곱 살에 시집을 왔다더군요. 그래서 율리아는 열여덟 살이 되고 나서야 결혼시킬 거라고."

"그런 헛소리가 어딨니!"

"카이사르는 율리아의 가장이에요, 어머니. 그분 원하는 대로 할 수 있어요."

"그렇지, 하지만 그 가장은 변덕과는 거리가 멀거든. 속셈이 뭘까?"

"저는 그분 말을 믿어요, 어머니. 처음에는 속상한 말을 했지만. 저한테 묻더군요. 혹시…… 혹시 율리아와 제가……"

"그런 말을 했어?" 검은 눈동자가 반짝거렸다. "그래서 너희 둘이, 그랬니?"

"아뇨!"

"네가 그랬다고 했으면 난 의자에서 굴러떨어졌을 거다. 배짱 좀 키워, 브루투스. 카이사르한테 그랬다고 했어야지. 그럼 당장 너희를 결혼시켜줄 수밖에 없을 텐데."

"명예롭지 못한 결혼은 우리의 신분에 맞지 않아요!" 브루투스가 딱딱거렸다.

세르빌리아는 아들한테서 등을 돌렸다. "아들아, 가끔씩 넌 카토를 생각나게 하는구나. 그만 물러가렴!"

비불루스가 올해 남은 모든 민회일을 휴일로(그러나 휴일에도 시장이나 법정 등 통상적인 업무는 볼 수 있었다) 선포한 것은 한 가지 면에서 유용했다. 2년 전 당시의 집정관 푸피우스 피소 프루기가 통과시킨 푸피우스법에 따라 원로원은 민회일에 회의를 할 수 없었다. 푸피우스법의 목적은, 차석 집정관이 파스케스를 보유하는 2월에는 원로원이 통상적인 업무를 보지 못하게 한 아울루스 가비니우스의 법 덕분에 강해진 수석 집정관의 힘을 약화시키기 위한 것이었다. 1월은 대부분 민회일이었고, 이제 원로원은 피소 프루기의 법 덕분에 그날들에 회의를 할 수 없었다.

카이사르는 민회를 필요로 했다. 그도 바티니우스도 원로원에서 법을 만들 수는 없었다. 원로원은 법안을 권고하는 곳이지 통과시키는 곳이 아니었기 때문이다. 그렇다면 모든 민회일을 휴일로 만든 비불루스의 암울한 명령에 어떻게 대처할 것인가?

카이사르는 대신관단을 소집하고, 15인의 특별 신관단에게 올해의 민회일이 휴일로 바뀌어도 좋다는 증거를 신성한 예언서들에서 찾아보라고 명령했다. 수석 조점관 메살라 루푸스는 조점관단을 소집했다. 이 모든 일의 결과, 비불루스는 조점관으로서 월권행위를 했다고 간주되었다. 해당 민회일들은 한 사람의 명령에 의해 종교적으로 무효화할 수 없다는 것이었다.

토지법과 관련한 집회들이 진행되는 동안, 카이사르는 폼페이우스의 동방 협약 문제를 꺼내기로 결심했다. 그는 교묘한 정치 공작을 살짝 벌여서 1월 말의 민회일에 원로원 회의를 소집했다. 민회의 회의만 없다면 완벽하게 합법적인 행위였다. 보니파에 속한 호민관 네 명이 카이사르의 계획을 망치기 위해 급히 평민회를 소집하려 했지만, 클로디우스 클럽 사람들이 그들을 잡았다. 클로디우스는 자기를 평민으로 만들어줄 권한이 있는 사람에게 흔쾌히 복종했던 것이다.

"우리는 나이우스 폼페이우스 마그누스가 동방에서 맺은 화의와 협정을 반드시 비준해야 합니다." 카이사르는 이렇게 말했다. "공세가 흐르기 위해서는 로마 원로원이나 로마의 민회들 중 하나의 비준을 받아야 합니다. 하지만 외국과 관련된 일들은 민회의 영역이었던 적이 한 번도 없습니다. 민회는 그런 일들을, 또 그 수행 방식을 알지 못합니다.

2년간 요지부동인 원로원 때문에 국고는 심각한 곤란을 겪고 있으며, 저는 이제 그런 상황을 끝내고자 합니다. 속주의 공세는 징세청부업자들에 의해 지나치게 높이 책정되었으며, 그들은 지나친 공세로 인한 저항을 완화하기 위해 아무것도 하지 않았습니다. 그 문제는 이제 끝났지만 아직 많은 문제들이 존재합니다. 로마의 새 영토와 피호국들에는 로마의 보호를 받는 대신 막대한 금액을 지불하기로 동의한 왕과 권세가들이 있습니다. 갈라티아의 사분왕 데이오타로스를 보십시오. 그가 나이우스 폼페이우스와 맺은 조약은 비준될 경우 일 년에 500탈렌툼이 우리 국고로 들어오게 됩니다. 바꿔 말하면, 그 조약의 비준을 거부함으로써 로마는 지금까지 갈라티아 한 곳에서만 1천 탈렌툼의 공세를 받지 못했다는 겁니다. 갈라티아만이 아닙니다. 삼프시케라모스, 아브가로스, 히르카노스, 파르나케스, 티그라네스, 아리오바르자네스 필로파토르, 그리고 에우프라테스 전역의 수많은 소군주들까지 있지요. 모두들 막대한 공세를 약속했지만 아직 걷지를 못하고 있습니다. 그들과 체결한 조약들이 아직 비준되지 않았기 때문입니다. 로마는 매우 부유하지만, 훨씬 더 부유해져야 합니다! 이탈리아를 달래고 평정하기 위해서만도 로마는 지금 가진 것보다 더 많은 것이 필요합니다. 오늘 제가 원로원을 소집한 것은 이러한 모든 조약들을 검토하고 반대 의견들을 철저히 논의하기 위해섭니다."

카이사르는 숨을 들이마시고 카토를 똑바로 쳐다보았다. "경고하겠습니다. 만약 오늘 원로원이 동방 관련 비준 문제의 처리를 거부한다면 저는 즉시 문제를 평민회로 넘길 것입니다. 또한 파트리키인 저는 평민회를 방해하지도 지침을 제공하지도 않을 겁니다! 지금이 여러분의 유일한 기회입니다, 의원 여러분. 지금 그 일을 하든지 평민들이 엉망으로 만드는 걸 보든지 양자택일하십시오. 저는 어느 쪽이든 상관없습니다. 어느 쪽이든 한 가지 방식으로는 실행이 될 테니까요!"

"안 돼!" 전직 집정관석에 앉아 있던 루쿨루스가 외쳤다. "안 되지, 안 돼! 내가 동방에서 맺은 협정들은 어쩌고? 정복은 폼페이우스가 아니라 내가 했소! 저 사악한 폼페이우스는 영광만 추구했을 뿐이오! 동방을 예속시킨 건 나고, 내가 맺은 화의도 시행할 준비가 되어 있소! 분명히 말하겠소, 가이우스 카이사르, 나는 피케눔 출신의 족보 없는 시골뜨기가 로마의 이름으로 체결한 그 어떤 조약도 원로원이 비준하는 걸 허락하지 않겠소! 왕처럼 우리 위에 군림하는 폼페이우스! 번지르르한 옷을 입고 로마를 활보하는 폼페이우스! 안 될 말이지, 안 돼!"

성질이 나왔다. "루키우스 리키니우스 루쿨루스, 이리 나오십시오!" 카이사르는 포효했다. "연단 앞에 서십시오!"

카이사르와 루쿨루스는 한 번도 서로를 좋아한 적이 없었다. 둘 다 고귀한 혈통이고 술라에게 헌신했던 터라 서로를 좋아할 법한데도. 어쩌면 그래서 루쿨루스가 술라의 처조카이자 자기보다 젊은 카이사르를 질투하는 것일 수도 있었다. 카이사르가 죽은 니코메데스 왕의 비역상대라고 암시하는 말을 한 것도, 비불루스 같은 알랑쇠들에게 그런 말을 떠벌리고 다닌 것도 루쿨루스였다.

그 시절 루쿨루스는 호리호리하고 단정하고 지극히 유능하며 요령 있는 총독이자 장군이었지만, 세월이 흐르고 황홀경에 들게 하는 최면물질에—포도주와 이국의 음식들은 말할 것도 없고—탐닉한 끝에 그는 올챙이배와 굼뜬 몸, 부은 얼굴, 거의 장님처럼 보이는 회색 눈동자를 갖게 되었다. 예전의 루쿨루스였다면 방금 들은 호통에 결코 따르지 않았을 것이다. 하지만 지금의 루쿨루스는 바둑판무늬 바닥을 비틀거리며 가로질러와서 입을 벌린 채 카이사르를 올려다보며 섰다.

"루키우스 리키니우스 루쿨루스," 카이사르는 더 부드럽지만 더 상냥하진 않은 목소리로 말했다. "분명히 경고하겠습니다. 발언을 철회하지 않으면 평민회가 세르빌리우스 카이피오에게 했던 일을 당신에게 하게 만들 것입니다! 동방을 정복하고 두 왕을 처리하라는 로마 원로원과 인민이 당신에게 부여한 임무를 완수하지 못한 죄로 당신을 기소할 것입니다. 반드시 기소해서 지중해에 있는 가장 척박하고 외떨어진, 새 튜닉 한 벌 구할 수 없는 땅으로 당신이 영구 추방되게 할 것입니다! 알겠습니까? 알겠냔 말입니다! 저를 시험하지 마십시오, 루쿨루스, 전 한다면 하는 사람이니까요!"

의사당은 적막에 휩싸였다. 비불루스와 카토도 꿈쩍하지 않았다. 지금 같은 카이사르의 표정을 보면 왠지 위험을 감수할 가치가 없다는 생각이 들었던 것이다. 하지만 지금의 카이사르는 그를 막지 못하면 장차 그가 될 모습을 보여주는 듯했다. 귀족 그 이상의 존재. 왕. 왕에게는 군대가 있어야 한다. 따라서 카이사르에게는 절대로 군대를 지휘할 기회를 줘서는 안 된다. 비불루스와 카토 모두 술라 치하에서 정계 활동을 했을 만큼의 연배가 아니었지만, 비불루스는 술라를 기억하고 있었다. 그는 요즘 카이사르에게서 술라의 모습을, 또는 사람들이 술라의 모습이라고 믿는 것을 자주 목격했다. 폼페이우스는 아무것도 아니다, 그에게는 혈통이 없다. 하지만 맙소사, 카이사르에게는 혈통이 있다!

루쿨루스는 그 자리에 주저앉아 침을 질질 흘리고 엉엉 울면서 미트리다테스 왕이나 티그라네스 왕에게 신하가 하듯이 용서를 빌었고, 로마 원로원은 질겁하여 그 연극 같은 장면을 지켜보았다. 부적절한 광경이었다. 오늘 출석한 모든 의원들에 대한 모욕이었다.

"릭토르단, 루쿨루스를 댁으로 모시게." 카이사르가 명령했다.

여전히 아무도 말을 하지 않았다. 수석 집정관의 릭토르 두 명이 루쿨루스의 팔을 살짝 잡아서 일으켜 세운 다음, 울며 신음하는 그를 의사당에서 데리고 나갔다.

"좋습니다." 카이사르가 말했다. "어느 쪽을 택하시겠습니까? 동방의 조약을 비준하시겠습니까, 아니면 제가 바티니우스법이라는 형태로 그것을 평민회에 보내게 하시겠습니까?"

"평민회로 보내십시오!" 비불루스가 소리쳤다.

"평민회로 보내십시오!" 카토가 으르렁댔다.

카이사르가 찬부 결정을 요구했을 때, 오른쪽으로 가서 선 사람은 거의 없었다. 원로원은 무엇이 되었든 카이사르가 자기 뜻대로 하지 못하게 하는 편을 택한 것이다. 평민회로 가라지, 거기 가면 법안의 진상이 드러날 테니까—폼페이우스의 오만과 카이사르의 오만의 합작품. 아무도 지배당하는 것을 좋아하지 않았다. 그들은 그날 카이사르의 태도에서 왕의 기미를 느꼈던 것이다. 또다시 독재관 밑에서 사느니 죽는 편이 나았다.

"의원들이 싫어했네. 폼페이우스는 속이 무척 상했고." 금방 끝나버린 회의 후에 크라수스가 말했다.

"그들이 저한테 다른 선택지를 줬습니까, 마르쿠스? 제가 어떻게 해야 합니까? 아무것도 하지 말까요?" 카이사르는 부아가 나서 대꾸했다.

"그래, 그게 솔직한 심정이네." 선량한 친구는 자기 말대로 되지 않을 것임을 알면서도 그렇게 대답했다. "그들은 자네가 일을 좋아하는 걸 알아, 일을 끝까지 해내길 좋아하는 걸 안다고. 올해 자네의 집정기는 의지 겨루기가 되어버릴 거야. 그들은 압박받는 걸 싫어해. 자기네가 머무적거리는 노파들 무리라는 말을 듣기 싫어한다고. 과도한 권한의 기미가 보이는 그 어떤 힘도 싫어하고. 자네가 귀족으로 태어난 건 자네 잘못이 아니야, 가이우스. 하지만 상황이 점점 들판에서 뿔을 맞댄 숫양 두 마리처럼 되어가고 있어. 보니는 자네의 천적이지. 하지만 결국 자네는 원로원 의원 모두를 적으로 만들게 될 거네. 난 루쿨루스가 자네 발치에 엎드렸을 때 사람들 표정을 살피고 있었네. 그는 본보기가 될 생각은 없었어. 교활하게 일부러 그랬다고 하기엔 지나친 행동이었지. 하지만 결과적으로는 본보기가 되었다네. 의원들은 모두 군왕처럼 서 있는 자네의 자비를 구하며 엎드려 있는 자신의 모습을 본 거야."

"정말이지 말도 안 됩니다!"

"자네 입장에서는 그렇지만, 의원들한테는 그렇지 않아. 카이사르, 내 조언은 이거야. 올해가 다 가도록 아무것도 하지 말게. 동방 조약의 비준을 포기하게, 토지법도 포기하고. 가만히 앉아서 웃고, 그들의 말에 동의하고 그들에게 알랑거리게. 그러면 자네를 용서해줄지도 몰라."

카이사르가 이를 악물고 말했다. "그들한테 알랑거리느니 루쿨루스와 함께 벽지로 떠나겠습니다!"

크라수스는 한숨을 쉬었다. "그렇게 말할 줄 알았네. 카이사르, 그렇다면 자네 마음대로 하게."

"저를 버리겠다는 뜻입니까?"

"아니, 그러기엔 난 지나치게 유능한 사업가야. 사업 판에서 자네는 이익을 뜻하니까. 그러니까 자네는 민회에서 원하는 건 뭐든 얻게 될 거야. 하지만 폼페이우스를 주시하는 게 좋아. 그는 나보다 불안정한 인물일세. 어딘가에 소속되기를 몹시 갈망하고 있어."

그리하여 푸블리우스 바티니우스는 폼페이우스의 조약을 인준한 최초의 일반법으로부터 나온 일련의 법들에 동방 조약 비준을 포함시켜 평민회로 가져갔다. 문제는 최초의 흥분이 가시고 나자 평민들이 그 장문의 법안을 몹시 지루해하며 바티니우스에게 빨리 끝내라고 아우성이었다는 것이다. 카이사르의 지침도 받지 못한(자기가 한 말을 꼭 지키는 카이사르는 바티니우스에게 아무런 지침도 제공하지 않았다) 알바 푸켄티아 출신 신규 로마 시민의 아들은 공세를 정하거나 왕국의 경계를 정하는 일에 대해 아무것도 몰랐다. 그래서 평민회는 한 장(章) 한 장 넘어갈 때마다 실수를 했다. 공세를 너무 낮게 책정하고 왕국의 국경을 너무 모호하게 정했다. 보니파는 보니파대로 바티니우스가 근 한 달을 활동하는 동안 한 번도 거부권을 행사하지 않음으로써 그 모든 일이 일어나게 내버려두었다. 그들이 원한 것은 사태가 끝난 후 오랫동안 강한 불만의 목소리를 내는 것으로, 이번 일을 원로원의 특권이 입법 기구들에 침해당했을 때 무슨 일이 벌어지는지 예시로 이용하는 것이었다.

하지만 카이사르는 이렇게 말할 뿐이었다. "저한테 우는소리 하지 마십시오! 여러분은 주어진 기회를 마다했습니다. 불평은 평민회에 가서 하십시오. 그보다 훨씬 나은 방법은, 여러분의 본래 임무를 내려놓고서 조약을 작성하고 공세를 정하는 법을 평민들에게 가르쳐주는 겁니다. 지금부터는 평민들이 그런 일들을 하게 될 것 같으니 말입니다. 전례도 세워졌고요."

그 모든 일들은 트리부스회에서 카이사르의 토지법을 두고 투표가 있을 거라는 전망 앞에 무색해졌다. 충분한 시간과 집회들이 지나간 후 카이사르는 2월의 열여덟번째 날에 투표를 위해 트리부스회 회의를 소집했다. 2월에는 비불루스가 파스케스의 주인이라는 사실은 개의치 않았다.

그때쯤 폼페이우스가 직접 선별한 퇴역병사들이 투표를 위해 도착해 있었다. 율리우스 토지법이 통과되는 데 필요한 지지를 보내기 위해서였다. 어찌나 많은 사람들이 모였던지, 카이사르는 민회장에서 투표하겠다는 생각은 하지도 않았다. 그는 카스토르·폴룩스 신전의 연단에 자리를 잡고 지체 없이 예비 절차를 밟았다. 폼페이우스가 조점관으로서 기도를 올린 후 카이사르가 투표 순서를 정하는 추첨을 실시했다. 에스퀼리누스 언덕 위로 해가 떠오른 직후 각 트리부스가 정해진 순서대로 투표할 터였다.

코르넬리우스 트리부스부터 투표하라는 지시가 내려진 순간, 보니파가 몰려왔다. 파스케스를 든 릭토르들을 앞세운 비불루스는 카토, 아헤노바르부스, 가이우스 피소, 파보니우스와 함께 연단 근처의 군중을 마구 밀어젖히며 다가왔다. 비불루스 수하의 호민관 네 명이 그를 둘러싸고 있었는데, 그중 선두는 메텔루스 스키피오였다. 폴룩스 신전 쪽 계단 밑에서 릭토르단이 멈춰 서자 비불루스는 그들 앞으로 나와 맨 아래 계단에 올라섰다.

"가이우스 율리우스 카이사르, 당신한테는 파스케스가 없습니다!" 비불루스가 소리를 질렀다. "이 회의는 불법입니다. 이달의 의장 집정관인 내가 개최를 허가하지 않았으니까요! 사람들을 해산시키지 않으면 기소당할 줄 아십시오!"

비불루스가 마지막 말을 내뱉기도 전에 군중은 고함을 지르며 앞으로 밀치고 나왔다. 너무 순식간의 일이라 호민관 네 명 중 누구도 거부권을 행사한다고 외치지도 못했다. 혹은 군중의 고함소리가 너무 커서

호민관들의 외침이 들리지 않았을 수도 있다. 완벽한 표적인 비불루스는 날아온 오물에 맞았고, 그의 릭토르들이 그를 보호하기 위해 움직이자 신성한 그들의 신체가 붙들렸다. 그들은 맞아서 멍이 든 채로 파스케스가 백여 쌍의 우람한 손들에 산산조각 나는 것을 지켜봐야 했다. 그런 후 그 손들은 비불루스에게 달려들어 주먹질이 아니라 아예 철썩철썩 때렸고, 카토도 같은 취급을 받았다. 그들과 같이 온 나머지 사람들은 도망치기 시작했다. 이어 누군가가 똥이 가득 든 커다란 바구니를 비불루스의 머리 위에 기울였고, 내용물을 조금 남겨서 카토의 머리에 끼얹었다. 사람들이 숨이 넘어가게 웃는 동안 비불루스와 카토와 릭토르단은 철수했다.

율리우스 토지법은 먼저 투표한 열여덟 개 트리부스에서 만장일치로 아주 수월하게 통과되어서, 회의의 관심사는 폼페이우스가 추천한 판무관단과 위원회 구성원에 대한 투표로 바뀌었다. 나무랄 데 없는 추천이었다. 판무관단에는 바로, 카이사르의 매형인 마르쿠스 아티우스 발부스, 그리고 돼지 번식의 대가 나이우스 트레멜리우스 스크로파가 있었다. 위원회를 구성한 전직 집정관 다섯 명은 폼페이우스와 크라수스, 메살라 니게르와 루키우스 카이사르, 가이우스 코스코니우스(전직 집정관은 아니었지만 그의 공헌에 사의를 표하기 위해서였다)였다.

불법 소집된 회의중의 충격적인 폭력 사태 이후, 이길 수 있다는 확신에 찬 보니파는 다음날 카이사르를 파멸시키려고 했다. 비불루스는 원로원 비공개 회의를 소집하여 의원들에게 자신이 다친 곳을 보여주었고, 멍이 들고 붕대를 감은 릭토르들과 카토는 자신들이 당한 일을 모두에게 호소하듯 의사당을 이리저리 천천히 걸어다녔다.

"가이우스 율리우스 카이사르를 불법 집회 소집 죄목으로 폭행 법정에서 기소당하게 하지는 않을 것입니다!" 비불루스는 꽉 들어찬 청중석을 향해 외쳤다. "무의미한 일이기 때문입니다. 아무도 그를 기소하려 하지 않을 테니까요. 저는 그것보다 낫고 강력한 것을 요청하겠습니다! 원로원 최종 결의가 필요합니다! 하지만 가이우스 그라쿠스를 처리했던 결의처럼은 안 됩니다! 지금 당장 비상사태를 선포하고, 저를 독재관으로 임명하여 폭력 사태를 우리의 소중한 포룸 로마눔에서 근절하고 카이사르를 이탈리아에서 영원히 추방해야 합니다! 카틸리나가 에트루리아를 점령한 동안 우리가 견딘 것과 같은 미봉책은 절대 안 됩니다! 제대로, 옳은 방식으로 해야 합니다! 저는 합법적으로 선출된 독재관이, 마르쿠스 포르키우스 카토는 저의 기병대장이 될 것입니다! 그후 어떤 조치들이 취해지든 제가 떠안겠습니다. 이 의사당의 누구도 반역죄로 기소될 수 없으며, 독재관의 행위나 기병대장이 필요하다고 본 일에 대해 책임을 물을 수 없습니다. 지금 표결을 요구합니다!"

"물론 그렇겠죠, 마르쿠스 비불루스." 카이사르가 말했다. "하지만 그러지 않는 편이 좋을 겁니다. 왜 스스로 망신을 당하려 합니까? 원로원은 당신한테 그런 권한을 주지 않을 겁니다. 당신 키가 10센티미터는 더 커진다면 모를까. 당신은 당신 호위병들의 머리에 가려 제대로 보지도 못할 텐데요. 뭐, 당신이라면 난쟁이들을 호위대로 삼겠지만 말입니다. 유일하게 발생한 폭력은 당신이 유발한 겁니다. 폭동이 일어나지도 않았고요. 합법적으로 소집된 회의를 방해하려던 당신의 행위를 인민들이 어떻게 생각하는지 몸소 보여주고 나서, 회의는 정상으로 돌아갔고 표결이 실시되었습니다. 당신은 거친 대접을 받긴 했지만 불구가 된 것은 아닙니다. 바구니에 든 똥을 맞은 게 주된 모욕이었지만, 그건 당신이 자초한 일이죠. 최고의 권력은 원로원에 있지 않습니다, 마르쿠스 비불루스. 인민한테 있지요. 당신은 500명도 안 되는—대부분 오늘 여기 앉아 있는—사람들의 이름으로 그 최고 권력을 파괴하려고 했습니다. 여기 있는 그 대부분의 사람들이 부디 당신의 요청을 거절할 만큼 지각이 있기를 바랍니다. 비합리적이고 저열한 요청이니까요. 지금 로마에 사회 불안의 위험은 없습니다. 카피톨리누스 언덕 꼭대기에서 보이는 가장 먼 지평선에조차 혁명의 기미는 보이지 않습니다. 당신은 자기 멋대로 하길 원하고 반대 의견은 견디지 못하는 응석받이에 앙심 품은 소인배예요. 마르쿠스 카토는 젠체하는 인간인 건 둘째쳐도 당신보다 더한 바보고. 어제 보니 당신의 다른 추종자들은 방금 당신이 독재관이 되어야 하는 이유로 든 얄팍한 근거 외에 다른 근거를 제공할 만큼 오래 머무르지도 않았습니다. 독재관 비불루스라니! 맙소사, 이런 농담이 있나! 미틸레네에서의 당신을 너무나 생생하게 기억하는 나는 독재관 비불루스라는 생각만으로도 얼굴이 창백해지는군요. 당신은 베누스 에루키나 신전의 비밀 주신제도, 선술집 파티도 조직하지 못할 사람이니까 말이죠. 당신은 무능하고 자만심 강한 구더깁니다! 어디 한번 채결해보십시오! 내가 대신 발의해줄 테니!"

술라를 닮은 시선이 이 얼굴에서 저 얼굴로 옮겨가다 키케로의 얼굴에 머물렀다. 그 시선의 위협적인 기미는 키케로만 느낀 것이 아니었다. 정말 대단한 힘을 가진 자야! 그 힘은 카이사르 주위로 뿜어져 나왔고, 대다수 의원들은 다른 모두에게, 심지어 폼페이우스에게 먹힐 방법조차도 카이사르는 결코 막아낼 수 없음을 불현듯 깨달았다. 카이사르에게 할 테면 해보라고 말한다면, 그는 자신의 호언이 허세가 아님을 보여줄 터였다. 그는 그저 위험한 것 이상이었다. 재앙이었다.

채결을 실시했을 때 비불루스의 오른쪽에 선 건 카토뿐이었다. 메텔루스 스키피오와 나머지 사람들은 기권했다.

카이사르는 곧바로 트리부스회로 돌아가 자신의 토지법에 조항 하나를 추가시켜달라고 했다. 모든 원로원 의원들은 열이레 후 율리우스 토지법이 비준되는 즉시 동법을 준수하겠다는 맹세를 해야 한다는 내용이었다. 비슷한 전례가 여럿 있었다. 몇 년이나 추방당하는 결과를 낳은 메텔루스 누미디쿠스의 불복종 사건이 유명한 예였다.

그러나 시절은 바뀌었고 인민들은 화가 나 있었다. 그들이 보기에 원로원은 고의적으로 방해를 하고 있었으며, 폼페이우스의 퇴역병들은 절박하게 토지를 원했다. 처음에는 대다수 의원들이 맹세하기를 거부했지만, 카이사르가 계속 단호한 태도를 보이자 하나둘씩 맹세를 하기 시작했다. 메텔루스 켈레르와 카토, 비불루스를 제외하고. 그후 비불루스가 무너지고 켈레르와 카토만 남았지만, 두 사람은 절대로 하지 않겠다고 버텼다.

카이사르는 키케로에게 말했다. "그 두 사람이 맹세를 하도록 설득하시오." 그는 상냥한 미소를 지었다. "신관단과 조점관한테서 푸블리우스 클로디우스가 평민에게 입양될 수 있게 하는 쿠리아법에 관한 허락을 받아냈소. 아직 시행시키지는 않았지만. 앞으로도 시행시킬 필요가 없기를 바라오. 하지만 장기적으로 볼 때, 키케로, 그건 당신한테 달렸소."

겁에 질린 키케로는 작업에 착수했다. "그 위인을 만났소." 그는 자기도 모르게 '위인'이라는 반어적 명칭을 폼페이우스가 아닌 다른 사람에게 쓰면서 켈레르와 카토에게 말했다. "그자는 당신들이 맹세를 하지 않으면 산 채로 가죽을 벗길 태세요."

"내가 가죽이 벗겨져서 포룸 로마눔에 내걸리면 꽤 볼만하겠는데."

켈레르가 말했다.

"켈레르, 그자는 당신의 모든 걸 앗아갈 거요! 정말이오! 맹세 거부는 곧 정치적 파멸이오. 맹세 거부에 대한 벌칙은 없소, 그자는 바보가 아니니까. 맹세를 거부한다고 해서 특별히 우러러봐줄 사람도 없지만, 벌금을 내거나 추방을 당하지도 않지. 하지만 포룸 로마눔에서 철저한 증오의 대상이 되어 다시는 거기 얼굴을 내밀 수 없게 될 거요. 맹세를 하지 않으면 인민들은 당신이 반대를 위한 반대를 했다고 비난할 거요. 맹세 거부를 카이사르에 대한 모욕으로 보는 게 아니라 그것에 대해 사적인 반감을 갖게 될 테고. 비불루스는 인민들에게 그들이 아무리 원해도 절대 그 법을 얻지 못할 거라고 소리지르지 말았어야 했소. 인민들은 그 말을 악의와 원한으로 받아들였소. 보니파를 보는 시선이 아주 따가워졌단 말이오. 기사들이 그 법을 원한다는 걸, 마그누스의 군인들만 원하는 게 아니라는 걸 모르겠소?"

켈레르는 확신이 들지 않는 표정으로 부루퉁하게 말했다. "기사들이 왜 그 법을 원하는지 모르겠소."

"웃돈을 듬뿍 얹어서 판무관단에게 팔 땅을 사려고 온 이탈리아를 돌아다니는 중이니까!" 키케로가 딱딱거렸다.

"혐오스러운 것들!" 잠자코 듣고 있던 카토가 외쳤다. "난 감찰관 카토의 증손자요, 잉여 귀족 따위에겐 굴복하지 않을 거라고요! 기사들이 그자의 편에 서 있다 하더라도 말이죠! 썩을 기사 놈들!"

키케로는 계급 간의 화합이라는 자신의 꿈이 물 건너갔다는 것을 알고 한숨을 쉬고는 두 손을 앞으로 내밀었다. "친애하는 벗, 카토, 맹세를 하게! 기사들에 대한 자네 말뜻은 이해해, 정말이야! 그들은 모든 걸 마음대로 하길 원하지, 그야말로 무분별하게 우리에게 압력을 가하고 있어. 하지만 우리가 뭘 어쩌겠나? 그들 없이 살 수는 없으니 함께 사는 수밖에. 원로원에 사람이 몇 명인가? 위험하게도 기사들 일에 참견할 정도로 많지 않다는 건 분명해. 맹세를 거부하는 건 그런 위험을 무릅쓰는 짓이네. 그런 참견을 좌시하지 않을 정도로 막강한 기사계급을 엿 먹이는 짓이라고."

"폭풍우를 뚫고 맞서나가기를 택하겠소." 켈레르가 말했다.

"저도요." 카토였다.

"철 좀 드시오!" 키케로가 외쳤다. "폭풍우를 뚫고 나아가겠다고? 둘 다 밑바닥까지 침몰하게 될 거요! 마음을 정하시오. 맹세를 하고 살아남든지, 맹세를 거부하고 정치적 파멸을 각오하든지." 누구의 얼굴에서도 포기할 기미가 보이지 않자 키케로는 마음을 단단히 먹고 말을 이었다. "켈레르, 카토, 맹세를 하시오, 제발 부탁이오! 냉정하게 생각해보시오, 뭐가 중요하오? 당신들과 개인적으로 관계없는 일에서 이번 한 번만 그 위인의 말을 따르겠소, 아니면 몰락하여 영원히 잊힌 사람이 되겠소? 당신 둘이 정계에서 죽은 사람들이 되면 누가 남아서 계속 싸우겠소? 죽어서 멋진 모습으로 들것에 실려나가는 것보다는 경기장에 남는 것이 중요하다는 사실을 모르겠소?"

설득은 계속되고 또 계속되었다. 마침내 켈레르가 돌아선 후에도 두 시간 더 입씨름을 하고 나서야 키케로는 꿈쩍하지 않을 것 같던 카토의 항복을 받아낼 수 있었다. 켈레르와 카토는 맹세를 했고, 거짓 맹세는 할 수 없었다. 킨나의 사례에서 교훈을 얻은 카이사르는 두 사람이 맹세할 때 나중에 맹세를 파기할 수 있도록 손에 돌을 쥐고 있는지 확인했던 것이다.

"아, 올해는 정말 넌더리가 나오!" 키케로는 고통에 찬 목소리로 테렌티아에게 말했다. "너무 두꺼워서 부서지지 않는 벽을 망치로 마구 두드리는 거인들 무리를 보고 있는 기분이야! 다른 데로 가서 그 꼴 좀 안 봤으면 소원이 없겠소!"

테렌티아는 남편의 손을 토닥거렸다. "여보, 당신 정말 지쳐 보여요. 왜 계속 여기 있는 거예요? 이대로 가다가는 당신 병이 날 거예요. 나랑 같이 안티움이랑 포르미아이로 떠나는 게 어때요? 5월이나 6월까지는 돌아오지 말고 근사한 휴가를 보내는 거예요. 그곳의 갓 핀 장미들을 떠올려봐요! 당신, 이른 봄에 캄파니아에 가는 거 무척 좋아하잖아요. 그러고 나서 아르피눔에도 들러 치즈랑 양모도 잘되고 있는지 보면 좋잖아요."

눈앞에 기분좋은 휴가 장면이 떠올랐지만 그는 고개를 저었다. "오, 테렌티아, 떠날 수 있다면 얼마나 좋겠소! 하지만 그럴 수가 없소. 히브리다가 마케도니아에서 돌아왔는데, 마케도니아 사람들 절반이 로마로 몰려와 그를 부당취득죄로 고소했다오. 그 가련한 친구와 나는 함께 집정관직을 잘 수행했소, 그들이 뭐라건 간에 말이오. 당시에 그는 내게 한 번도 골칫거리를 안긴 적이 없다오. 그래서 난 그를 변호할 생각이오. 최소한 그 정도는 해주고 싶소."

"그럼 판결이 나자마자 떠나겠다고 약속해줘요. 나는 툴리아, 피소프루기랑 같이 먼저 떠날게요. 툴리아가 안티움에서 경기대회를 꼭 보고 싶어하거든요. 거기다 어린 마르쿠스가 아파요. 어찌나 아파하는지 내 류머티즘을 물려받은 게 아닐까 겁이 날 정도예요. 우린 모두 휴식이 필요해요. 제발요!"

테렌티아가 그렇게 간청하는 것을 처음 본 키케로는 동의했다. 히브리다의 재판이 끝나자마자 그도 그들과 합류할 터였다.

문제는 키케로가 가이우스 안토니우스 히브리다의 변호에 착수한 후에도, 카이사르가 그에게 켈레르와 카토를 설득하라고 강요한 일이 여전히 그의 마음속에서 가장 중요한 위치를 차지하고 있다는 것이었다. 카이사르의 종노릇을 하다니. 자신의 용기와 결단력으로 조국을 구한 사람의 마음을 불편하게 하는 일이었다.

그리하여 배심원단 앞에서 동료 히브리다를 위해 최종 변론을 할 때가 왔을 때 키케로가 주제에 집중하기 힘들었던 것은 놀랍지 않았다. 키케로는 자신의 특기인 일을 잘해냈고, 히브리다를 극찬하며 그가 어릴 때 파리 날개도 뜯지 못했고 청년 시절 다수의 그리스인 시민들을 망가뜨린 적도 없는 로마 귀족의 귀감임을 분명히 했다. 마케도니아 속주 사람들 절반이 주장하고 있는 그런 죄를 지을 리가 없다고.

키케로는 한숨을 쉬고 결론에 들어갔다. "가이우스 히브리다와 제가 함께 집정관을 지내던 시절이 얼마나 그리운지 모릅니다! 그때 로마는 참으로 적절하고 명예로운 곳이었습니다! 네, 카틸리나가 우리의 아름다운 도시를 파괴하려고 배후에 숨어 있었지요. 하지만 히브리다와 제가 잘 대처했고, 제가 조국을 구해냈습니다! 하지만 배심원 여러분, 제가 뭐하러, 또는 무엇을 위해 그랬을까요? 알고 싶습니다! 가이우스 히브리다와 저는 왜 우리의 직책을 지키며 그 충격적인 사건들을 견뎌냈을까요! 다 헛된 일입니다. 토가 프라이텍스타를 입을 자격이 없는 사람이 집정관을 하고 있는 현재의 끔찍한 로마를 보고 있으면 말이죠! 아니요, 위대하고 선량한 마르쿠스 비불루스를 말하는 게 아닙니다! 먹이를 찾아 날뛰는 늑대 같은 카이사르를 말하는 겁니다! 그는 계급 간의 화합을 깨뜨리고, 원로원을 조롱하고, 집정관 직을 더럽혔습니다! 대하수도에서 흘러나오는 오물에 우리의 코를 박았고, 그 오물에 우리의 꼬리부터 발가락까지 마구 문질렀으며, 우리의 머리에 오물을 들이부었습니다! 이 재판이 끝나는 즉시 저는 로마를 떠나 오랫동안 돌아오지 않을 겁니다. 카이사르가 로마에 똥을 싸고 다니는 걸 차마 듣거나 볼 수가 없기 때문입니다! 저는 바닷가로 갔다가 배를 타고 알렉산드리아 같은 곳들로 갈 겁니다. 학식과 훌륭한 통치의 천국을 찾아서……"

최종 변론이 끝나고 배심원단은 투표를 했다. 유죄였다. 가이우스 안토니우스 히브리다는 케팔레니아 섬으로 추방당했다. 그가 잘 아는 곳이었다. 그를 지나치게 잘 아는 곳이기도 했다. 키케로는 짐을 꾸려 그날 오후에 로마를 떠났다. 테렌티아는 이미 떠난 뒤였다.

오전에 끝난 그 재판에서, 카이사르는 눈에 띄지 않게 군중 뒤에서서 키케로의 변론을 듣고 있었다. 배심원단이 평결을 내리기 전에 카이사르는 자리를 떴다. 그가 보낸 전령들이 여러 방향으로 급히 흩어졌다.

카이사르에게는 여러모로 흥미로운 재판이었다. 카이사르는 히브리다가 그리스의 오르코메노스 호수에서 술라 기병 대대의 지휘관이었던 시절에 저지른 살인과 상해 혐의에 대해 고발한 적이 있었기 때문이다. 그는 지금 히브리다를 기소하는 청년에게 호감을 느꼈다. 청년은 키케로의 제자였음에도 법정에서 키케로 반대편에 설 용기를 낸 것이다. 아주 잘생기고 건장한 청년 마르쿠스 카일리우스 루푸스는 키케로의 빛이 바랠 정도로 능란하게 주장을 펼쳤다.

키케로가 히브리다의 변론을 시작한 지 얼마 안 되어 카이사르는 히브리다가 결딴났음을 알아차렸다. 히브리다는 아주 악명 높은 인물이어서, 그가 어릴 때 파리 날개를 뜯지 않았다는 말을 믿을 사람은 아무도 없었기 때문이다.

그러더니 키케로의 연설은 탈선했다.

카이사르는 분노했다. 그는 관저의 서재에 앉아 입술을 깨문 채, 그가 부른 사람들이 나타나기를 기다렸다. 그러니까 키케로는 자기가 무탈할 거라고 생각했다는 거지? 보복의 두려움 없이 하고 싶은 말을 할 수 있다고 생각했겠다? 마르쿠스 툴리우스 키케로, 각오해! 네 인생을 아주 힘들게 만들어주겠어, 네가 자초한 일이야. 내 면전에 대고 한 그 모든 말들. 네가 그렇게 좋아하는 폼페이우스가 나를 지지했으면 좋겠다고 암시했음에도 불구하고. 네가 폼페이우스를 좋아하는 이유는 온 로마가 다 알아. 네가 폼페이우스의 아버지 도살자 밑에서 함께 수습군관으로 복무할 때 폼페이우스가 보호 장막을 쳐서 이탈리아 전쟁 동안 검을 들지 않아도 되게 해주었기 때문이지. 그런 폼페이우스를 위해서라도 넌 내 말을 믿었어야 했는데, 그러지 않았어. 그러니 나는 폼페이우스를 이용해서 널 굴복시킬 거야. 라비리우스 재판에서 네놈의 운명이 위태롭다는 걸 보여줬거늘. 이제 추방을 기정사실로 받아들이는 기분이 어떤지 깨닫게 해주마.

어째서 그들은 나를 모욕하고도 아무런 해를 입지 않을 거라고 믿는 듯이 보일까? 내가 곧 키케로에게 하게 될 일을 보면 아마 그들도 깨닫게 되겠지. 나는 보복도 못할 만큼 무력하진 않아. 지금까지 내가 보복하지 않은 유일한 이유는 멈출 수 없을까봐 두렵기 때문이야.

푸블리우스 클로디우스가 가장 먼저 도착했다. 호기심 때문에 안달이 난 그는 카이사르가 건넨 포도주잔을 받아들고 자리에 앉았다가 벌떡 일어나더니 다시 앉아서 꼼지락거렸다.

“잠시라도 가만히 앉아 있을 수 없나, 클로디우스?” 카이사르가 물었다.

“가만히 있는 걸 싫어합니다.”

“노력해보게.”

곧 뭔가 좋은 소식을 들을 것 같다는 느낌에 클로디우스는 노력했지만, 겨우 몸을 움직이지 않는 데 성공하자 염소수염이 계속 씰룩거렸다. 아랫입술을 깨물었다 놨다 하는 통에 턱 근육이 움직였기 때문이다. 카이사르는 그 광경이 너무 웃겨서 결국 웃음을 터뜨리고 말았다. 카이사르의 유쾌함에 이상한 점이 있다면—예를 들어—키케로의 유쾌함처럼 클로디우스를 화나게 하지 않았다는 것이다.

카이사르는 다 웃고 난 뒤 물었다. “그 우스꽝스러운 털뭉치는 왜 계속 달고 다니나?”

“우린 다 이걸 달고 다닙니다.” 클로디우스는 마치 그 말이면 다 설명된다는 듯이 대답했다.

“그런 것 같더군. 내 조카 안토니우스만 빼고.”

클로디우스는 낄낄 웃었다. “가엾은 안토니우스의 수염은 뜻대로 안 됐습니다. 그가 어찌나 시무룩해 하던지. 바깥쪽을 향해야 하는데, 그의 염소수염은 위로 뻗쳐서 코끝을 계속 간지럽혔거든요.”

“자네들이 얼굴 가장자리마다 온통 수염을 기르는 이유를 추측해봐도 되겠나?”

“아, 당신은 알 거라고 생각합니다, 카이사르.”

“보니를 화나게 하기 위해서.”

“거기에 반응할 만큼 어리석은 사람들도 포함입니다.”

“당장 면도를 해야 하네, 클로디우스.”

"그래야 하는 타당한 이유를 한 가지만 말해주시죠!" 클로디우스가 공격적으로 말했다.

"별난 것이 파트리키한테는 어울릴지 몰라도, 평민은 별로 고풍스럽지 않기 때문이지. 평민들은 모스 마이오룸을 잘 따르거든."

기쁨에 찬 환한 미소가 클로디우스의 얼굴에 번졌다. "신관단과 조점관단의 동의를 얻었다는 말입니까?"

"그래. 서명, 봉인, 전달까지 다 됐지."

"켈레르가 거기 있었는데도요?"

"켈레르는 순한 양처럼 굴었네."

클로디우스는 포도주잔을 내려놓고 벌떡 일어섰다. "푸블리우스 폰테이우스를 만나러 가야겠습니다. 제 양부 말입니다."

"앉게, 클로디우스! 자네 새아버지를 데려오라고 사람을 보내놨으니까."

"아, 난 이제 호민관이 될 수 있습니다! 로마 역사상 가장 위대한 호민관이요, 카이사르!"

클로디우스의 말이 끝나기 무섭게 염소수염을 한 푸블리우스 폰테이우스가 도착했다. 그는 스무 살 나이로 서른두 살 남자의 아버지가 될 거라는 말을 듣고 얼빠진 웃음을 지었다.

"나중에 푸블리우스 클로디우스를 가장으로서 자네의 권위에서 풀어주고 수염은 밀어버리겠다고 약속할 수 있나?" 카이사르가 물었다.

"뭐든지 하겠습니다, 가이우스 율리우스, 말씀만 하세요!"

"잘됐군!" 카이사르는 흡족하게 말한 뒤 책상을 돌아 나와 폼페이우스를 맞이했다.

"뭐가 잘못됐나?" 폼페이우스가 약간 걱정스러운 기색으로 물었다.

이어 그는 그 방에 있는 다른 두 사람을 쳐다보았다. "뭐가 잘못됐나?"

"아무것도 아닙니다, 마그누스, 안심하세요." 카이사르는 그렇게 대답한 뒤 다시 한번 자리를 잡고 앉았다. "그저 조점관의 봉사가 필요한데, 당신이라면 날 도와줄 거라고 생각했을 뿐입니다."

"언제든 도와야지, 카이사르. 그런데 무슨 일로?"

"당신도 알다시피 푸블리우스 클로디우스가 파트리키 신분을 버리기를 원한 지 좀 되었지요. 이쪽은 그의 양부가 될 푸블리우스 폰테이우스입니다. 오늘 오후에 그 일을 끝내고 싶어요, 당신이 조점관으로 참여해준다면요."

폼페이우스는 바보가 아니었다. 카이사르는 실행할 대상을 이해하기 전에는 그것에 대해 털어놓는 법이 없었다. 폼페이우스도 아까 포룸 로마눔에서 키케로의 변론을 들었고, 카이사르보다 더 속이 상했다. 카이사르를 겨냥한 모든 모욕은 폼페이우스를 겨냥하는 것과 마찬가지였기 때문이다. 폼페이우스는 키케로의 우유부단함을 수년간 견뎌왔다. 동방에서 돌아온 후 도움을 요청할 때마다 키케로가 뒷걸음치는 것도 마음에 들지 않았다. 진정한 조국의 구원자 같은 소리 하네! 이제는 그 우쭐한 바보도 고생 좀 해야 해! 클로디우스가 자기 뒤를 바짝 쫓고 있다는 걸 알면 키케로는 잔뜩 움츠러들겠지!

"기꺼이 함께하겠네." 폼페이우스가 말했다.

"그럼 한 시간 뒤 모두 민회장에서 만납시다." 카이사르가 말했다. "30개 쿠리아의 릭토르단을 데려가겠습니다. 얼른 끝냅시다. 자네, 수염을 밀고 오게."

클로디우스는 문간에서 미적거렸다. "카이사르, 그러면 곧바로 효력이 있는 겁니까, 아니면 열이레를 기다려야 합니까?"

"호민관 선거가 몇 달이나 남았는데 무슨 상관인가?" 카이사르가 웃으면서 물었다. "하지만 확실히 하기 위해 장날이 세 번 지난 뒤 간단한 의식을 한번 더 치를 생각이야." 그는 잠시 말을 멈췄다. "자네는 이제 아피우스 클라우디우스 밑에 있지 않은 독립 상태이지 않나?"

"네, 결혼한 이래로 형님은 제 가장이 아닙니다."

"그렇다면 문제될 게 없네."

실제로 그랬다. 민회장에는 로마의 주요 인사들이 거의 없어서 기도와 노래, 희생제의와 고대의 의식을 수반한 입양 과정을 목격하지 못했다. 파트리키인 클라우디우스 씨족의 일원이던 푸블리우스 클로디우스는 아주 잠시 평민인 폰테이우스 씨족이 되었다가, 자신의 이름을 되찾고 다시 클라우디우스 씨족이 되었다. 그러나 이 클라우디우스 씨족은 클라우디우스 마르켈리우스 분가와는 다른 새로운 평민 분가였다. 그는 사실상 새로운 명문가를 세운 것이다. 종교의식에 참석할 수 없는 풀비아는 최대한 가까운 곳에서 지켜보다가, 의식이 끝난 후 클로디우스에게 가서 포룸 로마눔 낮은 구역의 모든 사람들에게 들리도록 함께 외쳤다. 클로디우스는 내년에 호민관이 될 거라고. 그러니 키케로가 로마 시민으로 남을 날이 얼마 남지 않았다고.

안티움으로 향하던 키케로는 이 소식을 트레스 타베르나이라는 작은 분기점 마을에서 젊은 쿠리오를 만나 알게 되었다.

키케로는 이 마을의 세 여관 중 가장 좋은 곳에 있는 개인 휴게실로 쿠리오를 이끌면서 따뜻한 목소리로 말했다. "친애하는 나의 벗, 자네를 만나 유일하게 애석한 것은 이 만남이 카이사르에 대해 자네가 영리한 공격을 재개하지 않았다는 뜻이기 때문이네. 어떻게 된 건가? 작년에는 그리도 떠들썩하더니 올해는 쥐죽은 듯 조용하니 말이야."

"지겨워졌습니다." 쿠리오가 무뚝뚝하게 말했다. 보니에게 구애하는 일의 한 가지 단점은 역시 보니에게 구애중인 키케로 같은 작자들을 견뎌야 한다는 사실이었다. 물론 쿠리오는 클로디우스가 자신의 재정 문제에 도움을 주었으며, 카이사르에 대해 침묵하는 것이 그 대가였기 때문에 공격을 멈췄다고 키케로에게 말해줄 생각이 없었다. 그래서 쿠리오는 개인적인 악감정을 감춘 채 키케로와 다정하게 앉아 얼마 동안 키케로가 원하는 대로 대화가 흘러가게 놔뒀다가 물었다. "클로디우스가 평민 신분이 되었다는데 어떻게 생각하세요?"

쿠리오가 바라 마지않았던 효과가 나타났다. 키케로는 하얗게 질려서 탁자 가장자리를 필사적으로 움켜쥐었다.

"지금 뭐라고 했나?" 조국의 구원자가 속삭였다.

"클로디우스가 평민이 되었다고요."

"언제?"

"며칠 안 됐습니다. 앞으로는 가마를 타고 여행하십시오, 키케로. 지금 당신은 달팽이처럼 느립니다. 입양 의식을 직접 보지는 못했지만, 아주 의기양양한 클로디우스한테서 다 들었습니다. 그는 호민관에 출마할 거라고 하더군요. 그가 그러는 건 당신한테 보복하기 위해서라는 이유 말고는 떠오르지 않아요. 그는 카이사르가 쿠리아법 문제를 해결해줬다며 신처럼 찬양하더니, 또 금세 자기가 호민관이 되는 대로 카이사르의 법을 모두 철폐하겠다고 말하면서 다니더라고요. 하지만 클로디우스는 원래 그런 사람이니까요!"

키케로의 얼굴에 피가 계속 몰리더니, 이젠 곧 뇌졸중을 일으키는 것 아닌지 쿠리오가 궁금해할 정도로 벌게졌다. "카이사르가 그를 평민으로 만들었다고?"

"네, 당신이 히브리다의 재판에서 자제력을 잃고 혀를 놀리던 날에요. 정오만 해도 고요하고 평화롭더니, 세 시간 뒤 클로디우스가 자기는 평민이 되었다고 사방팔방 고함을 질러댔어요. 당신을 고발할 거라고도 외쳤습니다."

"발언의 자유가 죽었군!" 키케로가 신음했다.

"소감은 그게 답니까?" 쿠리오가 싱긋 웃으며 물었다.

"그런데 카이사르가 그를 평민으로 만들어줬는데 어째서 그는 카이사르의 법을 철폐하겠다고 말하는 건가?"

"아, 카이사르한테 화가 나서 그러는 건 아닙니다. 그가 혐오하는 건 폼페이우스예요. 간단하죠, 카이사르 법의 수혜자는 마그누스잖아요. 클로디우스는 마그누스가 로마의 창자 속 종양이라고 생각합니다."

"가끔은 나도 그런 생각이 든다네." 키케로가 우물거렸다.

그렇지만 위인 폼페이우스가 토지 판무관으로서 캄파니아로 짧은 여행을 갔다가 로마로 돌아가는 길에 안티움에 들렀을 때 키케로는 반갑게 그를 맞이했다.

"클로디우스가 평민이 됐다는 소식 들었나?" 키케로는 사교적인 인사말을 끝내도 무례하지 않겠다 싶은 시점이 되자마자 물었다.

"들은 게 아니라 그 일에 동참했네, 키케로." 폼페이우스가 새파란 눈동자를 반짝이며 대답했다. "내가 점을 봤는데 길조였어. 간이 아주 깨끗했지! 흠잡을 데 없었어."

"아, 나한테 무슨 일이 벌어질까?" 키케로가 두 손을 맞잡아 비틀면서 신음했다.

"아무 일도 없을 거네, 키케로, 아무 일도!" 폼페이우스가 호쾌하게 말했다. "클로디우스는 순 말뿐이야, 내 말 믿게. 카이사르도 나도 그가 자네의 케케묵은 머리의 머리카락 하나 건드리지 못하게 할 거야."

"케케묵은?" 키케로가 꽥 소리를 질렀다. "폼페이우스, 난 자네랑 동갑이네!"

"나는 케케묵지 않았다고 누가 그랬나?"

"아, 난 죽은목숨이야!"

"말도 안 돼!" 폼페이우스가 말하고는 팔을 뻗어 키케로의 웅크린 어깨 사이로 등을 토닥였다. "약속하지. 그는 절대로 자넬 해치지 않을 거야!"

키케로로서는 절박하게 매달리고 싶은 약속이었지만, 표적이 생긴 클로디우스를 어느 누가 저지할 수 있단 말인가?

"그가 날 해치지 않을 거라고 어떻게 확신하나?" 키케로가 물었다.

"입양 의식 때 내가 클로디우스한테 그렇게 말했으니까. 누군가는 그에게 충고할 때가 온 거지! 그는 자신의 변변찮은 능력을 과대평가하는 아주 건방지고 오만한 하급 군관 같아. 난 그런 놈들을 다루는 데 익숙하거든! 그는 진짜 능력 있는 사람, 즉 장군한테 교육만 좀 받으면 돼."

이게 문제였군. 쿠리오의 말에 담긴 수수께끼가 풀렸다. 폼페이우스는 아직도 모르는 건가? 시골 명문가 출신은 로마의 파트리키에게 처신하는 법을 일러줘서는 안 된다는 걸. 만약 클로디우스가 처음부터 폼페이우스를 혐오한 게 아니었다 해도, 폼페이우스 마그누스 같은 부류에게 하급 군관 취급을 당한 바로 그 순간에 그를 혐오하게 되었을 것이다.

3월 내내 로마는 왁자지껄했다. 정치판 때문이기도 했고, 메텔루스 켈레르의 놀라운 죽음 때문이기도 했다. 여전히 보좌관 가이우스 폼프티누스에게 먼 갈리아 속주를 맡겨둔 채 로마에서 꾸물거리고 있던 켈레르는 어떻게 해야 할지 모르는 것 같았다. 클로디아가 카툴루스와의 요란한 연애로 로마 사교계에 새로운 길을 개척할 때도 상황은 충분히 나빴지만, 그 연애는 끝이 났다. 베로나 출신의 시인은 슬픔으로 미쳐 날뛰었다. 그가 울부짖는 소리가 카리나이 지구부터 팔라티누스 언덕까지 들릴 정도였다. 그의 환상적인 시들도 카리나이부터 팔라티누스까지 널리 읽혔다. 관능적이고 열정적이고 진심에서 우러난 생생한 시들—만약 카툴루스가 위대한 사랑에 적합한 대상을 영원히 찾아다녔다면 그는 그가 사랑하는 레스비아, 즉 클로디아보다 나은 대상을 찾지 못했을 것이었다. 그녀의 배신과 교활함, 무정함과 탐욕은 그 스스로도 생산해낼 수 있을 줄 몰랐던 단어들을 그가 토해내게 만들었다.

클로디아는 카일리우스를 발견하고서 카툴루스를 버린 것이었다. 그때 카일리우스는 가이우스 안토니우스 히브리다를 고발하기 직전이었다. 클로디아를 매혹시킨 카툴루스의 매력이 카일리우스에게도 어느 정도 존재했는데, 게다가 카일리우스는 더 로마인다운 남자였다. 시인 카툴루스는 지나치게 격정적이고, 지나치게 불안정하고, 지나치게 자주 우울해했다. 반면 카일리우스는 세련되고 재치 있고 천성적으로 쾌활했다. 집안도 좋았고, 그의 아버지는 똑똑한 아들이 집정관을 지내 카일리우스 집안을 고귀하게 만들기를 고대하고 있었다. 카일리우스는 신진 세력이었지만 다른 고약한 신진 세력들과는 달랐다. 카툴루스는 강렬한 인상의 잘생긴 외모로 클로디아를 황홀하게 만들었지만, 카일리우스의 탄탄한 근육과 그만큼 멋진 얼굴은 클로디아를 더욱 기쁘게 했다. 시인의 정부라는 건 상당히 괴로운 일이기도 했던 것이다.

짧게 말해, 카일리우스를 발견한 순간 클로디아는 카툴루스가 지겨워지기 시작했다. 낡은 것은 보내고 새것을 맞이할 때였다. 그렇다면 이 광란의 행위에 남편은 어떻게 적응했던가? 그다지 잘 적응하지 못했다. 켈레르에 대한 클로디아의 열정은 그녀가 서른 살이 되어갈 때까지 지속되었지만, 그걸로 끝이었다. 시간이 흐르고 자신감이 커지면서 그녀는 사촌이자 어린 시절의 친구와 멀어졌고, 뭐가 됐든 그녀가 카툴루스한테서 찾았던 것을 두번째—적어도 아주 공공연한 것만 따지면—외도에서 찾게 되었다. 그녀와 클로디우스, 클로딜라가 유발한 근친상간 추문은 너무나 흥미진진해서 사람들이 빠져들 수밖에 없었다. 클로디아 역시 자기가 경멸하는 모든 사람들에게 경멸당하는 것을 즐기고 있음을 깨달았다. 가엾은 켈레르는 무력한 구경꾼으로 전락했다.

클로디아가 마르쿠스 카일리우스 루푸스를 발견했을 때 그는 스물세 살로 그녀보다 열두 살 연하였다. 그가 그때 막 로마로 온 것은 아니었다. 카일리우스는 키케로가 집정관이 되기 3년 전 그의 밑에서 공부하러 로마로 온 이래 수시로 로마를 드나들고 있었다. 카일리우스는 카틸리나와 시시덕거리다가 망신당하고 소동이 가라앉을 때까지 아프리카 속주 총독을 보좌하러 떠났다. 마침 아버지 카일리우스가 그 속주의 바그라다스 강 유역에 드넓은 밀밭을 소유하고 있었기 때문이다. 카일리우스는 최근에 귀국하여 포룸 로마눔에서 제대로, 그리고 최대한 이목을 끌면서 경력을 쌓기 시작하려는 터였다. 그래서 그는 가이우스 카이사르조차도 기소하지 못하고 있던 가이우스 안토니우스 히브리다를 고발하기로 했던 것이다.

켈레르에 대한 클로디아의 흥미가 사그라지는 것과 같은 속도로, 켈레르의 고통은 점점 커지기만 했다. 그러다가 카이사르의 토지법을 준수하겠다는 맹세를 하는 것 외에 다른 선택지가 없음을 알게 된 것으로도 모자라, 클로디아가 카일리우스를 새 정부로 삼았다는 것을 알게 되었다. 켈레르의 이웃들은 그의 주랑정원에서 밤낮을 가리지 않고 시도 때도 없이 들려오는 무시무시한 말다툼을 들었다. 남편과 아내 모두 툭하면 서로 죽여버리겠다고 고함쳤다. 철썩 때리는 소리, 물건이 땅에 떨어지는 소리, 도자기나 유리가 깨지는 소리, 겁에 질린 하인들의 목소리, 피를 얼릴 듯한 새된 비명이 들렸다. 그런 상태가 계속될 수는 없음을 알고 있었기에, 이웃들은 사태가 어떻게 마무리될지 추측해가며 기다렸다.

그러나 그 누가 이런 식으로 끝날 줄 알았겠는가? 의식을 잃고 충격적으로 으깨진 머리의 상처로부터 뇌가 튀어나온 채, 벌거벗은 켈레르는 하인들에 의해 욕조에서 끌려나왔다. 클로디아는 끝도 없이 비명을 지르고 있었다. 그녀의 가운은 물에 젖고 피투성이였는데, 욕조 밖에서 남편의 머리를 잡고 직접 끌어내려 시도했던 탓이었다. 충격을 받은 메텔루스 네포스와 아피우스 클라우디우스, 푸블리우스 클로디우스가 함께 찾아오자 클로디아는 그들에게 무슨 일이 있었는지 말해주었다. 켈레르가 술에 잔뜩 취했는데도 구토하고 나더니 목욕을 하겠다고 고집 피웠다는 것이다. 술 취한 사람이 뭔가를 하겠다고 결심하면 무슨 수로 말리겠어요? 클로디아는 남편에게 너무 취한 채 목욕을 하면 안 된다고 계속 말하면서 그를 따라 욕실로 들어갔고, 옷을 벗는 남편에게 계속 간청했다. 그럼에도 켈레르는 계단에 올라가서 욕조의 미지근한 물로 들어가려다가 넘어지며 욕조 뒤쪽 난간에 머리를 부딪쳤다. 날카롭게 튀어나온 치명적인 난간이었다.

사건 현장을 살펴보기 위해 욕실로 간 세 사람은 피와 뼈와 뇌가 묻은 욕조 난간을 보았다. 의사들은 혼수상태인 메텔루스 켈레르를 침대에 눕혀놓았고, 클로디아는 구슬피 울며 무슨 일이 있어도 그의 곁을 떠나지 않겠다고 고집을 부렸다.

이틀 후, 한 번도 의식을 회복하지 못한 채 켈레르는 죽었다. 클로디아는 과부가 되었고, 온 로마는 퀸투스 카이킬리우스 메텔루스 켈레르를 애도했다. 켈레르의 최우선 상속인은 그의 형제 네포스였지만 클로디아도 지극히 안락한 생활을 할 만큼의 재산을 물려받았고, 켈레르 집안의 친척들 중 누구도 보코니우스 여성상속법을 들먹일 생각을 하지 않았다.

히브리다의 변호 준비로 바쁘던 키케로는, 푸블리우스 니기디우스 피굴루스가 그와 (로마에서 겨울을 나고 있던) 아티쿠스에게 들려준 세세한 이야기를 넋을 잃고서 들었다. 아피우스 클라우디우스가 피굴루스를 믿고 들려준 이야기였다.

얘기를 듣고 난 키케로의 머릿속에 어떤 생각이 떠올랐다. 그는 킥킥거리더니 외쳤다. "클리타임네스트라!"

나머지 두 사람은 아무 말도 하지 않았지만 확연히 불편해 보였다. 아무것도 증명할 수가 없었다. 클로디아 외에는 목격자가 없었기 때문이다. 그러나 분명한 것은 메텔루스 켈레르에게 아가멤논 왕과 비슷한 상처가 있었다는 것이다. 왕비 클리타임네스트라는 아이기스토스와의 관계를 지속하기 위해 욕조 속에 있던 왕을 도끼로 찍었다.

클리타임네스트라라는 새로운 별명을 퍼뜨린 사람은 누구였을까? 이것 역시 결코 밝혀지지 못했다. 하지만 클로디아가 클리타임네스트라로 불리면서부터 많은 사람들은 마음속으로 그녀가 욕조에서 남편을 살해했다고 믿었다.

켈레르의 장례식이 끝난 후에도 흥분은 가라앉지 않았다. 켈레르가 죽으면서 조점관단에 공석이 생겼기 때문이다. 로마의 모든 야심가들이 조점관 선거에 나가고 싶어했다. 신관이 호선되던 시절이었다면 새 조점관 자리는 켈레르의 형제인 메텔루스 네포스에게 돌아갔을 것이다. 하지만 지금은 누가 될지 아무도 몰랐다. 보니파의 지지자들은 목소리가 아주 컸지만 머릿수가 모자랐다. 어쩌면 네포스는 이 사실을 알고서 출마하지 않겠다고 말했을 것이다. 그는 몹시 상심하여 몇 년 동안 외국 여행을 떠날 생각이라고 했다.

조점관 직을 둘러싼 다툼은 켈레르가 죽기 전 그의 집에서 들려오던 무시무시한 말다툼만큼 치열하지는 않았지만, 포룸 로마눔에 잔뜩 활기를 불어넣었다. 호민관 푸블리우스 바티니우스가 입후보를 선언했지만, 비불루스와 수석 조점관 메살라 루푸스는 아주 쉽게 그의 뜻을 꺾었다. 바티니우스는 이마에 보기 흉한 종기가 있었던 것이다. 결격 사유였다.

바티니우스는 재치를 발휘하며 큰 소리로 이렇게 말했다고 한다. "적어도 내 종기는 누구나 볼 수 있는 곳에 있지! 하지만 비불루스의 종기는 엉덩이에 있고, 메살라 루푸스는 한때 불알이 있던 곳에 한 개도 아니라 두 개의 종기가 있어. 평민회에 가서 앞으로 조점관 후보자는 발가벗고 포룸 로마눔을 한 바퀴 행진하게 하자고 제안해야겠는걸."

2월에는 외교 업무만 볼 수 있었기에, 차석 집정관 비불루스는 4월에야 파스케스 보유자의 지위를 제대로 만끽할 수 있었다. 그는 율리우스 토지법의 집행이 모든 면에서 잘 안 풀리고 있음을 인지한 상태로 4

월을 시작했다. 판무관단이 열심히 임무에 임하고 5인 위원회도 힘껏 도왔지만, 아직 공유지가 있는 모든 정비된 이탈리아 정착촌들이 저항하고 있었고 사유지 매입도 더뎠다. 국가에 되팔기 위해 기사들이 토지를 매입하는 데도 시간이 걸렸기 때문이다. 물론 율리우스 토지법은 지극히 꼼꼼하게 입안되었기에 결국에는 상황이 정리될 터였다! 문제는 폼페이우스가 현재 가능한 것보다 더 많은 퇴역병들을 지금 당장 정착시켜야 한다는 것이었다.

"그들은 눈에 보이는 성과를 원하네." 비불루스가 카토와 가이우스 피소, 아헤노바르부스, 메텔루스 스키피오에게 말했다. "하지만 그렇게 되려면 아직 멀었어. 그들에게 필요한 건, 생전에 자신의 법이 시행되는 걸 보지 못한 과거의 토지법 입안가들이 측량을 마치고 10유게룸씩 구획해둔 대규모 공유지야."

카토는 큰 코를 찡그리며 눈을 부라렸다. "그들은 감히 그럴 수 없습니다!"

"뭘 말인가?" 메텔루스 스키피오가 물었다.

"그들은 감히 그리할 거네." 비불루스가 고집했다.

"뭘 한단 말입니까?"

"두번째 토지법안을 마련해서 캄파니아와 카푸아의 공유지를 사용할 거란 말이네. 티베리우스 그라쿠스 이후로 거의 모든 사람들이 구획해둔 약 650평방킬로미터의 토지지. 차지해서 정착지로 쓸 준비가 다 되어 있는 땅이야."

"그 법안도 통과되겠지." 가이우스 피소가 이를 드러내고 말했다.

"그렇습니다." 비불루스였다. "통과될 거예요."

"하지만 우리가 막아야 합니다." 아헤노바르부스가 말했다.

"그래, 우리가 막아야지."

"어떻게요?" 메텔루스 스키피오가 물었다.

차석 집정관이 대답했다. "난 민회일을 모두 휴일로 만든 내 계책이 먹히기를 바랐지만, 카이사르가 최고신관의 권한을 이용할 줄은 몰랐습니다. 하지만 카이사르도 신관단도 막을 수 없는 종교적 계책이 하나 있죠. 휴일 계책은 내가 일개 조점관으로서 권한을 남용했을지 몰라도, 내가 조점관이자 집정관으로서의 권한을 둘 다 이용하면 월권행위가 발생하지 않을 겁니다."

모두가 열성적으로 몸을 앞으로 기울이고 있었다. 아마도 외부 사람들은 카토가 그들의 우두머리 격이라고 생각하겠지만, 집정관 퇴임 후 총독으로서 아주 하찮은 임무를 떠맡기로 한 용감무쌍한 행위 때문에 비불루스가 보니 수뇌부의 모든 사적인 모임에서 카토보다 주도적인 위치를 차지하게 되었다. 카토도 이의를 제기하지 않았다. 카토에게는 무리를 이끌겠다는 야심이 없었다.

"난 집에서 두문불출하며 집정관 임기가 끝날 때까지 하늘을 관찰할 생각입니다."

아무도 말을 하지 않았다.

"내 말 못 들었습니까?" 비불루스가 웃음을 지으며 물었다.

"들었습니다, 마르쿠스 비불루스." 카토가 말했다. "하지만 그게 효과가 있겠습니까? 무슨 효과가 있겠습니까?"

"전부터 있어왔고 이제는 완전히 모스 마이오룸의 일부가 된 행위라네. 게다가 몰래 시빌라의 예언서들을 살펴봤는데, 올해 하늘에 아주 중요한 징조가 나타날 거라는 뜻으로 보이는 예언을 찾았다네. 그 징조가 정확히 뭔지는 나와 있지 않았네만, 바로 그 점이 계책의 핵심이야.

집정관이 집에 틀어박혀 하늘을 관찰할 경우, 일체의 공무는 그 집정관이 다시 파스케스를 들 때까지 중지되게 되어 있어. 그리고 난 다시 파스케스를 들 생각이 없지!"

"사람들이 좋아하지 않을 텐데." 가이우스 피소가 걱정스러운 얼굴로 말했다.

"처음엔 그렇겠지만, 실제 반응보다는 더 호의적으로 보이도록 우리 모두 전력을 다해야 합니다. 나는 카툴루스를 이용할 생각입니다. 그는 풍자에 아주 능하고, 이제 클로디아한테 차였으니 그녀나 그녀의 남동생을 불행하게 만들기 위해서라면 뭐든 할 겁니다. 쿠리오를 다시 얻을 수 있다면 정말 좋겠지만 그는 따르지 않을 거예요. 그러나 우린 카이사르에게 집중해서는 안 됩니다, 그는 무적이니까요. 폼페이우스 마그누스를 우리의 1차 목표로 삼아야 하고, 올해 남은 기간 동안 우리의 추종자들을 최대한 많이, 반드시 매일 포룸 로마눔에 결집시켜야 합니다. 숫자는 사실 큰 의미가 없어요. 포룸 로마눔에서의 소란과 숫자가 중요하죠. 많은 도시와 촌락 사람들이 카이사르의 법을 원하지만, 그들은 투표나 중요한 집회가 있지 않은 한 포룸 로마눔에 거의 모습을 드러내지 않으니까요."

비불루스는 카토를 쳐다보았다. "자네가 특별한 임무를 맡아줘야 하네, 카토. 가능할 때마다 아주 밉살스럽게 굴어서 카이사르로 하여금 평정을 잃고 자네를 라우투미아이 감옥으로 보내게 만들게. 왜 그런지는 몰라도 카이사르는 자네나 키케로가 흔들어대면 평정을 더 잘 잃더군. 두 사람 다 거머리처럼 그의 안장 밑에 들어가는 능력이 있나봐. 우리는 가능할 때마다 사전협의를 해서 포룸 로마눔이 자네를 지지하고 반대파를 비난할 준비가 된 사람들로 북적이도록 할 거네. 폼페이우스가 그들의 약점이야. 우리가 하는 모든 일들은 그가 취약하다고 느끼게 하기 위한 거야."

"언제 칩거할 생각입니까?" 아헤노바르부스가 물었다.

"이두스 이틀 전날. 메갈레 축제와 케레스 축제 사이의 유일한 날로, 로마가 사람들로 가득차고 포룸 로마눔이 구경꾼들로 가득차는 날이지. 최대한 많은 청중이 없이 그리하는 건 의미가 없거든."

"칩거하시게 되면 모든 공공 업무가 중단되는 겁니까?" 메텔루스 스키피오가 물었다.

비불루스는 눈썹을 치켜올렸다. "그러지 않기를 진심으로 바란다네! 이 전략의 목표는 카이사르와 바티니우스가 징조들과 대치되게 입안하도록 강제하는 거야. 즉 우리는 그들이 보직에서 물러나자마자 그들의 법을 무효화할 수 있다는 뜻이지. 그들을 반역죄로 기소시킬 수 있다는 건 말할 것도 없고. 반역죄라니, 멋지지 않나?"

"클로디우스가 호민관이 되면 어떡하죠?"

"그런다고 뭐가 바뀔 것 같진 않네. 이유는 모르겠지만, 클로디우스는 폼페이우스 마그누스를 싫어하더군. 그가 내년에 호민관에 당선되면 우리의 적이 아니라 동지가 될 걸세."

"그는 키케로도 노리고 있습니다."

"마찬가지야, 그게 우리랑 무슨 상관인가? 키케로는 보니가 아니라 암덩어리네. 정말이지, 자기가 어떻게 나라를 구했는지 키케로가 씨부렁거릴 때면 그의 입을 닥치게 할 법을 통과시키고 싶어진다네! 그자의 말을 들으면 누구든 카틸리나가 한니발과 미트리다테스를 합쳐 놓은 것보다도 나쁜 놈처럼 느껴질 거야."

"하지만 클로디우스가 키케로를 노린다면 자네도 노릴 거라네, 카토." 가이우스 피소가 말했다.

"그럴 리가 있습니까?" 카토가 대답했다. "전 그저 원로원에서 의견을 말했을 뿐입니다. 물론 저는 수석 집정관이 아니었습니다. 호민관 일도 시작하지 않았었고요. 발언의 자유는 갈수록 위태로워지고 있지만, 아직까지 원로원 회의에서 자신이 생각하는 바를 말하는 걸 금하는 법은 서판에 새겨지지 않았습니다."

가장 큰 문제를 떠올린 것은 아헤노바르부스였다. "카이사르나 바티니우스가 지금부터 연말까지 통과시킬 법들을 우리가 어떻게 철폐할 수 있는지는 알겠습니다. 하지만 우리는 일단 원로원의 과반수를 확보해야 합니다. 그러면 내년에는 고관 의자에 우리 사람들을 앉힐 수 있으니까요. 하지만 우리가 누구를 집정관으로 당선시킬 수 있겠습니까, 수도 담당 법무관은 고사하고요? 내가 알기로 메텔루스 네포스는 슬픔을 달래기 위해 로마를 떠날 생각이라고 하니 그는 제외해야 합니다. 저는 법무관이 될 거고 가이우스 멤미우스도 마찬가지입니다. 그는 외삼촌인 폼페이우스 마그누스를 아주 싫어하죠. 하지만 집정관 감이 누가 있습니까? 필리푸스는 카이사르의 무릎 위에 앉아 있죠. 카이사르의 조카딸과 결혼한 가이우스 옥타비우스도 그렇고요. 렌툴루스 니게르는 당선되지 못할 겁니다. 키케로의 동생 퀸투스도 마찬가지예요. 또한 그들보다 일찍 법무관이 된 어느 누구도 집정관 감은 아닙니다."

"맞아, 루키우스, 우리는 집정관들을 심어야 해." 비불루스가 얼굴을 찡그리며 말했다. "아울루스 가비니우스와 루키우스 피소가 출마할 걸세. 둘 다 민중파에 한 발을 담그고 있고 선거 영향력이 막강해. 우린 네포스가 로마에 머물고 조점관에, 그다음에는 집정관에 출마하도록 설득해야 해. 그리고 우리의 다른 후보는 메살라 루푸스여야 할 거야.

내년에 우리에게 동조하는 고위 정무관들이 없다면 우리는 카이사르의 법들을 폐지할 수 없을 것이네."

"아리우스는 어떻습니까? 듣자 하니 카이사르에게 화가 잔뜩 났다더군요. 카이사르가 그를 집정관 후보자로 지지하지 않겠다고 해서요." 카토가 말했다.

"너무 늙었고 영향력도 부족해." 냉소적인 대답이었다.

"저는 다른 이야기를 들었습니다." 기분이 좋지 않은 아헤노바르부스가 말했다. 조점관 공석과 관련하여 아무도 자기 이름을 언급하지 않았기 때문이었다.

"뭔가?" 가이우스 피소가 물었다.

"카이사르와 마그누스가 키케로더러 5인 위원회의 코스코니우스 자리를 메꾸게 할 생각을 하고 있다더군요. 코스코니우스가 급사해서 얼마나 편리했을까요! 키케로가 두 사람한테는 나을 테니까요."

"키케로는 너무 멍청해서 받아들이지 않을걸." 비불루스가 콧방귀를 뀌고 말했다.

"사랑하는 폼페이우스가 애원한다 해도요?"

"요즘 폼페이우스는 키케로의 사랑이 아니라던데." 가이우스 피소가 웃으면서 말했다. "푸블리우스 클로디우스의 입양 의식에서 점을 친 게 폼페이우스라더군!"

"그런다고 키케로가 자신이 그 일에서 실제로 얼마나 중요한지 알겠습니까?" 아헤노바르부스가 냉소했다.

"아티쿠스로부터 나온 소문이 있네. 키케로가 로마는 폼페이우스한테 질렸다고 말하고 다닌다더군!"

"키케로 말이 틀린 건 아니죠." 비불루스가 극적으로 한숨을 쉬며 말했다.

모임은 아주 유쾌하게 끝났다. 보니는 만족했다.

마르쿠스 칼푸르니우스 비불루스는 로스트라 연단에서의 공개 연설을 통해, 대부분 봄 경기대회를 위해 로마에 모인 수많은 군중에게 자택에 칩거하면서 하늘을 살펴보겠다고 선언했다. 하지만 카이사르는 공개적으로 답변을 하지 않기로 했다. 그는 원로원을 소집하여 의사당 문을 굳게 닫은 채 회의를 실시했다.

"마르쿠스 비불루스는 통례에 따라 파스케스를 베누스 리비티나 신전으로 보냈습니다. 파스케스는 제가 그것을 보유할 권리가 생기는 5월의 칼렌다이까지 그곳에 있을 것입니다. 하지만 올해가 모든 공적 업무가 중단되는 해로 전락해서는 안 됩니다. 제게는 로마의 유권자들이 제게—그리고 마르쿠스 비불루스에게!—준 임무, 통치권의 완수라는 의무가 있습니다. 따라서 저는 통치할 것입니다. 마르쿠스 비불루스가 로스트라 연단에서 인용한 예언은 저도 아는 예언입니다. 마르쿠스 비불루스의 해석에 관해 두 가지 이의를 제기하겠습니다. 첫째, 예언이 실제로 가리키는 해가 불분명합니다. 둘째, 그 예언은 최소 네 가지로 해석될 수 있습니다. 따라서 15인 특별 신관단이 본 상황을 검토하고 적당한 조사를 수행하는 동안, 저는 마르쿠스 비불루스의 행위에 효력이 없다고 추정해야만 합니다. 그는 또다시 로마의 종교적 모스 마이오룸을 개인의 정치적 목적에 끼워맞춰 해석하는 월권행위를 했습니다. 우리는 유대인들처럼 우리의 종교를 국가사업의 일부로서 수행해야 하고, 국가는 종교법과 관습을 모독하면 번영할 수 없다고 믿어야 합니다. 그러나 우리가 특이한 점은 신들과 법적인 계약을 맺었다는 것입니다. 신들과 우리는 협상력과 양보를 위해 흥정을 했습니다. 중요한 것은 신성한 힘들이 계속 제대로 흘러가게 유지하는 것이고, 그렇게 하는 최선의 방법은 로마의 번영과 안녕을 유지하기 위해 우리가 최선을 다함으로써 우리의 흥정 목표에서 벗어나지 않는 것입니다. 마르쿠스 비불루스의 행위는 그 반대를 성취합니다, 그리고 신들은 그에게 고마워하지 않을 것입니다. 그는 로마에서 먼 곳에서 쓸쓸히 죽을 것입니다."

아, 폼페이우스가 좀더 느긋해 보이기만 한다면 좋겠는데! 그토록 길고 영광스러운 경력을 쌓은 뒤라면, 모든 게 언제나 매끄럽게 진행되진 못한다는 사실을 알 때도 되었건만! 그러나 그의 내면에는 아직도 버릇없는 아기들이 가득해. 그는 모든 것이 완벽하기를 원하지. 원하는 것을 얻으면서 지지까지 얻기를 기대하는 거야.

"제가 이제 어떤 길을 갈지 결정하는 일은 이 원로원에 달려 있습니다." 수석 집정관은 말을 이었다. "표결을 실시하겠습니다. 차석 집정관이 칩거하며 천체관측을 하므로 앞으로 모든 업무가 중단되어야 한다고 느끼는 분들은 제 왼쪽에 서주십시오. 적어도 15인 특별 신관단의 결정이 날 때까지는 정부가 평소대로 유지되어야 한다고 생각하는 분들은 제 오른쪽에 서주십시오. 분별과 로마에 대한 사랑을 더는 간청하지 않겠습니다. 의원 여러분, 결정하십시오."

계산된 도박이었다. 카이사르의 본능이 그에게 지체하면 안 된다고 말한 것이다. 원로원의 양떼는 비불루스의 행동을 오래 곱씹을수록 그것에 반대하기를 꺼릴 가능성이 컸다. 지금 부딪쳐야 승산이 있었다.

그러나 결과는 모두를 놀라게 했다. 거의 전체 원로원이 카이사르의 오른쪽에 섰다, 비불루스의 악의적인 결심, 로마를 망쳐서라도 카이사르를 이겨먹겠다는 결심에 대해 사람들이 느낀 분노의 표시였다. 왼쪽에 선 몇 안 되는 보니파는 충격을 받은 표정이었다.

"항의합니다, 가이우스 카이사르!" 의원들이 제자리로 돌아가는 동안 카토가 외쳤다.

분별과 애국심에 따른 표결 결과로 기분이 급격하게 좋아졌던 폼페이우스는 발톱을 드러내며 카토를 향해 돌아섰다. "닥치고 앉게, 독실한 체하는 위선자!" 폼페이우스는 포효했다. "자네가 뭐라고 생각하는 건가, 판사이자 배심원 역할을 자처하다니? 자넨 아무것도 아니야. 앞으로 법무관조차 절대 못 될 전직 호민관일 뿐!"

"아! 아! 아!" 카토가 종이 단검에 찔린 서툰 배우처럼 비틀거리며 고함쳤다. "잘 들으시오, 위대한 폼페이우스, 호민관 자격도 없는 나이에 집정관이 된 당신! 당신이야말로 당신이 뭐라고 생각하오? 뭐, 짐작도 못하겠다고? 그럼 내가 말해주겠소! 법도 규범도 모르는 건방지고 헛물켜는 비로마인, 그게 당신이오! 갈리아인처럼 생각하는 갈리아인, 도살자 아비를 둔 도살자 아들, 분에 넘치는 결혼을 흥정하려고 파트리키의 비위를 맞추는 뚜쟁이, 군중의 추파와 수다를 듣기 위해 예쁘장한 옷 입기를 즐기는 기둥서방, 여왕처럼 구는 왕, 발정난 숫양도 곯아떨어지게 만드는 웅변가, 유능한 정치인들을 고용해야 하는 정치인, 그라쿠스 형제보다 더한 과격파, 20년 동안 적어도 적군보다 두 배 많은 아군 없이는 전투를 하지 않은 장군, 더 뛰어난 다른 사람들이 실질적인 일은 다 한 후에 뽐내며 걸어가 월계관을 집어드는 장군, 품행 교본이 있어야 했던 집정관, 그리고 마지막으로, 재판도 없이 마르쿠스 유니우스 브루투스를 비롯한 로마 시민들을 처형한 자!"

의원들은 도저히 가만히 있을 수가 없었다. 그들은 환호하고 소리를 지르고 휘파람을 불고 환성을 질렀다. 서까래가 흔들리도록 바닥에 발을 구르고 북을 치듯 힘차게 손뼉을 쳤다. 양손을 옆구리에 붙이고 두 발을 단정히 모은 채 무표정하게 앉아 있었던—그리고 그것이 얼마나 어려운 일인지 깨달은—사람은 오직 카이사르뿐이었다. 정말 대단한 독설이군! 달인의 솜씨야! 살아서 이런 걸 듣다니 행운인걸!

그러다가 카이사르는 폼페이우스를 보고 가슴이 덜컥했다. 맙소사, 저 어리석은 사람은 이 광란의 갈채에 속상해하고 있어! 아직도 모르는 건가? 지금 여기서 그 장황한 독설의 대상이나 주제에 신경쓰는 사람은 아무도 없다는 걸. 그저 지난 수년간의 즉흥적인 독설 가운데 최고여서 그런 거라는 걸! 아까 독설의 반만큼만 잘한다면, 로마 원로원은 당나귀를 욕하는 팅기타나 원숭이한테라도 갈채를 보낼 거라고! 하지만 폼페이우스는 히스파니아에서 퀸투스 세르토리우스한테 눌렸을 때 지었을 표정보다도 훨씬 더 구겨진 표정을 짓고 앉아 있었다. 패배자의 표정! 뻔뻔한 혀에 정복당한 표정. 그제야 카이사르는 위대한 폼페이우스의 내면에 얼마나 큰 불안과 인정 욕구가 존재하는지 깨달았다.

움직일 시간이었다. 카이사르는 회의를 종료시킨 다음 고관석 단상에 서 있었다. 잔뜩 흥분한 의원들이 서로 얘기를 나누며 빠르게 빠져나가고 있었는데, 대다수가 카토 주위에 모여들어 그의 등을 두드리며 칭찬을 쏟아내고 있었다. 안타깝게도 폼페이우스가 고개를 푹 숙인 채 계속 자리에 앉아 있었기 때문에, 카이사르는 그가 적절하다고 생각하는 행동—카토가 마치 정치적 동료인 것처럼 따뜻한 목소리로 축하하는 일—을 할 수 없었다. 카이사르는 폼페이우스가 볼까봐 계속 냉정한 표정을 짓고 있어야 했다.

"크라수스를 봤나?" 폼페이우스는 카이사르와 둘만 남자 다그쳤다.

"크라수스 봤어?" 그의 목소리가 높아져 끽끽거렸다. "카토를 침이 마르게 칭찬하고 있더군! 그자는 누구 편인 거지?"

"우리 편입니다, 폼페이우스. 혹시 오늘 카토에 대한 의원들의 반응을 개인적인 비난으로 받아들인다면 당신이 지나치게 예민한 겁니다. 아까의 갈채는 멋진 짧은 연설에 대한 것일 뿐 다른 의미는 없어요. 평소의 카토는 극히 지루한 작자로 끝도 없이 의사진행 방해를 하죠. 하지만 아까 한 발언은 재기 넘치는 독설이었잖아요."

"나를 겨냥한 거였네! 나를!"

"나를 겨냥한 거였으면 좋았을 텐데요." 카이사르가 화를 억누르며 말했다. "당신이 실수한 게 있다면 그들과 함께 환호하지 않은 겁니다. 그랬다면 아주 괜찮은 사람으로 보이면서 그 독설을 비켜갈 수 있었을 겁니다. 정치판에서 약점을 내보이지 마세요, 마그누스. 속마음이 어떻든 간에 말입니다. 카토는 당신의 갑옷을 파고들었고, 당신은 그 사실을 모두가 알게 만들었어요."

"자네도 그들과 한패로군!"

"아니요, 마그누스, 그렇지 않습니다. 크라수스도 마찬가지고요. 당신이 멀리서 로마를 위해 연전연승하고 있었을 때 크라수스와 나는 정치판에서 연륜을 쌓고 있었다는 정도로만 말씀 드리죠." 카이사르는 몸을 굽혀 폼페이우스의 팔꿈치 밑에 손을 대고 그를 일으켰다. 폼페이우스가 그토록 호리호리한 사람에게서는 예상치 못했던 힘이었다. "갑시다, 다들 갔어요."

"난 이제 다시는 원로원에 얼굴을 못 내밀어!"

"말도 안 돼요. 다음 회의 때 언제나처럼 밝은 모습으로 나와서 카토에게 다가가 악수를 하고 축하를 건네세요. 나도 그렇게 할 겁니다."

"그렇겐 못 해!"

"난 앞으로 며칠 동안은 원로원을 소집하지 않을 겁니다. 다시 소집할 때쯤이면 당신도 마음의 준비가 되어 있을 거예요. 이제 우리집에 가서 같이 저녁을 먹읍시다. 당신 혼자 카리나이 지구의 텅 빈 큰 집에 가봤자 철학자 서너 명밖에 없잖습니까. 반드시 재혼을 하세요, 마그누스."

"그러고 싶지만 마음에 드는 사람이 없었네. 가족을 완성시키는 아들 한 쌍과 딸이 있는 한 그리 급한 일은 아니지. 게다가 자네처럼 좋은 말동무도 있으니 말이네! 자네도 관저에 부인이 없지 않나, 아들도 없고."

"아들은 있으면 좋지만 필요한 건 아닙니다. 난 딸아이를 얻은 게 행운이라고 생각해요. 신성모독을 하려는 의도는 없지만, 미네르바와 베누스를 합친 존재가 있다 해도 딸애랑은 안 바꿀 겁니다."

"자네 딸은 카이피오 브루투스의 약혼녀지?"

"그렇습니다."

두 사람은 관저로 갔다. 카이사르는 폼페이우스를 서재의 최고급 의자에 앉힌 뒤 포도주잔을 들려주고 양해를 구한 다음 어머니에게 갔다.

"정찬 손님을 데려왔습니다." 카이사르가 아우렐리아 방의 문틈으로 고개를 내밀고 말했다. "폼페이우스예요. 정찬 때 율리아랑 같이 식당에 오실래요?"

아우렐리아의 얼굴에는 한순간의 감정적인 동요도 스치지 않았다. 그녀는 고개를 끄덕인 다음 책상머리에서 일어섰다. "물론이지, 카이사르."

"식사가 준비되면 알려주실 거죠?"

"그러마." 아우렐리아는 그렇게 대답한 뒤 계단 쪽으로 타닥타닥 걸어갔다.

율리아는 책을 읽고 있어서 할머니가 들어오는 소리를 듣지 못했다. 원칙적으로 아우렐리아는 절대로 노크를 하지 않았다. 젊은이들은 심지어 혼자서 생각할 때조차 줄곧 제대로 처신하는 법을 훈련해야 한다고 생각하는 양육법을 신봉했기 때문이다. 그런 습관은 자제력과 조심성을 길러줄 터였다. 세상은 잔인한 곳일 수 있고, 자식은 그런 세상에 준비가 되어 있는 사람으로 길러야 했다.

"오늘은 브루투스가 안 왔니?"

율리아는 고개를 들고 웃음 짓더니 한숨을 쉬었다. "네, 할머니, 오늘은 안 왔어요. 사업 관리인들과 회의 같은 게 있대요. 회의 후에 그중 세 명이랑 세르빌리아의 집에서 저녁식사를 할 것 같아요. 세르빌리아는 진행 상황을 알고 싶어하거든요. 이제는 브루투스가 자신의 사업을 넘겨받게 해줬으면서도."

"네 아버지가 기뻐하겠구나."

"네? 왜요? 아버지가 브루투스를 좋아하시는 줄 알았는데요."

"그래, 무척 좋아하지. 하지만 오늘은 네 아버지가 우리와 함께 식사할 손님을 데려왔거든. 손님과 개인적인 대화를 나누고 싶어할 수도 있잖아. 너랑 나는 음식이 치워지자마자 자리를 뜨지만 브루투스는 그러지 않으니까 말이야."

"손님이 누군데요?" 율리아가 무심하게 물었다.

"모르겠구나, 네 아버지가 말하지 않았거든." 음, 이거 어려운데! 하고 아우렐리아는 생각했다. 계획을 흘리지 않으면서 이애가 가장 돋보이는 옷을 입게 하려면 어떻게 해야 하지? 아우렐리아는 목을 가다듬고 말했다. "율리아, 이번 생일에 받은 새 옷을 아버지한테 보여준 적 있니?"

"아니요, 없는 것 같아요."

"그럼 지금 그걸 입는 게 어떠니? 은 장신구도 착용하고. 금이 아니라 은을 선물하다니 네 아버지도 참 현명해! 카이사르가 누굴 데려왔는지는 모르지만 중요한 손님일 테니까, 네가 근사한 모습으로 나타나면 기뻐할 거야."

강요하는 것처럼 들리지 않은 게 분명했다. 율리아는 그저 웃음을 지으며 고개를 끄덕였다. "식사까지 얼마나 남았어요?"

"반시간."

"비불루스가 칩거하면서 하늘을 살피는 게 우리에게 정확히 무슨 의미가 있나, 카이사르?" 폼페이우스가 물었다. "예를 들어서, 우리 법이 내년에 무효가 될 수 있는 건가?"

"오늘 이전에 비준된 법들은 무효화할 수 없습니다, 마그누스. 그러니 당신과 크라수스는 안심해도 됩니다. 제일 위태로운 건 내 속주죠. 바티니우스와 평민회를 이용해야 할 거니까요. 하지만 평민회는 종교적인 제약을 받지 않습니다. 따라서 비불루스의 천체관측이 평민회 결의와 호민관들의 활동을 신성모독으로 보이게 만들 거라고는 생각하기 힘듭니다. 하지만 우린 법정에서 싸움을 벌이고, 수도 담당 법무관에게 의지해야 할 겁니다."

폼페이우스는 계속 기분이 울적하기는 했지만, 카이사르 집에서 제일 맛있는(그리고 제일 독한) 포도주가 평정을 되찾아주기 시작했다. 그는 온통 짙은 색에 호화롭게 금칠 된 이 관저가 카이사르에게 잘 어울린다고 생각했다. 우리같이 피부가 흰 사람들은 이런 배경에서 가장 돋보이지.

"자네도 알겠지만 우린 토지법안을 하나 더 마련해야 할 거야." 폼페이우스가 갑자기 말했다. "난 계속 로마 안팎을 드나들어. 그래서 판무관처럼 볼 줄 알지. 우리에겐 캄파니아의 공유지가 필요하네."

"카푸아의 공유지도요. 네, 알고 있습니다."

"하지만 비불루스가 그러지 못하게 하고 있고."

"꼭 그렇지는 않습니다, 마그누스." 카이사르가 평온한 목소리로 말했다. "원래 법의 보충 법안으로 작성하면 덜 취약합니다. 판무관단과 위원회는 변하지 않을 테지만 그건 문제가 아닙니다. 당신의 퇴역병 2만 명이 올해 안에 거기서 살 수 있게 되고 로마 최하층민 5천 명이 새 땅에 정착한다는 의미니까요. 2만 명 이상의 퇴역군인을 최대한 빨리 다른 지역에 정착시켜야 합니다. 그러면 아레티움 같은 곳을 확보할 시간이 충분히 생기고, 국고의 사유지 매입 압력도 크게 줄어듭니다. 우리는 이미 국가 소유라는 사실을 근거로 해서 캄파니아의 공유지를 확보할 겁니다."

"하지만 임대료 수입이 끊길 텐데." 폼페이우스가 말했다.

"그렇죠. 하지만 당신도 나도 그곳의 임대료가 실제로 그렇게 수지맞진 않다는 걸 알잖습니까. 원로원 의원들이 지불을 잘 안 하니까요."

"자기 재산이 있는 의원 부인들도 그렇지." 폼페이우스가 싱긋 웃으면서 말했다.

"그래요?"

"테렌티아만 해도 그래. 돼지들 때문에 드넓은 떡갈나무 숲을 빌려 쓰면서 임대료라고는 한 푼도 내지 않으려고 한다니까. 아주 노가 났지. 대리석처럼 딱딱한 여자야! 키케로가 불쌍하지!"

"어떻게 그럴 수가 있죠?"

"거기 어딘가에 신성한 과수 숲이 있어서라고 하더군."

"영리한 암탉이로군요!" 카이사르가 웃었다.

"괜찮아, 국고위원회가 아시아 속주에서 돌아오는 키케로의 동생 퀸투스에게 못되게 굴고 있거든."

"어떻게요?"

"그에게 마지막 봉급을 키스토포로스로 지급하겠다고 고집을 부리고 있지."

"그 화폐가 어때서요? 양질의 은으로 만든데다 1키스토포로스당 4데나리우스의 가치가 있잖습니까."

"받아주는 데가 있어야 말이지." 폼페이우스가 낄낄거렸다. "나도 그 화폐가 담긴 자루를 엄청나게 많이 갖고 왔지만 그걸로 급료를 지불하려고 한 적은 한 번도 없네. 사람들이 외국 주화에 얼마나 회의적인지 알잖나! 그것들을 녹여 은괴를 만들라고 국고에 제안했다네."

"그럼 국고위원회가 퀸투스 키케로를 좋아하지 않는다는 뜻이군요."

"왜 그런지는 모르겠지만."

그때 에우티코스가 문을 두드리고 저녁식사 준비가 끝났다고 알렸다. 카이사르와 폼페이우스는 약간 떨어진 식당으로 걸어갔다. 식당의 긴 의자 중 다섯 개는 대규모 잔치를 할 때 말고는 구석에 치워져 있었다. 나머지 한 개의 긴 의자가 식당에서 전망이 제일 좋은 곳에 놓여 있었는데, 주랑과 주랑정원이 내다보이는 위치였다. 긴 의자 맞은편에는 의자 두 개가 무릎 높이의 좁고 기다란 탁자를 사이에 두고 놓여 있었다.

카이사르와 폼페이우스가 식당으로 들어오자, 하인 두 명이 그들이 토가를 벗는 것을 도와주었다. 토가는 너무 크고 거추장스러워서 그걸 입고는 기대 눕기가 거의 불가능했다. 하인들이 토가를 조심스럽게 접어서 옆에 치워두는 동안 카이사르와 폼페이우스는 긴 의자의 뒤쪽 가장자리로 가서 앉은 뒤 집정관의 초승달 모양 죔쇠가 달린 원로원 의원용 신발을 벗었다. 하인들이 두 사람의 발을 씻겨주었다. 물론 폼페이우스가 상석인 긴 의자의 끝쪽에 앉았다. 그들은 왼쪽 팔과 팔꿈치를 둥근 베개에 대고 배와 왼쪽 엉덩이로 기대 누웠다. 발은 긴 의자의 뒤쪽 가장자리에 놓았고, 얼굴은 탁자 근처에 두었다. 어떤 음식이든 손이 닿는 곳에 있었다. 손을 씻을 물이 담긴 그릇과 손을 닦을 천이 제공되었다.

폼페이우스는 기분이 훨씬 나아졌고 처음만큼 속상하지도 않았다. 그는 만족스러운 듯이 주랑정원을 내다보았다. 베스타 신녀들이 그려진 훌륭한 프레스코화와 멋진 대리석 연못과 분수가 보였다. 다만 해가 조금 더 들면 좋을 것 같았다. 그런 다음 그는 식당 벽들을 장식한 프레스코화들을 쳐다보았다. 카스토르·폴룩스가 로마를 구한 레길루스 호수의 전투 이야기를 묘사하고 있었다.

그의 시선이 문 쪽에 가닿았을 때 디아나 여신이 들어오는 것이 보였다. 디아나가 틀림없었다! 그 달밤의 여신은 너무나 우아하고 은빛으로 아름답게 움직이며 아무런 소리도 내지 않고서 들어왔다. 남자를 모르는 처녀 여신. 너무도 순결하고 무심한 여신이기에, 남자들은 그녀를 바라보며 여위어갈 뿐이다. 그러나 식당을 반쯤 가로질러온 디아나 여신은 그를 보자 푸른 눈을 크게 뜨며 살짝 휘청거렸다.

"마그누스, 내 딸 율리아입니다." 카이사르는 폼페이우스의 맞은편에 있는 의자를 가리켰다. "율리아, 거기 앉아서 손님의 말동무가 되어드리거라. 아, 이쪽은 우리 어머니십니다."

아우렐리아는 카이사르의 맞은편에 앉았다. 하인들 몇 명이 음식을 갖고 들어오기 시작했고, 다른 하인들은 잔을 내려놓고 포도주와 물을 따랐다. 폼페이우스는 이 집 여자들이 물만 마신다는 것을 깨달았다.

율리아는 어찌나 아름다운지! 얼마나 우아하고 귀여운지! 그녀는 아까 살짝 휘청거리긴 했지만 그후로는 마치 꿈속의 여인처럼 행동했다. 자기집 요리사들이 제일 잘하는 요리들을 알려주었고 그에게 수줍음이라곤 없는 웃음을 지으며, 하지만 성적으로 유혹하는 기색은 없이 이것저것 가리키면서 먹어보라고 했다. 폼페이우스는 율리아에게 낮에 무얼 하며 보내는지 물었고(사실 다른 게 궁금했지만—달이 높이 뜨고 전차가 그녀를 별들로 태워다주는 밤이면 그녀는 무엇을 할까?) 그녀는 책을 읽거나, 산책을 하거나, 베스타 신녀들이나 친구들을 방문한다고 대답했다. 빛나는 하늘을 배경으로 펼쳐진 검은 날개처럼 낮고 부드러운 목소리였다. 율리아가 몸을 앞으로 숙였을 때, 그녀의 가슴이 많이 드러나지는 않았지만 폼페이우스는 그곳이 얼마나 부드럽고 섬세한지 알 수 있었다. 팔은 연약해 보였지만 통통했고 팔꿈치에는 옴폭 들어간 곳이 있었다. 눈이 있는 곳의 피부는 살짝 보랏빛 그늘이 드리웠고 눈꺼풀에는 달의 은빛 같은 광택이 비쳤다. 속눈썹은 또 어찌나 길고 투명한지! 눈썹도 아주 밝은 색이라 거의 보이지 않을 정도였다. 폼페이우스는 연지를 바르지 않은 그녀의 연분홍 입술에 입맞추고 싶어 미칠 것 같았다. 도톰하게 오므린 입술 양쪽 가장자리의 주름은 언제라도 웃을 준비를 하고 있는 듯했다.

율리아도 폼페이우스도 알아차리지 못했지만, 마치 카이사르와 아우렐리아는 그곳에 존재하지 않게 된 것 같았다. 두 사람은 호메로스와 헤시오도스에 대해, 크세노폰과 핀다로스에 대해, 폼페이우스의 동방 원정에 대해 얘기를 나눴다. 율리아는 마치 폼페이우스가 키케로만한 달변가인 것처럼 그의 말에 집중했고, 알바니아인부터 카스피 해 부근의 기어다니는 벌레들까지 온갖 것들에 대해 질문을 했다. 아라라트 산을 보신 적이 있으세요? 유대인들의 신전은 어떤 곳인가요? 사해에서는 정말로 사람들이 물 위로 걸어다니나요? 흑인을 본 적 있으세요? 티그라네스 왕은 어떻게 생겼어요? 아마존족이 한때 폰토스의 테르모돈 강어귀에 살았다는 게 정말이에요? 아마존 여자를 본 적 있으세요? 알렉산드로스 대왕은 약사르테스 강 근처에서 아마존족의 여왕을 만난 적이 있대요. 아, 정말 멋진 이름들이죠, 옥소스, 아락세스, 약사르테스—인간의 혀로 어떻게 그런 생경한 소리를 낼 수 있었을까요?

말수가 적고 공부는 드문드문 한데다 무뚝뚝하고 실용적인 폼페이우스는, 동방 생활과 테오파네스 덕분에 책을 읽게 되었다는 사실이 너무나도 다행스럽게 느껴졌다. 그는 자기 머릿속에 있는 줄도 몰랐던 말을 하고, 자기가 생각한 줄도 몰랐던 생각을 했다. 마치 모든 지식의 근원이자 그녀가 본 가장 멋진 광경처럼 그의 얼굴을 쳐다보고 있는 이 아름다운 아가씨를 실망시키느니 죽는 편이 나았다.

음식은 바쁘고 참을성 부족한 카이사르가 평상시에 허용하는 것보다 훨씬 오래 탁자 위에 있었지만, 주랑정원의 햇빛이 어스름으로 변하기 시작하자 카이사르는 에우티코스를 향해 가볍게 고개를 끄덕였다. 하인들이 다시 나타났다. 아우렐리아는 자리에서 일어나 말했다.

"율리아, 가야 할 시간이 지났다."

아이스킬로스에 관한 대화에 푹 빠져 있던 율리아는 흠칫 놀랐다가 현실로 돌아왔다.

"아, 할머니, 그래요? 시간이 다 어디로 흘러가버린 걸까요?"

그러나 그녀의 말투에도 표정에도, 가고 싶지 않다는 기색이나 그녀가 폼페이우스에게 말한 것에 따르면 이 '특별대우'를—열여덟 살이 안 된 율리아는 평소엔 아버지의 손님들이 와도 식당에 오는 것이 허락되지 않았다—할머니가 중단시켜서 화가 났다는 기색이 전혀 보이지 않는다는 걸 폼페이우스는 알아차렸다.

율리아는 일어서서 악수를 기대하며 폼페이우스에게 다정하게 한 손을 내밀었다. 그러나 폼페이우스는 마치 그녀의 손이 떨어지면 산산조각 나는 물건인양 조심스럽게 잡고 들어올리더니 손등에 가볍게 입을 맞추었다. 평소에 그가 잘 하지 않는 행동이었다.

"말동무가 되어줘서 고마웠어요, 율리아." 폼페이우스는 율리아의 눈을 보고 웃으면서 말했다. "브루투스는 아주 운이 좋은 사람이군요." 여자들이 나가고 나자 그는 카이사르에게도 말했다. "브루투스는 정말이지 운이 좋은 녀석이군."

"나도 그렇게 생각합니다." 카이사르는 혼자만의 생각으로 슬며시 웃으면서 말했다.

"율리아 같은 여자는 본 적이 없네!"

"값을 매길 수 없는 진주죠."

그런 다음에는 할말이 별로 남지 않은 것처럼 보였다. 폼페이우스는 작별을 고했다.

"조만간 또 오십시오, 마그누스." 카이사르가 문간에서 말했다.

"괜찮다면 내일 오겠네! 모레 캄파니아로 떠나서 적어도 여드레 동안은 돌아오지 않을 것 같거든. 자네 말이 맞아. 철학자 서너 명하고만 생활하는 건 만족스럽지 않아. 애초에 왜 철학자들을 집에 두는 걸까?"

"남성 지식인 손님들은 집안 여자들에게 애인으로 매력이 없을 것 같기 때문이죠. 그리스어 실력을 완벽하게 유지하기 위해서이기도 하고요. 루쿨루스의 경우, 로마인은 절대로 완벽한 그리스어를 말하거나 쓰지 못하리라고 믿는 그리스 문인들을 만족시키기 위해 일부러 자신의 회고록 그리스어판에 문법 오류가 몇 개 나오도록 신경썼다고 들었지만요. 내 경우 집에 철학자들을 두려는 생각은 해본 적도 없습니다. 그들은 지독한 기생충이니까요."

"말도 안 돼! 자네가 그들을 집에 들이지 않는 건 자네가 들고양이라서야. 혼자 지내고 사냥하기를 좋아하는."

"무슨 말씀이세요." 카이사르가 상냥하게 대꾸했다. "난 혼자 지내지 않습니다. 나는 로마에서 제일 복 받은 남자들 중 하나죠, 집에 율리아가 있으니까요."

율리아는 도취되고 기진맥진한 상태로 자기 방으로 올라갔다. 폼페이우스가 입맞추었던 느낌이 손에 아직 생생했다. 선반에 놓인 그의 흉상이 보였다. 율리아는 선반 쪽으로 걸어가 흉상을 집어들어 구석에 있는 쓰레기통에 떨어뜨렸다. 이제 흉상은 의미 없어. 필요가 없어. 진짜 그 사람을 만나고 이야기를 나눴으니까. 아빠만큼은 아니지만 키도 커. 어깨는 아주 넓고 근육질이야. 긴 의자에 누워도 배가 팽팽했어, 보기 싫은 나잇살도 없고. 얼굴도 참 잘생겼지. 그렇게 파란 눈동자는 본 적이 없어. 그리고 그 머리카락! 순수한 금발에 숱도 아주 많아. 이마를 덮고 눈썹까지 멋지게 내려온 곱슬머리. 너무 잘생겼어! 고전적 로마인인 아빠와는 다르지만 흔하지 않아서 더 관심이 갔어. 나는 작은 코를 좋아하니까 그의 코에도 전혀 불만이 없는걸. 다리까지 멋있었어!
율리아가 다음으로 간 곳은 거울 앞이었다. 아빠가 준 선물이었지만 할머니는 좋아하지 않는 물건이었다. 받침대가 달린 거울의 최대한 광을 낸 은 표면이 보는 사람의 머리부터 발끝까지 비추었다. 율리아는 옷을 모두 벗고 거울에 비친 자신을 살펴보았다. 너무 말랐어! 가슴도 거의 없고! 보조개도 없잖아! 갑자기 그녀는 눈물을 터뜨리며 침대에 몸을 던지고 엉엉 울다가 잠이 들었다. 폼페이우스가 입을 맞춘 손에 뺨을 댄 채였다.

"율리아가 폼페이우스의 흉상을 버렸더구나." 다음날 아침에 아우렐리아가 카이사르에게 말했다.
"맙소사! 그를 분명 마음에 들어 한다고 생각했는데."
"무슨 소리니, 카이사르, 아주 좋은 징조야! 이제 그앤 복제품으로는 만족할 수 없게 된 거니까. 진짜 그 사람을 원하게 된 거지."
"그렇다면 안심이군요." 카이사르는 레몬즙이 섞인 뜨거운 물잔을 들어 조금씩 마시면서 즐기는 듯한 표정을 지었다. "폼페이우스는 오늘도 식사를 하러 올 겁니다. 내일 캄파니아로 떠난다는 핑계를 대며 이렇게 금방 또 오겠다고 하더군요."
"오늘이 완전 정복의 날이 되겠구나." 아우렐리아가 말했다.
카이사르는 싱긋 웃었다. "완전 정복은 율리아가 식당으로 들어오던 순간 끝난 것 같아요. 난 폼페이우스를 수년간 알고 지냈지만, 어제 그는 낚싯바늘을 느끼지도 못할 만큼 완벽하게 낚였어요. 예전에 그가 무키아에게 청혼하러 율리아 고모 댁에 왔던 날 기억나세요?"
"그래, 생생하게 기억나. 그는 장미유 냄새가 풀풀 풍겼고 들판의 망아지처럼 우스꽝스러웠지. 어제는 전혀 다른 모습이었어."

"철이 좀 들었으니까요. 무키아는 폼페이우스보다 연상이었어요. 지금 그가 느끼는 매력은 달라요. 율리아는 열일곱 살이고 그는 마흔여섯 살이죠." 카이사르는 몸서리를 쳤다. "어머니, 두 사람은 나이 차가 서른 살 가까이 납니다! 제가 너무 냉정한 걸까요? 율리아가 불행해지는 건 싫어요."

"불행하지 않을 거야. 폼페이우스는 자기 쪽에서 애정이 식지 않는 한 부인을 기쁘게 하는 요령을 알고 있는 사람 같아. 그가 율리아를 사랑하지 않게 되는 일은 절대 없을 거다. 그앤 그의 사라진 젊음 같은 존재니까." 아우렐리아는 목을 가다듬고 얼굴을 조금 붉혔다. "카이사르, 네가 훌륭한 애인이라는 건 잘 알지만, 넌 네 핏줄이 아닌 여자와의 생활을 지루해해. 하지만 폼페이우스는 결혼생활을 즐긴단다. 부인이 그의 야심을 이루는 데 적합한 한 그래. 그는 율리우스 가문 여자보다 고귀한 여자는 찾을 수 없어."

폼페이우스가 율리우스 집안 여자보다 고귀한 여자를 원하는 것 같진 않았다. 카토의 공격 후에 폼페이우스의 평판을 구한 것이 있었다면, 율리아 때문에 그날 아침 포룸 로마눔을 돌아다니는 내내 그가 빠져 있던 멍한 상태였다. 그는 자기가 다시는 사람들 앞에 나타나지 않겠다고 결심했다는 것조차 잊어버리고, 발길 닿는 대로 여기저기 다니면서 마주치는 모든 사람과 이야기를 나누었다. 그가 어찌나 카토의 혹평에 무관심해 보였던지, 대다수 사람들은 어제 폼페이우스의 반응이 순전히 충격 때문이었다고 생각하게 되었다. 오늘 그에게서는 분노하거나 당황한 기색을 전혀 찾아볼 수 없었다.

폼페이우스의 눈에는 율리아만 보였다. 그가 보는 모든 얼굴에서 그녀의 모습이 보였다. 아이이면서 동시에 여자인 율리아. 여신 율리아. 어찌나 여성스럽고 태도가 우아하며 꾸밈이 없는지! 율리아는 나를 좋아했던가? 그런 듯했지만 그녀의 행동에는 어떤 신호, 유혹이라고 해석할 수 있는 것은 전혀 없었다. 하지만 그녀는 약혼한 몸이야. 브루투스와. 미숙할 뿐만 아니라 말도 못하게 못생긴 놈인데. 그토록 깨끗하고 흠 없는 사람이 그 혐오스러운 여드름쟁이를 견딜 수 있을까? 물론 그들의 결혼 약속은 오래전에 이루어진 것이니 그녀가 바라서 맺어진 짝은 아니야. 사회적으로나 정치적으로 볼 때 두 사람은 나무랄 데 없는 한 쌍이지. 톨로사의 황금이라는 열매도 있고.

그날 오후 관저에서 다시 식사를 한 뒤, 폼페이우스는 브루투스의 존재에도 불구하고 그녀에게 청혼하려고 했다. 하지만 무엇이 그를 막았을까? 가이우스 율리우스 카이사르 같은 파트리키 귀족의 눈에 자신이 한심해 보이지 않을까 하는 오랜 공포심이었다. 로마의 그 누구한테라도 딸을 줄 수 있는 카이사르. 그는 영향력과 부와 족보가 있는 귀족에게 자신의 딸을 주었다. 카이사르 같은 남자들은 딸애의 마음이 어떤지, 바라는 게 무엇인지 굳이 생각하지 않았다. 폼페이우스 자신도 그랬듯이. 폼페이우스의 딸은 단 한 가지 이유 때문에 파우스투스 술라와 약혼했다. 파우스투스 술라가—그 가문이 낳은 가장 위대한 인물인—파트리키 코르넬리우스 술라와, 대머리 메텔루스 칼부스의 손녀이자 메텔루스 달마티쿠스의 딸—게다가 그녀의 첫 남편은 원로원 최고참 의원 스카우루스였다—의 아들이라는 이유 하나만으로.

그래, 카이사르는 세르빌리우스 카이피오 가문과 피가 섞인 유니우스 브루투스 집안사람과의 법적 계약을 깰 마음이 없을 터였다. 피케눔 출신의 폼페이우스 집안사람에게 외동딸을 주기 위해서는 더더욱! 폼페이우스는 청혼하고 싶어서 죽을 것 같지만 그러지 않을 터였다. 그래서 폼페이우스는 바다처럼 깊은 사랑에 빠져 마음 한가운데에서 여신을 지워내지 못한 상태로 캄파니아로 떠났고, 거기서 토지 판무관단 일을 했지만 거의 아무것도 진척시키지 못했다. 그는 율리아가 그리웠다. 지금껏 그 누구도 그녀만큼 원한 적이 없었다. 그는 로마로 돌아온 다음날 다시 관저에 식사를 하러 갔다.

확실했다. 그녀는 그를 보고 기뻐했다! 이 세번째 만남에서 율리아는 그의 가벼운 입맞춤을 기대하며 손을 내밀었고, 두 사람은 곧바로 카이사르와 그의 어머니를 빼놓고 대화하기 시작했다. 카이사르와 어머니는 눈이 마주치면 웃음을 터뜨릴까봐 서로 눈을 피하고 있었다. 식사가 거의 끝나갈 무렵이었다.

"브루투스와 언제 결혼하나요?" 폼페이우스가 작은 목소리로 물었다.

"내년 1월이나 2월에요. 브루투스는 올해 결혼하고 싶어했지만 아빠가 허락하지 않으셨어요. 제가 꼭 열여덟 살이 되어야 한다고요."

"언제 열여덟 살이 되죠?"

"1월의 노나이에요."

"지금이 5월 초니까 여덟 달 뒤군요."

율리아의 표정이 변했다. 눈에 고통이 어렸지만, 그녀는 완벽하게 차분한 목소리로 대꾸했다. "얼마 안 남았지요."

"브루투스를 사랑해요?"

율리아의 눈빛을 보니 그 질문이 마음에 잔물결을 일으킨 것 같았다. 그녀는 시선을 피하려 하지 않았다—아니, 피할 수 없었던 걸까? "저와 브루투스는 어릴 적부터 친구예요. 그를 사랑할 수 있게 될 거예요."

"만일 아가씨가 다른 사람과 사랑에 빠지면 어떻게 할 건가요?"

율리아는 눈을 깜빡여 눈물로 의심되는 것을 떨쳐버렸다. "그런 일은 용납할 수 없어요, 나이우스 폼페이우스."

"그런 일은 마음먹은 대로 되지 않을 수도 있잖아요?"

"네, 그럴 수도 있죠." 그녀는 진지한 목소리로 대답했다.

"만약에 그리되면 어떻게 할 거죠?"

"잊으려고 노력해야죠."

폼페이우스는 웃음을 지었다. "안타까운 일이군요."

"그런 일은 명예롭지 못할 거예요, 나이우스 폼페이우스. 그래서 난 그걸 잊어야만 할 테고요. 사랑이 자라날 수 있는 거라면, 그걸 죽일 수도 있을 거예요."

폼페이우스는 매우 슬퍼 보였다. "율리아, 나는 살면서 죽음을 많이 목격했어요. 전쟁터, 우리 어머니, 불쌍한 우리 아버지, 내 첫번째 아내까지. 하지만 단 한 번도 죽음을 냉정하게 바라볼 수 없었지요. 적어도," 그는 정직하게 덧붙였다. "지금 내가 서 있는 곳에서는요. 당신 안에서 자라는 것이 무엇이든, 그것이 죽어야 한다는 게 슬프군요."

율리아는 금방이라도 눈물이 흘러넘칠 것 같아서 더는 거기 있을 수가 없었다. "아빠, 먼저 일어나도 될까요?"

"왜, 몸이 안 좋니?" 카이사르가 물었다.

"그냥 두통이 좀 와서요."

"나도 먼저 일어나야겠구나." 아우렐리아가 자리에서 일어서며 말했다. "이럴 땐 저애한테 양귀비 즙을 좀 먹여야 해."

그리하여 카이사르와 폼페이우스만 남았다. 카이사르가 고개를 살짝 숙이자 에우티코스가 하인들을 감독하며 접시들을 치우게 했다. 카이사르는 폼페이우스의 잔에 물을 타지 않은 포도주를 따랐다.

"율리아와 잘 지내더군요." 카이사르가 말했다.

"율리아와 잘 지내지 못하는 남자는 바보밖에 없을걸." 폼페이우스가 걸걸하게 대꾸했다. "특별한 아가씨야."

"나도 그애를 좋아합니다." 카이사르가 웃음을 지었다. "그애는 태어나서 지금까지 한 번도 말썽을 일으킨 적도, 나한테 반항한 적도, 잘못을 저지른 적도 없습니다."

"율리아는 그 서툴고 어물거리는 브루투스라는 친구를 사랑하지 않아."

"알고 있습니다." 카이사르가 차분하게 대꾸했다.

"그런데 어떻게 율리아를 그놈한테 보낼 수 있나?" 폼페이우스가 성난 목소리로 따졌다.

"당신은 어떻게 폼페이아를 파우스투스 술라에게 보낼 수 있습니까?"

"그건 다른 문제네."

"어째서요?"

"폼페이아와 파우스투스 술라는 서로 사랑하거든!"

"만약 그렇지 않다면 따님의 약혼을 깰 겁니까?"

"그럴 리가 있나!"

"그것 보십시오." 카이사르가 술잔을 다시 채웠다.

"그래도," 폼페이우스는 잠시 말을 멈추고 자기 잔의 장밋빛 포도주를 들여다보다가 말을 이었다. "율리아의 경우는 특히 안타깝네. 내 딸 폼페이아는 기운 넘치고 억센 아이야. 늘 소리를 지르며 집안을 돌아다니지. 그앤 알아서 자신을 잘 챙길 걸세. 하지만 율리아는 너무 연약해."

"착각입니다." 카이사르가 말했다. "율리아는 사실 강인한 아이예요."

"아 그래, 그렇겠지. 하지만 작은 상처도 다 드러나 보일 거야."

카이사르는 깜짝 놀라 고개를 돌려 폼페이우스의 눈을 바라보았다. "그거 아주 통찰력 있는 말인데요, 마그누스. 평소답지 않으십니다."

"어쩌면 내가 다른 사람들보다 율리아만 더 선명하게 보는 걸지도 모르네."

"왜 그럴까요?"

"아, 모르겠어……."

"그애를 사랑합니까, 마그누스?"

폼페이우스는 시선을 피하더니 웅얼거렸다. "어떤 남자가 그러지 않겠나?"

"그애와 결혼하고 싶습니까?"

술잔의 순은 굽이 톡 하고 부러졌다. 포도주가 탁자와 바닥에 쏟아졌지만 폼페이우스는 눈치채지도 못했다. 그는 몸을 부르르 떨며 잔까지 떨어뜨렸다. "율리아와 결혼할 수만 있다면 내 모든 것을 주겠네!"

카이사르가 차분하게 말했다. "그렇다면, 진행을 해야겠군요."

커다란 두 눈이 카이사르의 얼굴에 붙박였다. 폼페이우스는 숨을 크게 들이쉬었다. "자네 딸을 나한테 주겠다는 뜻인가?"

"그럴 수 있다면 영광이지요."

"아!" 폼페이우스가 탄식하며 긴 의자에 몸을 던졌다. 어찌나 세찬 동작이었던지 의자 뒤로 떨어질 뻔했다. "아, 카이사르! 자네가 뭘 원하든, 언제 원하든 말만 하게. 율리아를 잘 돌보겠네, 자네가 후회할 일은 절대 없을 거야. 이집트의 여왕보다도 더 귀하게 대접하겠네!"

"부디 그래주십시오!" 카이사르가 웃으면서 말했다. "그런데 이집트

여왕의 남편은 여왕을 쫓아내고 그 자리에 이두메아인 첩이 낳은 이복 누이를 들어앉혔다던데요."

그러나 어떤 말도 폼페이우스의 귀에 들어오지 않았다. 그는 계속 누워서 황홀해하며 천장을 쳐다보고 있었다. 이윽고 그는 돌아눕더니 물었다. "율리아를 만나봐도 되겠나?"

"안 됩니다, 마그누스. 얌전히 댁으로 돌아가십시오. 나는 오늘 엉킨 실을 풀어야 하니까요. 세르빌리우스 카이피오 겸 유니우스 실라누스 저택에 한바탕 소동이 벌어질 겁니다."

"내가 율리아의 지참금만큼 브루투스에게 돈을 주겠네." 폼페이우스가 불쑥 말했다.

"그럴 수는 없습니다." 카이사르가 말한 후 손을 내밀었다. "일어나요, 일어나!" 그는 싱긋 웃었다. "솔직히 말해 나보다 여섯 살이나 많은 사위를 보게 될 줄은 꿈에도 몰랐는데요!"

"내가 율리아의 남편으로는 너무 늙었나? 그러니까, 앞으로 10년쯤 지나면……"

"여자들은," 카이사르가 폼페이우스를 문 쪽으로 데려가면서 말했다. "아주 이상한 족속입니다, 마그누스. 가정생활이 행복하면 다른 데 눈을 돌리는 일이 잘 없더군요."

"무키아 이야기를 하는 건가."

"당신은 그녀를 너무 오래 혼자 내버려뒀습니다, 그게 문제였어요. 내 딸한테는 그러지 마십시오. 그애는 당신이 20년간 집을 떠나 있어도 당신을 배신하지 않겠지만, 결코 행복해하지는 않을 겁니다."

"내 군 복무 기간은 끝났네." 폼페이우스가 말했다. 그는 멈춰 서더니 초조한 듯 혀로 입술을 핥았다. "언제 결혼할 수 있을까? 율리아 말로는 자네가 열여덟 살이 되기 전엔 브루투스와 결혼할 수 없다고 그랬다던데."

"브루투스에게 알맞은 것과 폼페이우스 마그누스에게 알맞은 것은 다르죠. 5월은 결혼식을 하기에 상서롭지 못한 달이지만, 지금부터 사흘 안에 한다면 그다지 불길하지 않습니다. 이틀 후로 하죠."

"내일 다시 오겠네."

"결혼식 날까지는 오지 마십시오. 이 일을 누구에게도, 댁의 철학자들한테도 말해서는 안 됩니다." 카이사르는 그렇게 말한 뒤 폼페이우스를 내보내고 문을 굳게 닫았다.

"어머니! 어머니!" 예비 장인이 앞쪽 계단 밑에서 소리쳤다.

아우렐리아는 단숨에 계단을 내려왔다. 그녀 나이의 로마 귀부인으로서는 부적절한 행동이었다. "됐니?" 그녀는 두 손으로 카이사르의 오른팔을 잡고 눈을 빛내며 물었다.

"됐어요. 우리가 해냈어요, 어머니, 성공이에요! 폼페이우스는 공중에 둥둥 뜬 채 남학생 같은 모습으로 돌아갔답니다."

"오, 카이사르! 이제 그는 무슨 일이 있어도 너한테 충성할 거다!"

"과장이라고 할 순 없는 말씀입니다. 율리아는 어때요?"

"그애가 이 소식을 들으면 달로 날아갈 거다. 난 지금까지 위층에서 그애가 울면서 폼페이우스랑 사랑에 빠졌다며 사과했다가, 브루투스 같이 따분한 사람과의 결혼에 대해 항의했다가 하는 걸 듣고 있었단다. 폼페이우스가 식사 자리에서 줄기차게 그앨 밀어붙여서 그런 것 같아." 아우렐리아는 활짝 웃는 입술 사이로 한숨을 뱉었다. "정말 멋지구나, 아들아! 우리가 원하는 걸 얻는 동시에 다른 사람 두 명도 아주 행복하게 만들었어. 보람찬 하루 아니니!"

"내일보단 보람찬 하루겠지요."

아우렐리아의 웃음이 잦아들었다. "세르빌리아."

"난 브루투스를 말한 거예요."

"아 그래, 그 가련한 젊은이! 하지만 너에게 비수를 꽂을 사람은 브루투스가 아니야. 나라면 세르빌리아를 지켜보겠다."

에우티코스가 능글맞게 기쁨을 감추며 살짝 헛기침을 했다. 노련한 하인들은 일이 돌아가는 낌새를 잘 아는 법이다!

"뭔가?" 카이사르가 물었다.

"나이우스 폼페이우스 마그누스께서 바깥 대문에 계십니다, 카이사르. 그런데 들어오시려고는 하지 않습니다. 주인어른과 잠깐 얘기만 하고 싶다고 하십니다."

"갑자기 좋은 생각이 떠올랐지 뭔가!" 폼페이우스가 열성적으로 카이사르의 손을 부여잡고 외쳤다.

"오늘은 이제 그만 오십시오, 마그누스, 부탁입니다! 무슨 생각이 떠올랐는데요?"

"브루투스한테 내가 율리아를 데려가는 대신 폼페이아를 기꺼이 주겠다고 전하게. 지참금은 그가 부르는 대로 준다고 말이야. 500이든 1천이든 상관없네. 파우스투스 술라를 기쁘게 하는 것보다는 브루투스가 상심하지 않게 하는 게 더 중요해, 그렇지?"

카이사르는 헤르쿨레스처럼 용을 써서 겨우 무표정한 얼굴을 유지했다. "아, 감사합니다, 마그누스. 제안을 전달은 해드리겠습니다만, 부디 섣부른 행동은 아무것도 하지 마십시오. 브루투스는 당분간 누구하고도 결혼하고 싶은 기분이 아닐 겁니다."

폼페이우스는 들떠서 손을 마구 흔들며 두번째로 떠났다.

"뭐라고 하더냐?" 아우렐리아가 물었다.

"율리아를 데려가는 대신 브루투스에게 자기 딸을 주겠대요. 파우스투스 술라도 톨로사의 황금이랑은 상대가 안 되나 보군요. 어쨌거나 마그누스가 예전의 활기를 되찾는 걸 보니 기분이 좋군요. 그의 새로운 섬세함과 통찰력에 놀라기 시작했어요."

"폼페이우스의 제안을 브루투스와 세르빌리아에게 전하지는 않겠지?"

"말을 하긴 해야 할 겁니다. 하지만 적어도 예비 사위에게 전할 적당한 대답을 준비할 시간은 있어요. 아시겠지만, 폼페이우스가 카리나이 지구에 살아서 다행이에요. 팔라티누스 언덕에 그보다 조금이라도 더 가까이 살았다면 세르빌리아가 그에게 퍼붓는 말이 다 들릴 테니까."

"결혼식은 언제 할 거니? 5월과 6월은 너무 불길해!"

"이틀 뒤에요. 신들께 제물을 바치세요, 어머니. 저도 그럴 겁니다. 로마에 소문이 나기 전에 해치우는 게 좋겠어요." 카이사르는 몸을 숙여 어머니의 뺨에 입을 맞췄다. "자, 그만 실례할게요. 마르쿠스 크라수스를 만나러 가야 하거든요."

아우렐리아는 묻지 않고도 아들이 왜 크라수스를 만나려 하는지 아주 잘 알고 있었기에, 에우티코스에게 가서 입단속과 잔치 준비를 명했다. 비밀스러운 결혼이라 손님들이 없는 건 유감이었다. 하지만 카르딕사와 부르군두스가 증인이 되어줄 것이고, 베스타 신녀들이 최고신관의 혼례 집행을 도울 터였다.

"오늘도 밤늦도록 일하는 겁니까?" 카이사르가 물었다.

크라수스가 깜짝 놀라는 바람에, 정연하게 적힌 숫자들 위로 먹물이 튀었다. "우리집 문 자물쇠 따고 들어오는 짓 좀 제발 그만 하게!"

"대안이 있어야 말이죠. 하지만 원한다면 초인종을 뚝딱 만들어드리겠습니다. 제가 그런 쪽으로는 부지런하거든요." 카이사르는 그렇게 말하며 크라수스에게 다가갔다.

"그러면 좋겠군. 자물쇠를 고치려면 돈이 드니까."

"그럼 그렇게 아십시오. 내일 망치랑 종, 줄이랑 철사침을 들고 다시 오겠습니다. 최고신관이 초인종을 만들어준 유일한 로마인이라고 자랑할 수 있겠네요." 카이사르는 의자를 끌고 와서 만족스럽게 한숨 쉬며 앉았다.

"만찬장에서 메추라기 고기를 훔쳐 즐거운 고양이 같은 표정이군, 카이사르."

"메추라기 고기 정도가 아니죠. 공작 한 마리를 통째로 물고 도망쳤다고요."

"궁금해죽겠는데."

"200탈렌툼만 빌려줄 수 있습니까? 제 속주에서 돈을 버는 즉시 갚겠습니다."

"이제야 말이 되는 소리를 하는군! 물론 빌려주지."

"어디 쓸 건지 궁금하지 않습니까?"

"말했잖나, 궁금해죽겠다고."

카이사르는 갑자기 얼굴을 찡그렸다. "사실 당신이 알면 반대할 것 같습니다."

"반대한다면 말해주겠네. 하지만 얘기부터 들어봐야지."

"100탈렌툼은 약혼계약 파기 때문에 브루투스한테 줄 거고, 나머지 100탈렌툼은 율리아의 지참금으로 마그누스한테 줄 겁니다."

크라수스는 아무런 표정도 없는 얼굴로 천천히, 신중하게 펜을 내려놓았다. 빈틈없는 회색 눈이 옆에 있는 등불의 불꽃을 잠시 보다가 카이사르의 얼굴을 주시했다. 마침내 그 금권가가 말했다. "자식에 대한 투자는 아비가 다른 방법으로는 얻을 수 없는 걸 얻게 해줄 때만 완전히 회수된다는 게 내 오랜 믿음이네. 자네는 율리아를 더 혈통 좋은 집안에 보내고 싶어하리란 걸 알기에 유감이네, 가이우스. 하지만 자네의 용기와 선견지명에 박수를 보내고 싶군. 브루투스는 너무 어려서 자네의 목표 달성에 도움이 안 돼. 그의 어미가 그의 잠재력이 완전히 발휘되도록 내버려두지 않을 것이기도 하고. 폼페이우스가 율리아와 결혼하면 그는 의심의 여지없이 우리 사람이 되네, 보니가 아무리 그의 신경을 긁어도 말이야." 크라수스는 툴툴거렸다. "게다가 그애는 보물이 아닌가. 그앤 그 위인을 꿈결처럼 행복하게 만들겠지. 솔직히 말하자면, 내가 좀더 젊었다면 폼페이우스를 부러워했을 걸세."

"테르툴라가 당신을 죽이려 들 걸요." 카이사르가 낄낄 웃더니 궁금한 표정으로 크라수스를 쳐다보았다. "아들들은요? 누구한테 장가보낼지 결정했습니까?"

"푸블리우스는 메텔루스 스키피오의 딸 코르넬리아 메텔라와 결혼시킬 예정이라 몇 년 더 기다려야 해. 그 멍청한 아비에 비하면 썩 나쁘지 않은 아이지. 스키피오의 모친은 크라수스 오라토르의 큰딸이었으니 아주 적절한 결합이야. 마르쿠스의 신붓감으로는 메텔루스 크레티쿠스의 여식을 생각하고 있다네."

"보니 진영에 한 발을 들여놓는 건 현명한 일이죠." 카이사르가 훈계조로 말했다.

"동의하네. 이렇게 계속 싸우기엔 내가 너무 늙었어."

"율리아의 결혼 이야기는 혼자만 알고 있으세요, 마르쿠스." 카이사르가 말한 뒤 일어섰다.

"조건이 있네."

"뭡니까?"

"카토가 이 소식을 듣게 될 때 나도 그 자리에 있어야 해."

"비불루스의 표정을 우리가 볼 수 없다니 안타깝군요."

"그래, 하지만 그놈한테 독미나리 독은 한 병 보내줄 수 있지. 죽고 싶어할 테니까."

방문하겠다는 전갈을 적당한 시점에 미리 보낸 후, 카이사르는 다음날 아침 일찍 팔라티누스 언덕에 위치한 고(故) 데키무스 유니우스 실라누스의 저택으로 갔다.

"흔치 않은 기쁨이군요, 카이사르." 세르빌리아가 입맞춤을 받기 위해 뺨을 내밀며 가르랑거렸다.

브루투스는 그 모습을 지켜보면서 아무 말도 없었고 웃음도 짓지 않았다. 비불루스가 하늘을 보겠다며 집에 틀어박힌 후로 브루투스는 뭔가가 잘못되었음을 감지했다. 우선 그후로 지금까지 율리아를 두 번밖에 만나지 못했다. 그가 찾아갈 때마다 율리아가 집에 없었기 때문이다. 또한 그는 장날 사이의 여드레 동안에도 여러 차례나 관저에서 정찬을 들곤 했는데, 최근에는 그가 허락을 구할 때마다 아주 중요한 정찬 손님들이 있다는 구실로 방문이 미뤄졌던 것이다. 게다가 율리아는 얼굴이 환해지고 아주 예뻐졌지만 너무 멍해 보였다. 그렇다고 무관심한 태도를 보인 건 아니었다. 정확하게 말하면 그녀의 관심이 다른 곳에, 그녀가 그에게는 절대 보여주지 않은 마음속 어딘가에 가 있는 것 같았다. 물론 그녀는 그의 말을 듣고 있는 척했다! 하지만 사실은 한 단어도 듣지 않았고, 달콤하고 비밀스러운 미소를 살짝 띤 채 허공에 시선을 던지고 있었다. 입맞춤도 허락하지 않았다. 처음에는 두통이 있다고 했다. 두번째 방문 때는 그럴 기분이 아니라고 했다. 그녀는 사려 깊게 미안해했지만, 입맞춤을 하지 않는다는 사실은 변함없었다. 브루투스가 율리아를 잘 알지 못했더라면 그녀에게 입맞춤을 하는 다른 사람이 생겼다고 생각했을 것이다.

그리고 지금 그녀의 아버지가 미리 전갈을 보낸 뒤 최고신관 예복을 입고 정식으로 방문했다. 예정보다 1년 일찍 결혼하게 해달라고 부탁했던 게 일을 망친 걸까? 아, 어째서 카이사르가 율리아 일로 온 것만 같은 느낌이 들지? 그리고 왜 나는 저 사람 같은 모습이 아닌 걸까? 저 완벽한 얼굴. 저 완벽한 몸. 그렇지 않았다면 어머니는 오래전에 카이사르에 대한 흥미를 잃어버렸을 것이다.

최고신관은 앉지 않았다. 그러나 방안을 서성이거나 초조한 기색을 보이지도 않았다.

"브루투스, 나는 나쁜 소식을 타격 없이 전할 수 있는 방법을 모르니 단도직입적으로 말하겠네. 자네와 율리아의 약혼 계약을 파기하려고 하네." 가느다란 두루마리가 탁자 위에 놓였다. "내 은행가들 앞으로 된 100탈렌툼짜리 어음이네. 계약에서 약속했던 금액이지. 진심으로 미안하게 생각하네."

충격을 받은 브루투스는 의자에 주저앉아 축 늘어졌다. 불쌍한 그의 입은 헤벌어져 있었지만 항의의 말 한마디 뱉지 못했고, 섬뜩하고 커다란 두 눈은 카이사르의 얼굴에 붙박여 있었으며, 이제 쓸모가 없어졌다는 이유로 자기를 죽이려 하는 사랑하는 주인을 바라보는 늙은 개와 같은 표정을 짓고 있었다. 그는 입을 다물고 뭐라 말을 하려 애썼지만 아무 말도 나오지 않았다. 그러더니 심지가 잘린 초처럼 그의 눈에서 분명하게, 순식간에 빛이 사라져버렸다.

"정말 미안하네." 카이사르는 좀더 감정을 담아서 다시 말했다.

세르빌리아도 충격을 받아 벌떡 일어났지만 오랫동안 할말을 찾지 못했다. 그녀는 아들을 쳐다보았고 그의 눈에서 빛이 사라지는 것을 보았지만, 아들에게 실제로 무슨 일이 벌어지고 있는지는 이해할 수 없었다. 그녀와 브루투스는 기질 면에서 안티오케이아와 올리시포만큼이나 멀었기 때문이다.

그러므로 브루투스의 고통을 느낀 것은 세르빌리아가 아닌 카이사르였다. 카이사르는 브루투스가 율리아에게 정복당한 것처럼 여자에게 정복당한 적은 없었지만, 그럼에도 율리아가 브루투스에게 어떤 의미였는지 정확하게 이해했다. 이렇게 될 줄 미리 알았다면 이렇게 죽일 용기를 낼 수 있었을지 그는 자문했다. 그래, 그렇다 해도 그랬을 것이다, 카이사르. 넌 예전에도 죽였고 앞으로도 죽일 것이다. 하지만 지금처럼 면전에서 죽이는 일은 드물 것이다. 가련하고 가련한 브루투스! 그는 회복되지 못할 것이다. 그는 열네 살 때 처음으로 내 딸을 원했고, 그후로 단 한 번도 마음을 바꾸거나 한눈을 판 적이 없었다. 세르빌리아와 나같이 포악한 사람들 두 명에게 시달리는 헝겊인형의 기분은 얼마나 끔찍할까. 실라누스도 그런 처지였지만, 브루투스만큼 끔찍하게는 아니었다. 그래, 우린 브루투스를 죽였다. 이제 그는 망령이 될 것이다.

"왜죠?" 세르빌리아가 날카롭게 물었다. 그녀는 숨을 헐떡이기 시작했다.

"유감스럽지만 율리아로 다른 동맹을 맺을 필요가 생겼소."

"카이피오 브루투스 집안사람보다 나은 동맹이 있나요? 그런 건 없어요!"

"적격성에서 본다면 당신 말이 맞소. 착한 성품과 다정함, 명예, 도덕성에 있어서도 그렇지. 당신 아들이 그토록 오랫동안 우리 가족과 함께 해줘서 영광이었소. 하지만 내가 율리아로 다른 동맹을 맺을 필요가 있다는 사실은 변하지 않소."

"당신의 정치적 야심을 위해 내 아들을 희생시켰다는 말이에요, 카이사르?" 세르빌리아가 이를 드러내며 말했다.

"그렇소. 당신이 당신 목적을 위해 내 딸을 이용했을 것처럼. 우리는 우리가 가문에 가져온 명성과 힘을 물려주기 위해 자식을 낳소. 그에 따라 자식들이 치러야 할 대가는 부모와 가문의 필요에 봉사하는 것이오. 그들은 결핍과 고생을 모르고 자라며 문학과 수학 교육도 받소. 하지만 고귀한 출생과 안락함, 부와 교육의 대가를 알려주면서 자식을 키우지 않는 부모는 어리석은 자들이오. 최하층민은 자식들을 마음대로 사랑하고 응석받이로 키워도 되오. 하지만 우리 아이들은 가문을 섬겨야 하며, 훗날 그들의 자식에게도 똑같은 기대를 할 것이오. 가문은 영원하오. 우리와 우리 자식들은 가문의 작은 일부에 지나지 않소. 세르빌리아, 로마인들은 그들만의 신들을 만들어냈소. 진정한 로마 신들은 모두 가족의 신들이오. 화로, 저장 선반, 가정, 선조, 부모, 자식의 신들. 내 딸은 율리우스 가문의 일원으로서 자신의 역할을 이해하고 있소. 내가 그렇듯이."

"브루투스보다 당신한테 정치적으로 더 도움이 될 로마인이 있을 리

없어요!"

"앞으로 10년 후엔 당신 말이 맞을지도 모르지. 20년 후엔 확실히 맞을 테고. 하지만 나는 지금 당장 정치적 영향력을 강화해야 하오. 브루투스의 아버지가 지금 살아 있다면 이야기가 달랐겠지. 하지만 당신 집안의 가장은 스물네 살이고, 유니우스 브루투스 집안뿐만 아니라 세르빌리우스 카이피오 집안도 마찬가지지. 난 나와 나이가 비슷한 남자의 도움이 필요하오."

브루투스는 움직이지도, 눈을 감지도, 울지도 않았다. 카이사르와 어머니가 나누는 대화도 전부 귀에 들어왔지만 아무런 감정도 느낄 수 없었다. 두 사람이 그냥 거기 있었고 그가 알아들을 수 있는 말을 하고 있었을 뿐이다. 그는 이 대화를 잊지 않을 것이었다. 그런데 어머니는 왜 저 정도밖에 화를 내지 않는 걸까?

사실 세르빌리아는 머리끝까지 화가 났지만, 카이사르를 알고 지내면서 깨달은 것이 있었다. 그녀가 정면으로 대항할 때마다 그에게 지게 된다는 사실. 결국 그녀는 그의 어떤 말에도 크게 성내지 않게 되었다. 마음을 다스리고, 틈을 노리고, 슬그머니 파고들어 공격할 것.

"누구죠?" 세르빌리아는 턱을 치켜들고 탐색하는 눈빛을 띤 채 물었다.

카이사르, 넌 어딘가 잘못됐어. 솔직히 이 상황을 즐기고 있잖아. 적어도 저기 무너진 가련한 청년이 없었더라면 그랬을걸. 네가 이제 세르빌리아의 질문에 답을 하면, 그녀와 결혼하지 않을 거라고 말했던 날보다 더한 광경을 보게 되겠지. 망할 놈의 사랑 따윈 세르빌리아를 죽이지 못해. 하지만 곧 내가 그녀에게 가할 모욕은 어쩌면 그녀를…….

"나이우스 폼페이우스 마그누스." 카이사르가 대답했다.

"누구라고요?"

"들었잖소."

"그럴 리가!" 세르빌리아가 고개를 흔들었다. "그럴 리가!" 그녀의 눈이 튀어나왔다. "그럴 리가!" 다리에 힘이 풀린 그녀는 브루투스에게서 최대한 멀리 떨어진 의자로 터덜터덜 걸어갔다. "그럴 리가!"

"왜 안 되오?" 카이사르는 냉랭하게 말했다. "마그누스보다 나은 정치적 협력자가 있으면 말해보시오. 율리아와 브루투스의 약혼을 깬 것처럼 이 약혼도 깰 테니까."

"그자는, 그, 그자는 벼락출세자잖아요! 아무것도 아니라고요! 무식쟁이고!"

"첫번째 말에 대해서는 동의하오. 하지만 두번째와 세번째 말에 대해서는 동의할 수 없소. 마그누스는 결코 아무것도 아닌 사람이 아니오. 로마의 일인자지. 무식쟁이도 아니오. 우리가 좋든 싫든, 세르빌리아, 피케눔 출신의 꼬마 도살자는 로마라는 숲에 술라가 힘들게 냈던 것보다도 더 넓은 길을 냈소. 그의 부는 어마어마하고, 권력은 부를 능가하지. 우린 그가 술라처럼 정도를 벗어날 엄두를 내지 않았다는 걸 감사해야 하오. 그가 진정 원하는 건 우리 계급에 받아들여지는 것뿐이니까."

"그자는 절대로 우리 중 하나가 될 수 없어요!" 세르빌리아는 주먹을 꽉 쥐고 소리쳤다.

"율리아와의 결혼이 그에게 좋은 출발점이 될 거요."

"당신은 채찍질을 당해야 마땅해요, 카이사르! 그자와 율리아는 나이 차이가 서른 살이나 된다고요. 그는 늙은이고, 율리아는 아직 여자라고도 할 수 없는데!"

"아, 닥치시오!" 카이사르는 지친다는 듯 말했다. "다른 건 몰라도, 당신이 무엇에 대해서든 화낼 권리가 있다는 듯 구는 건 참기 힘드니까. 자."

카이사르는 뭔가 작은 물건을 세르빌리아의 무릎 위로 던지고 브루투스에게로 걸어갔다. "정말 미안하네." 그는 아직도 웅크리고 있는 브루투스의 어깨에 다정하게 손을 얹으며 말했다. 브루투스는 그의 손을 떨쳐내지 않았다. 그는 고개를 들어 카이사르의 얼굴을 바라보았지만, 그의 눈 속에는 빛이 사라지고 없었다.

모든 걸 털어놓기로 한 원래 계획대로, 율리아가 폼페이우스와 사랑에 빠졌다고 말해줘야 할까? 아니, 그건 너무 잔인하다. 카이사르에게 세르빌리아는 그런 고통을 주고 싶을 정도로 중요한 사람은 아니었다. 이어 그는 브루투스에게 다른 사람을 찾게 될 거라고 말해줄까 생각했다가, 그러지 않기로 했다.

심홍색과 자주색 줄무늬 토가 자락이 소용돌이쳤다. 최고신관의 등 뒤로 문이 닫혔다.

세르빌리아의 무릎에 놓인 물건은 큰 딸기만한 분홍색 돌멩이였다. 세르빌리아는 정원으로 난 창 밖에 그것을 내던지려고 하다가, 돌멩이가 매혹적인 빛을 발하는 것을 보고 멈췄다. 돌멩이가 아니었다. 도톰한 하트 모양에 빛깔도 딸기 같았지만, 영롱하게 반짝이며 진주처럼 은은한 광택을 발하고 있었다. 진주? 그래, 진주야! 카이사르가 그녀의 무릎에 던진 물건은 캄파니아의 숲에서 자라는 제일 큰 딸기보다도 큰 진주, 세계의 불가사의였다.

세르빌리아는 보석을 아주 좋아했는데, 그중에서도 진주를 가장 좋아했다. 마치 그 진분홍색 진주가 분노를 빨아들이는 것처럼 그녀의 화가 조금씩 가라앉았다. 촉감은 또 얼마나 좋은지! 매끈하고, 시원하고, 육감적이었다.

갑자기 소리가 나서 세르빌리아는 고개를 들었다. 브루투스가 의식을 잃고 바닥에 쓰러져 있었다.

반쯤 정신이 나가 헛소리를 하는 브루투스를 그의 침대에 눕히고 수면유도 효과가 있는 약초액을 잔뜩 먹인 후, 세르빌리아는 망토를 두르고 마르가리타리아 주랑건물의 진주 상인 파브리키우스를 찾아갔다. 그는 세르빌리아의 진주를 잘 기억하고 있었고, 그것이 어디에서 온 진주인지도 정확히 알고 있었다. 카이사르가 뛰어난 미인도 아니고 심지어 젊지도 않은 여자에게 그토록 아름다운 물건을 주었다는 것에 그는 내심 놀라워했다. 그가 매긴 감정가는 600만 세스테르티우스였다. 그는 세르빌리아의 요청대로 순금 골조에 진주를 끼워 묵직한 금줄에 연결해주기로 했다. 진주 위쪽의 옴폭 들어간 곳에 구멍을 뚫는 것은 파브리키우스도 세르빌리아도 원치 않는 일이었다. 세계의 불가사의를 훼손할 수는 없었기 때문이다.

마르가리타리아 주랑건물에서 한두 발짝만 가면 관저였다. 세르빌리아는 그곳으로 가서 아우렐리아를 만나기를 청했다.

"물론 아드님 편을 드셨겠죠!" 세르빌리아는 카이사르의 어머니에게 공격적으로 말했다.

아우렐리아의 곱고 검은 눈썹이 치켜올라갔고, 그러자 그녀는 한결 아들과 닮아 보였다. "당연하죠." 차분한 목소리였다.

"폼페이우스 마그누스라니요? 카이사르는 자기 계급 사람들을 배신한 거예요!"

"저런, 세르빌리아, 카이사르를 그보다는 더 잘 알잖아요! 카이사르는 손해를 줄이는 사람이지, 홧김에 자기한테 손해날 짓을 하는 사람이 아니에요. 그는 하고 싶은 대로 해요. 그가 하고 싶은 일이 그가 해야 할 일이기 때문이죠. 관습과 전통에서 벗어나는 건 유감이지만, 내 아들에겐 폼페이우스가 필요해요. 당신도 그걸 알 만큼은 정치판을 알잖아요. 마찬가지로, 그 어떤 폭풍우에도 풀리지 않을 만큼 폼페이우스를 단단히 닻에 묶어두지 않는다면 그에게 의지하는 것이 얼마나 위험한 일인지도 알겠죠." 아우렐리아는 얼굴을 찌푸렸다. "카이사르도 그 약혼을 깨면서 아주 마음 아파했어요. 파혼을 통보하고 돌아와서 하는 얘기를 들어보니 당신 아들의 고통 때문에 괴로워하는 것 같더군요."

그때까지 세르빌리아는 브루투스의 고통에 대해 생각해보지 못했다. 그녀는 브루투스를 사람이 아니라 심하게 모욕당한 소유물로 보았기 때문이다. 그녀는 카이사르를 사랑하는 만큼 브루투스를 사랑했지만 그녀 자신의 입장으로 아들을 보았고 아들이 자기와 똑같이 느낀다고 생각했으며, 그럼에도 아들의 행동이 수년째 자기와 다른 이유를 짐작도 하지 못했다. 걸핏하면 저렇게 정신을 놓다니!

"불쌍한 율리아!" 세르빌리아는 자신이 받은 진주를 생각하며 말했다.

그 말에 율리아의 할머니는 소리내어 웃었다. "불쌍한 율리아라니, 말도 안 돼요! 그앤 지금 무척 황홀해하고 있답니다!"

세르빌리아의 얼굴이 창백해졌다. 진주는 머릿속에서 사라졌다. "설마 그 말씀은……?"

"어머, 카이사르가 얘기하지 않았나요? 브루투스한테 정말로 미안했던 모양이군요! 이건 연애결혼이랍니다, 세르빌리아."

"그럴 리가요!"

"정말이에요. 율리아와 폼페이우스는 서로 사랑하거든요."

"율리아는 브루투스를 사랑해요!"

"아니, 그앤 한 번도 브루투스를 사랑한 적이 없어요, 아드님껜 비극적인 일이지만. 율리아가 브루투스와 결혼하려 했던 건 자기 아버지가 그래야 한다고 말했기 때문이에요. 우리 모두 그 결혼을 원했고, 율리아는 착하고 순종적인 아이니까요."

"율리아는 아버지 같은 남자를 찾고 있는 거예요." 세르빌리아가 퉁명스럽게 말했다.

"그럴지도 모르죠."

"하지만 폼페이우스와 카이사르는 전혀 달라요. 율리아는 후회하게 될 걸요."

"난 그애가 아주 행복해질 거라고 믿어요. 폼페이우스와 그애 아버지는 아주 다르지만, 비슷한 점들도 있다는 걸 그애는 알고 있답니다. 두 사람 다 군인이고 용맹하며 영웅적이죠. 율리아는 한 번도 자기가 파트리키란 걸 특별히 의식한 적이 없고, 파트리키 계급을 숭배하지도 않아요. 당신이 폼페이우스에게서 지극히 혐오하는 점들이 율리아에게는 아무런 문제도 되지 않죠. 율리아가 그를 좀더 세련되게 만들 것 같긴 하지만, 그애는 있는 그대로의 그에게 대체로 만족하고 있답니다."

"율리아한테 실망했어요." 세르빌리아가 웅얼거렸다.

"그렇다면 브루투스한테 잘된 일 아닌가요? 율리아와 관계없게 되었으니." 에우티코스가 달콤한 포도주와 작은 과자들을 손수 들고 오자 아우렐리아는 자리에서 일어났다. "세상일은 순리대로 흐르는 법이죠, 그렇지 않나요?" 아우렐리아가 값비싼 잔들에 포도주와 물을 따르면서 물었다. "폼페이우스가 율리아를 기쁘게 한다면—실제로 그렇답니다! ― 그동안 브루투스가 율리아를 기쁘게 하지 못했다는 뜻이겠죠. 브루투스를 험담하는 게 아니에요. 이번 일을 긍정적으로 보세요, 세르빌리아. 브루투스도 그렇게 하도록 설득하고요. 당신 아들도 자기에게 맞는 짝을 찾게 될 거예요."

위대한 폼페이우스와 카이사르의 딸의 결혼식은 다음날 관저의 아트리움 신전에서 거행되었다. 결혼식을 하기에는 상서롭지 못한 시기였기에 카이사르는 딸에게 도움이 될 만한 모든 곳에 제물을 바쳤고, 아우렐리아도 모든 여신들에게 제물을 바치러 돌아다닌 터였다. 콘파레아티오 결혼식은 파트리키 사이에서도 드문 구식 관습이었지만, 카이사르는 폼페이우스에게 콘파레아티오 결혼식을 제안했고 폼페이우스도 열성적으로 동의했다.

"마그누스, 강요하는 건 아니지만 내 바람은 그렇습니다."

"아, 나도 좋네! 이번이 내 마지막 결혼이야, 카이사르."

"그러길 바랍니다. 콘파레아티오 결혼 후 이혼하기란 거의 불가능하니까요."

"이혼 같은 건 없을 거네." 폼페이우스가 자신만만하게 말했다.

율리아는 46년 전 할머니가 본인의 결혼식을 위해 만든 예복을 입었고, 그 옷이 지금 직공 거리에서 살 수 있는 어떤 옷보다도 화사하고 부드럽다고 생각했다. 숱 많고 우아하고 곧으며 그 위에 앉을 수 있을 정도로 긴 머리카락은 여섯 타래로 나누어 올려서 핀으로 고정했다. 그 위에 베스타 신녀들이 쓰는 것과 똑같은, 소시지 모양으로 만 양모 일곱 개로 이루어진 티아라를 썼다. 예복은 샛노란색이고 신발과 얇은 베일은 타는 듯한 빨간색이었다.

신부와 신랑 모두 증인이 열 명씩 필요했는데, 비밀 결혼식이었기에 쉽지 않은 일이었다. 폼페이우스는 로마를 방문한 피케눔 피호민 열 명을 데려와서 문제를 해결했고 카이사르는 카르딕사와 부르군두스, 에우티코스(셋 다 오랫동안 로마 시민이었다), 그리고 여섯 명의 베스타 신녀를 동원했다. 콘파레아티오 결혼식이었기에 특별한 좌석이 마련되었다. 의자 두 개를 나란히 놓고 양가죽으로 덮은 좌석이었다. 유피테르 대제관과 최고신관이 모두 참석해야 했는데, 이는 문제가 되지 않았다. 카이사르가 최고신관이자 과거에 유피테르 대제관이었기 때문이다(그가 죽기 전에는 유피테르 대제관이 새로 임명될 수 없었다). 카이사르의 열번째 증인인 아우렐리아는 프로누바, 즉 영예로운 기혼부인으로서 참석했다.

폼페이우스가 금실로 수를 놓은 개선장군의 자주색 토가와 종려나무 잎 무늬를 수놓은 개선장군의 튜닉을 입고 나타났을 때, 많지 않은 참석자들은 감상적으로 한숨을 쉬고 그를 양가죽 좌석으로 안내했다. 율리아는 베일로 얼굴을 가린 채 먼저 앉아 있었다. 폼페이우스는 율리아 옆에 편안하게 앉은 뒤, 카이사르와 아우렐리아가 신랑 신부의 머리 위에 드리우는 거대한 겹겹의 빨간색 베일을 견뎠다. 그런 다음 아우렐리아는 두 사람의 오른손을 빨간색 가죽끈으로 묶었다. 이것이 실제적인 결합이었다. 그 순간부터 두 사람은 부부였다. 그런 다음 스펠트 밀가루로 만든 과자를 쪼개 신부와 신랑이 반씩 나누어 먹었고, 그동안 증인들은 모든 절차가 제대로 진행되었으며 두 사람이 부부임을 엄숙하게 증언했다.

그후 카이사르는 제단에서 돼지 한 마리를 희생제물로 바치고 모든 기름진 부위들을 유피테르 파레우스에게 바쳤다. 유피테르 파레우스는 가장 오래된 밀인 에머밀의 풍작을 관장했으므로 에머밀로 만든 혼례용 스펠트 밀가루 과자도 관장한다고 할 수 있었다. 또한 부부의 다산도 관장했다. 그 신은 돼지를 통째로 바치면 기뻐했고, 5월에 하는 결혼의 액운을 씻어주었다. 그 어떤 신관이나 아버지도 5월 결혼식의 액운을 떨치기 위해 카이사르만큼 애쓰진 못했을 것이다.

연회 분위기는 흥겨웠다. 몇 안 되는 손님들은 기뻐했다. 신부와 신랑이 기쁨에 겨워하는 게 보였기 때문이다. 환한 얼굴의 폼페이우스는 잠시라도 율리아의 손을 놓으려 하지 않았다. 신혼부부는 관저에서 카리나이에 있는 폼페이우스의 휘황찬란한 대저택까지 걸어갔다. 모든 것이 준비되어 있도록 하기 위해 폼페이우스가 서둘러 먼저 들어갔고, 율리아는 세 소년의 호위를 받으며 결혼식 손님들과 그의 뒤를 따랐다. 폼페이우스는 문간에서 기다리고 있다가 신부를 안고 문지방을 넘은 다음, 그녀를 각각 물과 불이 담긴 납작한 냄비들이 있는 곳으로 데려갔다. 율리아는 불꽃에 오른손을 통과시킨 다음 물에 담갔다. 손은 멀쩡했다. 이로써 그녀는 이제 그 집의 안주인, 불과 물의 관리자가 된 것이다. 똑같이 한 번씩만 결혼한 아우렐리아와 카르딕사가 율리아를 침실로 데려가 옷을 벗기고 침대로 이끌었다.

나이 지긋한 두 부인이 떠나고 나자 침실은 몹시 고요했다. 율리아는 양팔로 무릎을 감싸고 침대에 앉아 있었다. 그녀의 머리카락이 장막처럼 얼굴 양옆을 가리고 있었다. 침실 같지가 않았다! 관저의 식당보다도 큰 방이었다. 그리고 아주 웅장했다! 벽에는 도금하지 않은 곳이 거의 없었고 빨강과 검정으로 꾸며져 있었으며, 벽면 패널들은 여러 신과 영웅 들의 성행위를 묘사한 그림들로 꾸며져 있었다. 옴팔레 여왕과 함께 있는 헤라클레스(자신의 발기한 음경 무게를 감당하려면 힘이 세야 할 것이었다). 아마존족의(하지만 양쪽 가슴이 다 그려진) 히폴리테 여왕과 함께 있는 테세우스, 바다의 여신 테티스와 함께 있는 펠레우스(상체가 갑오징어인 여자의 아랫도리에 몸을 대고 있었다), 고통스러운 표정을 띤 젖소(이오)를 겁탈하는 제우스, 마치 전함들처럼 서로 부딪치는 아프로디테와 아레스, 여성의 신체 부위를 닮은 옹이가 있는 나무(다프네?)에 들어가기 직전인 아폴론.

아우렐리아는 엄격한 사람이었기에 그런 행위를 묘사한 그림을 집에 들이지 않았지만, 젊은 로마 여성인 율리아는 그런 성애적 장식물들이 생경하지도 끔찍스럽지도 않았다. 율리아는 침실이 아닌 곳에 춘화가 그려진 집들에도 가본 적이 있었다. 어릴 적에는 그런 것들을 보고 킥킥거렸고, 좀 크고 나서는 자신과 브루투스를 그런 식으로 생각하기가 몹시 어렵다는 것을 깨달았다. 처녀인 율리아에게 그런 미술품은 현실적인 느낌 없이 흥미와 호기심을 유발할 뿐이었다.

폼페이우스는 개선장군의 튜닉 차림에 맨발로 침실에 들어왔다.

"기분이 어떻소?" 그는 고양이에게 다가가는 개처럼 조심스레 침대로 다가가며 초조한 듯 물었다.

"아주 좋아요." 율리아가 차분하게 대답했다.

"음…… 불편한 건 없소?"

"그럼요. 그냥 그림을 감상하고 있었어요."

폼페이우스는 얼굴을 붉히고 두 손을 펄럭이며 웅얼거렸다. "그림을 치울 시간이 없었소, 미안하오."

"솔직히 싫진 않은데요."

"무키아가 이 그림들을 좋아했었소." 그는 침대에 앉았다.

"아내가 바뀔 때마다 침실을 다시 꾸며야 하는 거예요?" 율리아가 웃음을 지으며 물었다.

그 말에 그는 안심하는 것처럼 보였다. 그도 웃음을 지어 보였다. "그러는 게 현명한 일이오. 여자들은 자기 주변을 직접 꾸미고 싶어 하니까."

"저도 그래요." 율리아는 손을 내밀었다. "긴장하지 마세요, 나이우스…… 나이우스라고 부르면 되나요?"

폼페이우스가 아내의 손을 꼭 잡았다. "마그누스라고 불러주면 더 좋겠소."

율리아는 남편의 손안에서 손가락을 꼼지락거렸다. "나도 그편이 좋아요." 그녀는 그를 향해 몸을 조금 틀었다. "왜 긴장하신 거예요?"

"다른 사람들은 그냥 여자였지만," 폼페이우스는 다른 손으로 자신의 머리카락을 쓸어올리며 말했다. "당신은 여신이기 때문이오."

율리아는 그 말에 대꾸하지 못했다. 처음으로 자각한 권력에 벅찼기 때문이다. 그녀는 방금 아주 위대하고 유명한 로마인과 결혼했는데, 그가 그녀를 두려워한다. 무척 안심이 되었다. 매우 근사한 기분이기도 했다. 마음속에서 즐거운 기대감이 작용하기 시작했고, 율리아는 베개들에 등을 기대고 누워 그를 바라보기만 했다.

그가 뭔가를 해야 한다는 뜻이었다. 아, 정말 중요한 순간인데! 카이사르의 딸, 베누스의 직계 후손. 앙키세스 왕은 사랑의 여신이 나타나 자신을 기쁘게 해달라고 했을 때 어떻게 대처했던 걸까? 그도 나뭇잎처럼 몸을 떨었을까? 해낼 수 있을지 확신하지 못했을까? 그러나 폼페이우스는 방으로 걸어들어오던 디아나를 기억해냈고 베누스에 대해서는 잊어버렸다. 그는 계속 떨면서 몸을 앞으로 기울이고 태피스트리 덮개와 그 아래 있던 아마포 이불을 젖혔다. 그리고 그녀를 보았다. 푸르스름한 혈관이 희미하게 비치는 대리석처럼 흰 피부, 날씬한 팔다리와 엉덩이, 가느다란 허리를. 어찌나 아름다운지!

"마그누스, 사랑해요." 율리아는 폼페이우스가 아주 매력적이라고 느낀 특유의 허스키한 목소리로 말했다. "하지만 난 너무 말랐어요! 당신은 실망할 거예요."

"실망한다고?" 폼페이우스는 이제 아내의 얼굴을 똑바로 응시했다. 자기가 아내를 실망시킬 거라는 두려움은 사라져갔다. 어쩌면 이렇게 연약하고 이렇게 어릴까! 그녀는 곧 내가 실망했는지 어떤지 알게 되겠지.

한쪽 허벅지의 바깥쪽이 가장 가까이 있었다. 폼페이우스는 그곳에 입술을 갖다댔고 율리아의 피부가 떨리며 전율하는 것을, 그의 머리카락 속에 들어온 그녀의 손을 느꼈다. 그는 눈을 감고 그녀의 옆구리에 얼굴을 댄 채 조금씩 침대에 몸을 뉘었다. 여신, 여신이여…… 그는 그녀의 몸 마지막 구석까지 숭배의 키스를 할 터였다. 견디기 힘든 즐거움을 느끼며, 그 흠 없는 꽃에, 완벽한 보석에. 그녀의 긴 은빛 머리카락이 젖가슴을 가리며 몸을 휘감고 있었다. 그는 머리카락의 덩굴을 하나하나 젖혀 그녀의 몸 옆에 내려놓고, 피부색에 녹아들 정도로 창백한 분홍빛의 매끈하고 작은 젖꼭지를 황홀감에 젖어 바라보았다.

"오, 율리아, 율리아, 사랑하오! 나의 여신, 달의 디아나, 밤의 디아나여!"

처녀성을 배려할 시간은 충분하다. 오늘 그녀는 쾌락 외엔 아무것도 알지 못할 것이다. 그래, 쾌락이 가장 먼저다, 나의 입술과 입과 혀로, 나의 두 손과 살갗으로 줄 수 있는 온갖 쾌락. 위대한 폼페이우스와의 결혼이 그녀에게 항상 무엇을 가져다줄지 알려주자. 쾌락, 쾌락, 그리고 쾌락.

“사태가 심각합니다.” 그날 밤 카토는 비불루스 집의 주랑정원에서 비불루스에게 말했다. 차석 집정관 비불루스가 앉아서 하늘을 보는 곳이었다. “그들은 동방의 지배자들처럼 캄파니아와 이탈리아를 나눠버렸을 뿐 아니라, 어린 딸들을 이용해 사악한 동맹을 맺었어요.”

“왼쪽 아래 사분원호에 별똥별!” 비불루스는 어느 정도 떨어져 앉아 주인이 관찰한 천체 현상을 받아 적기 위해 참을성 있게 기다리던 필경사에게 말했다. 필경사의 작은 등불이 밀랍 서판을 비추고 있었다. 비불루스는 하늘 관찰을 끝내는 기도문을 외운 뒤 카토를 데리고 실내로 들어갔다.

“어째서 카이사르가 자기 딸을 팔았다고 놀라지?” 그는 로마 최고의 술꾼 중 한 명에게 포도주에 물을 탈 것인지 굳이 묻지 않고 술을 따라주며 물었다. “난 카이사르가 어떻게 폼페이우스를 묶어둘 건지 궁금해하고 있었어. 어떻게든 묶어두리라는 건 알고 있었거든! 자기 딸을 준 건 가장 영리한 최상의 방법이네. 율리아가 아주 예쁘다고 하더군.”

“집정관께서도 율리아를 보신 적이 없습니까?”

“아무도 본 적이 없잖나. 이제는 상황이 바뀔 것 같지만. 폼페이우스는 율리아를 상으로 받은 암양처럼 과시하고 다닐 걸세. 율리아가 몇 살이라더라, 열여섯 살?”

“열일곱 살입니다.”

“세르빌리아에겐 달갑지 못한 일이겠군.”

“아, 카이사르는 그 여자도 아주 영리하게 처리했습니다.” 카토가 일어나서 자기 술잔을 다시 채우며 말했다. “600만 세스테르티우스짜리 진주를 줬거든요. 브루투스한테는 율리아의 지참금 액수인 100탈렌툼을 지불했고요."

"그런 이야기는 다 어디서 들었나?"

"오늘 브루투스가 저를 만나러 왔습니다. 카이사르가 한 일이 적어도 한 가지는 보니에게 이득이 되겠군요. 지금부터 브루투스는 확실히 우리 사람이 될 겁니다. 브루투스는 심지어 훗날 스스로 카이피오 브루투스가 아니라 그냥 브루투스로 칭할 거라고도 말했어요."

"우리에게 브루투스는 카이사르가 결혼 동맹으로 얻을 것과 비교도 안 될 만큼 조금밖에 쓸모가 없을 거야." 비불루스가 침울하게 말했다.

"지금 당장은 그렇죠. 하지만 브루투스는 이제 모친의 간섭 없이 일하기 시작했으니 기대를 해볼 만해요. 가련하게도 그는 율리아를 비난하는 말은 한마디도 들으려고 하지 않습니다. 내 딸 포르키아가 성년이 되자마자 주겠다고 했지만 거절하더군요. 자기는 결혼하지 않을 거라고 했어요." 카토는 남은 포도주를 죽 들이켰다. 이어 두 손으로 술잔을 움켜쥐고 고개를 홱 돌렸다. "마르쿠스, 난 구역질이 날 것 같았습니다. 이제껏 들어본 가장 냉혈하고 혐오스러운 정치공작입니다! 오늘 브루투스를 만난 후부터 평정을 유지하려고, 이성적으로 얘기하려고 애쓰고 있지만…… 더는 못하겠어요! 우리가 한 어떤 일도 이번 일과는 비교가 안 됩니다! 거기다 최악인 건 이 일로 카이사르가 득을 보리라는 겁니다!"

"앉게, 카토, 부탁이야! 이번 일이 카이사르에게 도움이 될 거라는 얘기는 이미 내가 했잖나. 진정하게! 이번 혼사에 대해 큰 소리를 지르며 혐오감을 표출한다고 우리한테 힘이 생기는 건 아니야. 처음처럼 이성적으로 계속 말해보게."

카토는 앉긴 했으나, 그러기에 앞서 자기 잔에 포도주를 더 따랐다. 비불루스는 얼굴을 찡그렸다. 카토는 왜 저렇게 술을 많이 마시는 거지? 저래도 멀쩡해 보이기는 하지만. 어쩌면 그는 술로 힘을 유지하는 건지도 몰라.

"루키우스 베티우스를 기억하나?" 비불루스가 물었다.

"카이사르가 파스케스로 때리고 불한당들한테 가구를 넘긴 기사 말입니까??"

"맞아. 그가 어제 나를 만나러 왔어."

"그래서요?"

"그는 카이사르를 아주 미워해." 비불루스가 생각에 잠겨 말했다.

"놀랍지 않군요. 그 사건으로 웃음거리가 됐으니까."

"나를 돕겠다고 하더군."

"그것도 놀랍지 않아요. 하지만 그를 어떻게 이용할 수 있습니까?"

"카이사르와 그의 새 사위를 이간질하는 거야."

카토가 비불루스를 빤히 쳐다보았다. "불가능합니다."

"이번 혼사로 이간하기가 힘들어졌다는 건 인정하지만, 불가능한 건 아니야. 폼페이우스는 카이사르를 포함해 모든 사람들에게 믿음이 없어. 율리아는 예외겠지만," 비불루스가 말했다. "그 여자애는 너무 어려서 위험이 되지 못할 뿐이야. 율리아는 그 위인을 녹초가 되게 만들걸. 육체적인 요구와 그 또래의 미성숙한 여자애들이 지치지도 않고 내는 짜증 때문에. 우리가 폼페이우스로 하여금 장인을 불신하게 부추길 수 있다면 더욱더 그렇겠지."

"그렇게 하려면 한 가지 방법밖에 없습니다." 카토가 술잔을 또다시 채우면서 말했다. "폼페이우스로 하여금 카이사르가 자기를 암살하려

한다고 생각하게 만드는 겁니다."

이번에는 비불루스가 카토를 빤히 쳐다보았다. "불가능해! 내가 생각한 건 정치적 경쟁 유발이었다네."

"가능합니다, 아시겠지만." 카토가 고개를 끄덕이며 말했다. "폼페이우스의 아들들은 그의 지위를 물려받기에는 아직 어리지만 카이사르는 그렇지 않죠. 카이사르의 딸이 폼페이우스와 결혼했으니, 폼페이우스의 피호민과 추종자 대다수는 폼페이우스가 죽으면 카이사르에게 갈 거예요."

"그래, 아마 그렇겠지. 하지만 어떻게 폼페이우스의 마음속에 그런 생각을 심겠다는 건가?"

"베티우스를 이용해서죠." 카토는 술을 점점 더 천천히 홀짝거리며 말했다. 포도주가 효과를 나타내기 시작하면서 그의 사고가 명료해졌다. "그리고 당신도."

"무슨 말을 하려는 건지 모르겠군." 차석 집정관이 말했다.

"폼페이우스와 새신부가 이곳을 뜨기 전에 사람을 보내서 암살 계획이 진행중이라고 경고하십시오."

"그건 어렵지 않지. 하지만 왜? 그를 겁주려고?"

"아니요, 그 계획이 드러났을 때 집정관께서 의심받지 않게 하기 위해섭니다." 카토가 비열한 웃음을 지으며 말했다. "경고를 받는다고 폼페이우스가 겁을 먹지는 않겠지만, 그런 계획이 존재한다고 믿기 쉽게 만들 겁니다."

"자세히 말해보게, 카토. 괜찮은 전략인 것 같아." 비불루스가 말했다.

꿈결처럼 행복한 폼페이우스는 율리아를 데리고 안티움으로 가서 남은 5월과 6월의 일부를 보내겠다고 했다.

"지금 율리아는 실내 장식업자들을 만나느라 바쁘다네." 그는 얼빠진 듯이 싱글벙글 웃으며 카이사르에게 말했다. "우리가 로마를 떠나 있는 동안 업자들이 카리나이 지구의 내 집을 바꿔놓을 거야." 그는 크게 한숨을 쉬었다. "율리아는 취향도 참 고상하다네, 카이사르! 모든 것이 밝고 가벼워야 한다나. 상스러운 티로스 자주는 금지고, 금박도 확 줄인다더군. 새와 꽃, 나비 문양이 좋대. 나는 왜 그런 생각을 못 했나 몰라! 하지만 난 부부 침실은 달빛이 비치는 숲 같은 분위기로 꾸며야 한다고 우기는 중이지."

어떻게 해야 계속 웃음을 참을 수 있을까? 카이사르는 애써서 가까스로 차분한 표정을 유지하며 물었다. "언제 떠날 겁니까?"

"내일."

"그럼 오늘 전략회의를 해야 합니다."

"그래서 지금 내가 온 것 아닌가."

"마르쿠스 크라수스도 참석해야죠."

폼페이우스의 안색이 어두워졌다. "아, 그가 꼭 있어야 하나?"

"네. 저녁식사 후에 다시 오십시오."

그 시간이 되기 전에, 카이사르는 일련의 중요한 회의들은 아랫사람들에게 맡겨두라고 크라수스를 겨우 설득할 수 있었다.

세 사람은 큰 주랑정원에 자리를 잡고 앉았다. 날씨가 따뜻했고, 그곳에서는 누구도 그들의 대화를 엿들을 수 없었기 때문이다.

"카토의 술책과 비불루스의 천체 관찰에도 불구하고, 두번째 토지법안은 통과될 겁니다." 카이사르가 선언했다.

"자네는 카푸아의 보호자니까." 폼페이우스가 말했다. 중요한 안건을 논의하게 되자 그는 행복한 결혼생활을 잠시 잊었다.

"그 법안 이름이 율리우스법이고, 작성자인 내가 카푸아 주민들에게 완전한 로마 시민권을 줘야만 가능한 얘기입니다. 하지만 마그누스 당신이 그곳으로 가서 운좋은 수령자들에게 증서를 나눠주고 도시를 한 바퀴 행진해야 합니다. 카푸아 주민들은 내가 아니라 당신이 보호자라고 생각하게 될 겁니다."

"그럼 나는 캄파니아 공유지의 동부로 가서 그들이 나를 보호자로 생각하게 해야겠구먼." 크라수스가 흡족한 듯 말했다.

"오늘 우리가 논의할 것은 두번째 토지법안이 아닙니다." 카이사르가 말했다. "내년에 제가 갈 속주에 대해서 얘기를 좀 하죠. 저는 집정관급 총독으로서 측량사 노릇을 할 생각이 없으니까요. 또한 내년의 고등 정무관들에 대해서도 준비해야 합니다. 그러지 않으면 올해 제가 통과시킨 법 대부분이 철폐될 거니까요."

"아울루스 가비니우스." 폼페이우스가 불쑥 말했다.

"좋습니다. 그는 호민관으로 있을 때 당신이 지중해를 처리하는 걸 도왔고 그 외에도 아주 유용한 조치를 몇 차례 내놓아서 유권자들이 좋아하니까요. 우리 셋이서 함께 힘을 써주면 그는 수석 집정관이 될 수 있을 겁니다. 그런데 차석 집정관은 누가?"

"자네 친척은 어떤가, 카이사르? 루키우스 피소 말이네." 크라수스가 말했다.

"그는 매수해야 할 거요." 폼페이우스가 말했다. "사업가니까."

"두 사람 모두에게 괜찮은 속주를 주면 되죠." 카이사르가 말했다. "시리아와 마케도니아."

"하지만 일 년 이상이어야 하네. 그러면 가비니우스도 만족할 걸세."

폼페이우스가 말했다.

"루키우스 피소에 대해서는 확신이 들지 않는군." 크라수스가 얼굴을 찌푸리며 말했다.

"에피쿠로스학파 신봉자들은 왜 그리 비싸게 구는 거요?" 폼페이우스가 말했다.

"금을 먹고 사는 자들이니까요." 크라수스가 대꾸했다.

카이사르는 싱긋 웃었다. "결혼이라는 수단을 쓰는 건 어떻습니까? 루키우스에겐 곧 열여덟 살이 되는 딸이 있거든요. 지참금이 없어서 구혼자들은 별로 없지만."

"예쁘장한 소녀였던 걸로 기억하네." 폼페이우스가 말했다. "피소의 눈썹이나 치아를 닮지 않았어. 지참금이 없는 건 이해가 안 가지만."

"지금 피소의 상황이 좋지 않기 때문이오." 크라수스가 말했다. "이렇다 할 전쟁은 없는데 돈을 다 무기에 묶어놨으니까. 빚을 지지 않기 위해 그는 칼푸르니아의 지참금을 써야만 했소. 카이사르, 미안하지만 난 그 사람 딸을 며느리로 삼을 수는 없네."

"내 딸을 브루투스가 데려간다면, 나도 내 아들들을 내줄 순 없소!" 폼페이우스가 발끈해서 외쳤다.

카이사르는 잠시 숨이 턱 막혔다. 맙소사, 그날 어찌나 마음이 심란하던지 브루투스한테 폼페이우스의 제안을 얘기해야 한다는 걸 까맣게 잊었군!

"브루투스가 당신 딸이랑 결혼하오?" 크라수스가 의심스럽다는 듯이 물었다.

"그럴 일은 없을 겁니다." 카이사르가 냉정하게 끼어들었다. "브루투스는 질문이나 제안을 받을 상태가 아니었습니다, 마그누스. 기대하지 않는 게 좋을 겁니다."

"알았네. 그나저나 누가 칼푸르니아와 결혼하지?"

"제가 하면 되지 않습니까?" 카이사르가 눈썹을 치켜세우며 말했다.

폼페이우스와 크라수스가 동시에 카이사르를 뚫어져라 쳐다보았다. 그들의 입가에 웃음이 번지기 시작했다.

"그러면 완벽하게 해결되지." 크라수스가 말했다.

"좋습니다. 그럼 차석 집정관은 루키우스 피소로 하죠." 카이사르가 한숨을 쉬었다. "이제 법무관들이 남았는데, 이게 어려운 문제입니다."

"집정관 두 명을 확보하면 법무관은 필요 없네." 폼페이우스가 말했다. "루키우스 피소와 가비니우스의 최고 장점은 그들이 강한 자들이라는 걸세. 보니는 그들을 협박하지도 허세를 부려 속이지도 못할 거야."

"이제 남은 문제는," 카이사르가 생각에 잠겨 말했다. "제가 원하는 속주를 얻는 것입니다. 이탈리아 갈리아와 일리리쿰이요."

"바티니우스를 시켜 평민회에서 법으로 통과시키라고 하면 돼." 폼페이우스가 말했다. "보니는 이탈리아의 가축 이동용 길을 자네한테 맡기면서 우리 세 사람을 상대하게 될 거라고는 꿈도 꾸지 못했잖나?" 그는 싱긋 웃었다. "자네가 옳아, 카이사르. 우리 셋이 뭉치면 무엇이든 민회를 통해 얻을 수 있어!"

"비불루스가 천체관측을 하고 있다는 걸 잊지 마시오." 크라수스가 으르렁거렸다. "무슨 법을 통과시키든 그것은 위협받을 거요. 심지어 앞으로 수년 후에도. 마그누스, 게다가 당신 사람인 아프라니우스는 이탈리아 갈리아에서 임기를 연장받았소. 당신이 그를 밀어내고 이탈리아 갈리아를 카이사르에게 주려고 공모한다면 당신 피호민들이 싫어할 거요."

폼페이우스는 얼굴이 벌게져서 크라수스를 쏘아보며 딱딱거렸다. "말 한번 잘했소, 크라수스! 아프라니우스는 시키는 대로 할 거요, 카이사르를 위해 스스로 물러날 거란 말이지. 내가 그자를 차석 집정관에 앉히느라 수백만을 썼지만 그자는 자기가 돈값을 못했다는 걸 알거든! 아프라니우스 걱정은 마시오, 괜히 뇌졸중에나 걸리지 말고!"

"내가 뇌졸중에 걸리길 바라시는구먼." 크라수스가 웃음을 지으며 대꾸했다.

"마그누스, 부탁할 게 더 있습니다." 카이사르가 끼어들었다. "바티니우스의 법이 비준되는 즉시 이탈리아 갈리아를 원합니다, 내년부터가 아니라요. 거기서 해야 할 일이 있는데, 빠를수록 좋거든요."

카이사르의 딸에게서 애정을 받아 한껏 따뜻해져 있던 사자는 살가죽에 아무런 냉기도 느끼지 못했다. 폼페이우스는 그저 고개를 끄덕이며 웃음을 지었고, 카이사르가 해야 할 일이라는 게 무엇인지 물어볼 생각조차 하지 못했다. "얼른 시작하고 싶나보군? 안 될 거 없지." 그는 자리에서 움직거리기 시작했다. "다 끝났나? 이제 율리아한테 가봐야 해서 말이네. 나한테 애인이 있다고 아내가 오해하는 건 싫으니까!" 그러더니 그는 자신의 농담에 킬킬거리며 나가버렸다.

"바보 중에서도 늙은 바보가 최악이야." 크라수스가 말했다.

"좀 봐주세요, 마르쿠스! 그는 사랑에 빠진 겁니다."

"자기 자신과 사랑에 빠졌겠지." 크라수스는 이어 카이사르에게로 관심을 돌렸다. "무슨 속셈인가, 가이우스? 당장 이탈리아 갈리아를 원하는 이유가 뭐야?"

"가장 큰 이유는 군대를 더 모집하기 위해서죠."

"마그누스는 자네가 로마의 가장 위대한 정복자라는 영예를 빼앗기로 결심했다는 걸 알기나 할까?"

"아니요, 그동안 저는 잘 숨겨왔습니다."

"자네가 정말 운이 좋다는 건 인정하겠네. 다른 사람 딸이었으면 외모도 말본새도 테렌티아 같았겠지만, 율리아는 겉도 속도 하나같이 사랑스러우니. 폼페이우스는 율리아에게 오래오래 사로잡혀 있을 거야. 그러다가 어느 날 문득 정신을 차리고 자네한테 추월당했다는 걸 깨닫게 되겠지."

"그렇겠죠." 카이사르는 확신에 찬 목소리로 말했다.

"율리아가 있든 없든, 그때가 되면 그는 자네를 적으로 돌릴 걸세."

"그건 그때 가서 대처할 겁니다, 마르쿠스."

크라수스는 코웃음을 쳤다. "그러시겠지! 하지만 난 자네를 알아, 가이우스. 물론 자네는 나타나지도 않은 장애물을 넘으려고 뛰지는 않지. 하지만 자네는 모든 만약의 경우를 수년 전부터 미리 생각해놓잖나. 자넨 교활하고 교묘하고 기발한데다 용기 있는 사람이야."

"말씀 한번 잘하시네요!" 카이사르가 눈을 빛내며 말했다.

"난 자네가 집정관급 총독이 되어서 뭘 하려는지 아네." 크라수스가 말했다. "자넨 이탈리아 북쪽과 동쪽까지 모든 땅과 부족들을 정복하려는 거야. 다누비우스 강을 따라 흑해까지 행군해서 말이야. 하지만 나랏돈을 쥐고 있는 건 원로원이네! 바티니우스가 평민회를 통해 자네한테 이탈리아 갈리아와 일리리쿰을 얻어줄 수는 있지. 하지만 자넨 원로원에 가서 돈을 얻어야 해. 그들은 자네한테 돈을 쉽게 주지 않을 걸세. 설사 보니파가 분노에 차서 고함을 지르지 않더라도, 전통적으로 원로원은 침략전쟁에 돈을 쓰려고 하지 않아. 그 문제에 관해선 마그누스의 평판이 흠잡을 데 없지. 그의 전쟁은 모두 공식적인 로마의 적들을 처리하기 위한 거였네—카르보, 브루투스, 세르토리우스, 해적, 두 명의 왕까지. 반면 자네는 먼저 침략을 하겠다는 입장이지. 원로원은 용인하지 않을 걸세, 자네 편인 의원들조차도. 전쟁에는 돈이 들어. 돈은 원로원이 쥐고 있고. 자네는 돈을 얻지 못할 거야."

"저도 다 알고 있습니다, 마르쿠스. 저는 돈을 구하러 원로원에 갈 계획이 없습니다. 제가 쓸 돈은 제가 벌 겁니다."

"군사작전 도중에? 너무 불확실해!"

카이사르는 엉뚱하게 대꾸했다. "아직도 이집트를 합병할 생각입니까? 궁금해서요."

크라수스는 갑자기 바뀐 주제 때문에 눈을 껌벅거렸다. "그러고 싶지만 그럴 수가 없어. 내가 이집트를 합병하는 꼴을 보느니 보니파는 마지막 한 사람까지 죽어버릴걸."

"다행이네요! 그렇다면 제 자금은 확보한 겁니다." 카이사르가 웃음을 지으며 말했다.

"영문을 모르겠군."

"머지않아 다 알게 될 겁니다."

다음날 아침 카이사르가 브루투스를 보러 갔을 때 그 집에는 세르빌리아밖에 없었다. 그녀는 도끼눈을 하고 카이사르를 보았는데, 카이사르는 그녀가 화가 안 풀려서라기보다도 그래야 할 것 같아서 그러고 있다는 걸 재빨리 알아차렸다. 그녀의 굵은 금목걸이에 커다란 딸기 같은 분홍색 진주가 달려 있었다. 입고 있는 옷은 약간 더 옅은 분홍색이었다.

"브루투스는 어디 갔소?" 카이사르는 세르빌리아에게 입을 맞춘 뒤 물었다.

"그애 외삼촌 카토의 집에요. 혹시라도 거기 갈 생각은 말아요, 카이사르."

"율리아 말마따나, 언제나 매력적이군." 카이사르가 앉으면서 말했다. "진주가 아주 멋지오."

"난 모든 로마 여자들이 부러워하는 사람이에요. 율리아는 잘 지내요?" 그녀가 상냥하게 물었다.

"결혼식 후로 만나보진 못했지만, 폼페이우스 말이 사실이라면 그앤 아주 만족하며 지내고 있소. 그애가 브루투스와 결혼하지 않은 건 당신 모자에게 행운이라고 생각하시오, 세르빌리아. 내 딸은 천생연분한테 간 거요. 브루투스와 결혼했더라면 오래가지 못했을 거요."

"당신 어머니도 그렇게 말하더군요. 당신을 죽여버릴 수도 있었지만, 율리아와의 결혼은 브루투스의 바람이었지 내 바람은 아니었어요. 당신의 애인이 된 후엔 그애들의 약혼을 당신을 계속 붙잡아둘 방책으로 봤지만, 우리에 대한 소문이 퍼지면서 불편하기도 했죠. 엄밀히 말하자면 근친상간인 짓을 하고 싶은 생각은 없거든요." 그녀는 얼굴을 찡그렸다. "사람들이 얕잡아볼 행동이니까."

"모든 일은 순리대로 풀려가기 마련이오."

"그런 상투적인 말은 당신한테 어울리지 않아요, 카이사르."

"누구한테도 어울리지 않소."

"무슨 일로 이렇게 금방 또 나타났어요? 신중한 사람이라면 한동안은 여기 올 생각을 안 했을 텐데."

"폼페이우스의 말을 전한다는 걸 깜빡했소." 카이사르는 심술궂게 눈을 빛내며 말했다.

"무슨 말인데요?"

"브루투스만 괜찮다면, 내 딸을 데려간 대신 자기 딸을 기꺼이 그에게 주겠다고 했소. 진심인 것 같더군."

세르빌리아는 이집트 코브라처럼 몸을 꼿꼿이 세웠다. "진심!" 그녀는 쉿 소리를 냈다. "진심이라고요? 그전에 브루투스가 그놈을 칼로 벨 거라고 전해요! 내 아들더러 아버지를 죽인 사람의 딸과 결혼하라고?"

"당신의 답변은 전하겠지만, 그는 내 사위이니 조금 순화해서 전하겠소." 카이사르는 세르빌리아에게 팔을 뻗었다. 그의 눈빛에는 성적인 욕망이 드러나 있었다.

세르빌리아는 자리에서 일어섰다. "올해는 날씨가 벌써부터 습하네요."

"그렇군. 옷을 덜 입으면 도움이 될 거요."

"적어도 지금은 브루투스가 없으니 여긴 우리만의 공간이에요." 그녀는 실라누스와 함께 쓰지 않았던 침대에 카이사르와 나란히 누우며 말했다.

"당신의 꽃이 제일 사랑스럽소." 카이사르가 께느른하게 말했다.

"그래요? 난 본 적이 없어서. 게다가 다른 사람 걸 본 적도 없으니. 그래도 기분좋네요. 당신은 그동안 로마의 꽃들을 거의 다 냄새 맡아봤나 봐요."

"꽃은 많이 따봤소." 그는 손가락을 바쁘게 놀리며 침착하게 말했다. "하지만 당신 꽃이 최고요, 냄새도 제일 좋고. 아주 짙어서 티로스 자주색에 가깝고, 빛의 방향이 바뀔 때마다 다른 빛깔을 띠기까지 하거든. 당신의 검은 털도 아주 부드럽소. 난 당신이라는 사람을 좋아하지는 않지만 당신의 꽃은 아주 좋아하오."

세르빌리아는 다리를 더 넓게 벌리고 그의 머리를 아래로 눌렀다. "그럼 그 꽃을 숭배해요, 카이사르, 숭배해요!" 그녀가 외쳤다. "맙소사, 당신 정말 대단해!"

프톨레마이오스 11세 테오스 필로파토르 필라델포스, 피리 연주자라는 뜻의 아울레테스라고도 불리는 그는 술라가 독재관이던 시절 이집트 왕좌에 올랐다. 알렉산드리아의 성난 시민들이 즉위한 지 열아흐레 된 전왕을 문자 그대로 갈가리 찢어 죽인 후였다. 그 열아흐레 동안 그의 왕비였던, 시민들이 사랑하는 여왕을 죽인 데 대한 복수였다.

전왕, 즉 프톨레마이오스 알렉산드로스 2세가 살해당하면서 프톨레마이오스 왕가의 적통은 끊겼다. 상황이 복잡했다. 술라는 수년간 프톨레마이오스 알렉산드로스 2세를 로마에 붙들고 있으면서 그가 후사 없이 죽으면 이집트를 로마에 넘겨준다는 유언장을 쓰도록 강요했기 때문이다. 조롱에 가까운 처사였다. 술라는 프톨레마이오스 알렉산드로스 2세가 너무 여자 같아서 절대 자식을 낳지 못할 것임을 잘 알고 있었기 때문이다. 로마는 세상에서 가장 부유한 나라 이집트를 상속받게 될 터였다.

그러나 로마와 이집트의 먼 거리가 술라를 이겼다. 프톨레마이오스 알렉산드로스 2세가 알렉산드리아의 아고라에서 목숨을 잃었을 때, 왕궁 대신들은 왕의 사망 소식이 로마와 술라에게 얼마 만에 도달할 것인지 알고 있었다. 왕좌에 오를 수 있는 후계자 두 명이 알렉산드리아에서 로마보다 훨씬 가까운 곳에 산다는 것도 알고 있었다. 그들은 선왕 프톨레마이오스 라티로스의 서자들로, 처음에는 시리아에서 자라다가 코스 섬으로 보내진 후 폰토스의 미트리다테스 왕에게 잡혔다. 왕은 그들을 폰토스로 끌고 가서 자기 딸들과 결혼시켰다. 아울레테스는 클레오파트라 트리파이나와, 젊은 프톨레마이오스는 미트리다티디스니사와 맺어졌다. 프톨레마이오스 알렉산드로스 2세도 폰토스에 잡혀 있다가 도망쳐서 술라에게 갔던 것이었다. 반면 프톨레마이오스 왕가의 두 서자는 로마보다 폰토스가 좋아서 미트리다테스의 왕궁에 남았다. 그후 미트리다테스의 사위인 티그라네스 왕이 시리아를 정복하자 미트리다테스는 그의 딸들과 이집트의 서출 왕자 둘을 시리아로 보냈고, 알렉산드리아의 왕궁 대신들에게 그 마지막 프톨레마이오스들의 행방을 알려주었다.

프톨레마이오스 알렉산드로스 2세가 살해당했다는 소식은 곧바로 안티오케이아에 있던 티그라네스 왕에게 들어갔고, 그는 흔쾌히 두 프톨레마이오스와 그 부인들을 알렉산드리아로 보내주었다. 형인 아울레테스가 이집트의 왕이 되었고 (향후 키프로스의 프톨레마이오스로 불리게 되는) 동생은 이집트의 점령지인 키프로스 섬의 섭정으로 파견되었다. 이 두 사람의 부인들이 자신의 딸들이었기에, 폰토스의 노왕 미트리다테스는 마침내 자신의 후손들이 이집트를 지배하게 될 거라고 자축할 수 있었다.

아울레테스는 피리 연주자라는 뜻이었지만, 아울레테스라고 불리는 프톨레마이오스는 뛰어난 음악적 재능 때문에 그런 별명을 얻은 것이 아니었다. 그저 그의 목소리가 매우 높아 피리 소리 같았기 때문이다. 그러나 다행히도 그는 결코 자식을 낳지 못할 동생만큼 여성적이지는 않았다. 아울레테스와 클레오파트라 트리파이나는 당연히 이집트의 후계자들을 생산할 거라고 기대했다. 그러나 이집트가 아닌 곳에서 이단적으로 성장한 아울레테스는, 폭이 5~8킬로미터에 불과하고 나일강을 따라 삼각주 지역부터 첫번째 카타락테스 강의 섬들과 누비아 국경 너머까지 이어지는 낯설고 가느다란 나라 이집트의 종교를 주관하는 신관들에 대해 진실한 존경심을 내면화하지 못했다. 이집트의 왕이라는 것만으로는 충분하지 않았다. 이집트의 통치자는 또한 파라오가 되어야 했고, 아울레테스는 토착 이집트인 사제들의 동의 없이는 파라오가 될 수 없었다. 이를 이해하지 못한 아울레테스는 그들과 잘 지내려는 시도조차 하지 않았다. 그들이 정말로 중요한 존재라면 왜 수도 알렉산드리아가 아니라 강과 삼각주의 합류점인 멤피스에서 살고 있단 말인가? 이집트 원주민들에게 있어 알렉산드리아는 혈통으로나 역사적으로나 이집트와 관계없는 이질적인 장소라는 사실을 그는 결코 깨닫지 못했다.

그후 파라오의 모든 부가 멤피스에서 이집트 원주민 사제들의 관리하에 있다는 것을 알게 되자 그는 분통이 터졌다! 물론 아울레테스는 왕으로서 막대한 세수를 관리했다. 그러나 파라오가 되지 못하면 그 수많은 보석상자들을 만져보지도, 황금 벽돌로 탑문을 세우지도, 말 그대로 산처럼 쌓인 은더미에서 미끄러지지도 못할 터였다.

아울레테스의 왕비이자 미트리다테스의 딸인 클레오파트라 트리파이나는, 왕가에 너무 잦았던 남매 혹은 삼촌과 조카딸 간의 결합 때문에 지적 능력이 떨어지는 남편보다 훨씬 똑똑했다. 적어도 아울레테스가 이집트 왕좌에 오를 때까지 자식을 봐서는 안 된다는 것을 파악한 클레오파트라 트리파이나는 이집트 사제들을 회유하기 시작했다. 그 결과 알렉산드리아 입성 4년 만에 프톨레마이오스 아울레테스는 공식적으로 왕위에 올랐다. 하지만 불행히도 그는 파라오가 되진 못했다. 그리하여 즉위와 관련한 여러 의식은 멤피스가 아니라 알렉산드리아에서 실시되었고, 그후 왕과 왕비는 첫아이 베레니케 공주를 낳았다.

유대인들의 늙은 여왕 알렉산드라가 죽은 해에 두 사람은 공주를 하나 더 낳았고, 이름을 클레오파트라라고 지었다. 둘째 공주가 태어난 해는 불길했다. 미트리다테스와 티그라네스가 루쿨루스의 군사작전에 시달려 몰락하기 시작했고, 로마가 이집트를 급성장하는 제국의 속주로 합병하는 데 다시금 흥미를 보였기 때문이다. 전직 집정관 마르쿠스 크라수스가 암암리에 돌아다니고 있었다. 클레오파트라 공주가 네 살밖에 되지 않았던 해에 크라수스는 감찰관이 되었고 원로원에서 이집트 합병 결의를 얻으려고 했다. 프톨레마이오스 아울레테스는 두려움에 떨면서 크라수스의 시도를 막아달라고 로마 원로원 의원들에게 막대한 금액을 지불했다. 뇌물은 효과가 있었다. 로마로부터의 위협은 감소했다.

그러나 위대한 폼페이우스가 동방에 와서 미트리다테스와 티그라네스를 처단하자 아울레테스는 북쪽에 있던 동맹들을 잃게 되었다. 이집트만 홀로 남은 것보다도 나쁜 상황이었다. 이제 이집트의 이웃은 키레나이카와 시리아를 모두 지배하는 로마였다. 힘의 균형에 일어난 이러한 변화가 아울레테스의 문제 한 가지를 해결해주기는 했다. 그는 클레오파트라 트리파이나와의 이혼을 바란 지 좀 되었는데, 그의 이복동생이자 선왕 프톨레마이오스 라티로스의 딸이 성년이 되었기 때문이었다. 미트리다테스 왕이 죽었기 때문에 아울레테스는 뜻을 이룰 수 있었다. 클레오파트라 트리파이나에게 프톨레마이오스 왕가의 피가 없는 것은 아니었다. 그녀는 부계와 모계에서 그 피를 조금 물려받았다. 하지만 조금이라는 것이 문제였다. 이시스 여신이 그에게 아들들을 내려줄 때가 되면, 그 왕자들이 거의 순수한 프톨레마이오스 혈통이어야 이집트인들과 알렉산드리아인들 모두가 자신에게 훨씬 열렬한 지지를 보낼 것임을 아울레테스는 알고 있었다. 그리고 그 자신은 파라오가 되어 보물들을 손에 넣고 로마를 영원히 매수할 수 있을지도 몰랐다.

그리하여 아울레테스는 마침내 클레오파트라 트리파이나와 이혼하고 그의 이복동생과 결혼했다. 새 왕비가 낳은, 훗날 프톨레마이오스 12세로 집권하게 될 왕자는 메텔루스 켈레르와 루키우스 아프라니우스가 집정관이던 해에 태어났다. 왕자의 이복누나 베레니케는 열다섯 살, 클레오파트라는 여덟 살이었다. 클레오파트라 트리파이나가 살해당하거나 실종된 것은 아니었다. 그녀는 두 딸과 함께 알렉산드리아 왕궁에 계속 머물면서 용케 새 왕비와 사이좋게 지냈다. 미트리다테스 왕의 자식이 이혼만으로 파멸할 순 없었고, 게다가 그녀는 자신의 작은딸 클레오파트라와 새 왕비가 낳은 아들의 결혼을 성사시키려고 비밀리에 애쓰고 있었다. 그 결혼이 성사되면 미트리다테스 왕의 혈통은 이집트에서 사라지지 않을 터였다.

유감스럽게도 아울레테스는 왕자를 낳은 후 이집트 원주민 사제들과의 협의를 잘 처리하지 못했고, 알렉산드리아에 도착한 지 20년이 지났음에도 파라오의 자리가 처음 왔을 때만큼 요원하다는 사실을 깨달았다. 그동안 그는 나일 강변에 여러 신전을 세우고 이시스부터 호루스, 세라피스에 이르기까지 모든 신들에게 제물을 바치는 등 생각해낼 수 있는 모든 일을 했지만, 정작 해야 했던 일은 하지 못한 것이었다.

그렇다면 이제 로마와 흥정을 할 때였다.

그리하여 카이사르가 집정관이 된 해 2월 초, 알렉산드리아 시민 100명으로 구성된 사절단이 로마에 왔다. 이집트 왕의 종신 통치를 보장해달라고 원로원에 청원하기 위해서였다.

청원은 2월중에 정식으로 이루어졌지만 원로원은 곧 답변해줄 것 같지가 않았다. 좌절하고 고뇌에 빠진 사절단은—필요한 일은 뭐든지 하고 필요한 만큼 계속 로마에 머물라고 아울레테스에게 명령받은 터였다—수십 명의 원로원 의원들과 면담하여 방해가 아닌 도움을 달라고 요청하는 지난한 임무에 착수했다. 물론 원로원 의원들의 관심사는 단 하나, 돈이었다. 충분한 돈이 건네지면 충분한 표가 확보될지도 몰랐다.

사절단의 대표는 아리스타르코스였다. 그는 왕의 재무대신이자 왕궁 대신들의 우두머리이기도 했다. 이집트는 관료주의가 극심해서 2, 3천 년 동안 나라가 무기력해져버렸다. 최초의 프톨레마이오스 왕이 들여온 새로운 마케도니아식 귀족 정치도 이 관습을 무너뜨리진 못했고, 오히려 이집트의 관료주의는 새로운 방식으로 더 공고해졌다. 최상부에는 마케도니아 혈통이, 중간에는 이집트인과 마케도니아인의 혼혈이, 바닥에는 (사제들을 제외한) 이집트 원주민들이 위치하게 되었다. 군대가 유대인들로 구성된다는 사실은 상황을 더 복잡하게 만들었다. 교활하고 명석한 아리스타르코스는 유명한 알렉산드리아 학술원 사서의 직계 자손이었으며, 오랫동안 고위 공직을 역임해 이집트의 운영 방식을 이해하고 있었다. 나라가 로마의 소유가 되는 것은 이집트 사제들이 원하는 일이 아니었기에, 아리스타르코스는 국가 운영비용을 제하고 남은 아울레테스의 수입을 늘려달라고 사제들을 설득하는 데 성공했고 방대한 재원을 손에 넣게 되었다. 아울레테스가 아는 것보다도 훨씬 방대한 재원이었다.

로마에 온 지 한 달쯤 되자 아리스타르코스는 원로원 평의원들과 법무관밖에 지내지 못할 의원들을 대상으로 표를 확보하는 것은 아울레테스가 원하는 원로원 결의를 얻을 방법이 아님을 직감했다. 보니가 아닌 전직 집정관 몇 명이 필요했다. 마르쿠스 크라수스, 위대한 폼페이우스와 가이우스 카이사르가 필요했다. 그러나 그는 삼두연합의 존재가 널리 알려지기 전에 이러한 결정을 내렸기에 그들 셋 중 적임자를 찾아가지 못했다. 그는 폼페이우스를 선택했는데, 폼페이우스는 너무 부자여서 이집트의 황금 몇천 탈렌툼은 필요 없었다. 그래서 폼페이우스는 그저 무표정한 얼굴로 듣고 있다가, 생각해보겠다는 모호한 약속으로 아리스타르코스와의 면담을 마무리지었다.

심지어 전설적인 황금 애호를 자랑하는 크라수스 쪽도 승산이 없어 보였다. 이집트 합병을 원했던 당사자가 크라수스였고, 아리스타르코스가 아는 한 크라수스는 그 점에 있어 지금도 똑같을 것이기 때문이었다. 그러니 남은 건 가이우스 카이사르였다. 그리하여 아리스타르코스는 두번째 토지법을 둘러싼 혼란의 시기에 접근하기로 마음먹었다. 율리아와 폼페이우스가 결혼하기 직전이었다.

평민회에서 바티니우스법이 통과되면 속주를 얻게 되겠지만, 그렇다고 해서 필요한 비용이 마련되는 것은 아님을 카이사르는 잘 알고 있었다. 원로원은 평민회에서 일을 처리한 보복으로 그에게 빈약한 급료를 줄 것이고, 그것마저도 최대한 국고에서 오래 끌게 만들 터였다. 카이사르가 전혀 원하지 않는 바였다. 이탈리아 갈리아에 주둔군 2개 군단이 있지만 카이사르가 하고자 하는 일에는 부족했다. 그는 적어도 4개 군단이 필요했다. 그것도 모두 완전 편성에 군장도 제대로 갖춰진 군단으로. 하지만 그러려면 돈이 필요했다. 그 돈을 결코 원로원에서는 구할 수 없을 터였다. 더구나 방어 전쟁도 아니므로. 카이사르는 침략자가 되고자 했고, 그것은 로마의 정책도 원로원의 정책도 아니었다. 제국에 새 속주들이 편입되는 건 바람직한 일이었지만, 폼페이우스가 동방에서 여러 왕들과 싸운 것처럼 방어 전쟁의 결과로서만 일어날 수 있는 일이었다.

알렉산드리아의 사절단이 로마에 도착하자마자 카이사르는 그의 군대를 무장시킬 돈이 어디서 나올지 깨달았지만, 가만히 때를 기다렸다. 그러면서 그가 신뢰하는 가데스 출신 은행가 발부스를 포함하는 계획을 마련했다.

아리스타르코스는 5월 초에 카이사르를 만나러 왔다. 카이사르는 관저에서 정중히 예의를 차려 그를 맞이하고, 관저의 공적 영역들을 구경시켜준 다음 서재로 데려갔다. 물론 아리스타르코스는 관저를 칭찬했지만, 그곳이 이집트의 재무대신을 그다지 감동시키지 못했다는 것은 쉽게 알 수 있었다. 작고 칙칙하고 평범하군. 그의 매력에도 불구하고 그가 이런 생각을 하고 있다는 것은 확연히 드러났다. 카이사르는 흥미가 생겼다.

"원한다면 완곡하게 돌려서 말하겠소만," 카이사르는 아리스타르코스에게 말했다. "당신은 석 달이나 로마에 지내면서 아무 일도 하지 못했으니 직설적인 접근법을 선호할 것 같소."

"사실 최대한 빨리 알렉산드리아로 돌아가고 싶습니다, 가이우스 카이사르." 누가 봐도 순수한 마케도니아인인 흰 피부와 파란 눈동자의 아리스타르코스가 말했다. "하지만 왕이 기뻐할 소식 없이는 로마를 떠날 수가 없습니다."

"내 조건에 동의한다면 그런 소식을 갖고 갈 수 있소." 카이사르는 활기차게 말했다. "왕권 유지를 약속하고 왕을 로마 우호동맹으로 삼는 원로원 결의면 만족스럽겠소?"

"왕권 유지만으로도 더 바랄 게 없었을 겁니다." 아리스타르코스가 정신을 가다듬고 말했다. "프톨레마이오스 필로파토르 필라델포스 왕을 우호동맹으로 삼아주시는 건 상상도 못했군요."

"그렇다면 이제 상상해보시오, 아리스타르코스! 가능한 일이니까."

"대가가 있겠죠."

"물론이오."

"어떤 대가입니까, 가이우스 카이사르?"

"먼저 왕권 유지 결의에 금 6천 탈렌툼인데, 3분의 2는 결의가 성사되기 전에 지불해야 하고 나머지 3분의 1은 지금으로부터 일 년 후에 주시오. 우호동맹 결의에 추가로 금 2천 탈렌툼이고, 미리 한번에 모두 줘야 하오." 카이사르는 밝게 번뜩이는 눈빛으로 말했다. "조정은 불가능하오. 받아들이든지 떠나든지 하시오."

"로마 최고의 부자가 되고 싶으신 모양입니다." 이상하게도 실망스러운 기분이 든 아리스타르코스가 말했다. 카이사르의 첫인상이 거머리와는 거리가 멀었기 때문이다.

"6천 탈렌툼에?" 카이사르가 웃었다. "믿어주시오, 재무대신. 그 정도로는 로마 제일의 부자가 될 수 없소! 사실 일부는 내 벗과 동맹에게 갈 것이오, 마르쿠스 크라수스와 나이우스 폼페이우스 마그누스 말이오. 그들의 지지 없이는 두 가지 결의를 얻을 수 없거든. 그리고 두둑한 보상 없이 외국인의 부탁을 들어주는 로마인은 없소. 내 몫으로 뭘 할 건지는 비밀이지만, 나는 로마에 정착해서 루쿨루스처럼 살고 싶은 욕망은 없다는 건 말해주겠소."

"그 결의들은 빈틈없는 겁니까?"

"물론이오. 내가 직접 고안할 거요."

"총액은 금 8천 탈렌툼이고, 그중 6천 탈렌툼을 미리 지급하고 2천 탈렌툼은 일 년 후에 지급한다." 아리스타르코스가 말하곤 어깨를 으쓱했다. "좋습니다, 가이우스 카이사르, 그렇게 하지요. 그 금액에 동의합니다."

"돈은 모두 가데스에 있는 루키우스 코르넬리우스 발부스의 은행에 그의 이름으로 직접 지불하시오." 카이사르가 한쪽 눈썹을 치켜세우며 말했다. "그가 내가 원하는 비밀스러운 방식으로 알아서 돈을 분배할 것이오. 난 스스로를 보호해야 하오, 당신도 알겠지만. 그러니 돈을 나나 내 동료들의 명의로 입금해서는 안 되오."

"알겠습니다."

"좋소, 아리스타르코스. 발부스가 내게 거래가 완료되었다고 알리면 결의가 내려질 거고, 그러면 프톨레마이오스 왕은 이집트를 로마에 넘긴다는 선왕의 유언을 잊어도 될 거요."

"맙소사!" 며칠 후 카이사르가 그 거래에 대해 말해주자 크라수스가 외쳤다. "나는 얼마를 받게 되나?"

"1천 탈렌툼입니다."

"은인가, 금인가?"

"금."

"마그누스는?"

"똑같이 받습니다."

"그럼 자네는 4천을 받고, 2천은 내년에 받나?"

카이사르는 고개를 뒤로 젖히고 소리내 웃었다. "내년에 받을 2천에 대해서는 희망을 버리세요, 마르쿠스! 아리스타르코스가 알렉산드리아로 돌아가고 나면 다 끝나는 겁니다. 전쟁을 벌이지 않는 한 그 돈을 무슨 수로 받겠습니까? 6천이면 아울레테스가 안전을 좋은 가격에 샀다고 생각합니다. 아리스타르코스도 동의할 걸요."

"금 4천 탈렌툼이면 10개 군단을 무장시킬 수 있네."

"발부스가 무장을 담당한다면 더욱 그럴 테죠. 저는 그를 다시 내 공병대장으로 삼을 생각입니다. 이집트에서 돈이 도착했다고 가데스에서 소식이 오면, 발부스는 이탈리아 갈리아로 떠날 거예요. 루키우스 피소와 마르쿠스 크라수스 둘 다—불쌍한 브루투스는 말할 것도 없고—군수 사업에서 갑자기 큰돈을 벌게 되겠군요."

"하지만 10개 군단인가, 가이우스?"

"아닙니다. 일단 2개 군단만 추가할 거예요. 그 돈 대부분은 투자할 거고요. 시작부터 끝까지 제 스스로 자금을 조달해야 하는 작전이니까요. 그래야만 하죠. 돈줄을 쥔 사람이 작전을 통제하니까요. 제게 때가 왔는데, 이번 작전의 통제권을 저 아닌 다른 이들한테 줄 것 같습니까? 원로원한테?"

카이사르는 일어서서 주먹을 쥐고 천장을 향해 두 팔을 들어올렸다. 순간 크라수스는 지극히 날씬해 보이는 그 팔다리에 사실은 근육이 얼마나 탄탄한지 알아차리고 목 뒤에 털이 곤두서는 것을 느꼈다. 저 사람이 감추고 있는 힘이란!

“원로원은 아무것도 아닙니다! 보니파 역시 아무것도 아니고요! 폼페이우스 마그누스도 아무것도 아니에요! 저는 죽는 날까지 로마의 일인자가 되기 위해 필요한 건 뭐든지 할 겁니다! 그리고 죽은 뒤에도 역사상 가장 위대한 로마인으로 불릴 거고요! 아무것도, 그 누구도 날막을 순 없어요! 제 조상들을 걸고, 아득한 옛 조상 베누스 여신까지 걸고 맹세합니다!”

카이사르가 두 팔을 내리자 그 불꽃과 힘도 사라졌다. 그는 다시 의자에 앉아 침울한 표정으로 오랜 벗을 바라보았다. “오, 마르쿠스,” 카이사르가 말했다. “제가 해야 할 일은 올해 말까지 버텨내는 것뿐입니다!”

크라수스는 입이 바짝 말라 침을 삼키고 말했다. “그럴 수 있을 거야.”

푸블리우스 바티니우스는 평민회를 소집하여, 가이우스 율리우스 카이사르를 측량사로 만드는 경멸적인 처사를 취소하기 위한 법을 통과시키고자 한다고 선언했다.

“왜 가이우스 카이사르 같은 사람을, 우리의 별 관찰자 비불루스처럼 무능력하고 가이우스 카이사르와 같은 수준의 총독 겸 장군감이 못 되는 자에게나 어울릴 일에 낭비해야 합니까? 카이사르는 히스파니아에서 그가 무엇을 할 수 있는지 우리에게 보여줬지만, 그건 그리 대단한 일도 아닙니다. 저는 그가 능력에 맞는 일에 몰두할 기회를 얻게 되기를 원합니다! 총독의 임무는 전쟁을 하는 것 이상이며, 장군의 임무는 사령부 막사에 앉아 있는 것 이상입니다. 이탈리아 갈리아에 제대로 된 총독이 있은 지도 10년이 넘었습니다. 그 결과 달마타이족과 리부르니족, 이아푸데스족 등 모든 일리리쿰의 부족들은 이탈리아 갈리아

동부를 로마인들이 살기에 아주 위험한 곳으로 만들어버렸습니다. 수치스러운 이탈리아 갈리아의 행정부는 말할 것도 없죠. 순회재판은 제때 열리기는커녕 열리기는 하는 것인지 의문이고, 파두스 강 유역의 라티움 시민권자 거류지들은 침몰중입니다.

이 법이 비준되는 즉시 가이우스 카이사르에게 이탈리아 갈리아와 일리리쿰 모두를 주시기를 부탁드립니다!" 바티니우스는 쪼그라든 다리를 토가로 가린 채, 이마의 종창도 보이지 않을 만큼 붉어진 얼굴로 외쳤다. "또한 가이우스 카이사르의 총독 임기를 5년 후 3월까지로 확정해주십시오! 원로원이 이 민회에서 우리가 내린 그 어떤 결정도 무효화시킬 수 없도록 권한을 빼앗아주십시오! 가이우스 카이사르 같은 인재를 위해 이탈리아의 가축 이동용 길을 측량하는 것보다 나은 임무를 찾아내지 못한 원로원은 집정관급 총독의 속주를 분배할 권리를 스스로 포기한 것입니다! 그 똥 무더기 같은 별 관찰자는 측량을 하라 그러고, 가이우스 카이사르는 더 중요한 임무를 수행하게 합시다!"

바티니우스의 법안은 평민회에 상정된 후 집회에 집회를 거듭하며 검토되었다. 폼페이우스와 크라수스, 루키우스 코타, 루키우스 피소까지 지지 연설을 했다.

"제가 설득해봤지만 우리 쪽 호민관들 중 누구도 거부권을 행사할 배짱이 없더군요." 카토는 분노로 부들거리며 비불루스에게 말했다. "메텔루스 스키피오조차 말입니다. 믿어지십니까? 다들 서로 짠 듯이 자긴 살고 싶다고 했어요! 살고 싶다고! 아, 내가 아직 호민관이기만 하다면 얼마나 좋을까! 그럼 놈들한테 본때를 보여줄 텐데!"

"그럼 자넨 죽은 목숨이야, 마르쿠스. 사람들은 그 법을 원해, 이유는 모르겠지만. 나로서는 그들이 카이사르를 승률이 낮은 경주마로 생각한다고 볼 수밖에 없어. 폼페이우스는 이미 입증된 자고, 카이사르는 도박이지. 기사들은 카이사르가 운이 좋다고 생각해, 미신 신봉자 같은 놈들!"

"최악인 건 당신은 그대로 가축 이동 경로를 맡게 된다는 겁니다. 바티니우스는 집정관들 중 한 명은 그 일을 해야 한다고 아주 신경써서 지적했습니다."

"난 기꺼이 하겠네." 비불루스는 도도하게 말했다.

"어떻게든 그를 막아야 합니다! 베티우스 쪽은 진척이 있습니까?"

비불루스는 한숨을 쉬었다. "내가 바랐던 만큼 잘되고 있지 않아. 자네가 좀더 천부적인 책략가였으면 좋겠네만, 카토, 그렇지가 않아. 좋은 아이디어였지만, 베티우스는 함께할 만한 최고의 재목은 아니야."

"제가 그에게 내일 얘기하겠습니다."

"아니, 하지 말게!" 비불루스가 놀라서 외쳤다. "그는 내게 맡겨둬."

"폼페이우스는 원로원에서 발언을 할 거라더군요. 원로원이 카이사르에게 그가 원하는 모든 걸 줘야 한다고 주장할 거랍니다. 하!"

"그는 군단을 더 받지도 못할 거야, 장담하네."

"왜 저는 그가 받을 것 같지요?"

비불루스는 얄궂은 웃음을 지었다. "카이사르의 행운 때문에?"

"네. 그런 말씀 마십시오. 그놈이 축복받은 인간처럼 보이잖습니까."

실제로 폼페이우스는 카이사르에게 화려한 총독 임무를 주는 바티니우스의 법안을 지지하는 연설을 했다. 카이사르가 받을 것을 더 늘리는 내용이었다.

"저의 이목을 끈 것은," 그 위인은 원로원 의원들에게 말했다. "우리의 존경받는 전직 집정관 퀸투스 메텔루스 켈레르가 죽으면서 알프스 너머 갈리아 속주에 신임 총독이 없게 되었다는 것입니다. 가이우스 폼프티누스는 원로원의 이름으로 계속 그곳을 보유하고 있으며 원로원도 만족하고 있는 것 같지만, 가이우스 카이사르나 저를 비롯한 여타 뛰어난 장군들은 현 상황에 찬성하지 않습니다. 우리의 반대를 무시하고 폼프티누스에게 감사의 선물을 하는 것이 여러분들로서는 기뻤겠지만, 폼프티누스는 먼 갈리아를 통치할 만큼 유능하지 않습니다. 가이우스 카이사르는 먼 히스파니아 총독 시절에 이미 보여주었듯이 정력과 능력이 대단한 사람입니다. 대다수 사람들에게 버거울 임무도, 나와 마찬가지로 그에게는 그리 힘든 일이 아닙니다. 의원 여러분, 가이우스 카이사르에게 먼 갈리아와 가까운 갈리아 두 속주를 군대와 함께 주십시오. 그렇게 하면 여러 이점이 생깁니다. 이 두 속주를 한 총독이 관리할 경우, 각 속주의 군대를 구별할 필요 없이 필요할 때마다 군대를 데리고 이동하기 쉬워집니다. 3년 동안 먼 갈리아는 불안한 상태였고, 1개 군단으로 그 사나운 부족들을 통제한다는 건 말도 안 됩니다. 하지만 두 속주를 한 명의 총독에게 맡기면, 로마는 추가 군단 비용을 아낄 수 있을 겁니다."

카토가 손을 들어 흔들었다. 카이사르는 의자에 앉은 채 환한 미소를 지으며 그를 바라보았다. "마르쿠스 포르키우스 카토, 발언하십시오."

"그 정도로 자신만만합니까, 카이사르?" 카토가 으르렁거렸다. "내게 거리낌없이 발언권을 줄 정도로? 그럴지도 모르죠. 하지만 적어도 이러한 제국의 분할 행태에 대한 나의 항의는 기록으로 영원히 남을 것입니다! 새 장인에 대한 새 사위의 끔찍이 충성스럽고 멋들어진 연설 잘 들었습니다! 딸을 사고팔다니, 로마가 이렇게까지 타락한 겁니까?

이제 우리는 정치적 동맹을 위해 딸을 사고팔아야 하는 겁니까? 이 악명 높은 동맹의 장인은 이미 자신의 혹 달린 추종자를 이용하여, 저를 비롯한 로마의 진정한 애국자들이 전력을 다해 그에게 주길 거부한 집정관급 총독 직을 확보했습니다! 이제 그의 사위가 장인에게 또하나의 속주를 선물해주려고 하는군요! 한 사람당 속주 하나! 이것이 모스 마이오룸에 합당합니다. 의원 여러분, 어떤 위험이 도사리고 있는지 모르시겠습니까? 폼페이우스의 요청을 들어주면 여러분 스스로 요새를 갖춘 독재자를 만드는 거라는 사실을요? 그러면 안 됩니다! 절대 안 돼요!"

폼페이우스는 따분하다는 표정으로 듣고 있었고, 카이사르는 특유의 유쾌한 듯하면서도 짜증스러워하는 표정을 짓고 있었다.

"달라지는 것은 아무것도 없습니다." 폼페이우스가 말했다. "어디까지나 선의로 한 제안입니다. 로마 원로원이 총독들에게 속주를 배분하는 전통적인 권리를 지키고 싶다면 제 말대로 하는 것이 나을 겁니다. 제 말을 무시해도 좋습니다, 의원 여러분, 얼마든지요! 하지만 그렇게 하면 푸블리우스 바티니우스는 본건을 평민회로 가져갈 것이고, 평민회는 먼 갈리아를 가이우스 카이사르에게 줄 것입니다. 제가 하고자 하는 말은, 평민회한테 맡기느니 여러분이 하는 쪽이 낫다는 겁니다. 원로원이 가이우스 카이사르에게 먼 갈리아를 준다면 여러분이 그 상을 통제하는 것입니다. 매년 새해 첫날에 마음대로 지휘권을 변경할 수도 있습니다. 하지만 평민회에게 공이 넘어가면 가이우스 카이사르의 먼 갈리아 지휘권은 5년간 지속됩니다. 그렇게 되기를 원하십니까? 트리부스회나 평민회가 원래 원로원의 영역인 내용의 법 하나를 통과시킬 때마다 원로원의 권한은 조금씩 침해당하는 겁니다. 전 상관없습니다!

여러분이 결정하십시오."

폼페이우스가 가장 잘하는 종류의 연설이었다. 간결하고 화려하지 않은, 그래서 더 효과 있는 연설. 원로원은 그의 말을 곱씹은 뒤 수석 집정관에게 내년 1월 1일부터 다음해 첫날까지 1년간 먼 갈리아를 주기로 결정했다. 내후년 첫날에 갱신하든지 말든지 원로원 마음대로 할 수 있을 테니까.

"여러분은 바봅니다!" 표결이 끝난 후 카토가 새된 소리를 질렀다. "지독한 바보예요! 조금 전 그에게는 3개 군단이 있었지만 이제 여러분이 4개 군단을 줬군요! 4개 군단, 개중에 3개 군단은 노련병 군단입니다! 이 악당 카이사르가 그 군대로 무슨 일을 할까요? 두 개나 되는 자기 속주의 평화 유지를 위해 쓸까요? 아뇨! 그는 그 군대와 함께 이탈리아로, 로마로 진군할 거고 스스로 로마의 왕이 될 겁니다!"

예상치 못한 연설도 아니었고, 카토 자신조차 진심으로 걱정하는 내용은 아니었다. 의사당에 나온 모든 의원들 가운데, 심지어 보니파 가운데서도 카토의 말이 현실이 될 거라고 믿는 사람은 아무도 없었다.

하지만 카이사르는 평정을 잃었다. 그가 여러 달 동안 엄청난 긴장 속에서 지내왔다는 뜻이었다. 이제 필요한 것을 얻은 그는 그동안 쌓인 것을 분출했다.

카이사르는 자리에서 일어섰다. 그의 얼굴은 딱딱하게 굳어 있었고 콧구멍은 넓어졌으며 두 눈은 번들거렸다. "마음껏 소리쳐보시오, 카토!" 그가 천둥처럼 크게 외쳤다. "하늘이 무너지고 로마가 물 밑으로 가라앉을 때까지 고함을 질러도 상관없소! 여러분 모두 소리지르고 푸념하고 울고 징징대고 칭얼대고 비난하고 투덜대고 불평하시오! 난 상관없으니까! 난 내가 원하는 걸 얻었소, 당신의 거짓말에도 불구하고 얻었소! 이제 다들 앉아서 닥치고 있으시오, 비참한 소인배 여러분! 난 내가 원하는 걸 얻었으니까. 당신들이 그렇게 몰아가면, 난 그것을 이용해 여러분의 머리를 으깨버릴 거요!"

그들은 앉아서 닥치고 있었다. 속을 부글부글 끓이면서.

카이사르가 부당하다고 생각한 것에 대한 그 반박의 말이 이유였든, 아니면 결혼을 비롯해 그간 쌓여온 여러 모욕이 이유였든 간에 그날부터 수석 집정관과 그 동맹자들의 인기는 계속 떨어졌다. 비불루스의 천체관측에 분노하여 카이사르에게 두 갈리아를 내준 여론은 이제 급격히 방향을 바꿔 카토와 비불루스에 호의적으로 변했고, 두 사람은 재빨리 기회를 붙잡았다.

또한 카토와 비불루스는 젊은 쿠리오를 매수했다. 클로디우스와의 약속에서 해방되어 카이사르의 인생을 힘들게 만들기를 갈망하던 쿠리오는 기회가 있을 때마다 로스트라 연단이나 카스토르 신전 연단에 올라가 카이사르와 그의 의심스러운 과거를 무자비하게 풍자했는데, 그 솜씨가 기가 막혔다. 비불루스도 합세하여 포룸 로마눔 낮은 구역에 있는 카이사르의 게시판에 재기발랄한 일화와 경구, 수기, 칙령을 (상처에 모욕을 더하며) 붙였다.

그럼에도 불구하고 법들은 통과되었다. 두번째 토지법, 카이사르에게 속주들을 주는 바티니우스법을 구성하는 여러 법들, 그리고 카이사르가 수년간 시행하고 싶어서 안달했던 눈에 띄지 않지만 유용한 더 많은 조치들까지. 아울레테스라고 불리는 프톨레마이오스 11세 테오스 필로파토르 필라델포스는 이집트 왕좌를 보장받았고 로마 인민의 우호동맹이 되었다. 4천 탈렌툼이 가데스에 있는 발부스의 은행에 남아 있었고, 폼페이우스와 크라수스는 돈을 받았으며, 발부스는 티투스 라비에누스와 함께 일을 시작하기 위해 서둘러 이탈리아 갈리아로 떠났다. 발부스는 무기와 군장을(가능하다면 루키우스 피소와 마르쿠스 크라수스로부터) 조달할 터였고, 라비에누스는 이탈리아 갈리아를 위한 3개 군단을 모병하기 시작했다.

북동쪽과 다누비우스 강 분지 근처에서의 전쟁을 목표로 하는 카이사르에게 먼 갈리아는 골칫거리로 여겨졌다. 그는 폼프티누스를 혐오했지만 그자를 불러들이지는 않았다. 외교적인 방법으로 로다누스 강 근처의 문제들을 처리하기를 원했기 때문이다. 게르만계 수에비족의 왕 아리오비스투스는 먼 갈리아의 새로운 세력이었다. 이제 그는 먼 갈리아와 게르마니아를 나누는 레만누스 호수와 레누스 강변 사이의 지역을 완전히 주름잡고 있었다. 세콰니족은 본래 세콰니족 땅의 3분의 1을 주겠다고 약속하며 아리오비스투스를 그들의 영역으로 넘어오게 했다. 그러나 수에비족은 그 큰 강을 넘어 끝도 없이 쏟아져 들어갔고, 아리오비스투스는 곧 세콰니족 땅의 3분의 2를 요구했다. 이는 연쇄적으로 아이두이족에까지 혼란을 퍼뜨렸다. 아이두이족은 오랫동안 로마 인민의 우호동맹이었다. 그런 뒤엔 대부족인 티구리니족의 일족인 헬베티족이 산속 요새에서 나와 날씨가 더 따뜻한 저지대인 먼 갈리아에 살려고 했다.

전쟁의 조짐이 어찌나 확실하던지 폼프티누스는 레만누스 호수에서 멀지 않은 곳에 반영구 진지를 구축하고 사태를 살피기 위해 1개 대대를 주둔시켰다.

카이사르의 통찰력 있는 눈은 아리오비스투스가 현상황의 핵심임을 간파했다. 그래서 그는 원로원의 이름으로 그 게르만족 왕의 대표단과 교섭하기 시작했다. 그의 목표는 로마의 것은 로마의 것으로 지키고 아리오비스투스를 억제하며 게르만의 침략이 도발하고 있는 수많은 갈리아 부족들을 진정시키는 조약이었다. 그렇게 함으로서 로마가 이미 아이두이족과 맺은 여러 조약을 침해하고 있다는 사실은 그에겐 전혀 걱정거리가 아니었다. 로마에 대한 위험을 최소화하는 상황을 구축하는 것이 더 중요했다.

그 결과는 아리오비스투스 왕을 로마 인민의 우호동맹으로 삼는 원로원 결의였고, 카이사르가 수에비족 지도자에게 개인적으로 보내는 화려한 선물들도 뒤따랐다. 이는 원했던 효과를 냈다. 자신의 현재 위치를 암묵적으로 승인받은 아리오비스투스는 안도의 숨을 쉬며 여유를 즐길 수 있었다. 그의 갈리아 식민지는 로마 원로원에 인정받은 사실이었다.

우호동맹 결의들 중 어느 것도 카이사르가 이끌어내기에 어렵지 않았다. 천성적으로 보수적이고 막대한 전쟁 비용을 싫어하는 원로원은 프톨레마이오스 아울레테스를 인정하면 크라수스 같은 자들이 이집트를 날치기하려는 시도를 할 수 없다는 것을, 아리오비스투스를 인정하면 먼 갈리아에서의 전쟁을 피할 수 있다는 것을 재빨리 간파했다. 폼페이우스에게 연설을 부탁할 필요조차 없었다.

인기가 줄어가는 와중에 카이사르는 루키우스 칼푸르니우스 피소의 딸 칼푸르니아를 세번째 아내로 맞이했다. 갓 열여덟 살인 그녀는 알고 보니 카이사르의 현재 경력에 딱 맞는 아내감이었다. 아버지처럼 키가 크고 거무스름한 아주 매력적인 소녀로, 천성적으로 차분하고 위엄이 있어 카이사르로 하여금 칼푸르니아의 조모 루틸리아의 사촌인 자기 어머니를 떠올리게 만들었다. 칼푸르니아는 지적이고 교육을 잘 받았으며 언제나 유쾌하고 결코 까탈스럽게 구는 법이 없었다. 관저 생활에도 아주 잘 적응해서 원래부터 쭉 그곳에 살던 사람 같았다. 율리아와 비슷한 나이인 그녀의 존재는 율리아의 상실을 얼마간 보상해주었다. 특히 카이사르에게는 더욱 그랬다.

물론 카이사르는 칼푸르니아를 능숙하게 다뤘다. 정략결혼, 특히 급하게 한 정략결혼의 큰 단점 하나는 그것이 신부에게 미치는 영향이었다. 신부는 남편이라지만 생면부지의 남과 결혼하는 것이었고, 특히나 칼푸르니아처럼 자족적인 신부라면 수줍음과 어색함 때문에 벽을 쌓기 마련이었다. 이를 알고 있던 카이사르는 그 벽을 허물기로 했다. 그는 그녀를 율리아처럼 대했다. 물론 그녀는 딸이 아니라 아내라는 차이는 있었다. 잠자리는 다정하고 사려 깊고 쾌활하게 이끌었으며, 침실 밖에서도 다정하고 사려 깊고 쾌활하게 아내를 대했다.

아버지가 들떠서 그녀가 수석 집정관이자 최고신관에게 시집갈 거라고 알려줬을 때 칼푸르니아는 겁을 먹었다. 내가 그런 일을 감당할 수 있을까? 하지만 알고 보니 남편은 아주 착하고 사려 깊었다! 그는 매일매일 그녀에게 작은 선물을 주었다. 시장 판매대에서 발견한 팔찌나 스카프, 귀걸이, 귀여운 샌들 같은 것들이었다. 한번은 지나가면서 그녀의 무릎에 뭔가를 툭 떨어뜨렸다(그녀는 남편이 그런 일에 얼마나 능숙한지 모를 터였지만). 그것은 움직이더니 작은 소리로 야옹 울었다. 그는 아기고양이를 선물했던 것이다! 내가 고양이를 좋아한다는 걸 저이가 어떻게 알았을까? 어머니가 고양이를 싫어해서 절대 키우지 못하게 했었다는 건 어떻게 알았을까?

칼푸르니아는 거무스름한 눈동자를 빛내며 그 오렌지색 털뭉치를 들어올려 얼굴을 비비고 남편에게 환한 미소를 지어 보였다.

"아직은 어린 녀석이지만, 내년 첫날에 내게 주면 거세시켜주겠소." 카이사르는 이렇게 말하면서, 아내의 매우 매력적인 얼굴에 떠오른 기쁜 표정에 자신이 터무니없이 즐거워하고 있다는 걸 알아차렸다.

"펠릭스라고 부를 거예요." 칼푸르니아는 여전히 웃으면서 말했다.

카이사르는 소리내어 웃었다. "녀석이 새끼를 많이 가질 거라서 운이 좋다고? 내년이 되면 녀석은 이름과 모순되는 상태가 될 거요, 칼푸르니아. 거세하지 않으면 계속 여기서 당신과 살 수가 없고, 나는 한밤중에 또다른 수고양이에게 내 장화를 던져야겠지. 스파도(거세된 동물이라는 뜻의 라틴어—옮긴이)라고 불러요, 그게 더 적당하니까."

칼푸르니아는 고양이를 안은 채 일어서서 카이사르의 목에 한 팔을 두르고 그의 뺨에 뽀뽀했다. "그래도 펠릭스라고 부를래요."

카이사르는 고개를 돌려 입술에 뽀뽀를 받았다. "행운아는 내 쪽이군."

"고양이를 어디서 데려왔어요?" 그녀는 이렇게 물으면서, 의도치 않게 율리아처럼 카이사르의 부챗살 모양 눈가 주름에 입을 맞췄다.

카이사르는 눈을 깜빡여 눈물을 떨쳐버리고 아내를 두 팔로 안았다. "사랑을 나누고 싶소, 여보. 펠릭스는 내려놓고 나를 따라오시오. 당신이 날 편안하게 만들어주는군."

나중에 카이사르는 어머니에게 말했다.

"칼푸르니아 덕에 율리아 없이 지내기가 덜 힘드네요."

"그래, 그렇지. 집에 젊은 사람이 있어야 해, 적어도 난 그래. 너도 그렇다니 기쁘구나."

"둘은 다른 부류죠."

"완전히 다르지, 그래서 다행이야."

"아내는 진주보다도 고양이를 받고 더 기뻐했어요."

"그것참 좋은 징조구나." 아우렐리아가 얼굴을 찡그렸다. "칼푸르니아는 앞으로 힘들 거다, 카이사르. 반년 후면 너는 집을 떠날 거고, 그앤 수년간 널 보지 못할 거니까."

"카이사르의 부인인데도요?"

"그애가 진주보다 새끼고양이를 더 좋아했다면 나중에 정절이 위태로워지지는 않겠구나. 최선책은 네가 떠나기 전에 자식을 만드는 거야—그애가 몰두할 대상이 생기게 되니까. 하지만 이런 일은 예측할 수가 없고, 네가 세르빌리아를 덜 찾는 기미도 보이지 않으니. 남자만 그렇게 돌아다닐 곳이 많단다, 카이사르, 너도 마찬가지고. 칼푸르니아와 더 자주, 세르빌리아와는 더 뜸하게 잠자리를 하렴. 넌 딸을 만드는 경향이 있는 것 같아서 세르빌리아가 아들을 낳을까 하는 걱정은 덜 되지만."

"어머니도 참 한결같으세요! 제가 받아들이지 않을 합리적인 충고를 도무지 그만두시질 않으니."

아우렐리아는 화제를 돌렸다. "폼페이우스가 마르쿠스 키케로에게 가서 쿠리오를 설득해 포룸 로마눔에서의 공격을 그만두게 해달라고 간청했단 얘길 들었다."

"바보 같으니!" 카이사르가 얼굴을 찌푸리며 외쳤다. "그래봤자 키케로가 자기가 중요한 인물이라 착각할 뿐이라고 말했는데. 그 조국의 구원자는 요새 보니파한테 입질을 받아서 우리의 제안을 거절하면서 아주 즐거워하고 있죠. 판무관도 싫다, 내년에 갈리아의 보좌관도 싫다, 심지어 국가 비용으로 여행을 보내준다는 저의 제안도 싫다고 하더군요. 그 마당에 마그누스가 뭘 하는 줄 아세요? 놈한테 돈을 주겠대요!"

"물론 키케로는 거절했겠지." 아우렐리아가 말했다.

"네, 빚이 산더미인데도 말이죠. 빌라에 그렇게 환장한 사람은 처음 봤어요!"

"그래서 내년에 네가 클로디우스의 고삐를 풀어주겠다는 뜻이니?"

어머니를 보는 카이사르의 시선은 매우 차가웠다. "반드시 그렇게 할 거예요."

"대관절 키케로가 폼페이우스한테 뭐라고 했길래 네가 이렇게 화가 났니?"

"히브리다의 재판 때 했던 말이랑 똑같은 말이죠, 뭐. 하지만 불행히도 마그누스는 저에 대한 의심을 충분히 내비쳐서, 키케로는 자기가 저한테서 마그누스를 떼어놓을 수도 있다고 생각해요."

"그런 일은 없을 것 같아, 카이사르. 말이 안 돼. 율리아가 있잖니."

"네, 저도 그렇게 생각해요. 마그누스는 교란 작전을 쓰고 있는 거죠. 키케로에게 자기 속내를 다 내보이기 싫으니까."

"내가 너라면 카토를 더 걱정하겠어. 비불루스는 둘 중에 더 체계적인 쪽이지만 카토에게는 영향력이 있어. 클로디우스가 키케로와 함께 카토를 제거할 수 없다는 게 유감이야."

"그렇게만 된다면 제가 없는 동안 확실한 보호책이 될 텐데요, 어머니! 유감스럽게도 어떻게 해야 그럴 수 있는지 모르겠어요."

"생각을 해보렴. 네가 카토를 제거할 수 있다면 네 목에 박힌 이빨들을 모두 뽑아내는 거야. 카토는 원흉이야."

고등 정무관 선거는 7월에 평소보다 조금 늦게 실시되었다. 유력 후보는 아울루스 가비니우스와 루키우스 칼푸르니우스 피소가 분명했다. 그들은 가열차게 유세활동을 벌였지만, 카토에게 뇌물 혐의를 들먹일 기회를 주지 않을 만큼 교활하게 움직였다. 변덕스러운 여론은 또다시 보니파에게서 등을 돌렸다. 삼두연합에게 유리한 선거 결과가 나올 터였다.

선거까지 얼마 남지 않은 그때, 루키우스 베티우스가 마침내 활동을 개시했다. 그는 최근 포룸 로마눔 연설에서 주로 폼페이우스를 공격하던 젊은 쿠리오에게 접근해서 폼페이우스를 암살할 계획을 안다고 말했다. 그러고는 쿠리오에게 함께할 생각이 있냐고 물었다. 쿠리오는 주의깊게 듣고 흥미가 있는 척했다. 그런 다음 자기 아버지에게 그 일을 말해주었다. 쿠리오에게 음모자나 암살자 기질은 없었기 때문이다. 늙은 쿠리오와 그의 아들은 자주 말다툼을 했지만 그들의 반목은 포도주와 성적인 소동, 빚에 국한되어 있었다. 위험이 다가오면 스크리보니우스 쿠리오 집안사람들은 힘을 합쳤다.

늙은 쿠리오는 당장 폼페이우스에게 알렸고, 폼페이우스는 원로원 회의를 소집했다. 순식간에 베티우스가 소환되어 증언을 하게 되었다. 그 망신살 뻗친 기사는 처음엔 모든 것을 부인했지만 끝내 무너져서 이름 몇 개를 댔다. 미래의 집정관 후보 렌툴루스 스핀테르의 아들, 루키우스 아이밀리우스 파울루스, 그리고 그때까지 카이피오 브루투스로 불리던 마르쿠스 유니우스 브루투스. 그 이름들은 너무나 터무니없어서 아무도 믿으려 하지 않았다. 젊은 스핀테르는 클로디우스 클럽도 아니었고 무분별한 행동으로 유명하지도 않았으며, 레피두스의 아들은 모반 전력이 있었지만 추방지에서 돌아온 이래 부적절한 행동은 전혀 하지 않았고, 브루투스가 암살자라는 건 상상조차 하기 힘들었다.

그러자 베티우스는 비불루스의 필경사 한 명이 칩거중인 차석 집정관이 보낸 단검을 가져왔다고 말했다. 이후에 키케로는 베티우스가 단검의 다른 출처를 대지 못한 것이 유감이라고 말했지만, 의사당에 있던 모든 사람들은 그 이야기의 의미를 깨달았다. 계획된 범죄를 지지한다는 비불루스의 표현 방식이었던 것이다.

"말도 안 돼!" 한 가지는 확신하고 있던 폼페이우스가 외쳤다. "마르쿠스 비불루스는 5월에 나를 암살하려는 음모가 진행중이라고 말해줬던 사람이오. 비불루스가 연루됐을 리 없소."

젊은 쿠리오가 소환되었다. 그는 파울루스가 마케도니아에 있음을 모두에게 상기시켰고, 모든 일이 거짓투성이임을 돈호법으로 말했다. 원로원은 동의하는 쪽으로 기울었지만, 추가 심문을 위해 베티우스를 구금하는 쪽이 현명하다고 느꼈다. 카틸리나를 떠올리게 하는 것들이 너무 많았다. 로마인을—심지어 베티우스라 해도—재판도 하지 않고 처형하는 오명을 원하는 사람은 아무도 없었기에, 이번 사건이 원로원의 통제 밖으로 확대되는 것은 허용되지 않을 터였다. 원로원의 바람에 부응하여, 수석 집정관 카이사르는 릭토르단에게 베티우스를 라우투미아이 감옥으로 데려가 감방 벽에 연결된 쇠사슬에 묶어두라고 명령했다. 그 허술한 감옥에서 탈출하지 못하도록 하려면 그 방법밖에 없었다.

표면적으로 이번 일은 앞뒤가 전혀 맞지 않았지만, 카이사르는 매우 불안했다. 그의 자기 보호 본능은 무슨 수를 써서라도 이번 일의 진행 상황을 트리부스회에 알려야 한다고 말하고 있었다. 원로원 의사당 안에 가둬놓아서는 안 되는 일이라고. 그래서 카이사르는 원로원을 해산한 후 트리부스회를 소집하여 이번 사건에 대해 알렸다. 그리고 다음날 베티우스를 로스트라 연단으로 불러내 공개 심문을 받게 했다.

그러자 베티우스의 공범 명단이 상당히 달라졌다. 아니요, 브루투스는 연루되지 않았습니다. 네, 파울루스가 마케도니아에 있다는 걸 깜박했습니다. 스핀테르의 아들이 아니라 마르켈리누스의 아들이었던 것 같습니다. 어쨌거나 스핀테르도 마르켈리누스도 코르넬리우스 렌툴루스 집안사람이고, 둘 다 미래의 집정관 후보자니까요. 이어 그는 새로운 이름들을 댔다. 루쿨루스, 가이우스 판니우스, 루키우스 아헤노바르부스, 키케로. 모두 보니거나 보니에 아첨하는 자들이었다. 카이사르는 혐오를 느끼며 베티우스를 라우투미아이로 돌려보냈다.

그러나 바티니우스는 베티우스를 더 엄격하게 다뤄야 한다고 느꼈고, 서둘러 그를 로스트라 연단으로 불러내서 무자비한 심문을 받게 했다. 그러자 베티우스는 자신이 댄 이름들이 맞다고 하면서도 두 사람을 더 추가했다. 놀랍게도, 모두에게 존경받는 제도의 기둥이자 키케로의 사위인 피소 프루기와 모호함으로 유명한 원로원 의원 유벤티우스였다. 회의가 파하기 전에, 바티니우스는 베티우스 사건으로 빠르게 알려지고 있던 그 사건에 대해 공식적인 조사를 실시하자는 법안을 평민회에 상정했다.

이쯤 되자 보니파가 폼페이우스에게 물릴 대로 물려서 그를 암살하려는 음모를 꾸몄다는 추론 외에는 말이 되는 설명이 없었다. 그러나 정계에서 가장 통찰력 있는 분석가조차 베티우스가 실타래처럼 꼬아놓은 의혹을 풀 수가 없었다. 하지만 정말로 베티우스가 꼬아놓은 것이었을까? 아니, 그는 엉킨 매듭에 묶여 있었다.

폼페이우스는 이제 음모가 실제로 존재한다는 건 확신했지만, 보니파가 배후라고는 믿을 수가 없었다. 비불루스는 내게 경고를 해주지 않았던가? 하지만 보니파가 아니라면 누가? 그래서 그도 키케로처럼 결론을 내렸다. 바티니우스가 베티우스 사건 조사를 진행하면 진실이 밝혀질 거라고.

카이사르를 괴롭히는 것은 다른 일이었다. 왼손 엄지가 따끔거렸다. 다른 건 몰라도 베티우스가 자신을 몹시 싫어한다는 것은 알고 있었다. 베티우스 사건이 정말로 노리는 건 무엇일까? 길고 구불구불한 길 끝에 있는 표적은 혹시 나일까? 아니면 나와 폼페이우스 사이를 이간하는 것? 그리하여 카이사르는 더 기다리지 않고 공식 조사를 실시하기로 결심했다. 또 한 차례의 대중 심문을 위해 베티우스를 로스트라 연단에 세울 터였다. 그의 본능은 최대한 빨리 반드시 그래야 한다고 말했다. 어쩌면 그래야만 사건 진행 과정에서 가이우스 율리우스 카이사르라는 이름이 슬그머니 등장하지 않을 터였다.

하지만 일은 그렇게 풀리지 않았다. 카이사르의 릭토르단이 라우투미아이 감옥 쪽에서 나타났을 때, 그들은 얼굴이 하얗게 질린 채 베티우스 없이 돌아왔다. 루키우스 베티우스는 감방에서 쇠사슬에 묶인 채로 죽어 있었던 것이다. 목에는 크고 힘센 손 두 개의 자국이 있었고, 두 발에는 죽지 않으려고 절박하게 발버둥을 친 흔적이 남아 있었다. 쇠사슬 때문에 아무도 그를 지켜보는 간수를 둘 생각을 하지 못했다. 간밤에 루키우스 베티우스를 침묵하게 하러 온 자가 누구든 간에, 그를 본 사람은 아무도 없었다.

유쾌한 기대감에 젖어 서 있던 카토는 얼굴에서 피가 빠져나가는 것 같았다. 이어 로스트라 주변 인파의 관심이 성난 카이사르에게로 몰리는 것에 크게 안도했다. 카이사르는 릭토르단에게 감옥 근처에 있던 자들을 심문하라고 명령하는 중이었다. 주변에 있던 사람들이 무슨 일이 벌어질 것인지 의견을 들으려고 그에게 고개를 돌렸을 무렵, 카토는 사라지고 없었다. 그가 어찌나 서둘러 달려갔던지 파보니우스는 그를 따라갈 수가 없었다.

카토는 비불루스의 집안으로 뛰어들어가 주랑정원에 앉아 있는 비불루스를 찾아냈다. 비불루스는 한쪽 눈으로 구름 없는 하늘을 쳐다보며 다른 눈으로는 손님들, 즉 메텔루스 스키피오와 루키우스 아헤노바르부스, 가이우스 피소를 보고 있었다.

"비불루스, 어떻게 그러실 수가?" 카토가 포효했다.

네 사람은 동시에 고개를 돌리고 입을 딱 벌렸다.

"내가 뭘?" 비불루스는 순수하게 놀란 표정으로 물었다.

"베티우스를 죽였죠!"

"뭐라고?"

"방금 카이사르가 베티우스를 로스트라 연단으로 데려오라고 라우투미아이 감옥에 릭토르단을 보냈는데, 그가 죽어 있었다더군요. 목이 졸려서 말이죠, 비불루스! 왜! 도대체 왜 그런 겁니까? 나는 절대 동의하지 않았을 겁니다, 당신도 그걸 안 거겠지요! 정치적 계략은 이해할 수 있습니다, 특히나 카이사르 같은 개가 표적이라면. 하지만 살인은 비열한 짓이에요!"

비불루스는 넋 나간 표정으로 듣고 있다가 카토가 말을 마치자 휘청거리며 일어나 한 손을 뻗으며 말했다. "카토, 카토! 나를 그렇게 모르는가? 내가 뭐하러 베티우스 같은 녀석을 죽이겠나? 카이사르를 죽였으면 죽였지, 다른 사람을 왜 죽이겠나?"

회색 눈에서 분노가 사그라들었다. 카토는 미심쩍은 표정으로 바라보더니 똑같이 한 손을 내밀었다. "당신이 아니었습니까?"

"아니야. 나는 자네와 같은 생각이고, 과거에도 그랬으며 앞으로도 그럴 거야. 살인은 비열한 짓이네."

다른 세 사람도 충격에서 회복되고 있었다. 메텔루스 스키피오와 아헤노바르부스는 카토와 비불루스 쪽으로 다가갔다. 가이우스 피소는 의자에 기대앉은 채 눈을 감고 있었다.

"베티우스가 정말로 죽었습니까?" 메텔루스 스키피오가 물었다.

"카이사르의 릭토르단이 그렇게 말했네. 정말인 것 같아."

"누굴까요?" 아헤노바르부스가 말했다. "어째서?"

카토는 포도주병과 잔 몇 개가 놓여 있는 탁자로 가서 자기가 마실 술잔을 따랐다. "집정관께서 하신 일인 줄 알았습니다, 마르쿠스 칼푸르니우스." 그는 말한 다음 술잔을 살짝 들어 보였다. "죄송합니다. 잘 모르고 한 소리예요."

"우리 중에는 없어요." 아헤노바르부스가 말했다. "그럼 누굴까요?"

"카이사르야, 틀림없어." 비불루스가 말하고 혼자 술을 들이켰다.

"카이사르가 그렇게 해서 얻는 게 뭡니까?" 메텔루스 스키피오가 얼굴을 찌푸리고 물었다.

"그건 나도 모르겠네, 스키피오." 비불루스가 대답했다. 그때 그의 시선이 유일하게 가만히 앉아 있던 가이우스 피소에게 머물렀다. 끔찍한 공포가 그의 마음속을 채웠다. 비불루스는 소리가 나도록 세게 숨을 들이쉬고 별안간 외쳤다. "피소! 피소, 설마 당신이!"

살찐 얼굴에 파묻힌 핏발 선 눈이 냉소의 빛을 띠었다. "정말이지 철 좀 들게, 비불루스!" 가이우스 피소가 지친다는 듯이 말했다. "달리 어떻게 그 백치 같은 작전이 성공하겠나? 베티우스가 그 계략을 끝까지 밀어붙일 배짱과 용기가 있다고 정말로 생각한 겐가? 물론 그는 카이사르를 싫어하지만 동시에 카이사르를 두려워한다고. 자네들은 정말이지 아마추어야! 고상함과 드높은 이상으로 가득차서는, 결실을 맺도록 밀어붙일 능력도 교활함도 없이 전략을 짜대지—가끔은 자네 둘이 지긋지긋해!"

"당신도 만만치 않습니다!" 카토가 두 주먹을 꽉 쥐고 소리쳤다.

비불루스는 카토의 팔에 손을 얹고 말했다. "상황을 악화시키지 말게, 카토." 그의 얼굴빛은 회색이 되어 있었다. "우리의 명예는 베티우스와 함께 죽었네, 이 배은망덕한 사람 때문에." 그는 몸을 곧게 펴고 말했다. "내 집에서 나가주세요, 피소. 그리고 다시는 오지 마십시오."

의자가 나동그라졌다. 가이우스 피소는 한 사람 한 사람의 얼굴을 쳐다본 후 카토의 발치에 있는 판돌에 보란듯 침을 뱉었다. "베티우스는 내 피호민이었어. 그가 자기 역할을 하도록 가르칠 때는 내가 아주 유용했겠지! 하지만 자네들한테 조언할 때는 쓸모가 없었군. 지금부터는 자네들끼리 싸우게! 그리고 날 고발할 시도는 하지 않는 게 좋을 거야, 알겠나? 한마디라도 했다가는 자네들 모두에 대해 증언해버릴 테니까!"

카토는 분수대 근처의 갓돌 위에 주저앉았다. 햇살 속에 뿜어져 나오는 물방울들 속에서 다채로운 무지개들이 보였다. 그는 두 손으로 얼굴을 감싸쥐고 몸을 앞뒤로 흔들며 울었다.

"다음번에 피소를 만나면 두들겨 패줄 겁니다!" 아헤노바르부스가 사납게 말했다. "망나니 같으니라고!"

"다음번에 피소를 만나면, 루키우스, 아주 정중하게 대하게." 비불루스가 눈물을 훔치며 말했다. "아, 우리의 명예가 죽었네! 심지어 우린 피소가 죗값을 치르게 만들지도 못해. 그랬다가는 전부 다 추방당할 테니까."

루키우스 베티우스의 죽음을 둘러싼 소란은 그 불가사의함 때문에 악화되기만 했다. 잔혹한 살인은 그것이 아니었다면 단순한 날조로 치부되었을지 모르는 일에 진실성을 부여했다. '누군가' 위대한 폼페이우스를 암살하려고 했다, 루키우스 베티우스는 그자가 누군지 알았다, 그리고 이제 루키우스 베티우스는 입막음을 당했다. 베티우스가 자신의 이름(과 사랑하는 충직한 사위의 이름)을 댔기에 겁에 질린 키케로는 비난의 화살을 카이사르에게 돌렸고, 영향력이 덜한 보니파 대다수도 키케로를 따라 했다. 비불루스와 카토는 말하기를 꺼렸고 폼페이우스는 미혹과 당황을 계속 오갔다. 논리적으로 따지면 베티우스 사건은 사실 의미도 근거도 없다는 것이 분명했지만, 관련된 사람들은 논리적으로 생각할 상태가 아니었다.

여론은 다시 한번 급히 방향을 바꿔 삼두연합에 등을 돌렸고, 계속 그 상태일 것처럼 보였다. 카이사르에 관해 온갖 뜬소문이 무성했다. 그의 법무관 푸피우스 칼레누스는 아폴로 경기대회 동안 극장에서 야유와 조소를 당했다. 풍문에 따르면 카이사르가 푸피우스 칼레누스를 통해 원로원 의원들 뒤의 지정 좌석이라는 상급 기사들의 권리를 취소하려 한다는 것이었다. 아울루스 가비니우스가 돈을 댄 검투사 경기들에서는 더 불쾌한 장면이 연출되었다.

비불루스는 지금이 자신의 종교적 책략들을 활용할 최적기임을 확신하고 공격에 나섰다. 그는 고등 정무관과 트리부스회 선거를 10월의 열여덟번째 날까지 미루고, 이것을 칙령으로 로스트라 연단과 카스토르 신전 연단, 공시 게시판에 게시했다. 포룸 로마눔 낮은 구역에 있는 루키우스 베티우스의 시신에서 악취가 풍길 뿐 아니라, 하늘의 잘못된 부분에서 거대한 유성을 보았기 때문이라고 비불루스는 말했다.

폼페이우스는 크게 당황했다. 그의 유순한 호민관들은 평민회를 소집하라는 명령을 받았고, 위인은 밤하늘에서 그 어떤 유성이 보여주는 것보다도 명확하게 비불루스가 보여준 무책임함에 대해 긴 연설을 했다. 조점관이기도 한 폼페이우스는 풀죽은 군중에게 불길한 징조는 전혀 없다고 맹세할 수 있다고, 비불루스는 로마를 파멸시키려 거짓말을 늘어놓는 중이라고 말했다. 그런 다음 카이사르를 설득하여 트리부스회를 소집하고 비불루스를 비판하는 연설을 하게 했지만, 카이사르는 평소처럼 불꽃 튀는 연설을 할 열의를 발휘하지 못했다. 자신을 따라 비불루스의 집으로 가서 이 몰상식한 사태를 끝내자는 열정적인 연설이어야 했지만, 전혀 그렇지가 못했다. 인민들은 각자의 집으로 돌아가기를 택했다.

"인민에게 분별이 있다는 증거일 뿐입니다." 카이사르는 관저에서 함께 정찬을 들며 폼페이우스에게 말했다. "우린 이번 일에서 잘못된 길로 접근하고 있습니다, 마그누스."

몹시 침울한 폼페이우스는 왼손에 턱을 괴고 어깨를 으쓱했다. "잘못된 길?" 그가 울적한 목소리로 물었다. "문제는 옳은 길이 아예 없다는 거지."

"있습니다, 아시잖아요."

파란 눈 하나가 카이사르 쪽을 향했지만, 회의적인 시선이었다. "그 옳은 길이 뭔지 말해주게, 카이사르."

"지금은 7월, 선거철이지 않습니까? 경기대회들이 진행중이고, 이탈리아 사람들 절반은 로마에 놀러와 있어요. 지금 포룸 로마눔에 드나드는 사람들 가운데 단골은 한 명도 없습니다. 그 사람들이 지금 무슨 일이 일어나고 있는지 어떻게 알겠습니까? 그들은 징조, 차석 집정관, 천체관측, 감옥에서 살해당한 남자, 로마 정무관 파벌 간의 흥미진진한 싸움에 대해 듣습니다. 그들은 한쪽의 당신과 나를 바라봅니다. 그런 다음 다른 쪽의 카토를 보고 비불루스의 말을 듣죠. 낙후된 피시디아에서 행하는 의식보다도 낯설어 보일 겁니다."

"하!" 폼페이우스가 다시 턱을 괴며 말했다. "가비니우스와 루키우스 피소는 낙선할 걸세, 내가 아는 건 이것뿐이야."

"물론 그렇습니다. 하지만 선거가 당장 실시되어야만 그렇게 되겠지요." 카이사르가 다시 한번 쾌활하고 활기차게 말했다. "비불루스는 실수를 했습니다, 마그누스. 선거들이 지금 열리도록 놔뒀어야 해요. 지금 선거를 했다면 두 집정관 모두 보니였을 테니까요. 비불루스는 선거들을 연기함으로써 우리한테 상황을 회복할 수 있는 시간과 기회를 준 거예요."

"우리의 상황은 회복할 수 없어."

"우리가 이번 칙령에 대해 반대를 부르짖는다면 그럴 겁니다. 반대하지 않으면 돼요. 선거 연기를 적법한 것으로 받아들이는 거죠, 마치 비불루스의 칙령에 전적으로 찬성하는 것처럼요. 그런 다음 유권자들에 대한 우리의 영향력을 회복시키는 작업을 합니다. 10월쯤 되면 우린 다시 지지를 얻게 될 겁니다, 마그누스, 두고보세요. 그래서 10월에 우리 진영의 집정관들을 얻게 될 거예요, 가비니우스와 루키우스 피소 말이죠."

"정말 그렇게 생각하나?"

"확신해 마지않습니다. 율리아가 있는 알바누스 빌라로 돌아가십시오, 마그누스, 부탁입니다! 로마의 정치는 그만 걱정하십시오. 나도 숨어 있다가 길어도 두 달 후에는 원로원에서 총독들의 속주 주민 착취를 금지하는 법안을 발표할 겁니다. 한동안 우리는 납작 엎드려서 아무것도 하지 않고 아무 말도 하지 않아야 합니다. 그러면 비불루스와 카토는 소리지르는 것 외에는 할 일이 없을 겁니다. 젊은 쿠리오도 입을 다물 거고요. 아무 일도 일어나지 않으면 관심은 사그라지기 마련이니까요."

폼페이우스는 작은 소리로 웃었다. "일전에 그 젊은 쿠리오가 자네한테 정말 제대로 일격을 가하더군."

"카이사르와 비불루스가 아니라 율리우스와 카이사르의 집정기 동안 일어난 일들 운운하던 것 말입니까?" 카이사르가 싱긋 웃으며 물었다.

"율리우스와 카이사르 집정기라는 말은 정말이지 멋졌어."

"아, 재치만점이죠! 나도 그 말을 듣고 웃었습니다. 하지만 그것조차 우리에게 유리하게 작용할 수 있습니다, 마그누스. 쿠리오가 말하기 전에 한 번쯤 생각해봤어야 할 뭔가를 말해주니까요. 비불루스는 집정관이 아니고 내가 두 집정관 역할을 다 했다는 것 말입니다. 10월이 되면 유권자들도 그걸 분명히 알게 될 겁니다."

"자네 덕분에 정말 기분이 많이 좋아졌네, 카이사르." 폼페이우스가 말하고는 한숨을 쉬었다. 그는 다른 생각을 하고 있었다. "그나저나 카토가 가이우스 피소와 사이가 완전히 틀어진 것 같아. 메텔루스 스키피오랑 루키우스 아헤노바르부스가 카토의 곁을 지키고 있고. 키케로가 말해줬네."

"일어날 수밖에 없는 일이었습니다." 카이사르가 진지하게 말했다. "가이우스 피소가 베티우스를 살해했다는 걸 카토가 알게 되자마자 말이죠. 비불루스와 카토는 바보지만, 살인에 관해서는 명예를 아는 바보들이거든요."

폼페이우스가 입을 딱 벌렸다. "가이우스 피소가 그랬나?"

"확실합니다. 그리고 그는 일을 제대로 한 겁니다. 살아 있는 베티우스는 우리에게 아무런 위협이 아니지만 죽은 베티우스는 내게 비난의 화살을 돌릴 수 있으니까요. 키케로가 이 점에 대해 당신을 설득하려고 하지 않았습니까, 마그누스?"

"그게……." 폼페이우스가 얼굴이 벌게지면서 웅얼거렸다.

"역시 그랬군요! 베티우스 사건은 당신이 나를 의심하게 만들려고 벌어진 일이었습니다. 내가 공개적으로 베티우스를 심문하고 또 심문하자 가이우스 피소는 그 계획이 실패하리라는 걸 깨달은 거고요. 베티우스의 죽음은 무성한 추측 외의 모든 결말을 막아버렸죠."

"나는 실제로 자네를 의심했었네." 폼페이우스가 무뚝뚝하게 말했다.

"그럴 수밖에 없었을 겁니다. 하지만 마그누스, 당신은 죽었을 때보다 살아 있을 때 내게 훨씬 더 유용한 분이라는 걸 절대 잊지 마십시오! 당신이 죽으면 내가 당신의 사람들 대다수를 넘겨받게 되리라는 건 사실입니다. 하지만 당신이 살아 있으면, 당신의 사람들은 마지막 한 사람까지 나를 지지할 수밖에 없죠. 나는 죽음의 옹호자가 아닙니다."

평민회와 평민 정무관 직은 징조들의 영향을 받지 않기 때문에, 비불루스의 칙령도 평민 조영관과 호민관 선거는 막을 수 없었다. 이 선거들은 예정대로 7월 말에 실시되었고, 푸블리우스 클로디우스는 새 호민관단의 대표가 되었다. 놀라운 일도 아니었다. 평민들은 호민관이 간절히 되고 싶어서 자신의 신분까지 버릴 수 있는 파트리키에게 감탄하는 경향이 강했기 때문이다. 게다가 클로디우스는 관대해서 수많은 피호민과 추종자 들이 있었고, 가이우스 그라쿠스의 손녀와 결혼하면서 그 수가 훨씬 더 늘어났다. 평민들은 그에게서 원로원에 대항해 인민을 지지해줄 자를 보았다. 그가 원로원을 지지한다면 결코 자신의 파트리키 신분을 버리지 않았으리라고 생각했던 것이다.

물론 보니는 호민관 세 명을 성공적으로 당선시켰다. 키케로는 클로디우스가 재판 없이 로마 시민들을 살해한 혐의로 자신을 고소하는 데 성공할까봐 너무나 두려운 나머지, 뇌물을 잔뜩 풀어서 자신의 헌신적인 추종자 퀸투스 테렌티우스 쿨레오를 호민관으로 당선시켰다.

클로디우스는 흥분해서 숨을 헐떡이며 카이사르에게 말했다. "난 그 당선자들 따윈 전혀 걱정하지 않습니다. 놈들을 티베리스 강에 던져버릴 겁니다!"

"분명 그리할 거라 생각하네, 클로디우스."

거무스름하고 약간 광기 어린 두 눈이 번쩍였다. "당신이 절 소유했다고 생각하십니까, 카이사르?" 클로디우스가 별안간 물었다.

그 질문에 카이사르는 소리내어 웃었다. "아니, 그렇지 않네, 푸블리우스 클로디우스! 자네에게 모욕이 될 그런 일은 생각은커녕 꿈도 꿔본 적 없어. 클라우디우스 집안사람은 자기 자신 말고는 누구의 것도 아니지. 설사 평민이라 해도!"

"포룸 로마눔에 있는 사람들은 당신이 저의 주인이라고 말하고 있습니다."

"거기서 사람들이 하는 말에 신경쓰나?"

"그런 건 아닙니다, 저한테 직접적으로 피해가 없는 한 말이죠." 클로디우스는 갑자기 벌떡 일어섰다. "그저 당신이 저를 소유했다고 생각하진 않는다는 걸 확인하고 싶었습니다, 그럼 이만 가보겠습니다."

"아, 조금 더 있다 가게." 카이사르가 상냥하게 말했다. "다시 앉게, 앉아."

"왜요?"

"두 가지야. 첫째, 호민관 임기 동안 무엇을 할 계획인지 알고 싶네. 둘째, 혹시 내 도움이 필요한 게 있는지 묻고 싶어."

"무슨 꿍꿍입니까?"

"아니, 그런 건 없어. 순수한 관심일 뿐이지. 클로디우스, 내가 도와주면 자네가 만들 법들의 적법성이 크게 향상될 수 있단 걸 알 만큼은 현명하길 바라네."

클로디우스는 잠시 말없이 생각하더니 고개를 끄덕였다. "무슨 말씀인지 알겠습니다. 집정관께서 도와주실 수 있는 게 하나 있군요."

"말해보게."

"저는 진짜 로마인들과 더 나은 관계를 맺어야 합니다. 보통 사람들, 서민들 말입니다. 우리 파트리키들이 그들 가운데 아무도 모른다면 그들이 무엇을 원하는지 어떻게 알겠습니까? 하지만 당신은 다른 파트리키들과는 다릅니다, 카이사르. 당신은 가장 고귀한 사람부터 가장 비천한 사람까지 다 알고 있으니까요. 비결이 뭡니까? 가르쳐주십시오."

"내가 모르는 사람이 없는 건 수부라에서 태어나 자랐기 때문이네. 나는 매일, 자네의 표현을 빌리자면, 그 보통 사람들과 어깨를 부대끼며 살았지. 적어도 자네한테서 은인인 체하려는 낌새는 보이지 않는군.

하지만 보통 사람들을 왜 알고 지내려고 하나? 그들은 자네한테 쓸모가 없네, 클로디우스. 유권자로서 영향력이 크지 않다는 말이야."

"머릿수가 있잖습니까." 클로디우스가 말했다.

뭘 노리는 거지? 카이사르는 그저 예의상 관심 갖는 듯한 표정으로 의자에 몸을 파묻은 채 푸블리우스 클로디우스를 찬찬히 살펴보았다. 사투르니누스? 아니, 그와는 다른 부류다. 악동인가? 물론. 그가 뭘 할 수 있을까? 카이사르는 자신이 이 질문의 답을 모른다고 인정했다. 클로디우스는 혁신가, 완전히 비정통적으로 생각하는 사람으로, 지금껏 아무도 가지 않은 길을 갈 수도 있다. 하지만 그가 뭘 할 수 있을까? 수천 명의 보통 사람들을 포룸 로마눔으로 끌고 가 원로원과 1계급 사람들을 협박하고 보통 사람들이 원하는 뭐든지 하려는 걸까? 하지만 그건 보통 사람들이 배가 고파야만 가능한 일이다. 게다가 지금은 곡물 가격이 비싸기는 하지만 카토의 법 때문에 보통 사람들이 곡물 가격에 손을 대기가 불가능하다. 사투르니누스는 엄청난 규모의 군중을 집결시켰고 그것을 로마 지배라는 자신의 목적에 이용하려고 했다. 그러나 그가 그것을 실행에 옮겼을 때 군중은 외면했고, 그는 죽었다. 클로디우스가 사투르니누스를 흉내낸다면 그의 결말도 죽음일 것이다. 보통 사람들—참 독특한 표현이군!—과 오래 알고 지낸 덕에, 나는 팔라티누스 언덕에서 나고 자란 푸블리우스 클로디우스를 비롯하여 나와 동류인 특권층 가운데 아무도 바라지 못할 정도의 통찰력을 얻게 되었지. 클로디우스가 사투르니누스처럼 되고 싶어한다면 그건 그의 자유지만, 만약 그렇다면 결국 보통 사람들은 한데 뭉쳐 파괴적인 힘을 발휘할 수 없다는 것만 깨닫게 될 것이다. 그들은 본질적으로 정치적인 존재가 아니니까.

"일전에 포룸 로마눔에서 당신을 아는 사람을 만났습니다." 시간이 좀 흐른 뒤 클로디우스가 말했다. "당신이 함께 비불루스의 집으로 가자고 군중을 설득하고 있을 때요."

카이사르가 얼굴을 찌푸리며 말했다. "내가 어리석었지."

"루키우스 데쿠미우스도 그렇게 말하더군요."

무표정한 얼굴에 웃음이 번졌다. "루키우스 데쿠미우스? 그 사람이야말로 끝내주는 보통 사람이지! 보통 사람들에 대해 알고 싶다면 그를 찾으면 돼."

"뭐하는 사람입니까?"

"빌리쿠스. 다시 말해 내가 태어나기 전부터 우리 어머니의 건물에 세 들어 있던 교차로단의 관리인이야. 그와 그의 단체의 공식적 지위가 사라져서 요즘 좀 침울해하고 있지."

"어머님의 건물이요?" 클로디우스가 미간을 찡그리며 물었다.

"어머니의 인술라 말이야. 파트리키 구와 수부라 미노르가 만나는 곳에 있지. 요즘 그 교차로단은 술집이지만 회원들은 여전히 그곳에서 모인다네."

"루키우스 데쿠미우스를 만나보겠습니다." 클로디우스가 흡족한 목소리로 말했다.

"호민관으로서 어떤 일을 할 계획인지 듣고 싶네." 카이사르가 말했다.

"일단 아일리우스법과 푸피우스법을 고칠 것입니다, 그건 확실해요. 비불루스 같은 집정관들이 종교법을 정치적 계략으로 이용하는 건 미친 짓이에요. 제가 손을 보고 나면 아일리우스법과 푸피우스법은 비불루스 같은 치들의 입맛에 전혀 맞지 않을 겁니다."

"대단해! 하지만 입안할 때 와서 내 도움을 받게."

클로디우스는 짓궂은 웃음을 지어 보였다. "소급법으로 했으면 하는 거지요? 앞으로는 물론이고 과거의 천체관측도 불법화하려고요?"

"내가 만든 법들을 강화하기 위해서?" 카이사르가 오만한 표정을 지었다. "내가 알아서 하겠네, 클로디우스, 소급법 없이. 또다른 건?"

"로마 시민들을 재판 없이 처형한 죄목으로 키케로를 고소하고 영구추방할 겁니다."

"훌륭하군."

"당신 친척인 루키우스 카이사르가 불법화한 교차로단들과 다른 형제단들의 지위를 복원할 계획도 있습니다."

"그래서 루키우스 데쿠미우스를 찾아가려는 거군. 그리고?"

"감찰관들이 법을 따르게 만들 겁니다."

"흥미롭군."

"국고 관리인들의 개인적인 상업 활동을 금지하고자 합니다."

"진즉에 그랬어야 하는데."

"그리고 인민에게 무료 곡물을 줄 것입니다."

카이사르의 이 사이로 쉿 소리가 새어나왔다. "아하! 존경스럽군, 클로디우스. 하지만 보니파가 자네를 가만두지 않을 거야."

"보니한테는 선택권이 없을 겁니다." 클로디우스가 단호한 표정으로 말했다.

"무료 곡물값은 어떻게 지불할 건가? 막대한 금액이 필요할 텐데."

"키프로스 섬을 합병한다는 법을 만들어서요. 이집트와 이집트가 소유한 모든 것—특히 키프로스—은 프톨레마이오스 알렉산드로스의 유언장에서 로마에 넘겨졌다는 걸 잊지 마십시오. 당신은 원로원에서 프톨레마이오스 아울레테스의 집권 기간을 보장하도록 해서 이집트를 잃게 만들었지만, 그 결의가 왕의 형제가 다스리는 키프로스까지 영향을 주게 하지는 않았습니다. 즉 키프로스는 선왕의 유언에 따라 여전히 로마의 것이라는 뜻이죠. 지금까지 로마는 그 유언을 집행하지 않았지만, 제가 그렇게 하려고 합니다. 어쨌거나 시리아에는 이제 왕이 없고, 이집트 혼자 전쟁을 벌일 수는 없으니까요. 분명 파포스의 궁전에는 엄청난 금은보화가 우리를 기다리고 있을 겁니다."

클로디우스는 아주 그럴듯하게 들리는 자신의 말에 만족했다. 카이사르는 아주 똑똑한 사람이었다. 클로디우스의 말에 담긴 이중성을 가장 먼저 알아챈 사람이 있다면 바로 카이사르일 터였다. 하지만 카이사르는 클로디우스가 키프로스의 프톨레마이오스에게 품고 있는 묵은 원한에 대해 몰랐다. 예전에 해적들에게 잡혔을 때 클로디우스는 해적들한테 키프로스의 프톨레마이오스에게 몸값 10탈렌툼을 요청하라고 했다. 카이사르가 해적에게 잡혔을 때 한 행동을 따라 했던 것이다. 키프로스의 프톨레마이오스는 그냥 웃어젖히더니 푸블리우스 클로디우스의 몸값으로는 2탈렌툼 이상을 줄 수 없다고, 그 사람의 값어치는 그 정도밖에 안 된다고 말했다. 치명적인 모욕이었다. 이제 키프로스의 프톨레마이오스는 클로디우스의 불타는 복수심을 누그러뜨리기 위해 2탈렌툼보다 훨씬 더 많이 내놓아야 할 터였다. 그가 가진 모든 것, 섭정 지위부터 문에 박힌 마지막 황금 못까지 전부 다.

카이사르는 설사 이 내막을 알았다고 해도 신경쓰지 않았을 것이다. 그 역시 다른 복수를 생각하느라 바빴기 때문이다. "참 멋진 생각이군!" 그는 호의적으로 말했다. "키프로스 합병 같은 민감한 일을 맡길 적임자를 알고 있네. 탐욕스러운 사람을 보냈다간 로마는 키프로스에 있는 것의 반도 못 갖게 될 거고 곡물 분배에 지장이 생길 거야. 자네가 직접 갈 수도 없지. 자네는 키프로스 합병을 위한 특별 직권을 부여하는 법을 마련하게, 그 일의 적임자를 내가 알고 있으니."

"정말입니까?" 자신의 것과 비슷한 악의를 느끼고 클로디우스가 놀라서 물었다.

"카토에게 맡기게."

"카토요?"

"그래. 무조건 카토여야 하네! 그는 가장 어두운 구석에 돌아다니는 마지막 드라크마까지 찾아내고 오류 하나 없이 장부를 작성할 것이며, 모든 보석, 모든 황금잔, 모든 조각상과 그림에 번호를 매길 거네. 로마 국고는 아주 풍성해질 테고." 카이사르는 쥐의 목을 부러뜨리기 직전의 고양이 같은 미소를 지었다. "카토를 보내게, 클로디우스! 로마는 이 일에 카토가 필요해! 자네도 이 일에 카토가 필요하고! 카토를 보내, 그렇게만 하면 자넨 무료 분배 곡물값을 지불할 수 있게 될 거네."

클로디우스는 환성을 지르며 돌아갔고, 카이사르는 방금 자신이 수년 동안 개인적으로 가장 만족스러운 일을 해냈다고 자평했다. 모든 특별 직권의 반대자인 카토는 사방에서 창을 겨누는 클로디우스에 의해 구석으로 몰린 자신을 발견하게 될 터였다. 키케로가 클로디우스를 빗대어 자주 쓰는 표현대로, 그게 바로 '미남'(클로디우스 집안의 코그노멘 '풀케르'는 아름답다는 뜻이다—옮긴이)의 가장 멋진 점이었다. 그렇다, 클로디우스는 아주 똑똑했다. 그는 카토에게 특별 직권을 주는 일이 뜻하는 바를 곧바로 이해했다. 다른 사람이라면 카토가 빠져나갈 구멍을 만들겠지만 클로디우스는 다를 터였다. 카토는 평민회에 복종할 수밖에 없을 것이며 2, 3년은 로마를 떠나 있어야 할 것이다. 적들이 자신의 부재를 활용할까봐 최근 좀처럼 로마를 떠나지 않으려 하는 카토가. 내년에 클로디우스가 어떤 타격을 계획하고 있는지는 오직 신들만 알았지만, 카이사르의 말대로 키케로와 카토를 제거하기만 한다면 카이사르로서는 불평이 없을 터였다.

"카토가 키프로스 합병 업무를 맡게 할 거요!" 클로디우스는 집에 도착해서 풀비아에게 말하더니 갑자기 얼굴을 찌푸렸다. "왜 먼저 그런 생각을 못했을까, 카이사르가 선수를 쳤어."

풀비아는 이제 클로디우스의 변덕스러운 기분을 어떻게 다뤄야 하는지 정확하게 알고 있었다. "오, 클로디우스, 당신은 정말 똑똑한 것 같아요!" 그녀는 숭배하는 듯한 시선으로 남편을 보며 달콤하게 속삭였다. "카이사르야 원래 남들을 이용하는 데 도가 텄지만, 지금 당신은 카이사르를 이용하고 있잖아요! 앞으로도 카이사르를 실컷 이용해요."

꿈보다 좋은 해몽에 클로디우스는 만족했고, 환한 표정으로 자신의 통찰력에 자부심을 느끼기 시작했다. "물론 카이사르를 이용할 거요, 풀비아. 그가 내 법들 가운데 일부를 작성해 줄 수도 있소."

"물론 종교법들이겠죠."

"카이사르의 한두 가지 지시에 따라야 할까?"

"아뇨." 풀비아가 냉정하게 대답했다. "카이사르는 같은 파트리키에게 지시를 할 만큼 멍청하지 않아요. 당신은 파트리키 출신이잖아요, 뼛속까지요."

풀비아는 조금 어색하게 일어나 섰다. 이번 임신이 거동을 불편하게 만들기 시작하면서 짜증이 조금 났다. 클로디우스가 한창 호민관 일을 할 때 그녀는 오리걸음을 걷게 될 터였다. 태아로 인한 문제들 때문에 그녀가 포룸 로마눔에 가지 않을 거란 뜻은 아니었다. 사실 그녀는 임신 8, 9개월 때 공공장소에 모습을 보여 로마의 소문거리가 될 생각을 하자 아주 들떴다. 출산을 해도 하루이틀 정도만 집에 있을 터였다. 풀비아는 운좋은 여자였다. 아이를 낳고 기르는 것이 그녀에게는 힘든 일이 아니었다. 아픈 다리를 쭉 뻗으며 풀비아는 다시 클로디우스 옆에 누웠고, 때마침 클로디우스의 선거 압승 때문에 득의만면한 모습으로 들어온 데키무스 브루투스에게 미소를 지어 보였다.

"적임자를 찾았네—루키우스 데쿠미우스야." 클로디우스가 말했다.

"보통 사람들에 대한 정보원 말입니까?" 데키무스 브루투스가 반대편 긴 의자에 드러누우며 물었다.

"맞아."

"어떤 사람인데요?" 데키무스 브루투스는 접시에서 음식을 집어들기 시작했다.

"수부라 지구의 교차로단 관리인. 루키우스 데쿠미우스 말로는 자기가 카이사르와 아주 가까운 사이라더군. 카이사르가 어렸을 때 기저귀를 갈아주고 온갖 장난을 같이 쳤다던데."

"그래서요?" 데키무스 브루투스가 회의적인 목소리로 물었다.

"그래서 그 사람을 만나봤는데 마음에 들더라고. 그도 나를 좋아했고. 그리고," 클로디우스는 공모자가 속삭이는 것처럼 목소리를 낮추고 말했다. "마침내 하층민 계급에 접근할 길을 찾은 것 같아—혹은 적어도 우리한테 쓸모 있는 하층민들을."

듣고 있던 다른 두 사람은 먹는 것도 잊고 몸을 앞으로 기울였다.

"비불루스가 올해 증명한 게 하나 있다면," 클로디우스가 말을 이었다. "합법성이라는 게 얼마나 엉터리인지 보여준 거야. 그는 법의 이름으로 삼두연합을 법의 바깥에 놓아버렸지. 로마 사람들 모두가 비불루스의 진짜 의도는 종교를 계략으로 이용하는 것임을 알고 있었지만 달라지는 건 없었어. 카이사르의 법들은 지금 위태로운 상태야. 뭐, 내가 곧 그런 계략을 불법으로 만들 거지만! 내가 그렇게 하고 나면, 내 법들이 합법적으로 통과되지 못하게 막는 것은 없을 거야."

"애초에 평민회를 설득해 당신의 법을 통과시키는 것만 제외하면 말이죠." 데키무스 브루투스가 냉소적으로 말했다. "그것 때문에 실패한 호민관을 열 명은 넘게 댈 수 있습니다! 거부권은 또 어떻고요. 당신한테 기꺼이 거부권을 행사할 동료 호민관이 최소 넷은 될 걸요."

"바로 그 지점에서 루키우스 데쿠미우스가 아주 쓸모 있을 거야!" 클로디우스가 잔뜩 흥분해서 소리쳤다. "우리는 하층민 추종자들을 모을 거라네. 그들은 포룸 로마눔과 원로원의 반대자들을 위협해서 감히 아무도 거부권을 행사할 용기를 내지 못하게 할 거고! 내가 공포하고 싶은 법은 모두 통과될 거야!"

"사투르니누스가 그렇게 하다가 실패했죠." 데키무스 브루투스가 말했다.

"사투르니누스는 하층민들을 하나의 집단으로만 생각했지 누군가의 이름을 알려고 하거나 함께 술을 마실 생각은 하지 않았어." 클로디우스가 참을성 있게 설명했다. "그는 선동 정치가로서 정말로 성공하려면 무엇을 해야 하는지 몰랐던 거야. 그는 선별적인 접근을 해야 했어. 내게 대규모 하층민 집단은 필요 없어. 내가 원하는 건 진짜 악당들 몇몇 집단이야. 루키우스 데쿠미우스를 보는 순간 진짜 악당을 찾았다는 걸 깨달았어. 우리는 노바 가도에 있는 술집으로 가서 얘기를 나눴어. 주로 종교단의 자격 박탈에 대한 그의 분노에 대해 얘기했지. 그는 젊었을 때 살인청부를 했다고 하던데 정말인 것 같아. 그리고 나의 관심을 끈 건, 그의 교차로단과 다른 몇몇 교차로단이 아주 오랫동안 보호세 사업을 하고 있다더군!"

"보호세요?" 풀비아가 멍한 표정으로 물었다.

"상점 주인들과 제조업자들에게 절도와 폭력에 대한 보호를 판다더라고."

"누가 절도와 폭력을 저지르는데요?"

"물론 그 교차로단 사람들이지!" 클로디우스가 웃으며 말했다. "돈을 내지 않으면 폭행을 당해. 돈을 내지 않으면 물건을 도둑맞아. 돈을 내지 않으면 기계가 파손돼. 완벽하지."

"대단하군요." 데키무스 브루투스가 느릿느릿 말했다.

"간단해, 데키무스. 그 교차로 형제단을 우리 군대로 활용하는 거야. 군중을 잔뜩 동원해서 포룸 로마눔을 채울 필요가 없어. 우리가 필요한 인원은 언제든 동원 가능해. 2, 300명 정도. 그래서 우리는 그들이 어떻게 모이는지, 어디서 모이는지, 언제 모이는지 알아내야만 해. 그런 다음 그들을 작은 군대처럼 조직해야지—근무 당번표를 비롯해 모든 것을 준비하는 거야."

"그들한테 줄 돈은 어떻게 마련하죠?" 데키무스 브루투스가 물었다. 생각 없는 악당 같은 외모와 달리, 그는 기민하고 매우 유능한 청년이었다. 보니파를 비롯하여 따분할 정도로 보수적인 모든 이들의 삶을 힘들게 만드는 일을 생각하는 건 그에게 아주 유쾌하게 느껴졌다.

"우리는 그들한테 포도주를 사주는 걸로 대가를 지불해. 내가 알게 된 것 한 가지는, 그 못 배운 사람들은 술값을 내주는 사람들을 위해 뭐든 하리라는 거지."

"그걸로는 부족합니다." 데키무스 브루투스가 단호하게 말했다.

"물론 그렇지. 추가로 난 그들을 위해 법 두 개를 만들 거야. 하나, 로마의 모든 단체와 조합, 클럽, 동호회를 다시 합법화한다. 둘, 무료 곡물 분배를 도입한다." 클로디우스는 풀비아에게 입맞춤을 한 뒤 일어섰다. "이제 같이 수부라로 모험을 떠나는 거야, 데키무스. 늙은 루키우스 데쿠미우스를 만나서, 내가 12월 열번째 날 호민관에 취임한 뒤의 우리 계획을 짜는 거야."

8월에 카이사르는 총독들이 속주를 착취하지 못하게 하는 법안을 상정했다. 7월의 여러 사건들로 과열된 성질들이 충분히 가라앉은 후였다. 카이사르의 성질도 포함해서.

"저는 이타심에 의해 행동하고 있는 것이 아닙니다." 카이사르는 반쯤 찬 의사당에서 말했다. "유능한 총독이 정당한 방식으로 부를 쌓는 데 반대하는 것도 아닙니다. 이번 율리우스법의 목적은 총독이 국고를 기만하지 못하게 하고 속주민을 탐욕으로부터 보호하는 것입니다. 백 년이 넘도록 속주의 총독 행정부는 망신거리였습니다. 시민권을 매매하고 세금, 십분의일세, 공세 면제권을 팔았습니다. 총독은 500여 명이나 되는 기생충들을 함께 데려가서 속주의 자원을 훨씬 더 많이 고갈시켰습니다. 로마로 돌아올 때 개선식을 하겠다는 이유만으로 전쟁을 했습니다. 딸이나 곡물밭을 내놓지 않으면, 로마 시민이 아닌 사람들은 가시 박힌 채찍에 맞거나 때로는 참수형에 처해졌습니다. 군 보급품과 군장의 값은 치러지지 않았습니다. 가격은 총독이나 그의 은행가, 수하들에게 이롭게 고정되어 있습니다. 터무니없는 고리대금의 관습이 장려됩니다. 제가 더 말해야 할 필요가 있습니까?"

카이사르는 어깨를 으쓱했다. "마르쿠스 카토는 제 동료 집정관이 천체관측 활동중이기 때문에 제 법들이 효력이 없다고 말합니다. 저는 마르쿠스 비불루스가 저를 방해하도록 내버려두지 않았습니다. 이번 법안에 대해서도 그가 저를 방해하게 내버려두지 않을 겁니다. 그러나 원로원이 제 법안에 승인 결의를 주기를 거부한다면, 저는 이것을 트리부스회로 가져가지 않을 겁니다. 제 발치의 들통 수를 보면 아시겠지만 이것은 매우 방대한 법입니다. 오직 원로원만이 이것들을 철저하게 검토할 인내가 있습니다. 오직 원로원만이 총독과 관련한 로마의 곤경을 이해합니다. 이것은 원로원의 법입니다, 원로원의 승인을 얻어야만 합니다." 카이사르는 카토가 있는 쪽을 보며 웃음을 지었다. "저는 지금 원로원에게 선물을 건네고 있다고 보셔도 됩니다. 거절하시면 그것은 쓸모가 없어지겠지요."

어쩌면 7월이 감정을 정화하는 역할을 했을 수도 있고, 악의와 분노의 감정이 너무도 강렬해서 더는 지속될 수가 없었을 수도 있다. 이유야 어찌됐든 카이사르의 부당취득 금지법은 원로원에서 만장일치로 승인되었다.

"대단한 법안이오." 키케로가 말했다.

"자잘한 하위 조항까지도 완벽합니다." 카토가 말했다.

"자부심을 가져도 좋소." 호르텐시우스가 말했다.

"아주 철저한 법안이라 오래도록 존속할 겁니다." 바티아 이사우리쿠스가 말했다.

그리하여 율리우스 부당취득 금지법은 원로원 승인 결의를 받아 트리부스회로 갔고, 9월 중순경에 법으로 통과되었다.

"만족스럽습니다." 카이사르는 크라수스에게 말했다. 시골에서 로마 경기대회를 즐기러 온 방문객들로 발 디딜 틈 없이 혼잡한 쿠페데니스 시장 한가운데에서였다.

“그래야지, 가이우스. 보니마저 흠잡을 데를 찾지 못했다면, 자네를 위해 완벽한 법을 만든 사람만을 위한 새로운 종류의 개선식이라도 열어줘야겠구먼.”

“보니파는 제 토지법에서도 흠을 잡지 못했지만, 그렇다고 저에 대한 반대를 멈추지는 않았습니다.”

“토지법은 경우가 다르네. 걸려 있는 임대료가 너무 많잖나. 속주 총독의 부당취득은 국고 수입을 떨어뜨리고. 하지만 자네가 원로원 계급에만 그 법을 적용한 건 충격적이군. 기사들도 속주에서 부당취득을 일삼는데.”

“총독의 동의가 있어야만 가능한 일이죠. 하지만 제가 두번째로 집정관이 되면 기사계급을 대상으로 한 두번째 부당취득 금지법을 마련할 겁니다. 한 임기에 한 계층 이상을 대상으로 한 부당취득 금지법을 입안하기에는 시간이 부족합니다.”

“또 집정관이 될 생각이 있다는 건가?”

“물론이죠. 당신은 생각 없습니까?”

“솔직히 말해 나쁠 건 없지.” 크라수스가 조심스럽게 대답했다. “파르티아와 전쟁을 해서 마침내 개선식을 해보고 싶은 생각이 아직 있거든. 그러려면 또 집정관이 되는 수밖에 없고.”

“그렇게 하십시오.”

크라수스는 화제를 바꿨다. “갈리아에 데려갈 보좌관과 군관 명단은 완성했나?”

“거의 다 했는데 확실한 건 아닙니다.”

“그럼 우리 푸블리우스를 데려가주겠나? 그애가 자네 밑에서 전쟁

기술을 배웠으면 해서."

"기쁜 마음으로 이름을 적겠습니다."

"정무관급 보좌관을 선택한 걸 보고 깜짝 놀랐네. 티투스 라비에누스라고? 그자는 뭐 하나 이룬 게 없잖나."

"제 호민관이 된 것 외에는, 이란 뜻이지요?" 카이사르가 눈을 빛내며 말했다. "저의 그런 어리석음은 용서해주십시오, 친애하는 마르쿠스! 라비에누스는 바티아 이사우리쿠스가 총독일 때 킬리키아에서 알게 된 사람이죠. 로마인치고는 드물게 말을 좋아했어요. 제게는 정말로 유능한 기병대 사령관이 필요합니다. 앞으로 제가 만날 부족들 대다수가 말을 타니까요. 라비에누스는 아주 유능한 기병대 사령관이 될 겁니다."

"아직도 다누비우스 강을 따라 흑해까지 행군할 계획을 갖고 있는 건가?"

"마르쿠스, 그 계획을 완수하고 나면 로마의 속주 영역은 이집트와 접하게 됩니다. 당신이 두번째로 집정관이 되어 파르티아 전쟁에서 승리하면 대서양에서 인더스 강까지 이르는 세계가 로마의 것이 되겠죠." 카이사르는 한숨을 쉬었다. "그러려면 제가 언젠가 먼 갈리아도 정복해야 한다는 뜻이 되겠지만요."

크라수스는 대경실색했다. "가이우스, 지금 자네는 5년이 아니라 10년은 족히 걸릴 일을 말하고 있네!"

"압니다."

"원로원과 인민이 자네를 십자가에 못박을 거야! 침략 전쟁을 10년이나 한다고? 그런 일을 한 사람은 이제껏 아무도 없었어!"

그들이 서서 얘기하는 동안 시시각각 달라지는 군중이 그들을 휘감

왔다. 개중 몇몇은 카이사르에게 쾌활하게 인사했고, 카이사르는 미소로 화답하거나 때로는 인사한 사람의 가족이나 일, 결혼생활에 대해 물었다. 크라수스는 감탄을 멈출 수가 없었다. 대체 얼마나 많은 로마 사람들이 카이사르를 아는 거지? 게다가 그들이 다 로마인들도 아니었다. 자유의 모자를 쓴 해방노예, 테두리 없는 모자를 쓴 유대인들, 터번을 쓴 프리기아인들, 장발의 갈리아인들, 말끔하게 면도한 시리아인들까지. 그들에게 투표권이 있었다면 카이사르는 공직에서 물러날 일이 없을 터였다. 하지만 카이사르는 언제나 전통이라는 틀 안에서 움직였다. 보니파는 얼마나 많은 로마인들이 카이사르의 손안에 있는지 알까? 아니, 전혀 모를 것이다. 그랬다면 천체관측 따위를 하는 게 아니라 비불루스가 베티우스에게 보낸 단검을 사용했을 것이다. 카이사르는 죽었을 테고. 폼페이우스 마그누스? 엉뚱한 표적이지!

"로마는 이제 물렸습니다!" 카이사르가 외쳤다. "거의 10년 동안이나 여기 갇혀 있었어요. 하루빨리 떠나고 싶습니다! 전장에서 10년이라. 아, 마르쿠스, 정말이지 영광스러운 일 아닙니까! 제게 무엇보다도 자연스러운 일을 하고, 로마를 위한 수확을 거두고, 제 존엄을 높이고. 투덜대고 비난하는 보니파를 견딜 일도 없고. 전장에서 저는 아무도 부정할 수 없는 권위를 지닌 사람이에요. 멋지지 않습니까!"

크라수스가 킬킬 웃었다. "대단한 독재자 나셨군."

"당신도 그렇죠."

"그래, 하지만 차이가 있네. 나는 온 세상을 다스리고 싶지 않아, 세상의 재정적인 부분만 다스리고 싶지. 숫자는 아주 구체적이고 정확해서 사람들은 숫자에 대해 순수한 재능이 없는 한 숫자를 피하려고 하지. 반면 정치와 전쟁은 모호해. 다들 자기가 운만 있으면 전장과 정치판에서 최고가 될 수 있다고 생각하네. 아주 간단히 말하자면, 나는 나만의 독재로 모스 마이오룸과 원로원의 3분의 2를 뒤집어놓지 않네."

폼페이우스와 율리아는 계속 머물 생각으로 적당한 시기에 로마로 돌아왔고, 가비니우스와 루키우스 칼푸르니우스 피소의 집정관 선거운동을 도왔다. 선거일은 10월의 열여덟번째 날이었다. 시집보낸 후 처음으로 딸을 본 카이사르는 약간 충격을 받았다. 그가 생각하던 상냥하고 다정한 소녀가 아닌, 당당하고 기운차며 생기 넘치고 재치 있는 젊은 부인이 눈앞에 서 있었다. 그녀는 폼페이우스와 믿기지 않을 정도로 친밀해 보였는데, 그게 둘 중 누구 덕분인지는 알 수 없었다. 과거의 폼페이우스는 사라졌다. 새로운 폼페이우스는 다독가로 문학에 푹 빠져 있었으며 화가나 조각가 이름을 줄줄 댔고, 향후 5년간 카이사르의 군사적 목표에 대해서는 아무런 관심도 보이지 않았다. 더군다나 지배하는 쪽은 율리아였다! 폼페이우스는 부끄러워하는 기색도 전혀 없이 여자의 지배에 자신을 내맡기고 있었다. 율리아는 그 위압적인 피케눔의 요새에 감금되지 않았다! 폼페이우스가 가는 곳마다 율리아도 함께 갔기 때문이다. 마치 풀비아와 클로디우스를 보는 것 같았다!

"로마에 석조 극장을 지을 생각이네." 폼페이우스가 말했다. "가설투표소와 이륜 전차용 마구간들 사이에 사놓은 땅에다 말이야. 1년에 대여섯 번씩 큰 경기대회가 있을 때마다 목재로 임시 극장을 세우는 건 미친 짓이네, 카이사르. 모스 마이오룸이 극장은 퇴폐적이고 비도덕적인 곳이라고 하든 말든 상관 안 해. 사실 로마인들은 기를 쓰고 연극을 보러 가는데다, 상스러운 연극일수록 인기가 좋지. 율리아는 내가 로마에 남길 수 있는 최고의 정복 기념물이 아름다운 주랑과 주랑정원이 있는 거대한 석조 극장이라고 한다네. 맨 뒤에 원로원 의원들을 다 앉힐 수 있을 만큼 크게 지을 거야. 율리아는 그렇게 하면 모스 마이오룸 문제를 해결할 수 있다고 했어. 한쪽 끝에는 원로원을 위한 정식 봉헌 신전을, 객석 바로 위에는 베누스 빅트릭스에게 바치는 작고 예쁜 신전을 두는 거지. 베누스여야만 해, 율리아는 베누스의 후손이니까. 그런데 율리아는 그중에도 승리의 베누스로 나의 정복 업적을 기리자고 제안했다네. 영리한 아가씨 같으니!" 폼페이우스는 세련되게 다듬은 아내의 머리카락을 쓰다듬으며 다정한 말투로 얘기를 마무리했다. 율리아는—카이사르는 간질거리는 기분으로 생각했다—자랑스러워서 못 견디겠다는 표정이었다.

"좋은 생각 같군요." 카이사르가 말했다. 딸 부부는 듣고 있지 않는 것이 분명해 보였지만.

실제로 그랬다. 율리아가 말했다. "우리는, 저의 사자와 저는 타협을 했어요." 율리아는 폼페이우스를 향해 웃음을 지으며 말했다. 두 사람만 아는 비밀이 수만 가지는 된다는 듯한 표정이었다. "극장의 자재와 장식은 제가 선택하고 저의 사자는 주랑과 주랑정원, 그리고 새 회의장을 담당하기로요."

"그리고 극장 뒤에 수수하고 작은 별장도 하나 지을 생각이네, 신전 네 곳 옆에." 폼페이우스가 아내의 말을 거들었다. "혹시나 내가 또 아홉 달 동안 마르스 평원에 갇혀 있을 때를 대비해서지. 요즘 다시 집정관 선거에 나가볼까 생각중이거든."

"위대한 두 마음이 같은 생각을 하고 있군요." 카이사르가 말했다.

"응?"

"아무것도 아닙니다."

"아, 아빠도 저의 사자가 지은 알바누스 대저택을 보셔야 하는데!" 율리아가 폼페이우스의 손을 잡은 채 소리쳤다. "정말 굉장해요. 그이 말로는 파르티아 왕의 여름 궁전이랑 똑같대요." 율리아는 할머니를 향해 몸을 돌렸다. "할머니, 언제 거기로 오셔서 저희랑 같이 지내실래요? 할머니는 한 번도 로마를 떠나신 적이 없잖아요!"

"'저의 사자'라니, 세상에!" 행복에 겨운 부부가 카리나이 지구의 새로 장식한 저택으로 떠난 뒤 아우렐리아가 카이사르를 보고 냉소했다. "부끄러운 줄도 모르고 남편한테 아양을 떨다니!"

"그애의 기술이죠." 카이사르가 진지하게 말했다. "어머니의 기술과는 확연히 다르지만요. 어머니는 아버지를 정식 이름인 가이우스 율리우스라고만 불렀잖아요. 카이사르라고도 부르지 않았죠."

"애칭은 바보스러워."

"나는 율리아를 레오 도미트릭스라고 부르고 싶네요."

"사자 조련사라." 아우렐리아가 웃었다. "율리아가 우월한 위치에서 채찍을 휘두르는 건 사실이지!"

"그것도 아주 가볍게요. 카이사르의 핏줄이라 그런지 그애도 꽤 능청스럽고 교묘해요. 폼페이우스는 노예고요."

"그 둘을 맺어준 건 참 잘한 일이야. 폼페이우스는 네가 로마를 떠나 있는 동안 네 뒤를 든든히 지켜줄 거다."

"그러길 바라요. 또한 그가 내년 집정관은 루키우스 피소와 가비니우스가 되어야 한다고 유권자들을 설득하는 데 성공하기를 바라고요."

유권자들은 설득당했다. 아울루스 가비니우스는 수석 집정관이, 루키우스 칼푸르니우스 피소는 차석 집정관이 되었다. 보니파는 이 재앙을 막기 위해 절박하게 애썼지만, 카이사르가 옳았던 것이다. 7월에 확고하게 보니파에 기울었던 여론은 이제 삼두연합의 편이었다. 처녀 딸을 할아버지뻘 남자에게 시집보내는 유언비어가 언제나 유권자들을 흔들 수 있는 건 아니었다. 유권자들은 뇌물보다 삼두연합의 집정관들을 택했는데, 아마도 그때 로마에 지방 유권자들이 없었기 때문일 것이다. 지방 유권자들은 경기대회 때 쓸 가욋돈을 뇌물로 충당하는 경향이 있었다.

타당한 증거도 없이 카토는 아울루스 가비니우스를 선거 부정 혐의로 고발하기로 했다. 그러나 이번에는 카토가 졌다. 그의 대의에 동조하는 모든 법무관에게 접근해봤지만 아무도 그 사건을 맡겠다는 자가 없었던 것이다. 메텔루스 스키피오는 평민회로 직접 가져가라고 제안했고, 가비니우스를 뇌물수수죄로 기소하는 법을 상정하는 회의를 소집했다.

"법정이나 법무관 가운데 아무도 아울루스 가비니우스를 고발할 생각이 없으니, 민회가 그 임무를 다해야 합니다!" 메텔루스 스키피오는 민회장에 모인 군중을 향해 소리쳤다.

날이 춥고 비까지 내려서 그랬는지 모인 사람들이 적었지만, 메텔루스 스키피오도 카토도 몰랐던 사실은 푸블리우스 클로디우스가 이번 모임을 교차로단들을 클로디우스 군대로 조직하는 시도의 장으로 활용하려 했다는 것이었다. 그날 쉬는 회원들만을 활용하고, 사람들의 숫자를 200명 미만으로 제한한다는 것이 계획이었다. 클로디우스와 데키무스 브루투스가 단 두 개의 교차로단만 활용하면 된다는 의미였다. 데쿠미우스와 그와 가까운 어떤 사람이 소속된 교차로단이 참석했다.

카토가 연설하려고 앞으로 나섰을 때 클로디우스는 하품을 하며 두 팔을 앞으로 뻗었다. 이제 평민회의 일원이 되고 평민회 회의 때 민회장에 있는 것을 한껏 즐기고 있는 듯이 보일 법한 행동이었다.

하지만 전혀 그런 행동이 아니었다. 클로디우스가 하품을 마치자마자 180명 정도의 남자들이 로스트라 연단으로 뛰어올라와 카토를 끌어내린 뒤 무자비하게 폭행하기 시작했다. 평민회의 나머지 관중 700명은 뭔가 있음을 눈치채고 사라져버렸고, 남은 건 로스트라 연단 위의 대경실색한 메텔루스 스키피오와 나머지 보니파 호민관 세 명뿐이었다. 호민관들에겐 릭토르단도, 그 어떤 종류의 공식 경호원도 없었다. 네 명의 호민관들은 겁에 질려 속수무책으로 지켜볼 수밖에 없었다.

카토를 응징하되 팔다리는 다 붙여놓으라는 게 약속이었다. 약속은 지켜졌다. 남자들은 가랑비를 헤치고 사라졌고, 일은 잘 마무리되었다. 카토는 의식을 잃은 채 피를 흘렸지만 부러진 곳은 없었다.

"맙소사, 자네가 죽는 줄 알았네!" 앙카리우스와 함께 겨우 카토가 의식을 되찾게 한 뒤 메텔루스 스키피오가 말했다.

"내가 뭘 어쨌길래?" 카토가 물었다. 머리가 지끈지끈했다.

"호민관의 신변 보호권 없이 가비니우스와 삼두연합에 덤볐지. 이 일엔 메시지가 있네, 카토. 삼두연합과 그 꼭두각시들을 내버려두라는 거야." 앙카리우스가 엄한 목소리로 말했다.

키케로도 메시지를 받았다. 클로디우스의 호민관 임기가 시작될 날이 다가올수록 키케로는 공포에 질렸다. 고발하겠다는 클로디우스의 위협은 끊임없이 들려왔지만, 폼페이우스는 키케로를 만날 때마다 클로디우스가 정말 그러려는 건 아니라고 말할 뿐이었다. 아티쿠스를 잃은(아티쿠스는 에페이로스와 그리스로 떠났다) 키케로는 자기를 도와줄 만큼 관심을 보이는 사람을 찾을 수 없었다. 그래서 카토가 민회장에서 공격당했고 배후가 클로디우스라는 말이 돌자 불쌍한 키케로는 절망에 빠졌다.

"미남은 날 잡으려고 하는데 삼프시케라모스는 신경도 쓰지 않소!" 키케로는 테렌티아에게 신음하듯 말했다. 테렌티아는 인내심이 거의 바닥나서, 가까이에 있는 무거운 물건을 들어 남편의 머리를 때리고 싶은 충동을 느꼈다. "삼프시케라모스가 이해가 안 되기 시작했소! 내가 개인적으로 얘기할 때마다 기운이 없다고 하더니, 나중에 보면 포룸 로마눔에서 그 꼬마 신부랑 팔짱을 끼고 희희낙락하고 있다니까!"

"그 괴상한 별칭 말고 폼페이우스 마그누스라고 부르지 그래요?" 테렌티아가 말했다. "기운 내요. 그리고 입단속 좀 하고요. 안 그러면 또 실수할 거예요."

"무슨 상관이오? 어차피 난 끝장이오, 테렌티아, 다 끝났다고! 미남이 날 추방할 거요!"

"당신이 무릎을 꿇고 음탕한 클로디아의 발에 입을 맞추지 않는 게 이상하네요."

"이미 아티쿠스한테 클로디아에게 말 좀 해달라고 했었소. 클로디아는 남동생이 자기 말을 듣지 않을 거라고 했다더군."

"그 여자는 당신이 자기 발에 입맞추길 바라는 거예요."

"테렌티아, 나는 그 팔라티누스의 메데이아와 절대 바람을 피운 적이 없소. 당신은 평소엔 아주 이성적이잖소. 왜 말도 안 되는 소리를 계속 하는 거요? 클로디아의 애인들을 보시오! 다들 그녀의 아들뻘이오—친애하는 카일리우스! 그 착하디착한 녀석! 그는 이제 클로디아만 보면 멍한 표정으로 침을 질질 흘려대요. 로마 여자들 절반이 카이사르만 보면 멍해져서 침을 흘리는 것처럼! 카이사르! 그놈도 배은망덕한 파트리키지!"

"어쩌면 카이사르가 폼페이우스보다 클로디우스에 대한 영향력이 더 클 거예요." 테렌티아가 말했다. "카이사르한테 부탁해보지 그래요?"

조국의 구원자는 가슴을 똑바로 펴고 앙다문 잇새로 내뱉었다. "차라리 평생을 추방지에서 살고 말지!"

푸블리우스 클로디우스가 12월의 열번째 날에 임기를 시작하자 온 로마는 숨을 죽이고 지켜보았다. 클로디우스 클럽의 측근들도 마찬가지였는데, 클로디우스의 교차로단 군대 지휘관 데키무스 브루투스가 특히 그랬다. 취임 첫날 클로디우스가 무엇을 하는지 보기 위해 포룸 로마눔에 모여든 수많은 군중을 수용하기에는 민회장이 너무 작아서, 클로디우스는 회의 장소를 카스토르 신전 연단으로 옮기고 로마의 모든 남성 시민에게 한 달에 곡물 5모디우스를 무상 공급하는 법을 만들겠다고 선언했다. 군중 가운데 클로디우스가 모집한 교차로단들에 속한 소수의 사람들만이 미리 알고 있던 얘기였다. 대부분의 청중은 클로디우스의 선언에 깜짝 놀랐다.

함성 소리는 멀리 콜리나 성문과 카페나 성문까지 울려퍼졌다. 의사당 앞 계단에 서 있던 원로원 의원들은 귀가 먹먹했고, 민회장에서 수천 개의 물건이 하늘로 날아오르는 장관까지 목격했다. 자유의 모자, 신발, 허리띠, 음식 조각, 환희에 찬 사람들이 던져올릴 수 있는 모든 것들. 환호는 계속되고 또 계속되었으며 멈출 기미가 보이지 않았다. 어딘가로부터 모든 손에 꽃이 주어졌다. 이어 카스토르 신전 연단 위의 클로디우스와 멍한 표정의 동료 호민관 아홉 명 주위에 꽃이 쌓였다. 클로디우스는 환하게 웃으며 머리 위에서 두 손을 맞잡았다. 그러더니 갑자기 몸을 숙이고 크게 웃으며 꽃들을 다시 군중에게 던졌다.

아직도 무자비한 폭행의 흉터들이 남아 있는 카토는 소리내 울었다. "종말의 시작이야." 그는 울면서 말했다. "우리는 무료 밀값을 감당할 수 없어! 로마는 도산할 거야."

"비불루스가 하늘을 보고 있잖나." 아헤노바르부스였다. "클로디우스의 이 새 곡물법은 올해 통과된 다른 모든 법과 마찬가지로 무효가 될 거네."

"모르는 소리 마시오!" 둘의 대화가 들릴 거리에 서 있던 카이사르가 말했다. "클로디우스는 당신보다 열 배는 똑똑하오, 루키우스 도미티우스. 그는 모든 것을 새해 첫날까지 계속 집회에 보류시킬 거요. 12월이 끝날 때까지는 아무것도 표결에 부치지 않을 거란 말이오. 비불루스의 계략이 평민회에 영향력이 있는지 나는 아직도 의구심이 드오. 평민회 회의는 징조에 따라 열리는 게 아니니까."

"내가 반대할 거요." 카토가 눈물을 훔치며 말했다.

"그러다 요절하게 될걸." 가비니우스가 말했다. "어쩌면 로마 역사상 최초로, 그라쿠스 형제의 몰락을 유발한 도덕관념이나 술피키우스를 죽음으로 이끈 고독감이 없는 호민관이 탄생한 건지도 모르오. 그 누구도, 아무것도 클로디우스를 위협할 수 없을 거요."

"클로디우스가 다음번에는 무슨 생각을 하려나?" 루키우스 카이사르가 얼굴이 하얘져서 물었다.

그다음은 로마의 형제단과 조합, 동호회와 클럽의 합법성을 복구하는 법안이었다. 무료 곡물만큼 군중의 인기를 얻지는 못했지만 매우 호의적으로 받아들여져서, 회의 후 클로디우스는 환호성을 지르는 교차로단 회원들의 어깨에 태워졌다.

그런 다음 클로디우스는 마르쿠스 칼푸르니우스 비불루스 같은 자들이 다시는 행정을 어지럽히지 못하게 하겠다고 선언했다. 아일리우스법과 푸피우스법을 개정하여, 집정관이 칩거하여 천체관측을 하더라도 트리부스회와 평민회 회의와 법안 통과를 가능하게 한다는 것이었다. 그렇게 통과된 법을 무효화하려면 칩거한 집정관은 회의 날 발생한 불길한 징조의 발생을 입증해야만 할 터였다. 상업 활동도 연기된 선거로 인해 지연될 수 없게 할 예정이었다. 이런 변화들은 소급 적용되지 않았고, 원로원과 원로원 심의 활동을 보호해주지도 않았으며, 법정에도 영향력이 없었다.

"그는 원로원을 희생시켜서 민회의 힘을 강화하고 있네." 카토가 침울하게 말했다.

"그래, 하지만 적어도 카이사르를 돕지 않았어." 아헤노바르부스였다. "삼두연합이 아주 실망할걸!"

"실망은 무슨!" 호르텐시우스가 쏘아붙였다. "카이사르가 법을 짓밟는다는 걸 아직도 깨닫지 못했나? 최대한 멀리 가면서도 관습과 전통을 건드리지는 않으면서 말이야. 카이사르는 술라보다도 훨씬 더 똑똑한 자야. 집정관 한 명이 집에서 하늘을 본다고 해서 위협받는 건 없어, 우회로들이 있다고. 그리고 카이사르가 원로원의 우월한 지위를 신경이나 쓰는가? 카이사르의 권력은 원로원에 있지 않고, 그런 적도 없네. 앞으로도 마찬가지일 걸세!"

"키케로는 어디 있죠?" 메텔루스 스키피오가 갑자기 물었다. "클로디우스가 호민관이 된 이후로 포룸 로마눔에서 키케로를 본 적이 없습니다."

"앞으로도 그럴 것 같소만." 루키우스 카이사르가 말했다. "키케로는 자기가 추방령을 받을 거라고 확신하고 있소."

"분명 추방령을 받을 거요." 폼페이우스가 말했다.

"키케로의 추방령을 용인하시는 겁니까, 폼페이우스?" 젊은 쿠리오가 물었다.

"내가 그걸 막으려고 방패를 드는 일은 절대 없을 걸세."

"왜 저 밑에서 환호하고 있지 않은 건가, 쿠리오?" 아피우스 클라우디우스가 말했다. "내 동생과 아주 친한 줄 알았는데."

쿠리오는 한숨을 쉬고 말했다. "저는 좀 자라야만 할 것 같습니다."

"자네는 콩처럼 금방 자랄 것 같은데." 아피우스 클라우디우스가 쓴웃음을 지으며 말했다.

쿠리오는 그 말의 의미를 클로디우스의 다음 회의에서 이해했다. 클로디우스는 로마의 감찰관들에 대한 규정을 수정할 것이라고 선언했다. 쿠리오의 아버지는 감찰관이었다.

클로디우스는 어떤 감찰관도 원로원 의원이나 1계급의 일원을 완전한 정식 청문회와 두 감찰관 모두의 동의서 없이 제명할 수 없게 될 거라고 말했다. 클로디우스가 든 예는 키케로에게 불길한 것이었다. 그는 마르쿠스 안토니우스의 계부인 렌툴루스 수라(클로디우스는 키케로가 원로원의 동의 없이 불법으로 수라를 처형했다는 것을 지적하기 위해 상당히 공을 들였다)가 개인적 복수 때문에 감찰관 렌툴루스 클로디아누스에 의해 원로원 명부에서 제명되었다고 주장했다. 클로디우스는 외쳤다. 이제부터 원로원과 기사계급의 숙청은 없을 겁니다!

12월 내내 네 가지 법들에 대해 논의하는 것이 클로디우스의 입법 활동 전부였다. 키케로도 공포에 휩싸여 비틀거리게 내버려뒀다. 클로디우스는 키케로를 고발할 것인가, 말 것인가? 아무도 알 수 없었고 클로디우스도 말하려 하지 않았다.

4월 이후로 로마 사람들은 차석 집정관 마르쿠스 칼푸르니우스 비불루스를 보지 못했다. 그러나 12월의 마지막날 해질 무렵, 비불루스는 집에서 나와서 한 일이 거의 없는 집정관 직에서 물러나러 갔다.

카이사르는 비불루스와 보니파 호위대가 다가오는 것을 보았다. 그의 릭토르 열두 명은 여덟 달 만에 처음으로 파스케스를 들고 있었다. 그는 참 많이 변해 있었다! 원래 몸집이 작았지만 더 쭈그러들고 시무룩해 보였으며 뼈마디가 시린 사람처럼 걸었다. 핼쑥하고 각진 얼굴은 무표정했고, 잠시 수석 집정관에게 머문 은빛 눈은 차가운 분노가 언뜻 어렸다가 크게 뜨였다. 비불루스로서는 거의 여덟 달만에 본 카이사르의 모습이 실망스러웠다. 그는 쭈그러들었는데, 카이사르는 더 커져 있었던 것이다.

"올해에 가이우스 율리우스 카이사르가 한 모든 일은 효력이 없습니다!" 비불루스는 민회장에 모인 사람들에게 소리쳤다. 하지만 사람들은 돌처럼 굳은 표정으로 그를 노려볼 뿐이었다. 그는 몸서리를 치고 더는 아무 말도 하지 않았다.

카이사르는 기도와 희생제의가 끝난 후 앞으로 나와 수석 집정관의 임무를 자신의 지식과 능력껏 완수했노라 맹세했고, 그런 다음 고별사를 했다. 그는 여러 날 동안 고별사에 대해 생각했지만 무슨 말을 할지 결정하지 못한 상태였다. 그래서 짧게, 그리고 곧 끝날 이 끔찍한 집정관 직과는 관계없는 말을 하기로 했다.

"저는 로마의 파트리키이자 율리우스 씨족이며, 제 조상들은 누마 폼필리우스 왕 때부터 로마를 위해 일해왔습니다. 저 역시 로마를 위해 일해왔습니다. 유피테르 대제관으로서, 군인으로서, 대신관으로서, 군무관으로서, 재무관으로서, 고등 조영관으로서, 재판관으로서, 최고 신관으로서, 수도 담당 법무관으로서, 먼 히스파니아 총독으로서, 그리고 수석 집정관으로서 일했습니다. 모든 관직을 적령기에 지냈습니다. 24년 넘게 로마 원로원 의원을 역임하는 동안, 노인의 생명력이 필연적으로 사그라지는 것처럼 원로원의 힘이 사그라지는 것을 보았습니다.

수확량은 늘었다 줄었다 합니다. 풍년이 들었다가도 다음해에 기근이 들기도 하지요. 저는 로마의 곡창이 가득찬 것도, 텅 빈 것도 보았습니다. 로마 최초의 진정한 독재관 재임기도 목격했습니다. 호민관들이 하찮은 존재로 전락하는 것을 보았고, 그들이 미쳐 날뛰는 것도 보았습니다. 포룸 로마눔이 차가운 달빛 아래 무덤처럼 황량하고 고요한 것도 보았습니다. 피로 뒤덮인 포룸 로마눔도 보았습니다. 사람의 머리가 빽빽이 들어찬 로스트라 연단을 보았습니다. 유피테르 옵티무스 막시무스 신전이 폐허가 된 것을 보았고, 재건되는 것을 보았습니다. 새로운 세력, 토지와 기본 재산이 없는 빈곤한 병사들의 등장을 보았습니다. 그들은 임무를 마치자마자 국가에 수당을 간청해야 하고, 그들의 간청이 너무나 자주 거절당하는 것도 보았습니다.

저는 중대한 시절을 살고 있습니다. 41년 전 제가 태어난 이래 로마는 무시무시한 대변동을 겪고 있기 때문입니다. 킬리키아, 키레나이카, 비티니아·폰토스, 시리아가 로마 제국의 속주가 되었고, 기존 속주들은 알아보기 힘들 정도로 변했습니다. 제가 사는 시대에 지중해는 '우리 바다'가 되었습니다.

이탈리아 전역에서 내전이 한 차례도 아닌 일곱 차례나 벌어지기도 했습니다. 제가 사는 동안 조국 로마에 대항하여 군대를 이끌고 온 로마인이 최초로 등장했지만, 루키우스 코르넬리우스 술라가 그런 행군을 한 마지막 사람도 아니었습니다. 그러나 제가 사는 동안 그 어떤 외국의 적도 이탈리아 땅에 발을 들여놓지 않았습니다. 로마와 25년 동안 싸운 강력한 왕은 패배하고 죽었습니다. 그는 1만 명이 넘는 로마 시민의 목숨을 앗아갔습니다. 그렇지만 그 왕 때문에 죽은 로마인의 숫자보다 우리가 벌인 내전 때문에 죽은 로마인의 숫자가 더 많습니다.

저는 용감하게 죽는 사람들을 보았습니다. 횡설수설하며 죽는 사람들을 보았습니다. 십분형을 당해 죽는 사람들을 보았습니다. 십자가에 못박혀 죽는 사람들을 보았습니다. 그러나 언제나 제 마음을 가장 크게 흔드는 건 훌륭한 사람들의 고난과 평범한 사람들의 좌절입니다.

로마의 과거와 현재, 미래는 우리 로마인들에게 달려 있습니다. 신들의 사랑을 받는 우리는 세계 역사상 유일하게 힘이 두 방향으로—앞과 뒤, 위와 아래, 오른쪽과 왼쪽으로—확장됨을 이해하는 사람들입니다. 따라서 로마인들은 다른 사람들과는 달리 신들과 일종의 평등을 향유해왔습니다. 다른 사람들은 아무도 이해하지 못하기 때문입니다. 그러니 우리는 우리 자신을 이해하기 위해 노력해야만 합니다. 세계 속 우리의 위치가 우리에게 무엇을 요구하는지 이해해야 합니다. 동족상잔의 싸움이나 과거를 고집스럽게 바라보는 행동은 우리를 몰락시키리라는 것을 이해해야 합니다.

오늘 저는 인생의 정점을 지났습니다. 집정관을 역임한 해를 지나 다른 시기로 넘어갑니다. 높이가 달라지지요. 변치 않는 것은 아무것도 없으니까요. 저는 로마의 건국 때부터 로마인이었고, 제 인생이 끝나기 전에 세상은 이 로마인을 알게 될 것입니다. 저는 로마에게 기도합니다. 로마를 위해 기도합니다. 저는 로마인입니다."

카이사르는 자주색 단을 댄 토가 가장자리를 머리 위로 홱 끌어당겼다. "오, 전능하신 유피테르 옵티무스 막시무스여. 다른 이름으로 부르기를 원하신다면 바라시는 대로 부르겠나이다. 또한 바라시는 대로 성(性)을 취하소서. 로마의 정신이시여, 앞으로도 계속 로마와 모든 로마인들을 활력으로 채워주시기를 기도합니다, 당신과 로마가 더욱 강대해지기를 기도합니다, 당신과의 계약 조건을 우리가 항상 준수하기를 기도합니다, 모든 합법적인 방식들로 그 계약을 명예롭게 해주시기를 기도합니다. 로마 만세!"

아무도 움직이지 않았다. 말도 하지 않았다. 모두들 무표정한 얼굴이었다.

카이사르는 로스트라 연단 뒤로 내려가 비불루스를 향해 우아하게 고개를 끄덕였다.

"유피테르 옵티무스 막시무스, 유피테르 페레트리우스, 솔 인디게스, 텔루스와 야누스 클루시비우스 앞에서 맹세합니다. 저, 마르쿠스 칼푸르니우스 비불루스는 시빌라의 예언서가 지시하는 대로 칩거하여 천체관측을 함으로써 로마의 차석 집정관의 임무를 다했습니다. 진실로 맹세컨대, 저의 동료 집정관 가이우스 율리우스 카이사르는 신성모독을 저질렀습니다. 왜냐하면 그는 나의 칙령을 위반했기……."

"거부합니다! 거부합니다!" 클로디우스가 외쳤다. "그건 맹세가 아닙니다!"

"그렇다면 맹세 없이 연설하겠소!" 비불루스가 소리쳤다.

"당신의 연설에 거부권을 행사합니다, 마르쿠스 칼푸르니우스 비불루스!" 클로디우스가 포효했다. "아무것도 하지 않은 일 년을 정당화할 변명을 대기 전에는 퇴임할 수 없습니다! 집으로 가십시오, 마르쿠스 칼푸르니우스 비불루스, 가서 하늘이나 보십시오! 지금 햇빛은 공화국 사상 최악의 집정관을 비추고 있군요! 당신의 이름을 집정관 명단에서 지우고 율리우스와 카이사르 집정기라고 쓰자는 법을 내가 상정하지 않는 걸 별들한테 감사하십시오!"

비열하고 서툴고 비뚤어진 자다, 이렇게 생각하며 카이사르는 구토가 날 것 같은 기분으로 돌아섰고, 어느 누구도 자기와 함께 가기를 기다리지 않고 걸어가버렸다. 그는 관저 밖에서 릭토르단에게 후한 사례금을 지불하고 한 해 동안의 충직한 봉사에 사의를 표했다. 이어 파비우스에게 대표로, 카이사르가 총독으로 가는 이탈리아 갈리아에 함께 가주지 않겠느냐고 물었다. 파비우스는 모두를 대신해 그렇게 하겠다고 대답했다.

어쩌다보니 폼페이우스와 크라수스는, 낮게 깔린 흐릿한 황혼의 빛 속으로 사라지는 키 큰 카이사르의 뒤로 그리 멀지 않은 곳에서 마주쳤다.

"마르쿠스, 우리가 함께 집정관이었을 때 서로를 별로 좋아하지는 않았지만 카이사르와 비불루스보다는 잘해냈던 것 같소." 폼페이우스가 말했다.

"고등 정무관 직을 맡을 때마다 비불루스를 동료로 맞이하다니 카이사르는 운이 나빴소. 당신 말이 맞소, 우리는 서로 많이 달랐지만 그 두 사람보다는 잘해냈지. 적어도 우린 한 해를 우호적으로 마무리했었소, 사람으로서 변하지도 않고. 하지만 카이사르는 일 년 동안 많이 변했소. 덜 관대해지고 더 무자비해졌지. 더 차가워지기도 하고. 그래서 난 참 속상하오."

"누가 카이사르를 탓할 수 있겠소? 작정하고 카이사르를 찢어발기려는 자들이 있었는데." 폼페이우스는 말없이 조금 걷다가 말을 이었다. "크라수스, 카이사르의 연설이 무슨 뜻인지 이해했소?"

"그런 것 같소. 적어도 표면적으로는. 속뜻이야 누가 알겠소? 카이사르의 모든 말에는 늘 겹겹이 의미가 담겨 있으니."

"솔직히 나는 이해하지 못했소. 그저 어둡게 들렸을 뿐. 마치 우리한테 경고라도 하는 것 같았소. 그리고 세상에 보여주네 어쩌고 하는 부분은 뭐요?"

크라수스는 고개를 돌려 놀랍도록 다정하게 활짝 웃음을 지었다. "다른 건 몰라도, 마그누스, 언젠가는 그 뜻을 당신도 알게 될 거라는 느낌이 드오."

3월의 이두스 오후에 관저의 여자들은 정찬 파티를 열었다. 베스타 신녀 여섯 명과 아우렐리아, 세르빌리아와 칼푸르니아, 그리고 율리아는 식당에 모여 즐거운 시간을 가졌다.

여주인 역할을 맡은(칼푸르니아는 이 역할을 빼앗을 꿈조차 꿔본 적이 없었다) 아우렐리아는 손님들이 좋아할 만한 온갖 별미를 내왔다. 아이들을 위해 견과류를 듬뿍 묻힌 끈적끈적한 꿀과자도 차렸다. 식사가 끝난 후 퀸틸리아와 유니아, 코르넬리아 메룰라는 주랑정원에 나가서 놀게 했다. 열심히 엿듣는 작은 귀들이 사라지고 나자 이제 숙녀들은 의자들을 가까이 모은 채 편안하고 느긋한 시간을 보낼 수 있었다.

"카이사르가 마르스 평원에서 지낸 지 이제 두 달이 넘었네요." 걱정으로 초췌해 보이는 파비아가 말했다.

"더 중요한 게 있죠, 파비아. 테렌티아는 어떻게 견디고 있죠?" 세르빌리아가 물었다. "키케로가 도망친 지 며칠 됐잖아요."

“아, 테렌티아는 언제나처럼 침착하게 지내고 있어요. 하지만 말은 안 해도 속이 많이 상할 거예요.”

“키케로가 떠난 건 잘못이에요.” 율리아가 말했다. “클로디우스가 재판 없이 로마 시민을 처형하지 못하게 하는 비특별법을 통과시킨 건 알지만, 나의 사…… 마그누스 말로는 키케로가 자발적 추방을 택한 건 실수래요. 그이는 키케로가 떠나지만 않았어도 클로디우스가 키케로의 이름을 넣은 특별법을 통과시킬 엄두를 내지 못했을 거라고 생각한대요. 키케로가 떠났으니 클로디우스가 속 편하게 그리한 거라고. 마그누스가 클로디우스를 말렸지만 소용이 없었대요.”

아우렐리아는 회의적인 표정을 지었지만 아무 말도 하지 않았다. 폼페이우스에 대한 아우렐리아 자신과 율리아의 의견은 사랑에 푹 빠진 젊은 여자 앞에 내놓기에는 너무도 달랐기 때문이다.

“그의 아름다운 저택이 터무니없이 약탈과 방화를 당했어요!” 아룬티아가 말했다.

“클로디우스 짓이에요. 요즘 그가 뒤에 달고 다니는 그 이상한 무리와 함께요.” 포필리아였다. “클로디우스는 정말…… 완전히 미쳤어요!”

세르빌리아가 말했다. “클로디우스가 키케로의 집이 있던 곳에 신전을 세울 예정이라고 들었어요.”

“물론 클로디우스 자신이 대신관을 맡겠죠! 흥!” 파비아가 내뱉었다.

“키케로의 추방 상태가 지속될 수는 없어요.” 율리아가 긍정적으로 말했다. “마그누스가 키케로의 사면을 위해 벌써부터 애쓰고 있거든요.”

세르빌리아는 한숨이 나오려는 걸 억누르면서 아우렐리아와 시선을 맞췄다. 두 사람은 완전히 이해한다는 듯 서로를 바라보았다. 하지만 둘 중 누구도 속으로 짓고 있는 웃음을 겉에 드러낼 정도로 경솔하지는 않았다.

"카이사르는 도대체 왜 아직도 마르스 평원에 있는 거죠?" 포필리아가 물었다. 그녀가 이마에서 무거운 양모 티아라를 밀어올리자 연약한 피부에 남은 붉은 자국이 드러났다.

"아직은 한참 더 그곳에 있을 거예요." 아우렐리아가 대답했다. "자기가 만든 법들이 계속 서판에 남으리라는 걸 확실히 해야 하거든요."

"저희 아빠가 그러는데 아헤노바르부스와 멤미우스의 코가 납작해졌대요." 칼푸르니아가 그녀의 무릎 위에서 낮잠을 자고 있는 펠릭스의 주황색 털을 쓰다듬으며 거들었다. 칼푸르니아는 카이사르가 그녀에게 정기적으로 마르스 평원에서 함께 지내자고 다정하게 부탁했던 일을 떠올리고 있었다. 그녀는 아주 반듯하게 자랐고 남편이 어떤 사람인지 잘 알았기에 질투를 하지는 않았지만, 그럼에도 남편이 세르빌리아에게는 마르스 평원에서 지내자고 청한 적이 한 번도 없다는 사실에 기뻐하고 있었다. 남편이 세르빌리아에게 준 것은 그 바보 같은 진주뿐이었다. 반면 펠릭스는 받은 사랑을 되돌려주는 살아 있는 존재였다.

칼푸르니아가 무슨 생각을 하는지 정확히 알고 있던 세르빌리아는 수수께끼 같은 표정을 유지하려고 신경썼다. 나는 훨씬 나이가 많고 현명해, 헤어짐의 고통을 이해한다고. 나는 작별인사를 했어. 수년간 그를 보지 못할 거야. 하지만 저 불쌍한 새끼 암퇘지는 결코 그에게 나만큼 중요하지 않을 거야. 오, 카이사르, 왜 나는 안 되죠? 존엄이 그토록 중요한가요?

카르딕사가 무뚝뚝한 태도로 걸어들어왔다. "그분이 떠나셨어요." 그녀는 커다란 두 주먹을 커다란 엉덩이에 얹은 채 거침없이 말했다.

방안에 침묵이 내렸다.

"왜요?"

칼푸르니아가 창백한 얼굴로 물었다.

"먼 갈리아에서 전갈이 왔어요. 헬베티족이 이동중이라고요. 카이사르는 부르군두스와 함께 게나바로 바람처럼 달려가시는 중이에요."

"작별인사도 못했는데!" 율리아는 눈물을 흘리며 소리쳤다. "아빠는 아주 오래 떠나 계실 거예요! 다시는 아빠를 보지 못하게 되면 어떡하죠? 위험한 곳인데!"

아우렐리아는 비뚤어진 손가락으로 뚱뚱한 펠릭스의 옆구리를 살짝 찌르면서 말했다. "카이사르는 얘랑 비슷해. 목숨이 백 개란다."

파비아는 밖에서 흰옷을 입고 킥킥거리며 서로를 쫓고 있는 소녀들을 바라보았다. "카이사르는 저애들을 불러서 작별인사를 하도록 해주겠다고 약속했었는데. 아, 저애들은 울고 말 거예요!"

"울면 안 되는 이유라도 있나요?" 세르빌리아가 물었다. "우리처럼 저애들도 카이사르의 여자들이에요. 뒤에 머물면서 우리의 주인이 집에 오기를 기다려야 할 운명이죠."

"그래요, 그런 거죠." 아우렐리아가 차분하게 말하고는 일어서서 달콤한 포도주병을 들어올렸다. "카이사르의 여자들 가운데 최연장자로서, 내일 다같이 보나 데아의 정원을 파헤치러 가자고 제안할게요."

〈『카이사르의 여자들』 끝, 5부 『카이사르』로 이어짐〉

작가의 말

『카이사르의 여자들』은 고대의 기록 자료들이 많아지기 시작하는 시기를 다룬다. 이는 이제 내가 이 시리즈의 예전 책들이 다루는 시대보다 비전문가들에게 훨씬 더 잘 알려져 있는 시기의 이야기를 쓰고 있다는 뜻이다.

기원전 60년대에 일어난 주요 사건들은 대부분 로마 시에서 발생하는데, 이번 책에서 로마 귀족들의 삶에서 여성의 역할에 대해 내가 더 깊이 생각해볼 수 있었던 것은 오직 고대 자료의 풍부함 덕분이었다. 따라서 이번 책은 정치와 전쟁뿐 아니라 여자들에 관한 이야기이며, 나는 여성에 대해 비교적 더 많이 이야기할 수 있는 기회에 감사하는 마음이다. 앞으로 나올 책들은 먼 곳에서 남자들이 하는 일에 다시 초점이 맞춰지기 때문이기도 하다. 그러나 한편 로마의 귀족 여성에 대해 제대로 알려진 것은 거의 없다. 물론 나의 모든 가정은 철저한 조사를 기반으로 한다. 세르빌리아의 진주와 그 운명적인 12월 5일에 원로원에서 카이사르에게 건네진 그녀의 연애편지를 포함하여—비록 그 편지에 대해 우리가 알고 있는 것은 편지를 읽은 카토가 그 내용을 혐오했다는 것뿐이지만—실제 사건들은 대부분 입증된 것들이다.

내가 묘사한 키케로에게 실망하는 독자들이 있을 수 있지만, 나는 그에 관한 현대의 평가보다는 그 시대의 평가에 주목한다. 키케로의 동시대인들이 후대 사람들보다 키케로에게 훨씬 덜 아첨하는 태도를 보인다는 사실은 분명하다.

나는 지금까지 학술 논문용 공개 토론의 장을 열거나 역사적 사건에 대한 나의 해석을 옹호하기 위해 작가의 말 공간을 이용한 적이 없다. 그러나 이번 책에서는 약간의 설명을 필요하게 하는 큰 죄를 저질렀다. 가이우스 라비리우스의 재판일을 기원전 63년 12월 5일 '이후로' 한 것이다. 이는 키케로가 기원전 60년 6월에 아티쿠스에게 보낸 편지(II-I)에서 개인적으로 증언한 내용과 배치된다. 이 편지에서 키케로는 자신의 집정관 재임기에 한 연설들을 나열했다. 아티쿠스가 (아마도 연설문들을 출판하기 위해) 부탁했기 때문이다.

편지에서 키케로는 가이우스 라비리우스를 옹호하는 연설을 자신이 집정관이던 해의 네번째 연설로, 즉 카틸리나의 음모가 드러나기 훨씬 전에 한 것이라고 했다. 이에 근거하여 후대의 역사가들과 전기작가들—플루타르코스, 수에토니우스, 디오 카시우스 등—은 라비리우스 사건이 카틸리나 사건보다 먼저라고 보는 것 같다. 이는 라비리우스 사건을 그다지 중요치 않은 어리석은 일 정도로 축소시키는 배치다. 동시대인이라고 할 수 있는 유일한 인물인 살루스티우스는 라비리우스에 대해 전혀 언급하지 않았다. 키케로가 집정관 재임중에 자발적으로 쓴 편지들이 지금까지 남아 있다면 결정적인 증거가 되겠지만 그렇지가 못하다. 아티쿠스에게 보낸 편지에서 언급하는 내용은 거의 3년 뒤의 것이고 카이사르가 집정관 선거 출마를 위해 제때 도착할 것처럼 보였을 때 작성된 것이다. 푸블리우스 클로디우스가 재판 없이 로마 시민들을 처형한 일로 기소하겠다고 위협하여 키케로를 괴롭힐 때 쓰여진 것이기도 하다.

나는 키케로를 전적으로 신뢰한다고 말할 수 있다면 좋겠으나, 그렇지가 않다. 키케로가 자신(그리고 자신의 존엄)에 지대한 영향을 미치는 사건에 대해 회고할 때는 특히 신뢰하기 어렵다. 세상이 시작된 이래—그리고 아마도 세상이 끝날 때까지—모든 정치인과 변호사 들이 그렇듯 키케로 역시 본인의 평판을 위해 사실을 조작하는 데 아주 능숙하다. 「반역자 라비리우스를 위한 변론pro Rabirio perduellionis」을 아무리 읽어봐도, 일의 시기는 고사하고 무슨 일이 일어났는지에 대해서도 구체적인 증거를 찾기란 불가능하다. 이는 두 가지 사실로 인해 더욱 복잡해진다. 첫째, 현존하는 연설문에는 누락된 부분이 존재한다. 둘째, 실제로 발언 기회를 몇 번 얻었는지는 상당히 불분명하다.

또한 키케로는 다른 지면에서 항변하고 있지만, 「라비리우스를 위한 변론」은 훌륭한 연설도 아니었다. 카틸리나의 연설문들을 읽은 후에 읽으면 그 연설은 형편없다. 만약 키케로가 집정관 재임기 연설들의 끝에 「라비리우스를 위한 변론」을 놓았다면, 키케로에게 있어 라비리우스의 재판은 재판 없이 시민들을 처형한 사람은 누구라도 법적인 보복에서 안전할 수 없다는 끔찍한 힌트임을 온 로마에 상기시키는 결과를 낳았을 것이다. 기원전 60년 6월 키케로가 아티쿠스에게 편지를 썼을 때 키케로는 푸블리우스 클로디우스와 기소에 대해 두려워하기 시작하고 있었다. 카틸리나에 반대한 네 편의 연설문을 자신의 집정기 연설들의 끝에 놓으면 훨씬 나아 보일 터였다. 기억은 잊히기 쉽다. 악당을 변호할 때마다 이 사실에 의지했던 키케로보다 이를 확신하는 사람은 아무도 없었다. 키케로가 집정관을 지낸 후에 쓴 모든 글은 카틸리나에 반대한 자신의 행위가 공화국을 구했으며, 자신이 진정 조국의 아버지임을 증명하기로 결심한 사람의 글이다. 따라서 나는 키케로가 라비리우스를 상대적으로 애매하게 묻어버리고, 그리하여 라비리우스 건이 카틸리나와의 싸움이라는 자신의 공적을 망치지도, 12월 5일의 처형 사건을 돋보이게 하지도 않도록 기원전 63년의 연설들을 '재배치'했다고 생각하는 것이 불가능한 일은 아니라고 본다.

'역사의 소설화'를 싫어하는 사람들도 있지만, 역사의 소설화는 역사 탐구와 추론의 기법으로서 추천할 만하다. 단, 작가는 관련 시기의 역사에 완전히 몰두하고 있어야 한다. 나는 그리니지만큼 키케로 시대의 로마법에 대해, 릴리 로스 테일러만큼 공화정 로마의 투표 민회들에 대해, 다른 현대의 권위자들만큼 로마 공화정 말기의 이런저런 면모에 대해 깊이 있게 알지는 못할 것이다. 그러나 나는 나름대로 조사를 했다. 『로마의 일인자』 집필을 시작하기 13년 전부터 지금까지 계속 조사하고 있다(그래서 나는 이 〈마스터스 오브 로마〉 시리즈의 예전 책들을 다시 쓰고 싶다고 생각할 때가 가끔 있다!). 나는 고대 자료부터 현대 학자들의 저작까지 올바른 방식으로 검토하며, 현대 학계의 의견과 권고를 무시하지 않으면서도 나 자신의 작업을 바탕으로 독자적인 결정을 내린다.

소설가는 독자의 입장에서 이치에 맞는 이야기를 써야 한다는 유일하고 단순한 전제로부터 일을 시작한다. 그것은 결코 말처럼 쉬운 일이 아니다. 역사 속의 인물들은 역사와 심리학 모두에서 사실적이어야 한다. 일례로 카이사르는 젊은 시절에 과시적인 가장자리 장식이 있는 긴

소매 옷을 입고 다녔지만 그를 기분에 좌우되는 사람으로 묘사하는 고대 자료는 전무하다. 카이사르는 언제나 합당한 이유에 따라 행동하는 사람으로 묘사된다. 라비리우스의 재판을 카탈리나 사건보다 앞에 놓으면 카이사르는, 기분에 좌우되는 것이 아니라면, 적어도 극히 품위 없는 사람처럼 보일 수 있다. 또한 카이사르가, 많은 현대 학자들의 주장처럼, 원로원 최종 결의가 키케로와 원로원에 어떤 결과를 낳을 수 있는지 키케로에게 경고하기 위해 라비리우스의 재판을 '주도'했다면, 그는 천리안까지 있는 사람이 된다. 카이사르는 분명 천재였지만 천리안의 보유자는 아니었다. 그는 사건이 일어날 때까지 기다렸다가 행동하는 사람이었다.

역사를 되돌아볼 때의 문제점은 우리에게는 일이 벌어지고 난 후에 본다는 이점이 있다는 것이다. 역사적 사건에 대한 우리의 해석은 그 후의 일을 알고 있다는 점 때문에—당대 사람들은 알 수가 없다—왜곡되는 경향이 있다. 현대 정치는 정치 관계자들이, 심지어 다량의 충고와 어느 정도의 자기 분석 후에도, 결정할 때 맹목적으로 실수를 반복함을 보여준다. 훌륭한 정치가는 신중하게 계획은 할 수 있으나 가장 훌륭한 정치가도 천리안이 있는 것처럼 미래를 예측할 수는 없다. 평범한 정치인은 실제로 다음 선거 이후의 일은 보지 못하며, 이는 특히 로마 공화정 말기의 정치인들의 경우 틀림없는 사실이었다. 그들은 아슬아슬한 일들이 잦은 분위기에서 살았으며, 고작 일 년이라는 시간 안에 본인의 정무관 직을 돋보이게 해야 했고, 갑작스러운 정적들의 보복에 취약했으며, 정당이나 전당대회와 비슷한 장치조차 없었기에 단기적인 계획조차 세우기 힘들었다. 계획하려고 애쓰는 개인 정치인들도 있었지만, 그들의 지지자들조차 다른 사람의 권리와 아이디어를 강탈하는 것처럼 보이는 일을 싫어하는 경우가 많았다.

처음에 나의 신경을 건드린 것은 야니쿨룸 언덕 위의 붉은 깃발이 내려진 사건이었다. 그런 다음에는 고대의 자료들 속 백인조회 앞에서 열린 라비리우스의 재판(또는 내가 믿기로는 항소)에서 라비리우스의 비참한 몰골과 공경심을 불러일으키는 노령의 나이에도 불구하고 그가 파멸하게 될 거라는 강력한 암시들이 있다는 사실에 신경이 쓰였다. 어째서 붉은 깃발이 내려지자 민회는 그토록 황급히 해산했을까? 어째서 백인조회는 37년 전의 일로 늙고 초라한 남자를 파멸시키려 했을까? 어째서, 어째서, 어째서? 그리고 나는 어떻게 그 재판이, 쟁쟁한 로마 전문가들부터 공화정 로마에 무지한 사람들을 아우르는 독자들에게 신빙성을 갖도록 할 것인가?

붉은 깃발 사건은 계속해서 나를 괴롭혔다. 예를 들어, 고대 자료들에 따르면 메텔루스 켈레르는 야니쿨룸 언덕 꼭대기까지 가서 붉은 깃발을 내리라고 직접 명령했다고 한다. 나의 작업에는 상황별 시간 계산도 포함된다. 걸음짐작으로 거리를 재보거나 인물의 여정을 따라가보는 것이다. 현대 로마에서조차 택시로 포폴리 광장에서 힐튼 호텔 너머까지 가려면 상당한 시간이 걸린다! 켈레르는 나룻배를 타거나, 세르비우스 성벽 안에서 아이밀리우스 다리까지(파브리키우스 다리는 완성 전이었다) 질러가거나, 아우렐리우스 가도로 간 다음 좁은 길로 야니쿨룸 꼭대기의 요새까지 가야 했을 것이다. 이는, 심지어 말을 잘 탄다고 해도, 최소한 두 시간은 걸리는 여정이다. 이것은 내가 역사 소설을 쓸 때 항상 직면하는 종류의 논리적인 문제이며, 이런 문제들은 나를 놀라운 지점으로 이끌기도 한다. 만약 붉은 깃발을 내리는 것이 켈레르의 독자적인 생각이었다면 그는 경고의 외침이 울려퍼지기 전에 가설투표소로 돌아가야 했을까, 아니면 붉은 깃발이 내려지는 동안 자기 대신 투표 과정 감독을 누군가에게 합법적으로 위임할 수 있었을까? 만약 해가 서쪽 하늘로 지고 있었다면 붉은 깃발이 잘 보이기라도 했을까? 켈레르는 그저 붉은 깃발이 내려온 척했을까? 또는 그 계략이 켈레르와 카이사르가 함께 사전에 준비한 거라면, 켈레르는 애초에 왜 그런 이동을 해야만 했을까? 어째서 야니쿨룸에서 망보는 사람에게 보낼 신호 체계를 급히 만들어내지 않았을까? 덧붙여, 붉은 깃발은 아득히 먼 옛날부터 위험을 뜻하는 것이었는데 어째서 로마인들은 위험이 닥칠 때마다 붉은 깃발을 올린 것이 아니라 내린 것일까?

내려진 깃발 사건의 결과로 보건대 이 모든 것들은 중요하지 않게 되었다. 분명 결말 직전에 있던 투표는 즉시 중지되었고 백인조회 사람들은 침입자들에 대항하기 위해 무장을 하러 황급히 집으로 돌아가버렸다. 모스 마이오룸이 존재했지만 공화정 로마인들은 매우 독립적으로 사고하는 무리였던 것으로 보인다. 그들은 쉽게 화를 내고 주먹질이 난무했지만 아주 폭력적인 상황에서도 공황에 빠지는 것은 흔한 일이 아니었다. 10월 21일 전에 (키케로를 제외한) 모든 로마인들은 이탈리아가 평화롭다고 믿었으며, 많은 사람들이 로마 북쪽의 무장 봉기를 진지하게 믿게 된 것은 11월이 많이 지나고 나서였다.

비논리성을 최소화하면서 붉은 깃발에 얽힌 복잡한 문제들에 답하는 한 가지 해법이 있다. 깃발이 내려간 것이 즉각적인 공황 상태를 야기한 것은 라비리우스의 재판 당시 카틸리나와 그의 군대가 에트루리아에 있었다고 보는 것이다. 가설투표소에서 투표 결과를 기다리던 사람들 중 상당수는 레피두스와 퀴리날리스 언덕 밑의 전투를(혹은 기원전 82년 술라의 로마 도착을) 똑똑히 기억하고 있었을 것이다. 물론 대부분의 로마인들은 카틸리나가 로마를 공격할 거라고 예상하고 있던 것이 틀림없다. 전장에는 그에 대항할 군대들이 있었지만 카틸리나는 일반적으로 안토니우스 히브리다 같은 장군들보다 뛰어난 군사 전술가로 여겨졌던 것으로 보인다. 군대가 다른 군대를 슬쩍 지나쳐서 가장 취약한 목표물을 공격하는 일은 전혀 드문 일이 아니었다. 내부에 군대를 두지 않았던 로마는 언제나 매우 취약했다. 로마인들도 이 사실을 아주 잘 알고 있었다.

에트루리아의 카틸리나와 그의 군대 때문에 붉은 깃발이 내려졌다고 보면 시기 문제는 정리된다. 라비리우스의 재판은 카틸리나가 아마도 파이술라이 근처에 있던 만리우스와 술라파 반군과 합류한 이후에 있었던 것이 틀림없다. 혹자는 만리우스만으로도 충분히 위협적이라고 주장할지 모르지만, 카틸리나가 아직 로마에 있다면(그는 11월 8일이나 그 이후에 떠났다) 만리우스가 카틸리나 없이 행군할 영향력이 있었다는 가정을 해야 하지만, 이는 아무리 좋게 보아도 논란의 여지가 많은 가정이다. 카틸리나가 만리우스에 합류한 날은 11월 14일에서 11월 18일경이었을 것이다(후자는 카틸리나와 만리우스가 공공의 적으로 선언된 가상의 날짜다).

이제 초점은 켈레르와 붉은 깃발에서 카이사르와 라비에누스로 이동한다. 위에서 정리된 시기의 다른 쪽 끝은 라비에누스의 호민관 재임기 마지막 날인 12월 9일이다. 11월 중순부터 물비우스 다리에서 알로브로게스족이 체포된 사건까지는 16일 정도의 기간이다. 그 사이 원로원 최종 결의가 발효되었고, 카틸리나와 만리우스는 공공의 적이 되었으며, 로마는 도시 안에서 정확히 누가 카틸리나의 편인지를 두고 딜레마 비슷한 것에 빠져 있었다. 여러 이름이 유포되었지만 확실한 증거가 없었고, 로마 내부의 공모자들은 어딘가에 숨어서 일이 끝나기를 기다리고 있었다. 아마도 라비리우스의 재판은 12월 5일 및 공모자 다섯 명의 처형 후가 아니라 이 16일 동안에 열렸을 것이다.

그중에서도 내가 12월 6일부터 9일까지의 나흘을 선호하는 것은 카이사르라는 인물에 대한 나의 해석에 기인한다. 12월 5일에 카이사르는 원로원에서 공모자들을 위해 청중들에게 매우 거슬릴 수 있는 종류의 관대한 처사를 촉구하는 매우 성공적인 연설을 했다. 공모자들 중에는 카이사르의 인척, 즉 루키우스 카이사르의 누이의 남편이 있었다. 그렇기 때문에—그 몇 해 전에 카이사르는 율리아 안토니아의 첫 남편의 형제를 고소하기는 했지만 그것은 형사 고발이 아니라 민사 소송이었다—우애(amicitia)가 존재했다. 렌툴루스 수라의 경우 카이사르는 관대함을 촉구하는 것 외에는 할 수 있는 일이 없었다(그리고 모든 고대 자료들은 전직 집정관들이 전원 사형을 권고했다고 하지만, 루키우스 카이사르가 기권 이상의 무언가를 했다고 가정할 수는 없다). 분위기를 바꾼 건 카토였다. 그리고 카토는 카이사르가 냉정을 잃게 할 수 있는 (키케로를 포함한) 몇 안 되는 사람들 중 하나였다. 우리는 카이사르가 냉정을 잃을 때 얼마나 순식간에, 얼마나 파괴적인 결과를 낳도록 행동할 수 있는지 보여주는 예시를 여럿 알고 있다. 나흘이라는 시간이 다른 사람에게는 부족할 수 있지만, 카이사르에게도 부족했을까?

마지막으로, 그 모든 일들이 12월 6일과 9일 사이에 일어났다는 가정하에 「반역자 라비리우스를 위한 변론」을 본다면, 유일하게 인상적인 반대 근거는 답답하도록 느린 로마의 소송처리 속도다. 그러나 호라티우스 재판에 관한 리비우스의 저서에서 묘사된 형식을 수용한다면,

두 재판관이 주관하는 재판 자체는 매우 간단한 일이었을 것이며, 그 직후 라비리우스의 백인조회 항소심이 이어졌을 것이다.

우리는 인민들 사이에, 심지어 1계급에서도, 거센 반발이 있었음을 잘 알고 있다. 로마 시민들이 재판도, 법에 의한 공식적 선포도 없이 원로원에 의해 처형되었기 때문이다. 이런 처형의 직후야말로 (전통적으로 대반역죄 혐의로 재판받는 사람들을 파멸시키는 것에 완강히 반대하는) 백인조회가, 37년 전에 재판 없이 로마인들을 죽인 혐의로 늙은 남자를 파멸시키고자 움직였을 유일한 시기가 아닐까? 나에게 있어 백인조회가 라비리우스를 파멸시킬 준비가 되어 있었다는 사실은 그 재판이 다섯 공모자들의 즉결 처형 직후에 있었다는 결정적인 증거다.

고대 자료들이 보고하는 대로의 라비리우스 재판은 일시적 기분에 휩쓸린 사소한 사건처럼 보인다. 그런 경향이 너무 심해서 고대와 현대의 학자들은 그 재판이 분명 지녔을 중요성을 부여하기 위해 곤란을 겪는다. 그러나 라비리우스의 재판일을 12월 5일의 직후로 바꾸면 완벽하게 말이 된다.

키케로가 오직 푸블리우스 클로디우스의 위협 때문에 위의 처형 사건들의 결과를 두고 그토록 두려워했다는 것 역시 믿기 어렵다. 호민관 클로디우스와 거리의 건달들, 포룸 로마눔의 폭력 사태는 아직은 먼 얘기였으며, 기원전 60년에 클로디우스가 위협을 행동에 옮길 수 없었다는 것은 분명하다. 파트리키에서 평민으로 신분을 바꾸려던 클로디우스의 여러 시도는 계속 실패하고 있었기 때문이다. 그것들은 카이사르의 묵인 없이는 성공할 수 없었다. 나는 무언가 더 이전의, 그리고 더 추악한 것이 키케로로 하여금 클로디우스—또는 다른 누군가—의 위협을 두려워하게 만들었다고 생각한다. 라비리우스의 재판일을 12월 5

일 이후로 하면 키케로의 두려움은 훨씬 더 수긍하기 쉽다. 또한 키케로가 카이사르를 증오하기 시작한 것은 그의 집정관 재임기부터다. 관대한 처사를 호소하는 연설이, 키케로가 죽을 때까지 품은 증오를 유발할 만한 것이었을까? 만약 라비리우스의 재판이 카틸리나의 음모 전에 있었다면 라비리우스의 재판은 그런 증오를 유발할 만했을까?

키케로가 훗날 자신의 저작들에서 라비리우스 재판에 대해 언급하지 않은 것은 놀랍지 않다. 그는 자신의 영광을 퇴색시키는 문제들을 회피하는 경향을 분명히 보여주기 때문이다. 기원전 58년까지도 많은 로마인들은 과거의 그 재판 없는 처형을 개탄하고 카토가 아니라 키케로에게 비난의 화살을 돌렸다. 그래서 키케로는 평민회가 기소하기 전에 망명 도피를 했던 것이다.

그렇게 된 것이다. 나의 가설이 사건들의 논리와 관련 인물들의 심리 면에서 매력적이기는 하지만, 나는 본인이 옳다고 고집을 부릴 만큼 어리석지는 않다. 다만 내가 하고자 하는 작업의 영역에서는 지금까지 내가 묘사한 라비리우스의 재판이 완벽하게 이치에 맞다고 말하고 싶다. 결국 문제는 키케로가 기원전 60년에 아티쿠스에게 보낸 편지에 쓴 연대표를 수용할 것인지 여부다. 키케로의 집정관 연설문들은 키케로가 정리한 순서대로 출판된 것 같다. 후대의 모든 고대 작가들이 그 순서를 따랐기 때문이다. 하지만 그것은 정확한 순서였을까? 혹시 키케로는 라비리우스 사건을 묻음으로써, 카틸리나 관련 연설들이 자신의 집정관 및 국부로서의 경력의 대미를 장식하기를 원했던 것이 아닐까?

보니(boni)를 명사뿐 아니라 형용사와 부사로도 사용한 것에 대해 라틴어 순수주의자들에게 사과하고 싶다. 명사로만 썼다면 영어 산문체가 훨씬 더 어색하게 되었을 것이다. 같은 이유로 지키지 못한 다른 라틴어 문법도 있을 수 있다.

지지하는 선거 후보의 유세 때 동행하는 동안 키케로와 클로디우스가 나눈 대화처럼, 일부 연대 및 신원 상의 경미한 불일치가 부득이하게 존재한다.

이제 그림에 대해 한 마디.

나는 로마 여성을 그린 그림 다섯 점을 어렵게 구했지만, 누구를 그린 것인지는 전혀 알 수 없다. 공화정 로마의 여성들은 상반신 초상이 그려질 정도로 숭배 받지 못했다. 초상이 그려진 몇 안 되는 여자들이 누구인지는 확인할 수가 없다. 여성의 옆얼굴이 새겨진 동전도, 고대 자료 속의 설명도 현존하는 것이 아무것도 없기 때문이다. 아우렐리아와 율리아는 빌라 알바니의 부지에 있는 노부인 전신 조각상을 본떠 그렸다. 그 조각상을 이용한 것은 두개골의 골격이 카이사르의 것과 놀랄 만치 닮았기 때문이다. 고백하자면, 나는 낭만적인 일부 독자들이 율리아의 얼굴이 궁금해서 죽을 지경이라고 하지만 않았어도 굳이 율리아를 그리지 않았을 것이다. 나는 율리아의 코와 입, 머리 모양을 전형적인 로마식 생김새로 그렸다. 폼페이아 술라는 제정시대 초기의 것으로 추정되는, 멋지게 멍한 표정의 흉상을 보고 그렸다. 테렌티아의 모델은 코펜하겐의 뉘 칼스버그 글립토텍 미술관에 있는 로마의 기혼부인 흉상이다. 세르빌리아가 가장 흥미로웠다. 브루투스의 흉상들은 모두 오른쪽 안면 근육이 조금 약한 모습이다. 내가 세르빌리아를 그리기 위해 참고한 흉상 역시 오른쪽 얼굴 근육이 약하다.

카이사르를 그리는 일은 점점 쉬워지고 있다. 이제 성숙한 얼굴의 선들을 일부 집어넣을 수 있기 때문이다. 그의 것은 물론 검증된 초상이다. 젊은 브루투스는 나폴리 박물관에 있는 흉상을 참고했다. 이 흉상은 마드리드에 있는 검증된 장년의 브루투스 흉상과 너무 닮아서 나폴리 박물관 흉상의 주인공 청년이 누군지에 관해 의심할 여지가 거의 없다. 푸블리우스 클로디우스는 공화정 말기 클라우디우스 가문 사람의 것이라고 알려진 흉상을 더 젊게 그린 것이다. 카툴루스와 비불루스는 공화정 시기의 신원 미상의 초상 흉상을 보고 그렸다. 카토는 검증된 초상이지만 북아프리카에서 발견된 유명한 청동상이 아니라 카스텔 간돌토에 있는 대리석 흉상을 참고했다. 청동상은 그리기가 매우 어렵기 때문이다. 키케로는 카피톨리니 박물관에 있는 키케로 흉상을 참고했는데, 이 흉상은 명성이 극에 달했을 때의 뚱뚱한 고양이 같은 키케로처럼 생긴데다, 내가 앞으로 낼 책에서 사용할 다른 키케로 흉상과 훌륭한 대조를 이루기 때문이다. 폼페이우스 또한 적절한 나이대의 것으로, 코펜하겐에 있는 유명한 초상보다 더 매력적인 초상이다.

두 가지 더.

나는 위 인물들의 머리카락을 사실적으로 묘사하려고 애쓰지 않았다. 대신 뚜렷한 형태를 주어 그 특질과 컷, 스타일을 쉽게 구별할 수 있도록 했다.

두번째는 목에 관한 것이다. 현존하는 흉상 중에 목이 남아 있는 것은 거의 없다. 그림을 잘 그리는 대개의 사람들처럼 나 또한 실물을 보아야만 제대로 그릴 수 있다. 목이 없는 흉상은 나를 매우 힘들게 한다.

이런 연유로, 일부 볼썽사나운 목 그림에 대해 사과하고 싶다.

마지막으로 짧은 감사 인사. 고전에 정통한 담당 편집자인 호주 맥쿼리 대학의 앨레나 놉스와 그녀의 남편 레이먼드 놉스 박사에게. 맥쿼리 대학의 벗들에게. 나만의 영어판 몸젠을 찾아준 조셉 멀리노에게. 팸 크리스프, 카예 펜들턴, 리아 허웰, 이본느 뷔페, 프랜 존스턴과 '아웃 예나(Out Yenna)'의 나머지 스탭들, 특히 의자 팔걸이부터 타자기까지 나의 모든 것들을 유지시켜준 조 놉스에게 감사한다. 내 뼈가 삐걱거릴 때마다 내가 계속 작업할 수 있게 해주는 케빈 쿠리 박사에게 감사한다. 마지막으로, 그러나 못지않게 중요하게, 내 최고의 팬이자 사랑하는 남편 릭 로빈슨에게 감사한다.

이 시리즈의 다음 권의 가제는 『주사위를 던져라Let the Dice Fly』다.(실제로는 『카이사르Caesar』라는 제목으로 출간됨— 옮긴이)

역자 후기

콜린 매컬로의 〈마스터스 오브 로마〉 시리즈 제4부 『카이사르의 여자들』은 기원전 68년 6월부터 기원전 58년 3월까지 약 10년의 시기를 다룬다. 이제부터는 제목에도 전면적으로 등장하는 우리 주인공 카이사르의 기준으로 보면 서른두 살부터 마흔두 살에 해당하는 시기다. 이번 4부에서는 카이사르가 그 유명한 '갈리아 원정'을 떠나기 전의 준비 과정을 다루는데(갈리아 원정은 이어지는 제5부에서 그려질 것이다), 독자들에게는 비교적 덜 알려진 시기일 듯하다.

도입부에서 카이사르는 히스파니아에서의 재무관 파견 근무를 마치고 로마로 돌아온다. 로마와 귀족사회를 동경하고 집정관 당선 자체를 인생의 목표로 삼았던 키케로와 달리, 카이사르는 로마에서의 정치 싸움과 귀족사회를 갑갑하게 여겼다. 하지만 해외에서 자유롭게 활동하기 위한 전쟁 지휘권을 얻으려면 법무관급 이상의 임페리움이 필요했다. 그래서 그는 이 10년 동안 주로 로마에 머물면서 유권자들에게 자주 얼굴을 비치고 지지자들을 모으고 각종 선거에 출마한다. 그는 아피우스 가도 관리관, 고등 조영관, 최고신관(종신직), 법무관, 먼 히스파니아 총독을 거쳐 기원전 59년의 집정관으로 당선된다. 그는 서로 앙숙이나 다름없는 폼페이우스와 크라수스를 구슬려 제1차 삼두정치를 시작하고, 자신의 딸 율리아를 폼페이우스에게 시집보내 그 비공개 협의체의 결속을 더욱 공고히 한다. 책의 마지막 부분에서 카이사르는 자신이 바라던 대로 이탈리아 갈리아와 일리리쿰 총독으로 임명되어 떠난다.

역사서가 위대한 인물들의 업적과 장점, 강점을 주로 다룬다면, 역사소설은 그 주인공이 아무리 대단한 위인이라 할지라도 그의 결점과 약점이 함께 부각되기 쉬운 형태의 글이다. 이 책에서 고귀한 혈통과 천재적 두뇌, 용기를 갖춘 카이사르는 누구보다 상황 판단이 빠르고 거침없지만, 동시에 자신에게 목매는 여자들을 깔보는 천하의 못된 바람둥이이자 정치적 이익에 가장 부합하는 인물에게 자신이 아끼는 딸을 시집보낼 준비가 된 비정한 아버지다. 카이사르의 막강한 정적 카토는 로마 공화정 후기 최고의 스토아학파 신봉자이자 청렴한 인물이지만, 정치적 판단력이 떨어지는 편협한 인물이자 알코올 중독자로 묘사되기도 한다. 위대한 웅변가이자 법률가이면서 많은 기록과 저작을 남긴 키케로는 어떤가? 그는 우유부단하고 아내에게 꽉 잡혀 사는데다 글로 수다를 떨 듯 시도 때도 없이 여기저기 편지를 써대는 다소 우스꽝스러운 인물로 그려진다. 이처럼 동전의 양면 같은 장단점 묘사를 통해 역사 속 인물들을 더 사실적이고 입체적으로 이해할 수 있게 해주는 점이 이 책의 큰 매력이다.

호민관 티투스 라비에누스의 백부로서 기원전 100년에 사투르니누스와 함께 피살된 인물의 이름은 이 시리즈의 제1부 『로마의 일인자』에서는 '티투스 라비에누스', 이번 제4부 『카이사르의 여자들』에서는 '퀸투스 라비에누스'로 표기되었다. 작가가 동일 인물의 이름을 다르게 표기한 경우다. 역자들이 여러 자료를 조사해봐도 어느 이름이 맞는지는 확실치 않았다. 하지만 키케로의 변론문 『라비리우스를 위한 변론』의 한 영문판에 이 인물이 '퀸투스 라비에누스'로 표기된 것에 비추어 볼 때, 작가가 1부에서의 오류를 4부에서 뒤늦게나마 바로잡은 경우로 봐야 한다는 판단을 내렸다. 따라서 불가피하게 원서의 표기를 따라 역서에서도 1부와 4부의 표기를 달리했음을 밝힌다.

카이사르의 여자들 3
마스터스 오브 로마 4

1판 1쇄 2016년 12월 7일
1판 5쇄 2020년 10월 26일

지은이 콜린 매컬로 | 옮긴이 강선재 신봉아 이은주 홍정인 | 펴낸이 신정민

편집 신정민 신소희 | 디자인 고은이 이주영
마케팅 정민호 김경환 | 홍보 김희숙 김상만 지문희 김현지
저작권 한문숙 김지영 이영은 | 모니터링 서승일 이희연 전혜진
제작 강신은 김동욱 임현식 | 제작처 한영문화사

펴낸곳 (주)교유당
출판등록 2019년 5월 24일 제406-2019-000052호

주소 10881 경기도 파주시 회동길 210
문의전화 031) 955-8891(마케팅), 031) 955-3583(편집)
팩스 031) 955-8855
전자우편 gyoyudang@munhak.com

ISBN 978-89-546-4333-7 (04840)
978-89-546-4327-6 (세트)

* 교유서가는 (주)교유당의 인문 브랜드입니다.

* 이 도서의 국립중앙도서관 출판예정도서목록(CIP)은 서지정보유통지원시스템 홈페이지(http://seoji.nl.go.kr)와 국가자료종합목록 구축시스템(http://kolis-net.nl.go.kr)에서 이용하실 수 있습니다. (CIP제어번호: CIP2016027656)